La Amante Perfecta

El tiempo se extendió; los latidos del corazón de Portia hacían que pareciera eterno. Los ojos de Simón permanecieron fijos en los suyos; se movió, acercándose más a ella. Inclinó la cabeza lentamente.

Levantó la mano para tocarle el rostro; sus largos dedos lo recorrieron y luego tomaron su barbilla, acercando su cara a la de él...

...Para que sus labios pudieran posarse, cálidos y fuertes, en los de ella.

Portia cerró los ojos; se quedó sin aliento. Sus sentidos flotaban mientras su cuerpo se despertaba a la vida sensual.

No tenía nada con qué comparar aquel primer beso tan precioso. Ningún hombre se había atrevido antes a acercársele de esta manera, a tomarse una libertad semejante. De haberlo hecho, ella le habría dado una bofetada.

Los labios de Simón se movieron sobre los suyos, cálidos y flexibles, buscando; los dedos de Portia se aferraron con fuerza a la piedra que había a sus espaldas.

Todos sus sentidos se condensaron hasta que la dulce presión seductora era lo único que sentía, lo único que le importaba. Sus labios temblaban. Su cabeza giraba, y no era por el champán.

Había olvidado respirar, e incluso ahora no le importaba.

También lo besó, vacilante, sin saber...

Próximamente por Stephanie Laurens

LA NOVIA IDEAL
LA VERDAD ACERCA DEL AMOR

La Amante Perfecta

STEPHANIE LAURENS

Traducido del inglés por

Magdalena Holguín

AVON BOOKS

Un rama de HarperCollinsPublishers

Esta es una novela de ficción. Los nombres, personajes, lugares y hechos solo existen en la imaginación de la autora y no son reales. Cualquier semejanza a hechos, lugares, organizaciones o personas es puramente coincidencia.

Rayo/Avon Books
Una rama de HarperCollinsPublishers
10 East 53rd Street
New York, New York 10022-5299

ISBN-13: 978-0-06-083751-8
ISBN-10: 0-06-083751-9
www.rayobooks.com
www.avonromance.com

Primera edición Rayo: Noviembre 2005
Primera edición en inglés de Avon Books: Marzo 2004
Primera edición en inglés en tapa dura de William Morrow: Febrero 2003

Rayo y Avon books son marcas registradas en la oficina de Derecho de Patentes en los Estados Unidos y en otros países. HarperCollins® es una marca registrada de HarperCollins Publishers Inc.

Impreso en los Estados Unidos

10 9 8 7 6 5 4 3 2 1

Este libro está dedicado a mis lectores, cercanos y distantes,
que han seguido a los Cynsters desde
que aparecieron por primera vez hasta ahora.

Ustedes son realmente mi inspiración.

Lista de Personajes

Simón Cynster	Amigo de James Glossup
Portia Ashford	Acompañante de Lady Osbaldestone
Charlie Hastings	Amigo de James Glossup
Lady Osbaldestone (Teresa)	Prima lejana de Lord Netherfield
Vizconde Netherfield (Granville)	Padre de Harold, Lord Glossup
Harold, Lord Glossup	Propietario actual de la mansión Glossup
Catherina, Lady Glossup	Esposa de Harold
Henry Glossup	Su hijo mayor
Kitty Glossup, nacida Archer	Su esposa
James Glossup	Segundo hijo de Harold y Catherina
Oswald Glossup	Tercer hijo de Harold y Catherina
Moreton Archer	Padre de Kitty
Alfreda Archer	Madre de Kitty
Swanston Archer	Hermano menor de Kitty

Winifred Archer	Hermana mayor de Kitty
Desmond Winfield	Pretendiente de Winifred Archer
George Buckstead	Amigo íntimo de Harold Glossup
Helena Buckstead	Esposa de George
Lucy Buckstead	Su hija
Lady Cynthia Calvin	Amiga de los Glossups, viuda
Ambrosio Calvin	Su hijo
Drusilla Calvin	Su hija
Lady Hammond	Dama de sociedad, pariente lejana de los Glossups
Anabel Hammond	Su hija mayor
Cécily Hammond	Su hija menor
Arturo	Apuesto jefe de un grupo de gitanos que acampa en los alrededores
Dennis	Joven gitano contratado como jardinero temporal para el verano
Blenkinsop	El mayordomo
Sr. Basil Stokes	Inspector de policía enviado por Bow Street a investigar

La Amante Perfecta

Árbol de Familia

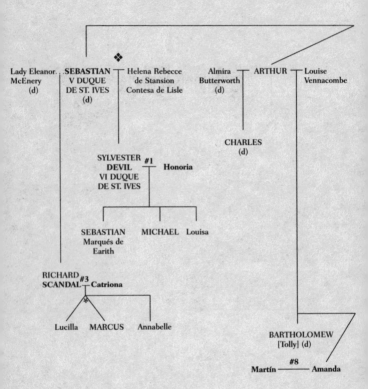

Lady Eleanor.	SEBASTIAN	Helena Rebecce	Almira	ARTHUR	Louise
McEnery	V DUQUE	de Stansion	Butterworth		Vennacombe
(d)	DE ST. IVES	Contesa de Lisle	(d)		
	(d)				

CHARLES
(d)

SYLVESTER
DEVIL — #1 — Honoria
VI DUQUE
DE ST. IVES

SEBASTIAN   MICHAEL   Louisa
Marqués de
Earith

RICHARD
SCANDAL — #3 — Catriona

Lucilla   MARCUS   Annabelle

BARTHOLOMEW
[Tolly] (d)

Martín — #8 — Amanda

Bar Cynster

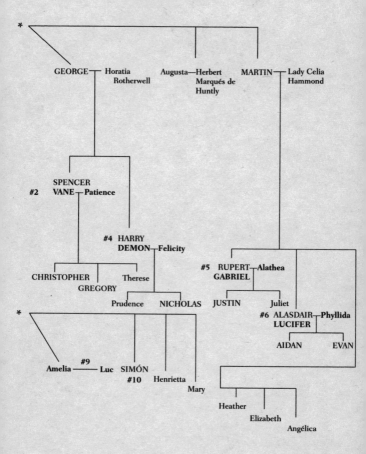

* ———————————————————————————————

GEORGE—Horatia Rotherwell

Augusta—Herbert Marqués de Huntly

MARTIN—Lady Celia Hammond

SPENCER

#2 VANE—Patience

#4 HARRY DEMON—Felicity

CHRISTOPHER

GREGORY

Therese

Prudence

NICHOLAS

#5 RUPERT GABRIEL—Alathea

JUSTIN

Juliet

#6 ALASDAIR LUCIFER—Phyllida

AIDAN

EVAN

* ———————————————————————————————

Amelia—**#9** Luc

#10 SIMÓN

Henrietta

Mary

Heather

Elizabeth

Angélica

VARONES CYNSTER en minúsculas   * Mellizos
NO APARECEN LOS HIJOS NACIDOS DESPUÉS DE 1825

Capítulo 1

Finales de julio de 1835.
Alrededores de la mansión Glossup, en Ashmore, Dorset.

"¡Demonios!" Simón Cynster refrenó sus caballos zainos;
fijó la vista en la cordillera que se alzaba en lo alto detrás de
la aldea de Ashmore. La aldea misma yacía a sus espaldas;
se dirigía hacia la mansión Glossup, situada una milla de
distancia más a lo largo del frondoso sendero rural.

Detrás de las cabañas de la aldea, el terreno se empinaba
abruptamente; una mujer avanzaba por el camino que serpenteaba por la berma de lo que Simón conocía como anti-
guos terraplenes. Desde lo alto, la vista se extendía hasta
Solent, y en días despejados incluso hasta la Isla de Wight.

No era extraño ver que alguien avanzaba en esa dirección.

"Tampoco que nadie la acompañe." Con creciente irritación, observó cómo aquella figura esbelta, de cabello oscuro, inefablemente grácil, subía la cuesta con paso firme,
una figura de piernas largas que inevitablemente atraía la
mirada de cualquier hombre con sangre en las venas. La reconoció de inmediato—Portia Ashford, la cuñada de su hermana Amelia.

De seguro Portia se dirigía a la reunión campestre que se ofrecía durante varios días en la mansión Glossup; ésta era la única casa importante lo suficientemente cercana para ir caminando desde ella.

La sensación de que se abusaba de él se incrementó.

"¡Maldición!" Había cedido a los ruegos de su viejo amigo James Glossup y aceptado detenerse en su camino a Somerset para ayudar a James con las tribulaciones de la reunión. Pero si Portia estaba invitada, ya tendría suficiente con sus propias tribulaciones.

Ella llegó a la cima de los terraplenes y se detuvo para sujetar la caída de su cabello negro azabache con su esbelta mano y, con la cara levantada hacia la brisa, contempló fijamente a la distancia. Luego, dejando caer la mano, prosiguió con donaire su camino, siguiendo la senda hasta el mirador y descendiéndola lentamente hasta que desapareció de vista.

Ella no es mi responsabilidad.

Las palabras resonaron en su mente; Dios sabe que ella había afirmado este sentimiento con suficiente frecuencia, de distintas maneras, la mayoría de ellas mucho más enfáticas. Portia no era su hermana, no era su prima; en efecto, no compartían ninguna relación de parentesco.

Apretando la mandíbula, miró sus caballos, y haló de las riendas—

Y maldijo para sus adentros.

"Wilks—¡despierta, hombre!" Simón le lanzó las riendas a su mozo de cuadra, quien hasta entonces dormitaba detrás de él. Frenó y se apeó de su montura. "Sólo sostenlas—regreso en un momento."

Metiendo las manos en los bolsillos de su gabán, se dirigió al estrecho sendero ascendente, finalmente uniéndose con el camino de la casa que Portia había seguido al subir la cuesta.

Sólo se estaba buscando problemas—por lo menos un encuentro cortante—sin embargo, dejarla sola, desprotegida frente a cualquier gandul que pasara por allí, sencillamente no era posible, no para él. Si hubiese seguido su camino, no habría tenido un momento de paz hasta que ella regresara sana y salva a la mansión.

Dada su propensión a caminar sin rumbo, podría tardar varias horas.

Nadie le agradecería su preocupación. Si sobrevivía sin que su ego fuese aguijoneado en docenas de sitios desagradables, podía considerarse afortunado. Portia tenía una lengua como una navaja de doble filo—no podía evitar salir herido. Sabía perfectamente cuál sería su actitud cuando la alcanzara—precisamente la misma que había tenido durante los últimos diez años, desde que él se había dado cuenta que ella realmente no tenía idea del premio que era, la tentación que representaba y, por lo tanto, necesitaba constantemente protección de las situaciones en las que despreocupadamente se metía.

Mientras permaneciera fuera de su vista, fuera de su órbita, no era su responsabilidad; si entraba en ella, desprotegida, se sentía obligado a cuidarla, a velar por su seguridad— debería haber sabido que no debía luchar contra el impulso de hacerlo.

De todas las mujeres que conocía, era indudablemente la más difícil, quizás por ser también la más inteligente. Sin embargo, allí estaba, caminando con dificultad tras ella a pesar de saber con seguridad cómo lo recibiría; no estaba seguro qué indicaba eso sobre su *propia* inteligencia.

¡Mujeres! Había pasado todo el viaje al oeste pensando en ellas. Su tía abuela Clara había fallecido recientemente y le había legado su casa en Somerset. La herencia había servido de catalizador, obligándolo a revisar su vida, a reconsiderar su orientación; sin embargo, su estado de perturbación tenía un origen más fundamental; había advertido finalmente qué era lo que daba un propósito a la vida de sus primos mayores y a la de los maridos de sus hermanas.

El propósito del que él carecía.

Una familia—sus propias ramas de ella, sus propios hijos—sus propias esposas. Tales cosas nunca antes le habían parecido decisivas; ahora dominaban sus pensamientos como algo vital para su vida, para sentirse satisfecho con su suerte.

Descendiente de una familia adinerada y distinguida, le había tocado en suerte una posición confortable en la vida. Pero ¿de qué valía esta comodidad frente a la falta de realizaciones que ahora sentía tan agudamente? No era su capacidad de desempeño lo que estaba en duda—ni en su mente ni, estaba seguro, en la de otros—sino la meta, la necesidad, la razón; eran éstas las necesidades de las que carecía.

Necesidades cruciales para que personas como él pudieran llevar una vida satisfactoria.

El legado de la tía abuela Clara había sido el aguijón final; ¿qué habría de hacer con una vieja casa campestre, llena de recovecos, si no vivir en ella? Necesitaba encontrar una esposa y comenzar a construir la familia que requería para dar a su vida su verdadera dirección.

No había aceptado esta idea dócilmente. Durante los últimos diez años, su vida había estado bien manejada, ordenada; las mujeres sólo se inmiscuían en dos campos, ambos completamente controlados por él. Con innumerables aventuras discretas a su haber, era un maestro consumado en manejar—seducir, disfrutar y, finalmente, deshacerse de—las distinguidas damas con quienes habitualmente coqueteaba. Aparte de ellas, las únicas mujeres con quienes se relacionaba eran las de su propia familia. Reconocía que, dentro de la familia, ellas gobernaban, pero como siempre había sido así, nunca se sintió limitado o amenazado por este hecho—sencillamente lo aceptaba como algo natural.

Con su activo interés en el negocio de inversiones Cynster junto con las distracciones de una elegante sociedad, con sus conquistas sexuales y las acostumbradas reuniones familiares para alegrarle todo, su vida había sido agradablemente plena. Nunca había sentido la necesidad de entretenerse en aquellos bailes y fiestas llenos de jóvenes casaderas.

Lo que lo dejaba ahora en la poco envidiable posición de desear una esposa y no tener una manera fácil de encontrarla, sin alarmar a toda la sociedad. Si era lo suficientemente tonto como para comenzar a asistir a los bailes y las fiestas, las complacientes madres percibirían al instante que estaba buscando una esposa—y lo asediarían.

Era el último varón Cynster de su generación que aún no había contraído matrimonio.

Subió hasta la cima de la pared externa de los terraplenes y se detuvo. El terreno descendía en suaves ondulaciones; el sendero continuaba hacia la izquierda, hasta un mirador bajo y cubierto, incrustado en la roca una cincuenta yardas más adelante.

La vista era magnífica. La luz del Sol brillaba sobre el mar distante; podía distinguirse la silueta de la Isla de Wight a través de la suave bruma de verano.

Había visto este paisaje antes. Se volvió hacia el mirador y hacia la mujer que entonces se encontraba en él. Estaba de pie contra la baranda, contemplando el mar. Por su actitud y silencio, supuso que no lo había visto.

Apretando los labios, prosiguió su camino. No era preciso que diera una razón para acompañarla. Durante los últimos diez años, la había tratado con la misma insistente actitud protectora que mostraba con todas las mujeres de su familia; sin duda, era su relación—el hecho de que fuese la hermana de su cuñado Luc—lo que dictaba la manera como se sentía por ella a pesar de no ser parientes.

Para él, Portia Ashford era parte de su familia, le correspondía a él protegerla. Al menos eso era algo indiscutible.

¿Qué lógica tortuosa había llevado a los dioses a decretar que una mujer necesite un hombre para concebir?

Portia ahogó un gemido de disgusto. Ese era el centro del dilema que ahora enfrentaba. Desafortunadamente no tenía sentido debatir el asunto—los dioses lo habían decretado así, y no podía hacer nada al respecto.

Aparte de encontrar una manera de evadir el problema.

Este pensamiento aumentó su irritación, dirigida en gran parte contra sí misma. Nunca había deseado un esposo, nunca imaginó que el camino habitual que llevaba a un agradable matrimonio, socialmente aprobado, con todas las restricciones atinentes a él, fuese para ella. Nunca había contemplado un futuro en estos términos.

Pero no había otra opción.

Irguiéndose, enfrentó el hecho directamente: si deseaba tener sus propios hijos, tendría que hallar un esposo.

La brisa se desplazó sigilosamente, susurrando, acariciando suavemente sus mejillas, peinando levemente las pesadas ondas de su cabello. El darse cuenta de que los niños—sus propios hijos, su propia familia—era lo que en su corazón realmente anhelaba, el reto para el que, al igual que su madre, había sido educada para aceptar y conquistar, había llegado así como la brisa, furtivamente. Durante los últimos cinco años, había trabajado con sus hermanas, Penélope y Ana, cuidando de niños abandonados en Londres. Se había sumido en el proyecto con su dedicación habitual, convencida de que sus ideales eran adecuados y correctos, sólo para descubrir que su propio destino se encontraba en una dirección que nunca antes había contemplado.

Ahora necesitaba un esposo.

Debido a su procedencia, a la posición y conexiones de su familia, y a su dote, superar este obstáculo sería sencillo, aunque ya tuviera veinticuatro años. Sin embargo, era lo suficientemente inteligente para saber que no cualquier caballero sería el indicado. Dado su carácter, temperamento y cortante independencia, era necesario que eligiera sabiamente.

Arrugó la nariz, con la mirada fija, pero perdida, en la remota perspectiva. Nunca había imaginado que llegaría a esto—a desear un esposo. Gracias al desinterés que había manifestado su hermano Luc en insistir en que ella y sus hermanas contrajeran matrimonio, se les había permitido seguir su propio camino; el suyo había eludido los bailes y los salones, las reuniones de alta sociedad en Almack y otras similares, en las que las jóvenes casaderas encontraban sus maridos.

Aprender a encontrar un esposo le había parecido algo indigno de ella—un proyecto muy inferior a los retos más sustanciosos que exigía su intelecto.

Recuerdos de su pasada arrogancia—de todas las oportunidades para aprender los cómos y los cuándos de la selección de un marido y las posteriores estrategias para atraparlo, a las que consideraba con desdén—alimentaban su fastidio. Qué irritante descubrir que su intelecto, aceptado ampliamente como superior, no había previsto su actual condición.

La cruda verdad era que podía recitar a Horacio y citar a Virgilio sin equivocarse de página y, sin embargo, no tenía idea de cómo conseguir un esposo.

Y menos aún el esposo correcto.

Miró de nuevo el mar distante, la luz del Sol que centelleaba sobre las olas, vacilando constantemente. Así como estaba ella, o lo había estado durante el último mes. Esto estaba tan poco dentro de su personalidad, tan opuesto a su carácter—siempre decidido, nunca débil o tímido—que su indecisión le crispaba los nervios. Su carácter deseaba, no, *exigía,* una decisión, un objetivo firme, un plan de acción. Sus emociones—un aspecto de sí misma por el que rara vez se había dejado arrastrar—eran mucho menos seguras. Mucho menos inclinadas a sumirse en este último proyecto con su acostumbrado fervor.

Revisó los argumentos *ad infinitum:* no había aspectos

adicionales por explorar. Había caminado hasta allí aquel día porque estaba decidida a utilizar las pocas horas de que disponía antes de la llegada de los invitados y de que se iniciara la fiesta de varios días, para elaborar un plan.

Frunciendo los labios, entrecerró los ojos ante el horizonte, consciente de una resistencia que la invadía interiormente, el deseo de evitar el momento—tan irritante y sin embargo tan intuitivo, tan poderoso, que tuvo que luchar para superarlo y avanzar...pero no se marcharía sin un compromiso en firme.

Aferrada a la baranda del mirador, levantó la cabeza y afirmó con decisión, "Aprovecharé todas las oportunidades que ofrezca la fiesta para aprender todo lo que pueda y decidirme de una vez por todas." Esto no era lo suficientemente decisivo; agregó entonces con determinación, "Quienquiera que esté presente, de edad y condición apropiadas, juro que lo consideraré seriamente."

¡Finalmente! Había formulado en palabras el paso siguiente. En un juramento solemne. Se sintió invadida por el sentimiento de positiva animación que seguía siempre a una decisión...

"Vaya, eso es alentador, debo decirlo, aunque, ¿de la edad y condición apropiadas para qué?"

Giró rápidamente con un gemido ahogado de sorpresa. Por un instante, quedó atónita. No por el temor—a pesar de las sombras donde se encontraba y la luminosidad del día a sus espaldas, reconoció su voz, supo que eran sus hombros los que bloqueaban el arco de la entrada.

Pero, ¿qué demonios hacía *él aquí?*

La mirada de él se hizo más aguda—una mirada azul desconcertantemente penetrante, excesivamente directa para ser cortés.

"Y ¿sobre qué no te has decidido? Eso habitualmente te toma a lo máximo dos segundos."

Calma, decisión—audacia—regresaron de inmediato. Entrecerró los ojos. *"Eso* no es asunto tuyo."

Avanzó, con deliberada lentitud, hasta llegar a su lado. Ella se puso tensa. Los músculos que enmarcaban su espalda se petrificaron; sus pulmones se cerraron mientras algo en ella reaccionó. Lo conocía tan bien y, sin embargo allí, solos en el silencio de los campos y el cielo, parecía más grande, más poderoso.

Más peligroso de una manera indefinible.

Deteniéndose a unos pocos pasos, indicó con un gesto el panorama. "Parecías declararlo al mundo entero."

La miró a los ojos; la diversión de haberla atrapado merodeaba en el azul de su mirada, junto con cierta vigilancia y desaprobación.

Sus rasgos permanecieron impasibles. "Supongo que es demasiado esperar que haya un mozo de cuadra o un lacayo aguardando cerca de aquí."

Era un tema que ella no estaba dispuesta a debatir, especialmente con él. Mirando el paisaje, inclinó su cabeza tranquilamente. "Buenas tardes. La vista es magnífica." Hizo una breve pausa. "No pensé que fueses un admirador de la naturaleza."

Sintió que su mirada se deslizaba por sobre su perfil, y luego miraba el paisaje.

"Por el contrario." Guardó sus manos en los bolsillos; pareció relajarse. "Hay algunas creaciones de la naturaleza a cuya adoración soy adicto."

No requería mucha reflexión adivinar a qué aludía. En el pasado, ella habría hecho algún comentario cortante… ahora, lo único que escuchaba en su mente eran las palabras de su juramento…"Has venido a la fiesta en casa de los Glossups."

No era una pregunta; él respondió encogiéndose de hombros con elegancia. "¿A qué más?"

Él se volvió mientras ella se enderezaba. Sus ojos se encontraron; él había escuchado su juramento y no era probable que lo olvidara.

Súbitamente ella tuvo la certeza de que necesitaba mayor espacio entre ellos.

"Vine en busca de soledad," le informó sin rodeos. "Ahora que has llegado, creo que es mejor regresar."

Se volvió hacia la salida. Él se interponía en su camino. Con el corazón acelerado, ella contempló su rostro.

A tiempo para ver que sus rasgos se endurecían, sentir que retenía una réplica mordaz. Su mirada rozó la de ella; su contención era casi palpable. Con una calma tan deliberada que era en sí misma una advertencia, se hizo a un lado y le indicó la puerta con un gesto. "Como quieras."

Sus sentidos permanecieron fijos en él mientras pasaba a su lado con rapidez; su piel ardía como si él realmente representara un peligro potencial. Una vez que se adelantó, con la cabeza en alto, se deslizó por el arco; con una calma más aparente que real, avanzó por el sendero.

Apretando los dientes, Simón ahogó con determinación el deseo de detenerla, de aproximarse, de tomar su mano, de hacer que retrocediera—con qué fin no estaba seguro. Esto, se recordó a sí mismo, era lo que necesitaba, que ella regresara, altanera, a la mansión Glossup.

Inspirando profundamente, sostuvo la puerta y la siguió hacia el sol.

Luego continuó sendero abajo. En cuanto más pronto regresara ella a la civilización y a la seguridad, más pronto terminaría su propio viaje. Había conducido sin detenerse desde Londres—estaba sediento; un vaso de cerveza le haría bien.

Con sus pasos más largos, podía alcanzarla con facilidad; en lugar de hacerlo, caminó sin prisa detrás de ella, satisfecho con la vista. La moda actual de túnicas con cinturas que realmente coincidían con la cintura de la mujer le iba bien, enfatizando las esbeltas líneas de su figura, las finas curvas, las largas líneas de sus piernas. El azul violeta del ligero vestido de verano complementaba su dramático colorido— cabello negro azabache, ojos azules oscuros y una piel pálida, casi traslúcida. Ella era más alta de lo habitual; su frente casi rozaría su quijada—si alguna vez llegaran a estar tan cerca.

Este pensamiento hizo que riera melancólicamente para sus adentros.

Al llegar a lo más alto de la cresta, ella prosiguió—y sólo entonces advirtió que él la seguía. Le lanzó una mirada oscura; luego se detuvo y aguardó, volviéndose hacia él cuando llegó a su lado.

Con los ojos como fragmentos de pedernal oscuro, lo miró con ira. "No pensarás seguirme todo el camino de regreso a la mansión."

Portia no le preguntó qué creía que estaba haciendo; ambos lo sabían. Se habían visto por última vez durante la Navidad, siete meses antes, pero sólo de manera distante, rodeados por las hordas de sus dos familias combinadas. Él no había tenido ocasión entonces de irritarla, algo que, desde que ella había cumplido catorce años, él parecía absolutamente dedicado a provocar cada vez que se encontraban, si era posible.

Sus ojos se fijaron en los de ella. Algo—¿furia? ¿decisión?—brillaba detrás del engañoso azul suave de sus ojos. Luego apretó los labios; la rodeó con su habitual gracia elegante, enervante en un hombre tan alto, y continuó sendero abajo.

Ella se volvió y lo observó. No avanzó mucho, sino que se detuvo un poco antes del lugar donde se dividía el camino hacia la aldea.

Al volverse, encontró su mirada. "Tienes razón. No lo haré." Se despidió con un gesto y prosiguió su camino.

Ella miró en esa dirección. Un carruaje—el suyo—se encontraba en el camino.

"Tu carruaje te espera."

Levantando la mirada, encontró la de él. Directamente. Estaba obstaculizando el sendero hacia la mansión—deliberadamente.

"Me proponía caminar de regreso."

Su mirada no se movió. "Cambia de idea."

Su tono—pura arrogancia masculina, en la que había algo de reto que ella no había encontrado antes y no sabía ubicar—hizo que un extraño estremecimiento la recorriera. No había una agresión abierta en su actitud y, sin embargo, no dudó por un momento de que podía detenerla si intentara avanzar, y que lo haría.

Furia, salvaje obstinación—su respuesta habitual a las tácticas intimidadoras, especialmente cuando provenían de él—la invadieron y, sin embargo, esta vez se mezclaban con otras emociones poderosas que la distraían. Permaneció perfectamente inmóvil, con la mirada fundida en silencioso combate con la de él, la conocida lucha por la supremacía y, no obstante...

Algo había cambiado.

En él.

Y en ella.

¿Era sencillamente la edad? ¿Cuánto tiempo había transcurrido desde que habían enfrentado sus voluntades de esta manera? ¿Tres años? ¿Más? A pesar de ello, el campo había cambiado; la batalla ya no era la misma. Algo era fundamentalmente distinto; sintió en él una veta más osada, más evidentemente predadora, un destello de acero detrás de su elegancia, como si con los años su máscara se hubiese gastado.

Siempre había sabido cómo era él en realidad...

Su juramento resonó en su mente. Hizo a un lado esa distracción y, sin embargo, continuó escuchando...reconociendo el reto.

No pudo resistir.

Levantó la cabeza y avanzó, de una manera tan deliberada como la de él.

La alerta de sus ojos se condensó, hasta que su atención se centró exclusivamente en ella. Otra sensación la estremeció. Se detuvo delante de él, sosteniendo su mirada.

¿Qué veía él? Ahora ella lo miraba, tratando de ver más allá de sus defensas, sólo para descubrir que no podía hacerlo—extraño, pues nunca buscaron ocultar su mutua displicencia. ¿Qué ocultaba? ¿Cuál era la razón detrás de la velada amenaza que emanaba de él?

Para su sorpresa, deseaba saberlo.

Suspiró deliberadamente y afirmó sin emoción, "Muy bien."

La sorpresa encendió sus ojos, rápidamente sucedida por la sospecha; ella giró y miró hacia abajo, tomando el sendero que conducía a la aldea y ocultando su sonrisa. Sólo para que no creyera que había ganado, agregó fríamente, "En realidad, uno de mis zapatos me está molestando."

Sólo había dado un paso más cuando sintió que se movía; luego la alcanzó con rapidez, avanzando con excesiva velocidad.

Sus sentidos saltaron. Insegura, avanzó más despacio...

Él no se detuvo; se inclinó y la levantó en sus brazos.

"¿Qué?"

Sin interrumpir el paso, la acomodó hasta que la acunó en sus brazos, cargándola como si no pesara más que un niño.

Sus pulmones se habían paralizado junto con sus sentidos; le costaba un gran esfuerzo respirar. "¿Qué crees que estás haciendo?"

Su total incomprensión revestía todas sus palabras. Nunca antes había mostrado él el menor signo de reaccionar a sus pullas físicamente.

Estaba... ¿qué? ¿Sorprendida? ¿O...?

Poniendo a un lado su confusión, enfrentó su mirada cuando él brevemente la dirigió hacia ella.

"Tu zapato te molesta—no quisiéramos que tu delicado pie sufra un daño innecesario."

Su tono era anodino, su expresión sin malicia; la mirada de sus ojos incluso podría pasar por inocente.

Ella parpadeó. Ambos miraron hacia delante. Pensó en protestar—pero descartó esa idea en seguida. Él era perfectamente capaz de discutir hasta que llegaran al coche.

En cuanto a luchar, era intensamente consciente—mucho más de lo que desearía—de ser físicamente mucho más débil que él. Los brazos que la sostenían parecían de acero; su paso nunca vaciló, poderoso y seguro. La mano que sujetaba su muslo justo encima de la rodilla—decentemente protegida por su amplia falda—la apretaba como una tenaza; la amplitud de su pecho y su dura musculatura la tenían atrapada. Nunca había considerado su fuerza como algo que necesitara ponderar o sopesar; sin embargo, si él se disponía a introducir el contacto físico en su ecuación, debería pensarlo de nuevo.

Y no sólo en base a su fuerza.

El estar tan cerca, atrapada en sus brazos, la hizo sentir... entre otras cosas, aturdida.

Él avanzó más despacio; ella se concentró otra vez.

Con un gesto elegante, la depositó en el asiento del coche.

Sorprendida, se aferró a la baranda; por la fuerza del hábito recogió su falda para que él pudiera sentarse a su lado—advirtiendo la expresión igualmente sorprendida de Wilks, su mozo de cuadra.

"Ah... buenas tardes, señorita Portia." Con los ojos muy abiertos, Wilks se inclinó mientras le entregaba las riendas a Simón.

Wilks debió haber presenciado todo el espectáculo; estaba aguardando a que ella explotara, o al menos, a que dijera algo cortante.

Y no era el único.

Ella sonrió con perfecta ecuanimidad. "Buenas tardes, Wilks."

Wilks parpadeó, asintió fatigado y luego se apresuró a regresar a su lugar.

Simón la miró mientras subía al coche a su lado, como si esperara que ella mordiera. O al menos gruñera.

No hubiera creído que respondiera con una dulce sonrisa, así que ella miró hacia delante, serenamente compuesta, como si el unirse a él en el coche hubiese sido idea suya. Su mirada sospechosa había valido todo el esfuerzo que tan risueña docilidad le había costado.

El coche se sacudió y luego empezó a avanzar. En el instante en que él consiguió que sus caballos tomaran el paso, ella preguntó "¿Cómo se encuentran tus padres?"

Siguió una pausa, pero luego le replicó.

Ella asintió y comenzó a hablar de su familia, a quienes él conocía, describiendo su salud, dónde se encontraban, sus últimos intereses. Como si él se lo hubiese preguntado, prosiguió, "Vine a acompañar a Lady O." Durante años, ésta había sido su abreviatura para Lady Osbaldestone, una conocida de los Cynster y vieja amiga de la familia de Portia, una antigua beldad que aterrorizaba a la mitad de la alta sociedad. "Pasó las últimas semanas en Chase, y luego tuvo que viajar acá. Es una vieja amiga de Lord Netherfield, ¿lo sabías?" El Vizconde Netherfield era el padre de Lord Glossup, y actualmente pasaba un tiempo en la mansión.

Frunció el ceño. "No."

Portia sonrió auténticamente; le profesaba un gran cariño a Lady O, pero Simón, al igual que casi todos los caballeros de su clase, encontraban que su perspicacia era algo aterradora. "Luc insistió en que no debía cruzar medio país sola, entonces me ofrecí a acompañarla. Los otros que han llegado hasta ahora…" Continuó conversando, informándole sobre aquellos que estaban presentes y los que estaban aún por llegar, como cualquier joven bien educada y amistosa lo haría.

La sospecha en sus ojos era cada vez más pronunciada.

Luego aparecieron las puertas de la mansión Glossup, abiertas de par en par para acogerlos. Simón hizo girar los caballos e hizo que avanzaran con rapidez por la entrada.

La mansión Glossup era una casa rural construida en la época isabelina. Su típica fachada de ladrillo rojo daba al sur y presentaba tres pisos con alas este y oeste construidas perpendicularmente a ella. El ala central, donde se encontraban el salón de baile y el conservatorio, conformaba el trazo del medio de la E. A medida que se aproximaban, la luz del sol se reflejaba en las hileras de ventanas montantes y brillaba en las altas chimeneas con sus decoradas macetas.

Para cuando hizo girar a los caballos en el patio delantero, Simón se sintió completamente desconcertado. No era una sensación habitual en él; no había mucho en la vida social que le hiciera perder el equilibrio.

Aparte de Portia.

Si ella lo hubiese recriminado, si hubiese usado su afilada lengua como solía hacerlo, todo habría sido normal. No habría disfrutado del encuentro, pero tampoco habría experimentado esta súbita desorientación.

A pesar de devanarse los sesos, no recordaba una sola ocasión en la que ella se hubiese comportado hacia él con tal ...suavidad femenina, fue la descripción que le vino a la mente. Usualmente estaba acorazada y espinosa; hoy, al parecer, había abandonado su escudo y sus lanzas.

El resultado de aquello era...

Detuvo los caballos, frenó, le lanzó las riendas a Wilks y se apeó del coche.

Portia aguardó a que él pasara al otro lado del carruaje y la ayudara a bajar; él observaba, esperando que ella saltara de la manera acostumbrada, independiente, indicándole que no le necesitaba. En lugar de hacerlo, cuando él le ofreció la mano, puso sus delgados dedos en ella y le permitió que la ayudara a apearse con asombrosa gracia.

Levantó los ojos y sonrió cuando él la soltó. "Gracias." Su sonrisa se hizo más profunda; sus ojos sostuvieron su mirada. "Tenías razón. Mi pie está indudablemente mejor de lo que estaría si hubiese caminado."

Con expresión de inefable dulzura, inclinó la cabeza y se volvió. Sus ojos eran tan oscuros que él no pudo saber si el brillo que creyó ver en ellos era real o un efecto de la luz.

Permaneció en el patio delantero, mientras pasaban a su lado velozmente mozos de cuadra y lacayos, y observó cómo ella se deslizaba hacia la casa. Sin mirar hacia atrás una sola vez, desapareció en las sombras por la puerta de entrada.

El sonido de la grava producido por la marcha de su coche y sus caballos, que eran conducidos a otro lugar, lo sacó de su abstracción. Exteriormente impávido, interiormente algo melancólico, avanzó hacia la puerta de la mansión Glossup. Y la siguió.

"¡Simón! Maravilloso." Sonriendo ampliamente, James Glossup cerró la puerta de la biblioteca y avanzó hacia él.

Dejando su gabán en manos del mayordomo, Simón se volvió para saludar a James.

El alivio brillaba en los ojos de James mientras le estrechaba la mano. "Llegaste justo a tiempo para apoyarnos a Charlie y a mí." Con un gesto, indicó el salón; a través de las puertas cerradas, el inconfundible barullo de voces masculinas y femeninas conversando animadamente llegaba hasta ellos. "Charlie entró para hacer un reconocimiento del terreno."

Blenkinsop, el mayordomo, se detuvo al lado de James. "Haré que pongan el equipaje del señor Cynster en la habitación habitual, señor."

James asintió. "Gracias, Blenkinsop. Nos uniremos a los otros—no es preciso que nos anuncies."

Ex sargento mayor, alto, casi robusto pero con una posición rígidamente erguida, Blenkinsop se inclinó y partió. James miró a Simón, luego hizo un gesto hacia el salón. "Vamos—¡ataquemos!"

Entraron juntos, deteniéndose para cerrar una de las puertas cada uno. La mirada de Simón encontró la de James cuando cerró el picaporte; desde el otro lado del salón, Portia sospechó que ambos eran conscientes de la imagen que ofrecían al entrar ambos lado a lado.

Dos lobos de la sociedad; nadie los confundiría con otra cosa y, al verlos juntos, el efecto se duplicaba. Ambos eran altos, delgados, de anchos hombros y ágiles, ninguno excesivamente pesado. Mientras que el cabello castaño de James se rizaba levemente, los rizos de Simón, que antes habían sido rubios, se habían oscurecido con la edad y eran ahora de un castaño claro bruñido, que preservaba aún la promesa de un oro oculto; caían en suaves ondas a ambos lados de la cabeza. Simón tenía los ojos azules y la piel más clara; James tenía conmovedores ojos marrones que utilizaba con buenos resultados.

Ambos estaban vestidos a la última moda, con sus trajes perfectamente ajustados; el corte llevaba la marca inconfundible del sastre social más reputado. Sus corbatas eran de un blanco prístino, precisamente anudadas; sus chalecos, ejercicios en sutil elegancia.

Llevaban el manto de la gracia de la alta sociedad como si hubiesen nacido en ella, como en efecto lo habían hecho. Eran hermanos bajo la piel—vividores de la sociedad; mientras James hacía las presentaciones, ello se evidenciaba más allá de toda duda.

Se les unió Charlie Hastings, el tercer miembro de su tripulación, un caballero rubio, levemente más bajo, apuesto y del mismo talante despreocupado.

Portia observó al resto de la compañía, diseminada por el amplio salón, agrupada en sillas y sofás, con sus tazas de té en la mano. Los únicos huéspedes que aún no habían llegado eran Lady Hammond y sus dos hijas, a quienes esperaban aquella tarde.

James condujo a Simón primero hacia el anfitrión, su padre, Harold, Lord Glossup, un caballero bien parecido de edad madura, quien había acogido efusivamente a todos sus huéspedes. A su lado se encontraba George Buckstead, un caballero rural de sólida contextura, un viejo amigo de Harold y de gustos similares. Hacía también parte del grupo Ambrosio Calvin, un caballero de estampa algo diferente. Ambrosio tenía algo más de treinta años y, al parecer, estaba decidido a proseguir una carrera política. Portia sospechó que a esto se debía su presencia allí.

No estaba segura de qué era exactamente lo que él esperaba ganar con ello, pero tenía experiencia con personas de su tipo; seguramente tenía algún objetivo en mente.

Charlie, a quien ya habían presentado, se mantuvo alejado; cuando James y Simón se volvieron, descubrieron que la señorita Lucy Buckstead había capturado a su amigo. De apenas veinte años, brillante, dinámica, bonita y de cabello oscuro, la señorita Buckstead estaba encantada de estrechar la mano de Simón, pero sus ojos regresaron con excesiva rapidez al rostro de James.

Con una elegante disculpa, James se llevó a Simón para continuar con las presentaciones; Charlie tomó su lugar para distraer a la señorita Buckstead. Portia advirtió la mirada que intercambiaron James y Simón cuando se aproximaron al siguiente grupo.

En él se encontraba la madre de James, su anfitriona, Catherina, Lady Glossup. Una mujer madura apagada, de pálidos cabellos rubios y ojos azules aguados, preservaba todavía cierto grado de reserva, el débil eco de una superioridad que, de hecho, no poseía. No era una persona desagra-

dable sino, quizás, alguien cuyos sueños la habían dejado
de lado. A su lado estaba la señora Buckstead—Helena—
una mujer grande, cuya serena alegría mostraba que estaba
bastante satisfecha con su suerte.

Ambas damas sonrieron graciosamente cuando Simón se
inclinó ante ellas; intercambiaron algunas palabras y luego
se volvieron para estrechar la mano del caballero que se encontraba a su lado. El señor Moreton Archer era un ban-
quero rico e influyente; el segundo hijo de un segundo hijo,
se había visto obligado a abrirse camino en el mundo, y lo
había hecho con éxito. La confianza que proyectaba se veía
como una pátina sobre él, por encima de los costosos trajes y
cuidadoso arreglo.

De la generación de Lord y Lady Glossup, el señor Archer
era el padre de otra Catherine, conocida por todos como
Kitty, quien había contraído matrimonio con el hijo mayor
de Lord Glossup, Henry. Era evidente para todos que el señor Archer consideraba esta circunstancia como una oportunidad de ingresar a los círculos sociales a los que aspiraba.

El ser presentado a Simón hizo que su mirada se aguzara;
le hubiera agradado hablar con él un poco más, pero James
ingeniosamente prosiguió con las presentaciones.

El grupo siguiente incluía a Kitty Glossup, en algunos
aspectos su segunda anfitriona. Rubia, pequeña pero algo
robusta, Kitty tenía una tez de porcelana blanca y rosa, y
brillantes ojos azules. Sus pequeñas manos revoloteaban,
sus labios levemente coloreados estaban siempre en movimiento, sonriendo, haciendo mohines o hablando. Nunca estaba más feliz que cuando era el centro de atención; era
vana, frívola y Portia pensaba que tenían muy poco en común, pero Kitty no era muy diferente de muchas otras señoras de la alta sociedad.

Kitty había estado conversando con Lady Calvin y el señor Desmond Winfield. Cynthia, Lady Calvin, era una viuda
severa pero bien conectada, una dama fría, equilibrada,

que guiaba cuidadosamente a sus dos hijos—Ambrosio y Drusilla—por la vida. Hija de un conde, se movía en los mismos círculos que los Cynsters y los Ashfords; sonrió majestuosamente a Simón y le ofreció su mano.

El señor Winfield había llegado unas pocas horas antes; Portia aún tendría que aprender mucho de él. Su apariencia externa lo declaraba como un caballero de buena posición económica, sobrio y bastante considerado. Portia pensó que había sido invitado a través de los Archers; se preguntó si estaba destinado a su hija mayor, Winifred, quien aún no se había casado.

La propia Winifred se encontraba en el grupo al que condujo James a Simón luego, junto con Henry Glossup, el hermano mayor de James, Alfreda Archer, la madre de Kitty y Winifred, es decir, la suegra de Henry, y Drusilla Calvin.

Como antiguo amigo de James, Simón había visitado con frecuencia la mansión Glossup y conocía bien a Henry; se estrecharon la mano como viejos amigos. Henry era una versión mayor, más sosegada y más sólida de James, una persona agradable en cuyos hombros había caído la responsabilidad de la propiedad.

Alfreda Archer se mostró efusiva; Portia sintió que las defensas de Simón se ajustaban de nuevo, aun cuando estaba al otro lado del salón. La señora Archer tenía todos los signos de una madre casamentera, decidida a utilizar el matrimonio para escalar socialmente. A diferencia de ella, Winifred era una persona calmada, que saludó a Simón con una amable sonrisa y abierta cortesía, nada más.

Drusilla apenas lo consiguió. Era casi de la misma edad de Portia, pero hasta allí llegaba la similitud. Drusilla era ratoncillesca, introvertida e inusualmente seria para su edad. Parecía considerarse a sí misma como la acompañante de su madre más que su hija; por lo tanto tenía poco interés en Simón o en James, y lo mostraba.

Las únicas otras personas presentes, además de Lady

Osbaldestone y Lord Netherfield, al lado de quienes se encontraba Portia, eran Oswald Glossup, el hermano menor de James, y Swanston Archer, el hermano menor de Kitty. Ambos eran de edad y actitud similares; con sus chalecos a rayas ridículamente estrechos y sacos de largas faldas, se consideraban los gallos del paseo y se pavoneaban como si lo fueran, manteniéndose apartados del resto de la concurrencia.

Simón los reconoció con un seco gesto de cabeza y una mirada que insinuaba desaprobación.

Y luego él y James se aproximaron al sofá donde se habían instalado Lady Osbaldestone y Lord Netherfield, un poco separados del resto para observarlos mejor y comentar sin restricciones.

Portia se levantó cuando se acercaron los dos hombres— no por un sentido del comportamiento correcto, sino sencillamente porque le desagradaba que la observaran desde lo alto, especialmente los dos a la vez.

Lady Osbaldestone aceptó el saludo de Simón y su inclinación con un alegre golpe de su bastón, y pronto lo puso en su lugar al preguntar, "Bien, entonces—¿cómo está tu madre?"

Habituado por su larga experiencia, y consciente también de que no tenía escape, replicó con meritoria serenidad. Lady O le exigió un recuento de sus hermanas menores y de su padre; mientras él satisfacía su rapaz curiosidad, Portia intercambió una sonrisa con James, e inició con él y con su abuelo una discusión sobre los lugares más bonitos de los alrededores.

Lady O eventualmente liberó a Simón. Éste se volvió hacia Lord Netherfield con una sonrisa y unas pocas palabras, renovando su amistad anterior. Hecho esto, Simón, quien ahora se encontraba al lado de Portia, se volvió de nuevo hacia Lady O—y se paralizó.

Portia lo sintió, miró hacia Lady O—e hizo lo mismo. La

mirada de basilisco que había aterrorizado a la alta sociedad durante más de cincuenta años se había fijado en ellos.

En ambos.

Permanecieron transfigurados; ambos dudaron sobre hacia dónde debían moverse, cómo habían transgredido...

Ominosamente, las cejas de Lady O se levantaron con lentitud. "Ustedes *se conocen,* ¿verdad?"

Portia sintió que se ruborizaba; desde el rabillo del ojo, observó que a Simón no le iba mejor. A pesar de estar perfectamente consciente uno del otro, ninguno de ellos había recordado reconocer la presencia del otro de una manera socialmente aceptable. Ella abrió la boca, pero él se le adelantó.

"La señorita Ashford y yo nos encontramos antes."

Si no hubiesen estado a la vista de todos, ella lo hubiera pateado. ¡Su fría arrogancia dejaba creer que su encuentro había sido clandestino! En un tono displicente, explicó, "El señor Cynster tuvo la amabilidad de conducirme de vuelta desde la aldea. Había caminado hasta el mirador."

"¿Oh, así es?" La negra mirada de Lady O los abarcó un instante más; luego asintió y golpeó el piso con su bastón. "¡Ya veo!"

Antes de que Portia pudiera decidir qué quería decir con eso, Lady O prosiguió. "Muy bien." Señaló su taza vacía sobre la mesa auxiliar. "Puede traerme otra taza de té, señor."

Con una presteza que Portia comprendió plenamente, Simón sonrió de manera encantadora, tomó la taza y el plato, y se dirigió hacia el carrito rodante al lado de Lady Glossup. James fue despachado por su abuelo a realizar el mismo servicio. Portia aprovechó el momento para excusarse, y se dirigió hacia el otro lado del salón, donde se encontraban Winifred Archer y Drusilla Calvin—las huéspedes a quienes menos probablemente se uniría Simón.

Podía haber jurado considerar a todos los caballeros solteros presentes; esto no significaba que debía permanecer al lado de ninguno de ellos mientras lo hacía.

Especialmente al lado de Simón.

Especialmente cuando Lady O los estaba observando.

Simón regresó con la taza de Lady O y luego se excusó con gran efusión; la vieja fiera lo dejó partir con un gruñido y un ademán. Tomando una taza de té para sí, se unió a Charlie y a Lucy Buckstead al lado de las ventanas.

Charlie lo acogió con una sonrisa, pero no interrumpió su ingenioso parloteo; estaba dedicado a trastornar la alocada cabeza de la señorita Buckstead. Pero esto no significaba nada; a Charlie simplemente le fascinaba enamorar a las chicas. Con su cabello rubio rizado, ojos marrón oscuro y su acento a la moda, era un adorno de la alta sociedad a quien buscaban con frecuencia damas de gusto y discernimiento.

El punto que las damas discernían, habitualmente con ejemplar rapidez, era que Charlie, en la mayoría de los casos, era todo palabras y ninguna acción. No era que no las complaciera cuando esto le convenía; sencillamente, esto no ocurría a menudo.

Incluso la señorita Buckstead, ingenua como era, parecía bastante despreocupada, riéndose y respondiendo a los comentarios casi atrevidos de Charlie.

Simón sonrió y probó su té. Tanto él como Charlie sabían que estaban a salvo con la señorita Buckstead; era en James en quien había fijado sus ingenuos ojos.

Bajo el pretexto de la conversación, observaron la concurrencia. El propósito de la reunión era, evidentemente, reconocer lazos—con los Archers, la familia de Kitty, con los Bucksteads, viejos amigos, y con los Calvins y los Hammond, todas conexiones útiles. Una colección de invitados enteramente normal, pero al estar presente Lucy Buckstead, Simón podía apreciar la estrategia de James de asegurar que hubiese algunos caballeros de más.

No le envidiaba a James estos días; para eso eran, finalmente, los amigos. No obstante, sí se preguntó qué entretenimiento podía encontrar para ocupar el tiempo hasta que pudiera dejar a James a salvo y continuar su camino hacia Somerset.

Su mirada se detuvo en el trío de damas que se encontraban al lado del otro conjunto de ventanas: Winifred Archer, Drusilla Calvin y Portia. Estas últimas eran de la misma edad, cerca de veinticuatro años, unos pocos años menos que Kitty, cuya risa atolondrada ahogaba el murmullo de conversaciones más serias.

Portia miró a Kitty y luego regresó a la discusión entre Winifred y Drusilla.

Winifred le daba la espalda a su hermana y no mostraba ningún indicio de haber escuchado su estridente regocijo. Winifred era mayor; Simón pensó que debía tener aproximadamente su edad, veintinueve años.

Miró el grupo presidido por Kitty y vio que Desmond Winfield miraba a Portia. ¿O era a Winifred? Desmond se tensó, como si se dispusiera a aproximarse a ellas.

Kitty le puso una mano en la manga y le dirigió una pregunta; él se volvió hacia ella y respondió en voz baja.

Más cerca de él, Charlie se rió; Lucy Buckstead ahogó una risita. Sin tener idea de lo que habían dicho, Simón les sonrió a ambos, y luego levantó su taza y bebió un poco más.

Su mirada regresó a Portia.

El sol caía a raudales sobre ella, llenando de destellos negros azulados de su cabello azabache.

Sin ser invitada, la fragancia que había emanado de sus pesadas ondas, el cálido aroma que había jugado con sus sentidos mientras la cargaba sendero abajo, regresó a él, agudamente evocador. Le hirió la memoria y trajo consigo todo el resto—su peso entre sus brazos, la ligera tensión de su cuerpo, las curvas demasiado femeninas. Las sensaciones recordadas lo invadieron y lo dejaron acalorado.

Había estado aplastantemente consciente de ella como

mujer, una hembra—algo que nunca imaginó que pudiera ser. Se sentía asombrado; también por el descubrimiento de que parte de su mente había deseado conscientemente estarla llevando a otro lugar. A un lugar mucho más privado.

Sin embargo, en ningún momento la había confundido con otra persona—sabía muy bien quién estaba en sus brazos. No había olvidado la agudeza de su lengua, el látigo de su furia. Sin embargo, habría deseado...

Frunciendo el ceño interiormente, desvió la mirada hacia Lucy Buckstead. Si quería una esposa, ciertamente este era el tipo de mujer que debía considerar—bien comportada, dócil—manejable. Fijó su mirada en ella... pero su mente se deslizaba constantemente...

Puso su taza en la mesa, invocó una sonrisa. "Si me disculpan, debo quitarme el polvo del camino."

Con una leve inclinación a Lucy y un gesto a Charlie, regresó su taza a Lady Glossup, se disculpó elegantemente, y escapó.

Mientras subía la escalera, Portia, aquel momento inesperado en el sendero, y su respuesta, igualmente inesperada, se apoderaron de nuevo de su mente. La mansión Glossup le había ofrecido panoramas que no había anticipado; tenía el tiempo de hacerlo—no había razón para no explorarlos.

Aparte de todo lo demás, el reto de descubrir exactamente qué era lo que una mujer sumamente educada tenía aún que aprender acerca de la vida era prácticamente irresistible.

Capítulo 2

"*Nunca* te hubiera creído cobarde."

Las palabras, pronunciadas en un tono dulce, femenino, decididamente provocador, llevaron a Portia a detenerse súbitamente en el descanso de las escaleras del ala occidental. Había pasado la última media hora en el pianoforte en el salón de música del primer piso de esta ala; ahora era el momento de reunirse en el salón antes de la cena—y hacia allí se encaminaba.

Las escaleras de esta ala no eran muy frecuentadas por las damas de la reunión, pues sus habitaciones se encontraban en el ala oriental.

"Pero ¿quizás es sólo una treta?"

Las palabras se adhirieron como una caricia; era Kitty quien hablaba.

"*¡No* es una treta!" James hablaba con los dientes cerrados. "No estoy jugando—¡y nunca lo haría contigo!"

Estaban fuera de la vista de Portia en el recibo al final de la escalera, pero la aversión de James le llegó claramente. Junto con un toque de desesperación.

Kitty se rió. Su incredulidad—o, más bien, su convicción

de que ningún hombre, especialmente un hombre como James, no la deseara—resonó en el hueco de la escalera.

Sin ulteriores pensamientos, Portia, serena y firmemente, continuó bajando la escalera.

La escucharon y ambos se volvieron. Sus expresiones registraban una sorpresa poco agradable, pero sólo la de James registró algo que se asemejara a la vergüenza; la expresión de Kitty sólo manifestaba su irritación por haber sido interrumpida.

Luego James reconoció a Portia; el alivio invadió sus rasgos. "Buenas noches, señorita Ashford. ¿Se ha extraviado?"

No estaba extraviada, pero Kitty había hecho que James retrocediera hasta un nicho. "En efecto." Luchó por dar un aire de desamparo a su expresión. "Pensé que sabía hacia dónde iba, pero..." Hizo un gesto vago.

James pasó rápidamente al lado de Kitty. "Permítame—me dirigía precisamente al salón. ¿Supongo que es allí a dónde se dirige?"

Tomó su mano y la puso sobre su manga; sus ojos se encontraron y ella vio en los de James una súplica.

"Sí, por favor. Le agradecería mucho que me acompañara." Sonrió amablemente y luego se volvió hacia Kitty.

Kitty no devolvió la sonrisa; asintió de manera algo cortante.

Portia levantó las cejas. "¿No nos acompaña, señora Glossup?"

James se puso rígido a su lado.

Kitty se despidió con la mano. "Pronto los alcanzo. Por favor, sigan." Con esto, giró y se dirigió a la escalera.

James se relajó. Portia se volvió y permitió que él la condujera hacia el ala central. Miró su rostro; tenía el ceño fruncido y estaba algo pálido. "¿Se encuentra usted bien, señor Glossup?"

La miró y luego sonrió—de manera encantadora. "Por favor, llámeme James." Con un gesto, agregó, "Gracias."

Levantando las cejas, no pudo resistir preguntar, "¿A menudo lo importuna de esta manera?"

Vaciló, y luego dijo, "Cada vez parece ponerse peor."

Evidentemente se sentía incómodo; ella miró al frente. "Tendrá que aferrarse a otras damas hasta que ella se sobreponga."

Él le lanzó una aguda mirada, pero no la conocía lo suficientemente bien como para estar seguro de su ironía. Ella le permitió que la guiara por la casa, ocultando una sonrisa al extraño giro que había hecho que el vividor de James Glossup dependiera de ella, por así decirlo, para proteger su virtud.

Sus ojos se encontraron cuando entraron al recibo principal; él estaba casi seguro de que ella se reía, pero no estaba seguro por qué. Se aproximaban al salón; ella miraba hacia delante. Simón lo habría sabido.

Cuando atravesaron el umbral, ella lo vio, a un lado de la chimenea, conversando con Charlie y dos alegres jóvenes— las hijas de Lady Hammond. Anabel y Cécily. La propia Lady Hammond, una cálida mujer de alegre encanto, estaba sentada al lado de Lady Osbaldestone.

Al otro lado del salón, los ojos de Simón encontraron los de Portia. James se disculpó y se dirigió hacia su padre. Después de detenerse para saludar a Lady Hammond, una amiga de su madre, Portia se unió a Simón y Charlie, Anabel y Cécily.

Las jóvenes eran una bocanada de aire fresco; eran inocentes y, sin embargo, se sentían completamente en casa en esta esfera y estaban decididas a ser el alma—o las almas— de la reunión. Portia las conocía desde hacía muchos años; la saludaron con su típica alegría.

"¡Espléndido! ¡No sabía que estarías aquí!"

"¡Oh, será maravilloso—estoy segura de que nos divertiremos muchísimo!"

Ojos risueños, brillantes sonrisas—era imposible no responder de la misma manera. Después de las habituales preguntas sobre sus resᴸectivas familias y conocidos, la conversación se centró en los placeres que se esperaban de los días siguientes y de las entretenciones que ofrecían la mansión Glossup y sus alrededores.

"Los jardines son enormes, con muchos senderos. Lo leí en una guía," confesó Anabel.

"Ah, y hay un lago—el libro decía que no era fabricado, sino que lo llena un manantial natural muy profundo." Cécily hizo una mueca. "Demasiado profundo para pasear en canoa. ¡Imagínate!"

"Bien," intervino Charlie, "no quisieran correr el peligro de caer en él. Condenadamente frío—puedo asegurarlo."

"¡Santo cielo!" Anabel se volvió hacia Charlie. "¿Lo hiciste? Quiero decir, ¿caíste en el lago?"

Portia advirtió la mirada que Charlie le dirigió a Simón, y el gesto con que le respondieron los labios de Simón; pensó que lo más probable era que a Charlie lo hubiesen lanzado al lago.

Los movimientos en el salón desviaron su atención; Kitty entró y se detuvo, observando a la concurrencia. Henry se apartó del grupo en que estaba y se dirigió hacia ella. Le habló en voz baja, con la cabeza inclinada; evidentemente, era algo privado.

Kitty se puso tensa; levantó la cabeza. Le lanzó a Henry una mirada de desdeñosa afrenta y luego replicó muy brevemente, le volvió la espalda y, con una expresión peligrosamente cercana a una mueca truculenta, voló a hablar con Ambrosio y Drusilla Calvin.

Henry la miró partir. Sus rasgos estaban tensos, controlados, cerrados; sin embargo, la impresión que daba era de dolor.

Era evidente que no todo andaba bien en ese frente.

Portia se concentró de nuevo en la conversación, que aún

burbujeaba a su alrededor. Anabel se volvió hacia ella con los ojos llenos de entusiasmo. "¿Ya has estado allí?"

Obviamente, se había perdido de algo. Miró a Simón.

Sus ojos encontraron los suyos; sus cejas se movieron, pero consintió en salvarla. "Portia no ha estado aquí antes— es tan nueva para los deleites de la casa como ustedes. En cuanto al templo…" Su mirada se detuvo otra vez en el rostro de Portia. "Debo admitir que prefiero la casa de verano al lado del lago. Quizás algunas personas la encuentran un poco retirada, pero me encanta la tranquilidad de las aguas."

"Tendremos que ir por ese lado." Cécily estaba ocupada haciendo planes. "Y he oído decir que también hay un mirador, cerca de acá."

"He ido caminando hasta allí." Negándose a enfrentar la mirada de Simón, Portia puso de su parte para aplacar la sed de información de las jóvenes Hammond.

Este tema los absorbió hasta cuando se anunció la cena. Una vez sentada en la larga mesa, Portia, recordando su juramento, dedicó su atención a reconocer el terreno.

Cualquier persona presente, de la edad y condición apropiadas, juro que lo consideraré seriamente.

Entonces, ¿a quién estaba considerando? Todos los hombres sentados a la mesa eran, al menos teóricamente, de condición apropiada, pues de lo contrario no estarían allí. Algunos eran casados, y por consiguiente, serían fácilmente eliminados; de aquellos que quedaban, a algunos los conocía mejor que a otros.

Mientras comían y conversaban, aun cuando prestaba atención a una discusión y luego a otra, dejaba que su mirada vagara, fijándose en cada hombre, reconociendo cada posibilidad.

Su mirada se detuvo en Simón, sentado al otro lado de la mesa, dos asientos abajo. Luchaba por conversar con Drusilla, quien parecía especialmente reservada, seria, pero también incómoda. Portia frunció el ceño interiormente; a pesar de sus frecuentes desacuerdos, sabía que los modales de Simón eran extraordinariamente educados y nunca fallarían en una situación social. Cualquiera que fuese el problema, era de Drusilla.

Hubo una pausa en el barullo que la rodeaba. Su mirada permaneció fija en Simón, en el brillo dorado de su cabello, sus largos y elegantes dedos rodeando la copa de vino, el resignado gesto de sus labios cuando se reclinó, abandonando a Drusilla a sus pensamientos.

Había estado mirándolo durante demasiado tiempo; él sintió su mirada.

En el instante antes de que mirara hacia ella, ella miró hacia abajo, sirviéndose calmadamente más vegetales y luego volviéndose al señor Buckstead que se encontraba a su lado.

Sólo cuando sintió que la mirada de Simón se apartaba, respiró libremente de nuevo.

Apenas entonces advirtió qué extraña era su reacción.

Cualquier persona presente, de la edad y condición apropiadas...

Para cuando las damas se levantaron y salieron hacia el salón, dejando a los hombres con su oporto, mentalmente agregó tres nombres a su lista. La reunión evidentemente estaba destinada a ser una prueba, un campo de comprobación en el que podía desarrollar sus habilidades para seleccionar un esposo; ningunos de los caballeros presentes eran del tipo al que imaginara confiar su mano, pero como especimenes con los cuales practicar, eran perfectos.

James Glossup y Charlie Hastings eran exactamente el tipo de caballero cuyos atributos debía aprender a sopesar.

En cuanto a Simón, sólo porque lo había conocido toda su vida, sólo porque habían pasado los últimos diez años irritándose mutuamente—sólo porque nunca habría pensado en ponerlo en su lista si no hubiese formulado su juramento en esos precisos términos sin saber que él estaría presente—

ninguna de estas era razón suficiente para cerrar sus ojos a sus cualidades de posible esposo.

Cualidades que debería aprender a valorar y evaluar.

En efecto, al entrar al salón detrás de Lady O, se le ocurrió que, al ser un Cynster, las cualidades de esposo de Simón podrían constituir los parámetros según los cuales mediría a todos los demás.

Era un pensamiento perturbador.

Por suerte, dado que los caballeros no estaban presentes, podía apartarlo de su mente y distraerse con la conversación de las hermanas Hammond y de Lucy Buckstead.

Más tarde, cuando regresaron los caballeros y las conversaciones tomaron un giro más general, se encontró en un grupo con Winifred Archer y Desmond Winfield. Ambos eran agradables, un poco reservados, aunque ninguno de ellos carecía de confianza en sí mismo. Sin embargo, cinco minutos más tarde, hubiera apostado su mejor traje a que había algo entre ellos, o al menos que algo estaba a punto de desarrollarse entre ellos. Cuál era la actitud de Winifred no sabría decirlo, pero Desmond, a pesar de sus modales ejemplares, figurativamente sólo tenía ojos para Winifred.

Su lápiz mental se había preparado para eliminar a Desmond de su lista, pero luego se detuvo. Quizás, dada su relativa falta de experiencia en este ámbito, debía seguir considerándolo, no como un posible marido, sino para definir los atributos masculinos que damas como Winifred, quien a pesar de su reserva, parecía eminentemente razonable, requerían y aprobaban.

Aprender a través de la observación de los éxitos—y fracasos—de otros era algo sabio.

Este pensamiento hizo que mirara a su alrededor. Kitty, en su reluciente traje de seda aguamarina, brillaba con un encanto efervescente mientras pasaba de un grupo a otro. No había huellas de su anterior irritación; parecía estar en su elemento.

Henry conversaba con Simón y James; ya no parecía preocupado o distraído por Kitty.

¿Quizás había interpretado incorrectamente su intercambio anterior?

Alguien se aproximaba; Portia se volvió para encontrar a Ambrosio Calvin, que se inclinaba ante ella. De inmediato respondió con una reverencia.

"Señorita Ashford—es un placer conocerla. La he visto en varios eventos en Londres pero nunca tuve ocasión de serle presentado."

"¿En verdad, señor? ¿Debo suponer que pasa usted la mayor parte del tiempo en la capital?"

Ambrosio tenía ojos marrón oscuro y el cabello castaño claro; sus rasgos eran regulares, de molde patricio pero lo suficientemente suavizados por la educación y la cortesía como para ser agradables. Inclinó la cabeza. "La mayor parte del tiempo." Vaciló y luego agregó, "Espero ingresar al Parlamento en las siguientes elecciones. Desde luego, paso tanto tiempo como puedo manteniéndome al tanto de los acontecimientos de actualidad—para estar cerca de la fuente, es preciso estar en la capital."

"Sí, desde luego." Estuvo a punto de explicar que lo comprendía muy bien, por conocer a Michael Anstruther-Wetherby, el Representante de Godleigh, en West Hampshire, pero la agudeza que vio en los oscuros ojos de Ambrosio puso un candado en su lengua. "He pensado a menudo que, en estos tiempos cambiantes, servir a sus electores en el Parlamento debe ser algo muy satisfactorio."

"Efectivamente." No había nada en el tono de Ambrosio que sugiriera que estuviese animado por un celo reformista. "Sostengo que necesitamos a los hombres indicados en estas posiciones—aquellos que están activamente interesados en gobernar, en guiar al país por el camino correcto."

Esto le sonó un tanto pomposo para su gusto; cambió de tema. "¿Ya ha decidido a quién representará?"

"Aún no." La mirada de Ambrosio se fijó en el grupo que se encontraba al otro lado del salón—Lord Glossup, el señor Buckstead, y el señor Archer. Un instante después volvió la mirada hacia ella y sonrió, con algo de condescendencia. "Es posible que usted no lo sepa, pero estos asuntos usualmente se deciden dentro del partido—y es lo mejor. Espero recibir noticias de mi selección muy pronto."

"Ya veo." Sonrió dulcemente, el tipo de sonrisa de la que Simón no se hubiera fiado. "Esperemos entonces que las noticias sean todo lo que usted se merece."

Ambrosio aceptó el comentario como deseaba escucharlo; ella se sintió decididamente condescendiente mientras se volvieron hacia los demás para unirse a la conversación general.

Cinco minutos más tarde, la señora Glossup levantó la voz, pidiendo voluntarios para que ofrecieran algo de música a la concurrencia.

Antes de que alguien pudiera reaccionar, Kitty se adelantó, con la cara iluminada, "¡Bailar! Eso es exactamente lo que necesitamos."

La señora Glossup parpadeó; a su lado, la señora Archer tenía una expresión vacía.

"Ahora"—en el centro del salón, Kitty giraba, aplaudiendo suavemente—"¿quién tocará para nosotros?"

Portia había respondido a ese llamado tantas veces durante largos años, que era casi natural en ella. "Me complacería tocar para ustedes, si lo desean."

Kitty la miró con una sorpresa matizada de sospecha, casi inmediatamente revestida de aceptación. "¡Genial!" Volviéndose, hizo un ademán hacia los caballeros. "James, Simón—¿podrían colocar el piano en su lugar? Charlie, Desmond—esas sillas pueden ir contra la pared."

Mientras se sentaba ante el teclado, Portia miró de nuevo a Kitty; parecía que nada diferente del simple placer de bailar motivaba sus acciones. Imbuida de tan inocente entusiasmo, lucía realmente atractiva; había desaparecido la sirena que había abordado a James en la escalera, la mujer seductora y desapegada que había entrado al salón.

Portia recorrió las teclas experimentando; el instrumento estaba afinado, ¡gracias al cielo! Cuando levantó la vista, pudo ver una serie de partituras sobre la tapa brillante del piano.

En ese momento encontró la mirada firme y azul de Simón; luego él levantó una de sus cejas. "Ocultándote detrás de sus destrezas, como siempre."

Parpadeó sorprendida; con una mirada enigmática, él se volvió y se unió al grupo que se dividía en parejas.

Haciendo a un lado el extraño comentario, puso las manos sobre el teclado y dejó que sus dedos se deslizaran al preludio de un vals.

Conocía muchos; la música siempre le había venido naturalmente, fluía sencillamente de sus dedos. Esta era la razón por la cual se ofrecía con tanta frecuencia a tocar. No necesitaba pensar para hacerlo; lo disfrutaba, se sentía cómoda en el piano y podía, a su gusto, perderse en la música o bien estudiar a la concurrencia.

Fue esto último lo que decidió hacer aquella noche.

Lo que veía la fascinó.

Como era la costumbre, el piano se encontraba al otro lado del gran salón, lejos de la chimenea y de las sillas y sofás ocupados por las personas mayores. Los bailarines llenaban el espacio entre ellos y el piano; como pocos imaginaban que la intérprete no estuviese mirando sus dedos, aquellas parejas que buscaban usar el baile para comunicarse en privado optaron por hacerlo mientras atravesaban el salón hacia el lugar más alejado de los agudos ojos de sus mayores. Es decir, directamente al frente de ella.

Se contentó con pasar sin tropiezos de un vals al siguiente, mezclando ocasionalmente un baile campestre, dando a los bailarines apenas el tiempo suficiente para recuperar el aliento y cambiar de pareja.

Lo primero que advirtió era que, a pesar de su auténtico placer en la danza, Kitty perseguía finalmente un objetivo ulterior. Qué era exactamente lo que se proponía era difícil de determinar; Kitty parecía tener más de un caballero en vista. Coqueteaba—definitivamente coqueteaba—con James, su cuñado, para gran irritación del mismo. Con Ambrosio era un poco menos evidente, pero sin embargo había un destello de invitación en sus ojos y una sonrisa provocadora en sus labios. Aun cuando observó cuidadosamente, Portia no pudo culpar a Ambrosio; él no alentó para nada a Kitty.

Con Desmond, Kitty se mostró tímida; continuó coqueteando, pero aún con más cautela, como si modulara su ataque de acuerdo con el carácter de su pareja. Desmond pareció vacilar, titubear; no la animó, pero tampoco la rechazó abiertamente. Cuando fue el turno de Simón y de Charlie, ambos parecían encerrados detrás de muros de abierta desaprobación. Kitty los retaba y, no obstante, su exhibición carecía de convicción, como si con ellos sólo estuviera actuando.

Portia no podía imaginar por qué se molestaba en hacerlo. ¿Había algo que no sabía?

Sin embargo, cuando Kitty bailó con Henry, su esposo, se mostró indiferente. No hizo esfuerzo alguno por mantener su atención; en efecto, apenas pronunció una palabra. Henry, a pesar de intentarlo, no pudo ocultar su desencanto y cierta desaprobación triste y resignada.

De los demás, pronto resultó aparente que Lucy Buckstead se había decidido por James. Reía con todos los caballeros y les sonreía, pero cuando estaba con James se mostraba pendiente de todo lo que decía, con los ojos brillantes, los labios entreabiertos.

James tendría que cuidarse, y no sólo por el lado de Kitty, algo que Portia sospechó que él ya sabría; su comportamiento era agradable pero frío.

Las señoritas Hammond no estaban interesadas en ninguna relación; se encontraban allí sencillamente para divertirse y esperaban que los demás también lo hicieran. Su juvenil exuberancia era un alivio. Drusilla, por el contrario, habría pasado todas las piezas sentada al lado de su madre, si la señora Calvin lo hubiera permitido. Drusilla soportó los ritmos con el placer de un aristócrata francés paseando en una carreta.

En cuanto a Desmond y Winifred, había decididamente un romance en el aire. Era ciertamente instructivo observar los intercambios entre ellos—Desmond sugería, nunca impositivo, sin timidez pero sin excesiva seguridad; Winifred respondía silenciosamente, bajando las pestañas, con la mirada baja, sólo para levantarla de nuevo hacia su rostro, sus ojos.

Portia se inclinó para disimular una sonrisa cuando se aproximaba al final de la pieza. Al tocar el último acorde, decidió que los bailarines necesitaban un corto intervalo mientras ella buscaba entre las partituras.

Se puso de pie para hojearlas con más comodidad. Había llegado casi a la mitad cuando escuchó el crujir de faldas a su lado.

"Señorita Ashford, nos ha deleitado usted con su música, pero es imperdonable que por hacerlo esté usted excluida de la diversión."

Portia se volvió cuando Winifred apareció del brazo de Simón. "Oh, no. Esto es . . ." Se detuvo, sin saber cómo debía responder.

Winifred sonrió. "Le agradecería que me permitiera relevarla. Me agradaría pasar algunas piezas, y . . . esta parece ser la mejor manera de hacerlo."

Portia encontró los ojos de Winifred y advirtió que era

literalmente cierto. Si Winifred sólo se sentara, alguien especularía acerca de por qué lo hacía. Portia sonrió, "Si lo desea."

Se apartó de la butaca del piano. Winifred tomó su lugar y ambas hojearon las partituras. Winifred seleccionó las que deseaba y se sentó. Portia se volvió hacia el salón—hacia Simón quien, con una paciencia poco característica, aguardaba.

La miró a los ojos y luego le ofreció su brazo. "¿Bailamos?"

Era absurdo, pero nunca antes había bailado con él. Jamás. La idea de pasar diez minutos girando por el salón bajo su dirección sin que sus intercambios descendieran a una guerra declarada no parecía haber sido anteriormente una posibilidad.

Su mirada tranquila revelaba con claridad el reto que había en ella.

Al recordar su juramento—al escucharlo resonar en su mente—levantó la barbilla y sonrió. De manera encantadora. Que él pensara lo que quisiera. "Gracias."

La sospecha fluyó detrás de sus ojos, pero inclinó la cabeza, aferró la mano de ella a su manga, y la llevó a unirse con los otros mientras Winifred comenzaba a interpretar un vals.

La primera sacudida a su ecuanimidad llegó cuando él la atrajo a sus brazos, cuando sintió su fuerza acerada que la rodeaba y recordó—con excesiva exactitud, con excesiva vivacidad—cómo se había sentido cuando él la cargó en sus brazos. De nuevo se quedó sin aliento; perdió la respiración y la recobró más levemente; la sensación de su mano, grande y fuerte en su espalda, la distraía—aun cuando luchaba por ocultarlo.

La música los atrapó, los sostuvo, los hizo girar; sus miradas se tocaban y luego se deslizaban hacia otro lugar.

Apenas podía respirar. Había bailado vals en innumerables ocasiones, incluso con caballeros de su clase; nunca antes las sensaciones físicas habían afectado su conciencia, menos aún amenazado con sobornar su inteligencia. Pero nunca antes había estado tan cerca de él; el movimiento y ritmo de sus cuerpos, la conciencia que ella tenía de su fuerza, su flexibilidad, el poder controlado, todo caía como una cascada dentro de ella, brillante, agudo, desorientador. Parpadeó dos veces, intentando centrar su mente—en cualquier cosa menos en la manera como giraban con tal facilidad, en la sensación de perder la cabeza, en el estremecimiento de anticipación que la recorría.

¿Anticipación de qué?

Apenas pudo detenerse antes de sacudir la cabeza en un esfuerzo, sin duda vano, por controlar sus pensamientos. Con un suspiro, miró a su alrededor.

Y vio a Kitty bailando con Ambrosio. Su actuación, con todas sus sutiles variaciones, proseguía.

"¿Qué trama Kitty—lo sabes?"

Era el primer pensamiento que había aparecido en su mente, pero nunca había sido remilgada, especialmente con Simón. Él había estado observándola intensamente; ella había tenido el cuidado de evitar su mirada. Ahora levantó la vista y, con alivio, vio el ceño fruncido, la expresión exasperada que estaba habituada a ver, formarse en sus ojos.

Sintiéndose más serena, levantó las cejas.

Él frunció los labios. "No es preciso que lo sepas."

"Posiblemente no, pero lo deseo—tengo mis propias razones."

Su disgusto adoptó otra dimensión; no podía imaginar a qué "razones" se refería. Ella sonrió. "Si no me lo dices, se lo preguntaré a Charlie. O a James."

Fue el "O a James" lo que lo persuadió. Suspiró entre dientes, levantó la vista, la condujo hacia el otro lado del salón y luego dijo, en voz baja, "Kitty tiene la costumbre de

coquetear con cualquier caballero agradable que conozca."
Después de un momento, agregó, "Qué tan lejos vaya..."

Se tensionó para encogerse de hombros, pero no lo hizo.
Su cara se endureció. Cuando no continuó y siguió evadiendo su mirada, ella, intrigada por el hecho de que él no
hubiera podido desmentirla cortésmente, suplicó, "Tú sabes
perfectamente bien qué tan lejos va, porque se te ha insinuado a ti, a Charlie, y aún está presionando a James."

La miró con algo mucho más complejo que la irritación.
"¿Cómo demonios has descubierto esto?"

Ella sonrió—por una vez no con el fin de irritarlo, sino de
tranquilizarlo. "Tú y Charlie emanan la más cortante desaprobación cuando están cerca de ella incluso en una situación casi privada—como cuando bailan, por ejemplo. Y
James porque me encontré con él *in extremis* esta noche."
Sonrió. "Lo rescaté—es por eso que entramos juntos."

Sintió una leve relajación de la tensión y aprovechó su
ventaja; realmente deseaba saberlo. "Tú y Charlie han conseguido convencerla de que ustedes"—hizo un gesto con la
mano que estaba libre—"no están interesados. ¿Por qué
James no ha hecho lo mismo?"

Encontró su mirada un breve instante, y luego replicó,
"Porque James se esforzará por no ocasionar ningún dolor a
Henry—no más dolor del que sea necesario. Kitty lo sabe—
eso la hace más osada. Ni Charlie ni yo tendríamos escrúpu-
los en tratarla como se lo merece, si se atreviese a ir más allá
de cierto punto."

"Pero ella es lo suficientemente inteligente como para no
hacerlo."

Él asintió.

"Y ¿qué hay de Henry?"

"Cuando se casaron, él la quería muchísimo. No sé qué
sienta por ella ahora. Y, antes de que lo preguntes, no tengo
idea de por qué ella es como es—ninguno de nosotros lo
sabe."

Vio a Kitty al otro lado del salón, sonriendo cautivadoramente a Ambrosio, quien se esforzaba por fingir que no lo había advertido.

Sintió la mirada de Simón en su rostro.

"¿Alguna sugerencia?"

Ella lo miró y negó con la cabeza. "Pero...no creo que sea una compulsión irracional—sabes lo que quiero decir. Ella sabe lo que hace; lo hace deliberadamente. Tiene algún motivo—algún objetivo—en mente."

Simón no dijo nada. Sonaron los últimos acordes del vals. Se detuvieron a conversar con Anabel y Desmond y luego cambiaron de pareja cuando comenzó la siguiente pieza.

Se mantuvo fiel a su juramento y conversó agradablemente con Desmond; se separó de él pensando que Winifred debía ser felicitada por su buena suerte—Desmond parecía un caballero muy agradable, aunque algo serio. Bailó con Charlie, James y Ambrosio y utilizó sus propias tretas con cada uno; aunque no hubiera podido coquetear así fuese para salvar su vida, se sentía insegura de hacerlo, segura de que no verían en sus ingeniosas preguntas nada diferente de un interés general.

Luego bailó con Henry y se sintió terrible. Aun cuando él hizo todos los esfuerzos posibles por entretenerla, no podía dejar de ser consciente de que él estaba pendiente del comportamiento de Kitty.

La situación era difícil—Kitty era inteligente, astuta. No había nada grave que pudiese reprochársele, pero su coqueteo era de tal grado y constancia que dejaba grandes interrogantes en la mente de todos.

¿Por qué lo hacía?

Portia no podía imaginarlo, pues Henry, al igual que Desmond, era un hombre sereno, amable y decente. En los diez minutos que pasó conversando con él, comprendió plenamente el deseo de James de protegerlo, a pesar de las circunstancias, y la forma como Simón y Charlie lo apoyaban en este propósito.

Coincidió enteramente con ellos.

Para cuando terminó el baile, la pregunta que con más insistencia la atormentaba era cuántas personas habían observado el comportamiento de Kitty; así como ella, Simón, Charlie, James y probablemente Henry lo habían hecho.

Ambrosio y Desmond casi ciertamente, pero ¿las señoras? Eso era más difícil de adivinar.

Llegó el carrito con el té y todos se reunieron en torno a él, deseosos de descansar y reposarse. La conversación era relajada; ya no sentían la necesidad de llenar todos los silencios. Portia bebió su té y observó; el llamado de Kitty a bailar había sido inspirador—había cortado las rígidas formalidades y los había unido como grupo mucho más rápido de lo habitual en estos casos. Ahora, en lugar de corrientes cruzadas entre diferentes miembros, había cohesión, la sensación de estar allí para compartir el tiempo con estas otras personas, lo cual seguramente haría que disfrutaran más de los días venideros.

Estaba poniendo su taza vacía a su lado cuando Kitty ocupó de nuevo el centro del escenario. Se levantó, haciendo crujir su falda; se ubicó en el punto central de la reunión y sonrió, abriendo las manos. "Deberíamos caminar por los jardines antes de retirarnos. El clima está realmente agradable y muchas de las plantas de aroma florecen. Después de bailar tanto, necesitamos un momento de reflexión en un ambiente sereno antes de retirarnos a nuestras habitaciones."

De nuevo, estaba en lo cierto. Las personas mayores, que no habían bailado, no se sentían inclinadas a hacerlo, pero todos los que habían girado por el salón decididamente lo deseaban. Siguieron a Kitty por las puertas de vidrio hacia la terraza; desde allí, se aventuraron a bajar a los prados en grupos de dos y tres.

No se sorprendió cuando Simón se materializó a su lado en la terraza; cuando estaban en la misma reunión, en situaciones como esta, siempre se mantenía cerca de ella—podía contar con ello. Había sido su costumbre durante años asumir el papel del protector reticente .

Pero entonces rompió la costumbre y le ofreció su brazo.

Ella vaciló.

Simón la observó parpadear ante su brazo como si no estuviese segura de qué era. Estaba aguardando cuando ella levantó la mirada; encontró sus ojos, levantó una ceja en un reto sin palabras, deliberadamente arrogante.

Ella levantó la cabeza; con altiva calma, puso sus dedos sobre su manga. Ocultando su sonrisa, así fuese por una victoria insignificante, la condujo por los escalones hacia el prado.

Kitty se había adelantado con Ambrosio y Desmond, conversando animadamente con Lucy Buckstead, de manera que la damisela se había visto obligada a acompañar al trío en lugar de esperar y caminar con James, como probablemente había sido su intención. Charlie y James escoltaban a las señoritas Hammond y a Winifred; Drusilla se había negado a unirse a ellos, invocando una aversión al aire nocturno, y Henry estaba inmerso en una conversación con el señor Buckstead.

Al llegar al prado, salieron. "¿Tienes alguna preferencia, hay algo que desees ver?" Hizo un gesto a su alrededor.

"¿A la luz de la inconstante luna?" Portia rastreó el pequeño grupo de Kitty que se alejaba de la casa, hacia la oscura franja de enormes rododendros que bordeaba el prado. "¿Qué hay en esa dirección?"

Él había estado observándola. "El templo."

Levantó las cejas, levemente altanera. "¿Hacia qué lado es el lago?"

Él señaló hacia el lugar donde bajaba el prado, perdiéndose en la distancia, formando un amplio sendero verde que serpenteaba por los arriates de flores del jardín. "No es cerca, pero tampoco demasiado lejos para un paseo."

Caminaron en esa dirección. Los otros vagaron detrás de ellos; las exclamaciones de las hermanas Hammond sobre los extensos jardines, los altos arbustos y los árboles, los numerosos senderos, bordes y arriates surtidos de flores, conformaban un admirado coro en el suave aire de la noche. Los jardines eran, en efecto, densos y exuberantes; los aromas combinados de flores desconocidas se mezclaban en la tibia oscuridad.

Continuaron caminando, sin prisa ni lentitud, sin ningún objetivo en mente; el momento era un propósito suficiente, sereno, silencioso—inesperadamente cordial.

Detrás de ellos, paseaban los demás; sus voces se apagaban en un murmullo. Miró a Portia. "¿Qué te propones?"

Ella se puso tensa por un momento, "¿Proponerme?"

"Te escuché en el mirador, ¿recuerdas? Algo acerca de aprender más, tomar una decisión y considerar a todos los candidatos."

Ella lo miró; su rostro estaba ensombrecido por los árboles bajo los que caminaban.

Él prosiguió. "¿Candidatos para qué?"

Ella parpadeó, sintiendo su mirada en su rostro; luego miró hacia delante. "Es sólo un punto de interés. Algo sobre lo cual me he estado preguntando."

"¿Sobre qué?"

Después de un momento, replicó. "No es preciso que lo sepas."

"O sea que no deseas decírmelo."

Ella inclinó la cabeza.

Él se sintió tentado a presionarla, pero ella estaría allí, bajo sus ojos, durante los próximos días; tendría más tiempo para descubrir su última decisión mirando todo lo que hacía. Él había visto como tomaba nota de los caballeros durante la cena, y como cuando bailó con James y Charlie, y Winfield, también, se había mostrado inusualmente animada, iniciando la conversación con preguntas. Estaba seguro de que aquellas preguntas no eran acerca de Kitty; ella podía preguntarle a él estas cosas, pero esto se debía a que eran casi familia. Entre ellos, no fingían siquiera respetar las convenciones sociales.

"Muy bien."

Su fácil aceptación le mereció una mirada sospechosa, pero no le convenía reñir. Él dejó que sus labios se curvaran, escuchó su suave suspiro mientras ella miraba de nuevo hacia delante. Caminaron en un silencio agradable; ninguno de los dos sentía la necesidad de afirmar lo obvio—que él continuaría observándola hasta descubrir su secreto, y que ella ahora estaba advertida de que lo haría.

Mientras cruzaban el último trecho de prado sobre el lago, revisó el comportamiento de Portia hasta entonces. De haber sido otra mujer, habría sospechado que estaba en busca de un marido, pero ella nunca había sido inclinada a ello. Nunca había encontrado mayor utilidad a los machos de la especie; él no podía imaginar ninguna circunstancia que le hubiera hecho cambiar de idea.

Era mucho más probable que estuviese en busca de algún conocimiento—posiblemente alguna introducción o información acerca de alguna actividad que habitualmente no fuese accesible a las mujeres. *Eso* parecía altamente probable—exactamente el tipo de cosa que le agradaba a ella.

Llegaron al borde desde el cual el sendero cubierto de hierba bajaba suavemente hasta el lago. Se detuvieron, ella deseaba contemplar la escena que se abría ante sus ojos; la vista del amplio lago, con sus aguas quietas y oscuras; un hueco negro que reposaba en un valle natural con una colina cubierta de bosques suspendida más allá de él; un pinar sobre un alto hacia la derecha y, apenas visible a la débil luz, la casa de verano en el extremo de la orilla izquierda, austeramente blanca contra el fondo negro de la masa de rododendros.

La vista la hizo enmudecer, absorta, con la cabeza en alto, mientras asimilaba el panorama.

Él aprovechó el momento para estudiar su rostro. La convicción de que ella estaba buscando a un caballero para que la introdujera a alguna experiencia ilícita, creció, floreció, se arraigó en él, de una manera inesperada.

"¡Oh! ¡Santo cielo!" Anabel llegó hasta ellos, y luego se les unieron los demás.

"¡Qué belleza! Es—¡bastante gótico!" Cécily, con las manos entrelazadas, reía con deleite.

"¿Es realmente muy profundo?" Winifred miró a James.

"Nunca encontramos el fondo."

La respuesta suscitó las miradas horrorizadas de las hermanas Hammond.

"¿Proseguimos?" Charlie miró a Portia y a Simón. Un estrecho sendero rodaba el lago, rodeando sus orillas.

"Oh." Anabel intercambió una mirada con Cécily. "No creo que debamos hacerlo. Mamá dijo que debíamos reposarnos esta noche para recuperarnos de los rigores del viaje."

Winifred también se mostró reticente. James se ofreció galantemente a escoltar a las tres damas de regreso a la casa. Les desearon las buenas noches y partieron. Rodeada por Charlie y Simón, Portia se dirigió hacia el lago.

Caminaban y conversaban; realmente era fácil. Todos se movían en los mismos círculos; resultaba sencillo llenar el tiempo con comentarios y observaciones sobre todo lo que había ocurrido durante la estación recién terminada—los escándalos, los matrimonios, los rumores más fulgurantes. Incluso más sorprendente fue que Simón, contrariamente a su comportamiento habitual de mantenerse en un silencio poco útil, contribuyó a animar la conversación que se desarrollaba según los rumbos generalmente aceptados. En cuanto a Charlie, siempre había sido un gran conversador; era fácil tentarlo a complacerlos con vívidos relatos de apuestas que habían salido mal con las proezas de los machos más jóvenes.

Se detuvieron delante de la casa de verano, admirando su limpia estructura de madera, un poco más grande de lo habitual debido a su distancia de la casa, y luego continuaron bordeando el lago.

Cuando llegaron a la pequeña colina que llevaba a la casa, ella se sentía bastante petulante. Había sobrevivido una noche completa, y un largo paseo nocturno con dos de los lobos más importantes de la alta sociedad, de manera bastante aceptable; conversar con caballeros—hacer que hablaran de sí mismos—no había sido tan difícil como lo había creído.

Estaban a medio camino cuando apareció Henry y se dirigió hacia ellos.

"¿No han visto a Kitty?" preguntó a medida que se aproximaba.

Negaron con la cabeza. Se detuvieron y todos miraron hacia el lago. El sendero era visible en su totalidad desde el lugar donde se encontraban; el traje de seda aguamarina de Kitty habría sido fácil de ver.

"La vimos cuando salimos," dijo Portia. "Ella y otras personas se dirigían al templo."

Simón agregó, "No la hemos visto desde entonces; tampoco a los otros."

"Ya estuve en el templo," dijo Henry.

Escucharon unos pasos cercanos. Todos se volvieron, pero fue James quien salió de las sombras.

"¿Has visto a Kitty?" preguntó Henry. "Su madre la necesita."

James negó con la cabeza. "Acabo de ir a la casa y regresar. No vi a nadie en el camino."

Henry suspiró. "Mejor sigo buscándola." Con una reverencia a Portia y una inclinación a los hombres, se dirigió hacia el pinar.

Todos lo miraron partir hasta cuando desapareció entre las sombras.

"Habría sido mejor," observó James, "que la señora Archer hubiera pensado en hablar con Kitty antes. Tal como están las cosas... quizás sería mejor que Henry no la encontrara."

Todos comprendieron exactamente qué quería decir. El silencio se prolongó.

James recobró la compostura; miró a Portia. "Perdón, querida. Me temo que no estoy en el mejor de los ánimos esta noche—no soy buena compañía. Si me disculpan, regresaré a la casa."

Se inclinó de manera un poco rígida. Portia inclinó la cabeza. Saludando brevemente a Simón y a Charlie, James se volvió y caminó de regreso a la casa.

Los otros tres lo siguieron más lentamente, en silencio. Parecía que había, en efecto, poco que decir, y sentían un extraño tipo de seguridad al no poner en palabras lo que estaban pensando.

Llegaron a una intersección con un sendero que conducía, por un lado, al templo y, por el otro, rodeaba el pinar, cuando escucharon un paso ligero.

Todos se detuvieron a la vez para mirar hacia el sendero umbroso que conducía al templo.

Una figura surgió de una pequeña senda que se apartaba de la casa. Era un hombre y comenzó a avanzar hacia ellos. Al entrar en una mancha iluminada por la luz de la luna miró hacia arriba y los vio. Sin aminorar el paso, se desvió hacia un lado, hacia otra de las miles de sendas que atravesaban los densos grupos de arbustos.

Su sombra desapareció. Se oyó el crujir de las hojas y ya no lo vieron más.

Pasado un instante, todos suspiraron profundamente, miraron hacia delante y prosiguieron su camino. Ninguno habló y tampoco encontró la mirada de los demás.

Sin embargo, cada uno sabía lo que pensaban los otros.

El hombre no era uno de los invitados, como tampoco uno de los sirvientes o ayudantes de la hacienda.

Era un gitano delgado, moreno y bien parecido.

Con su rebelde cabello negro completamente despeinado, su saco desabrochado, partes de su camisa fuera del pantalón.

Resultaba difícil imaginar una explicación inocente para que un hombre semejante hubiera estado en la casa, y menos aún para que la dejara en tal estado a una hora tan avanzada de la noche.

En el jardín principal se encontraron con Desmond, Ambrosio y Lucy quienes, al igual que ellos, se dirigían hacia la casa.

No había rastro de Kitty.

Capítulo 3

"¡Entonces, señorita!" Lady Osbaldestone se sumió en el sillón al frente de la chimenea de su habitación y contempló a Portia con una mirada de experta. "Ahora puedes confesarme qué te propones."

"¿Qué me propongo?" balbuceó Portia. Había ido a acompañar a Lady O a bajar al desayuno; se encontró en la mitad de la habitación con la plena luz de la ventana sobre ella, y se sintió transfigurada por la aguda mirada de la dama. Abrió los labios para decir que no se proponía nada, pero luego los cerró otra vez.

Lady O gruñó impaciente. "En efecto. Nos ahorraríamos mucho tiempo si me lo dices sin rodeos. Usualmente llevas la cabeza tan alta que no notas siquiera a los caballeros que te rodean; sin embargo, ayer no sólo los estabas estudiando, sino que incluso te dignaste a conversar con ellos." Doblando las manos sobre el puño de su bastón, se inclinó hacia delante. "¿Por qué?"

Una astuta especulación brillaba en los ojos de Lady O, negros como tinta. Era vieja y muy sabia, imbuida de la alta sociedad, las relaciones y las familias; el número de matrimonios que había presenciado y en los que había colaborado debía ser legión. Era la mentora perfecta para la nueva táctica de Portia. Si decidía ayudarla.

Si Portia tenía el valor de pedírselo.

Uniendo sus manos, suspiró profundamente y eligió sus palabras con cuidado. "He decidido que ha llegado el momento de buscar un esposo."

Lady O parpadeó. "¿Y estás considerando a los caballeros que se encuentran aquí?"

"¡No! Bueno...sí." Hizo una mueca. "No tengo ninguna experiencia en este tipo de cosas—como usted lo sabe."

Lady O asintió. "Sé que has desperdiciado los últimos siete años, al menos en ese frente."

"Pensé," continuó Portia, como si no la hubiera escuchado, "que mientras estoy aquí, puesto que he decidido que quiero en efecto un esposo, sería sensato aprovechar la oportunidad para aprender a seleccionarlo. Cómo recoger la información y comprensión que necesitaré para hacer una elección informada—en efecto, para calcular qué tipo de atributos debería buscar, qué es lo más importante para mí en un caballero." Frunció las cejas, mirando de nuevo a Lady O. "¿Supongo que diferentes clases de mujeres tendrán diferentes requisitos?"

Lady O agitó una mano, *"Comme çi, comme ça.* Yo diría que algunos atributos son fundamentales, mientras que otros son más superficiales. Los fundamentales—el núcleo de lo que buscan la mayoría de las mujeres—no varía tanto de una mujer a otra."

"Oh. Bien"—Portia levantó la cabeza—"eso es lo que espero aclarar mientras estoy aquí."

La mirada de Lady O permaneció fija en su rostro por algunos momentos; luego se relajo y se sumió de nuevo en su sillón.

"Vi cómo evaluabas a los caballeros anoche. ¿A cuál de ellos has decidido considerar?"

El momento de la decisión. Necesitaría ayuda, al menos

alguna otra mujer con quien discutir las cosas. Alguien en quien pudiera confiar. "Pensé en Simón, James y Charlie. Son los candidatos obvios. Y, aun cuando sospecho que el interés de Desmond está fijado en Winifred, pensé considerarlo también, sólo como un ejercicio para definir la conveniencia."

"Lo notaste, ¿verdad? ¿Cómo interpretaste la reacción de Winifred?"

"No está decidida. Pensé que podría aprender algo al observar cómo se decide."

"Excepto que tiene treinta años y aún no se ha casado." Lady O enarcó las cejas. "¿Me pregunto por qué?"

"Quizás no haya pensado en eso antes..." La mirada de Portia encontró la de Lady O y sonrió. "Parece una persona perfectamente razonable, por lo que he visto."

"Ciertamente, lo cual no responde a la pregunta. Pero ¿qué hay de Ambrosio? Es el único caballero disponible al que no has mencionado."

Portia se encogió de hombros. "Puede que valga la pena hacerlo, pero..." Arrugó la nariz, buscando las palabras adecuadas para describir su impresión. "Es ambicioso, y está decidido a hacer carrera en el Parlamento."

"Esto no debería contar en su contra—piensa tan sólo en Michael Anstruther-Wetherby."

"No es eso, exactamente." Frunció el ceño de nuevo. "Es la forma de la ambición, creo. Michael tiene la ambición de servir, de hacer un buen gobierno. De dirigir porque es bueno para ello, como su hermana."

Lady O asintió. "Eres muy perceptiva. ¿Debo suponer entonces que Ambrosio no está motivado por una razón tan noble? No he tenido ocasión de hablar mucho con él todavía."

"Creo que quiere el cargo sólo por el cargo mismo. Bien sea por el poder, o por cualquier otra cosa que le confiera. No sentí ninguna otra razón más profunda." Miró a Lady O.

"Pero es posible que lo haya juzgado mal—no lo he explorado lo suficiente."

"Bien, tendrás mucho tiempo mientras estamos aquí—y, sí, estoy de acuerdo en que esta es una ocasión muy apropiada para afilar tus habilidades."

Lady O comenzó a levantarse; Portia acudió en su ayuda.

"Recuerda,"—Lady O se enderezó—"me atrevo a decir que tendrás las manos llenas si *consideras* a Simón, a James y a Charlie. Es posible que no tengas tiempo de ampliar tu campo de exploración."

La sombra de una sonrisa de superioridad rodeaba los labios de Lady O mientras se volvía hacia la puerta. Portia no estaba segura acerca de cómo debía interpretarla.

"Puedes reportarte todas las noches, o todas las mañanas si lo prefieres. Mientras estés aquí, estás bajo mi cuidado, a pesar de cuánto tú y tu hermano piensen que es al revés." Lady O le lanzó una mirada oblicua cuando cruzaron el umbral. "Será interesante saber, en esta época, cuáles decides que son los atributos que más deseas."

Portia inclinó la cabeza diligentemente; ninguna de las dos se engañaba. Le diría a Lady O lo que ocurría, porque necesitaba ayuda y orientación, no porque reconociera ninguna responsabilidad de parte de la señora.

Al llegar a la puerta, tomó el pomo; Lady O puso el extremo de su bastón contra la puerta, impidiéndole que la abriera. Portia la miró. Y encontró su penetrante mirada.

"Un punto que no explicaste—¿por qué, después de siete largos años en la sociedad, has decidido súbitamente que debes casarte?"

No parecía haber necesidad de reserva; era una razón bastante normal, ciertamente. "Los hijos. Cuando comencé a trabajar en el orfanato, me di cuenta que me agradaba—realmente me agradaba—trabajar con niños pequeños. Cuidarlos, verlos crecer, guiarlos." Sintió que esta necesidad la invadía sólo al pensarlo. "Pero quiero tener mis propios hijos a quienes cuidar."

"Regresar a Chase sólo lo reforzó—ver a Amelia y a Luc con su prole y, desde luego, Amanda y Martín los visitan con frecuencia con la suya. Es una casa de locos, pero…" Al levantar pensativamente los ojos, sostuvo la mirada de Lady O—"es algo que quiero."

Perfectamente seria, Lady O exploró sus ojos, luego asintió. "Hijos. Eso está muy bien como un impulso incitante— el acicate que te ha obligado finalmente a bajar la nariz, a ver lo que hay a tu alrededor, y a considerar el matrimonio. Comprensible, correcto, adecuado. *No obstante"*—le lanzó una oscura mirada a Portia—"esa no es una razón apropiada para casarse."

Portia parpadeó. "¿No lo es?"

Lady O retiró su bastón e hizo un gesto; Portia abrió la puerta.

"Pero…"

"No te preocupes." Levantando la cabeza, Lady O avanzó con rapidez por el pasillo. "Sólo sigue tu plan y considera a los candidatos; y entonces—no olvides mis palabras—surgirá la razón correcta."

Dio pasos más largos; Portia debió apresurarse para alcanzarla.

"¡Vamos!" Lady O señaló la escalera. "¡Toda esta conversación sobre el matrimonio me ha abierto el apetito!"

El apetito de entrometerse, pero éste siempre lo había tenido. Y era una antigua maestra de ese arte; lo hacía de manera tan sutil, mientras pasaba las tostadas y la mermelada, que Portia estaba segura que ni Simón, ni James ni Charlie advirtieron que la idea de salir a cabalgar aquella mañana no era suya.

La invitación, finalmente, vino de ellos; ella aceptó diligentemente. Lucy también lo hizo. Para sorpresa de todos, Drusilla se unió a ellos. Winifred confesó que no le entusiasmaba cabalgar; optó por dar un paseo. Desmond se ofreció de inmediato a acompañarla.

Ambrosio estaba inmerso en una discusión con el señor Buckstead, y se limitó a negar con la cabeza. Las chicas Hammond, con sus ojos brillantes fijos en Oswald y Swanston, ya los habían persuadido de que las acompañaran a pasear por el lago. Kitty no estaba presente, pero tampoco las otras señoras; todas habían optado por desayunar en sus habitaciones.

Quince minutos después de levantarse de la mesa del desayuno, el grupo de la cabalgata se reunió en el recibo de la entrada, y James lo condujo a los establos.

El seleccionar las monturas les tomó algún tiempo; ataviada con su traje de montar azul profundo, Portia se paseaba con James por el largo pasillo entre los compartimentos de los caballos, observando las cabalgaduras, preguntándole acerca de los animales más elegantes. ¿Era esta una de las cosas que consideraba importantes para ella, que un caballero supiera montar bien a caballo y conociera sus cabalgaduras?

La mayor parte de ellos lo hacían, pero no necesariamente de acuerdo con sus altos criterios.

"¿Conduce usted mismo su carruaje a la aldea?"

James la miró. "Sí. Tengo un par de caballos rucios, de buen paso."

"Señor James…" llamó el jefe del establo desde la puerta; sus caballos estaban listos. James hizo un gesto; Portia se volvió y regresaron por el pasillo.

La mirada de James estaba fija en ella; no con intensidad, sino con curiosidad. "Los rucios están en la otra ala del establo—si quiere, se los mostraré en otra ocasión."

"Me agradaría verlos, si tenemos tiempo."

Se encogió de hombros. "Podemos encontrar el tiempo."

Ella sonrió mientras salía a la luz del sol. Los otros se paseaban en el patio. Charlie y el mozo del establo ayudaban a Lucy y a Drusilla a montar, en el sitio indicado para hacerlo. Portia se dirigió hacia el lugar donde otro mozo del establo sostenía la yegua zaina que había elegido—con la ayuda de James y de Simón. Al llegar al lado de la yegua se volvió y aguardó.

James se había detenido para dar unas palmaditas a su caballo; luego miró al grupo que rodeaba el lugar de montar.

Portia fijó la mirada en él, aguardando a que él la viera y le ayudara a montar.

"Permíteme."

Se volvió y Simón apareció a su lado.

Él frunció el ceño; sus manos se aferraron a su cintura. "No tenemos todo el día para estar ahí mirando."

La levantó con ridícula facilidad; de nuevo, ella perdió el aliento. La acomodó en la silla y luego la soltó, apartó su falda y sostuvo el estribo. Recobrando la calma, colocó sus botas en el estribo y luego arregló de nuevo su falda. "Gracias," dijo, pero él ya se había marchado.

Miró cómo tomaba las riendas de su montura de manos de un mozo y saltaba sobre el lomo del animal con agilidad. ¿Por qué fruncía el ceño? No era tanto que bajara las cejas, sino la dureza en sus ojos azules. Sacudiendo mentalmente la cabeza, tomó las riendas que le ofrecía el mozo del establo e hizo avanzar la yegua.

James vio que ya estaba preparada, montó su percherón y se le unió bajo el arco del establo. Simón pastoreó a Lucy y a Drusilla, verificando sus posturas con la mirada, evaluando sus habilidades. Charlie se subió torpemente a su silla y los siguió.

Con Portia a su lado, James llevaba la delantera, primero al paso y luego al trote. Nacida y criada en Rutlandshire, ella había montado con los cazadores años atrás; aunque ya no era tan salvaje, adoraba montar. La pequeña yegua era asustadiza y juguetona; le permitió distraerse un poco, llevándola con paciencia hasta que tomó el paso.

James había querido darle una yegua rucia mansa; ella abrió la boca para protestar, y de seguro lo habría hecho, pero Simón había intervenido, sugiriendo la castaña. James había aceptado la evaluación de Simón de sus habilidades con una ceja levantada, pero sin ningún comentario; ella se había mordido la lengua y les había agradecido a ambos con una sonrisa.

Ahora James la observaba, calculando, evaluando; Simón, por el contrario, no lo hacía. Una rápida mirada a su alrededor le mostró que estaba observando, todavía con el ceño fruncido, a Lucy y a Drusilla. Charlie, trotando con facilidad al lado de Drusilla, conversaba amenamente, como de costumbre. Drusilla, como siempre, estaba callada, pero parecía escucharlo, o al menos haciendo un esfuerzo por escuchar . . . Portia se preguntó si no habría sido su madre quien había insistido en que los acompañara.

Lucy lanzaba miradas agudas—a ella y a James. Mirando hacia adelante, reconociendo que amablemente debería ceder su lugar a Lucy pronto, sonrió a James. "Me fascina cabalgar—¿hay mucha caza por estos lados?"

Mientras cabalgaban por los senderos cubiertos de hojas, él respondía a sus preguntas con prontitud; ella gradualmente las conducía en la dirección que deseaba—cómo era su vida, cuáles eran sus actividades predilectas, sus disgustos, sus aspiraciones. Todo muy sutil, desde luego.

A pesar de sus mejores esfuerzos, o quizás a causa de ellos, cuando llegaron a las afueras de Cranborne Chase, el antiguo seto de caza real, una mirada perpleja, curiosa, pero algo cautelosa, se había apoderado de los ojos marrón de James.

Ella sonrió superficialmente. Detuvieron los caballos y aguardaron a que llegaran los demás antes de aventurarse por los senderos sobre los que se elevaban altos robles.

Aprovechando el momento para dejar su lugar a Lucy, puso su yegua a trotar al lado del rucio de Charlie.

Charlie se alegró; se volvió hacia ella, dejando que Simón se ocupara de Drusilla. "Había querido preguntarle. ¿Escuchó acerca del escándalo de Lord Fortinbras en Ascot?"

Charlie prosiguió alegremente la conversación; para sorpresa de Portia, a pesar de su facilidad para hablar, encontró difícil que dirigiera su atención a sí mismo. Primero pensó que esto se debía sencillamente a su carácter naturalmente extrovertido, pero cuando una y otra vez evadía las cuidadosas preguntas que ella le formulaba, cuando advirtió un movimiento de sus pestañas y una mirada aguda, poco inocente, advirtió que su gusto por la conversación era una especie de escudo—una defensa que desplegaba, de manera que no era instintiva, contra las mujeres que deseaban llegar a conocerlo.

James era más seguro de sí mismo y, por lo tanto, estaba menos a la defensiva. Charlie…finalmente, le sonrió, de manera perfectamente auténtica, y abandonó sus inquisiciones. Eran poco más que un juego—una práctica; sería poco amable de su parte ponerlo nervioso, malograr su diversión en la reunión, únicamente para afilar sus habilidades.

Portia miró a su alrededor. "Nos hemos refrenado mucho hasta ahora—¿nos atrevemos a galopar un poco?"

Los ojos de Charlie se abrieron. "Si quieres…no veo por qué no." Miró al frente y exclamó. James miró hacia atrás. Charlie le indicó que se adelantarían; James avanzó más despacio, llevando su cabalgadura y la de Lucy a un lado del sendero.

Portia espoleó la yegua. Pasó al lado de James y Lucy al galope. El sendero era amplio, con espacio suficiente para dos caballos, pero ella lo aventajaba bastante cuando llegaron a la primera curva. Un largo trecho de césped se abría ante ella; dejó que la yegua avanzara a gran velocidad, mientras el sonido de los cascos detrás se ahogaba en el ritmo implacable del paso de su cabalgadura. El golpe rítmico y regular la invadió, resonó en su corazón, en la oleada de sangre en sus venas, en un alud vertiginoso de euforia.

Se aproximaba al final del prado y miró hacia atrás. Charlie estaba algunas yardas detrás, incapaz de alcanzarla. Tras él venían los otros cuatro, galopando, pero sin correr.

Con una sonrisa miró hacia el frente y bajó por el sendero como si se viera inhibida; veinte yardas más adelante, el sendero se abría a otro claro. Con la alegría en el corazón, lanzó a la yegua hacia delante, pero a mitad del camino comenzó a frenarla.

El golpe de los cascos detrás de ella se hacía más débil. A pesar de cuánto le agradaba la velocidad, no era lo suficientemente irreflexiva como para correr por senderos que no conocía. No obstante, se había dado gusto; era suficiente por ahora. A medida que se acercaban los árboles y la senda se estrechaba de nuevo, puso la yegua al trote y luego al paso.

Finalmente, al final del claro, se detuvo y aguardó.

Charlie fue el primero en llegar. "¡Cabalgas como un demonio!"

Ella encontró su mirada, dispuesta a defenderse—cuando advirtió que él no estaba escandalizado. Su miraba delataba algo diferente, como si el que ella pudiera cabalgar tan bien hubiese despertado en él una línea de pensamiento que no había considerado anteriormente.

Antes de que pudiera reflexionar sobre ello, James y Lucy los alcanzaron. Lucy reía, conversaba, con los ojos brillantes; James intercambió una mirada con Charlie. Con su habitual sonrisa y facilidad, desplazó a su amigo al lado de Lucy.

Simón y Drusilla se les unieron. Todos permanecieron allí algunos momentos, recobrando el aliento, permitiendo que los caballos se recuperaran; luego James le habló a Drusilla y avanzaron juntos, guiando a los demás de regreso a la casa.

Lucy los siguió de inmediato, pero la amable persistencia

de Charlie la obligó a prestarle atención. Mediante la sencilla estrategia de refrenar su caballo, mantuvo a Lucy alejada de James.

Portia ocultó una sonrisa y avanzó detrás de ellos; apenas registró la presencia de Simón a su lado. Al menos no externamente. Sus sentidos, sin embargo, estaban perfectamente conscientes de su inminente proximidad, de la fuerza controlada con la que se mantenía sobre su silla mientras caminaba a su lado. Esperaba sentir algo de su habitual resistencia altiva, precursora de la irritación y, no obstante ...el débil ardor de su piel, la falta de aire—estas sensaciones no eran habituales.

"Veo que sigues siendo un marimacho en el fondo."

Había una dureza en su voz que no había escuchado antes.

Volvió la cabeza y encontró su mirada; la sostuvo durante un momento y luego sonrió y miró hacia otro lado. "No lo desapruebas."

Simón gruñó. ¿Qué podía decir? Ella tenía razón. *Debería* reprobarlo y, sin embargo, había en él algo que respondía—con excesiva facilidad—al reto de una mujer que podía cabalgar como el viento. Y con ella, sabiendo que estaba casi tan segura en la silla como él, no había una preocupación que le opacara el momento.

Él estaba irritado porque no había podido cabalgar con ella, no porque ella hubiera cabalgado como lo hizo.

Sus cabalgaduras avanzaron lentamente; él miró su rostro—ella sonreía levemente, pensando evidentemente en algo. No tenía idea acerca de qué. Aguardó a que ella le preguntara, le hablara, como lo había hecho con James y Charlie.

Los caballos prosiguieron su camino.

Ella permanecía en silencio, distante. En otra parte.

Finalmente, él aceptó que ella no tenía intenciones de proseguir con lo que se proponía, cualquiera que fuese su propósito, con él. La sospecha que había abrigado se hizo más oscura y creció. Su reticencia para con él parecía confirmarla; si ella se disponía a tener una experiencia ilícita, el último hombre al que recurriría sería a él.

El darse cuenta de esto—el raudal de emociones que desencadenaba—hizo que perdiera el aliento. Una aguda puñalada de pesar, la sensación de algo perdido—algo con lo que estaba encariñado sin saberlo...

Sacudiendo la cabeza mentalmente, suspiró y la miró de nuevo.

Quería preguntar, exigir, pero no sabía la pregunta.

Y, de cualquier manera, tampoco sabía si ella le respondería.

Después de cambiar su traje de montar por uno de vestido largo verde y blanco, y de arreglar su cabello, Portia bajó la escalera cuando el sonido del gong llamando al almuerzo reverberaba por toda la casa.

Blenkinshop cruzaba por el recibo de entrada. Se inclinó. "El almuerzo se sirve en la terraza, señorita."

"Gracias." Portia se dirigió al comedor. La cabalgata había salido bien; se había desempeñado de manera bastante apropiada en la "conversación con caballeros." Estaba aprendiendo, ganando confianza, exactamente como esperaba hacerlo.

Desde luego, la mañana había estado libre de la distracción de Kitty y sus travesuras. Lo primero que escuchó cuando salió por la puertaventana a la terraza fue el seductor ronroneo de Kitty.

"Siempre lo he tenido en *gran* estima."

No era James, sino Desmond a quien había acorralado Kitty contra la balustrada. ¡Aquella mujer era incorregible! La pareja se encontraba a su izquierda; volviéndose a la derecha, Portia fingió no haber escuchado. Continuó hacia el lugar donde estaba puesta una larga mesa, con bandejas, copas y platos. El resto de la concurrencia estaba reunido a su alrededor; algunos ya se habían instalado en mesas de hierro forjado sobre la terraza, otros bajaban al jardín donde se habían colocado otras mesas a la sombra de los árboles.

Portia sonrió a Lady Hammond, sentada al lado de Lady Osbaldestone.

Lady O señaló el salmón frío en su plato. "¡Está maravilloso! Debes probarlo."

"Lo haré." Portia se dirigió al buffet y tomó un plato. El salmón estaba exhibido en una bandeja grande puesta atrás; tendría que estirarse.

"¿Te gustaría un poco?"

Levantó la vista sonriendo a Simón, quien se encontró súbitamente a su lado. Sabía que era él un instante antes de que hablara; no estaba segura cómo. "Gracias."

Él alcanzaba la bandeja con facilidad; ella sostuvo su plato y él le puso una gruesa tajada del suculento pescado en él; luego se sirvió dos. La siguió a lo largo de la mesa mientras ella seleccionaba su comida, e hizo lo mismo.

Cuando se detuvo al final del buffet y miró a su alrededor, preguntándose dónde se sentaría, se detuvo de nuevo a su lado e hizo un gesto hacia el jardín. "Podríamos sentarnos con Winifred."

Winifred estaba sola en una mesa para cuatro. Portia asintió. "Sí. Vamos."

Cruzaron el jardín; ella estaba consciente de Simón a su lado, como si la estuviese pastoreando, aun cuando no podía imaginar de qué creía protegerla. Winifred levantó la vista cuando se acercaron; sonrió acogiéndolos. Simón retiró la silla para Portia, y luego se sentó entre ellas.

Minutos después Desmond se unió a ellos, ocupando la última silla disponible. Winifred, quien había sonreído a su llegada, miró su plato y frunció el ceño. "¿No tienes apetito?"

Desmond contempló el plato en el que sólo había una tajada de salmón y dos hojas de lechuga. Vaciló por un instante y respondió. "Es el primer plato. Regresaré en cuanto termine esto."

Portia se mordió los labios y bajó la mirada. Por el rabillo del ojo, podía ver a Kitty en la terraza, al extremo del buffet, que dirigía su mirada hacia ellos. Portia miró a Simón; él encontró su mirada y—aun cuando su expresión permaneció impasible, supo que él también lo había notado.

Evidentemente, James no era el único caballero que escapaba al abrazo de Kitty.

La señora Archer agitó la mano y llamó a Kitty—para que se sentara en la mesa donde ella, Henry y el padre de Kitty se habían instalado. La reticencia de Kitty fue evidente, pero nada podía hacer para evitar unirse a ellos. Para alivio de todos, lo hizo con aparente gracia.

Todos se relajaron y comenzaron a charlar. La única que no daba señales de alivio era Winifred—ciertamente, no había dado señas de ser consciente en absoluto del comportamiento de su hermana.

Sin embargo, a medida que comían y conversaban, Portia estudiaba subrepticiamente a Winifred y encontraba difícil de creer que ignorara los designios de Kitty. Winifred hablaba en voz baja; era naturalmente callada, pero no tímida ni vacilante—expresaba sus ideas serenamente, siempre cortés pero nunca sumisa. El respeto de Portia por la hermana mayor de Kitty aumentó.

El almuerzo terminó con cremas frías y helado; todos se levantaron y se mezclaron en el jardín, a la sombra de enormes árboles.

"Esta noche es el baile—¡estoy tan ilusionada con él!" Cécily Hammond casi saltaba de entusiasmo.

"Ciertamente, creo que en toda reunión de estas debería haber uno. Después de todo, es la oportunidad perfecta." Anabel Hammond se volvió hacia Kitty quien se unía en ese momento a ellos. "Lady Glossup me dijo que el baile había sido idea tuya, y que fuiste tú quien organizó todo. Creo que todos debemos agradecerte su previsión y diligencia."

Este elogio, quizás ingenuo pero radiante y sincero, hizo que Kitty sonriera. "Me alegro que pienses que será divertido—realmente creo que será una noche maravillosa. Me gusta tanto bailar, y estaba segura de que la mayor parte de ustedes lo disfrutarían igualmente."

Kitty miró a su alrededor; se escuchó un murmullo general de aprobación. Por primera vez, Portia atisbó un verdadero entusiasmo, algo casi ingenuo, en Kitty—un deseo auténtico por el brillo y la elegancia del baile, la convicción de que hallaría en él . . . algo.

"¿Quiénes asistirán?" preguntó Lucy Buckstead.

"Todas las familias de los alrededores. Ya ha transcurrido más de un año desde el último baile, así que estamos seguros de que vendrá una buena cantidad de gente." Kitty hizo una pausa y agregó, "Y están también los oficiales asignados a Blandford Forum—estoy segura de que vendrán."

"¡Oficiales!" Los ojos de Cécily se abrieron sorprendidos. "¿Habrá muchos?"

Kitty nombró a algunos de los que esperaba que asistieran. Aun cuando la noticia de que uniformes militares adornarían el baile aquella noche fue recibida con interés por las damas, Portia advirtió que los caballeros no estaban igualmente entusiasmados.

"Malditos sinvergüenzas y oficiales de medio pelo, apuesto," murmuró Charlie a Simón.

Portia tenía una réplica en la punta de la lengua; se disponía a decirle que estos invitados los mantendrían alerta, pero se tragó sus palabras. No tenía sentido desencadenar el habitual sentido de protección de Simón; sin duda surgiría sin ayuda aquella noche. Debería tener cuidado, quizás tratar de evitarlo. Lo último que necesitaba aquella noche era un chaperón.

Un baile rural importante prometía ser una ocasión excelente para pulirse aún más, por no decir para ponerle un punto muy fino, a sus habilidades de buscar marido. A muchos de los caballeros que conocería seguramente no los vería otra vez; eran ejemplares perfectos para practicar.

Todas las jóvenes solteras se desvivían por asistir a los bailes; supuso que debía desarrollar ese hábito. Por ahora, mientras conversaban en pequeños grupos bajo los árboles, escuchaba y tomaba nota de las reacciones de las otras damas—del entusiasmo sosegado de Winifred, la reservada aceptación de Drusilla, el entusiasmo delirante de las hermanas Hammond, las expectativas románticas de Lucy.

Y la auténtica anticipación de deleite por parte de Kitty. Para una dama que llevaba casada ya varios años, que había asistido presumiblemente a un gran número de bailes, el fervor con el que aguardaba los eventos de la noche era inesperado. La hacía aparecer más joven, ingenua incluso.

Algo extraño, dadas sus recientes actuaciones.

Sacudiendo mentalmente la confusión que le producía Kitty, decidida a sacar el mejor partido del baile, Portia advirtió cuidadosamente todo lo que las otras damas revelaban sobre su preparación y sobre los trajes que lucirían en el baile.

Pasó de grupo en grupo, intensa, absorta; tardó algún tiempo en advertir que Simón se encontraba a su lado, o bien observándola.

En aquel momento se encontraba con Charlie y James, un poco más allá del grupo en el que se hallaba. Levantando la cabeza lo miró directamente a los ojos, esperando ver una expresión de tediosa irritación, su expresión acostumbrada cuando la cuidaba debido a su compulsivo sentido de protección.

En lugar de ello, cuando sus ojos se encontraron, no pudo detectar ningún indicio de irritación. Algo, sí, pero algo mucho más duro, más acerado; toda su expresión lo reflejaba, los austeros ángulos de sus mejillas y cejas, la mandíbula cuadrada y decidida.

Sus ojos se encontraron sólo durante unos momentos; sin embargo, fue tiempo suficiente para que ella lo viera y supiera. Para reaccionar.

Ahogando un suspiro, se volvió de nuevo hacia Winifred, asintiendo como si hubiese escuchado lo que decía; su único pensamiento claro era que, cualquiera que fuese el impulso que llevaba a Simón a observarla, no era su protección lo que tenía en mente.

Las damas más jóvenes no fueron las únicas entusiasmadas con la perspectiva del baile. Lady Hammond, Lady Osbaldestone e incluso Lady Calvin se preparaban para divertirse.

Era verano; había muy pocos eventos, aparte de este, en el que pudieran ejercer su talento.

Portia no percibió de inmediato la fuente de su interés; sin embargo, a media tarde, cuando Lady O pidió su ayuda para ir a su habitación a tomar una siesta—insistiendo que pasaran primero por la habitación de Portia—finalmente comprendió.

"¡No te quedes ahí mirándome, niña!" Con su bastón, Lady O golpeaba el piso de la galería. "Muéstrame el traje que piensas usar esta noche."

Resignada, preguntándose si algo bueno podría salir de ello, Portia la hizo seguir a la habitación que se le había asignado en el ala este. Era una habitación amplia, con un armario de buen tamaño en el que la mucama había colgado todos sus trajes. Después de instalar a Lady O en un sillón al lado de la chimenea, se dirigió al armario y abrió sus puertas de par en par.

Y vaciló. En realidad no había pensado qué luciría; nunca se preocupaba realmente por este tipo de cosas. Gracias a Luc y a las excelentes finanzas de la familia, tenía suficientes trajes bonitos. Sin embargo, hasta ahora, no les había prestado atención, como tampoco a su apariencia en general.

Lady O gruñó. "Como lo pensé—no tienes la menor idea. Bien, veamos que has traído."

Diligentemente, exhibió todos los trajes de noche que había empacado. Ahora que lo pensaba, se inclinaba por uno de seda verde profundo, y lo dijo.

Lady O sacudió la cabeza. "En este punto no. Deja lo dramático para más tarde, cuando estés segura de él. Es entonces cuando tendrá su mayor efecto. Esta noche, debes parecer…" Agitó la mano. "Menos segura, más indecisa. ¡Piensa en la estrategia, niña!"

Portia nunca había considerado el color de los trajes bajo este aspecto; miró de nuevo los trajes que se encontraban sobre la cama, pensando otra vez…

"¿Qué tal este?" Tomó un traje de seda color gris perla claro—un color poco común, especialmente para una joven soltera, pero con sus ojos y cabello oscuro, y su altura, podría lucir bien.

"Hmmm." Lady O hizo un gesto. "Sostenlo mejor."

Portia lo puso sobre su cuerpo, alisando el corpiño sobre su pecho, formando pliegues para que Lady O pudiera apreciar el ingenioso corte. La parte de abajo del corpiño era de seda, con un fino chiffón de seda exactamente del mismo tono drapeado sobre él, disimulando la línea del escote, haciéndolo parecer mucho menos atrevido.

Una sonrisa invadió la cara de Lady O. "Perfecto. No es que sea tan inocente, sino inaccesible. ¿Tienes los zapatos compañeros?"

Los tenía, junto con un fino chal gris oscuro bordado con cuentas y una cartera del mismo material: Lady O asintió. "Y pensaba lucir mis perlas."

"Déjame verlas."

Sacó el largo collar de perlas cremosas de su joyero, y se lo puso alrededor del cuello. El collar era tan largo que casi le llegaba a la cintura. "Tengo unos pendientes largos iguales."

Lady O señaló el collar. "Así no—dale una vuelta alrededor del cuello y deja colgar el resto."

Portia levantó las cejas, pero hizo lo que le decía.

"Ahora, sostén de nuevo el traje . . ."

Lo hizo, alisando el corpiño para que se ajustara a su cuerpo. Volviéndose al espejo que había en el rincón, observó el efecto inesperado. "Oh, ya veo."

"En efecto." Lady O asintió satisfecha. "¡Estrategia! ¡Ahora!" Se levantó trabajosamente de la silla; Portia dejó el traje sobre la cama y se apresuró a ayudarla. Lady O se enderezó y se dirigió a la puerta. "Ahora puedes ayudarme a llegar a mi habitación y a la cama. Luego regresarás aquí, te tenderás en la cama, y descansarás."

"No estoy cansada." Nunca había descansado antes de un baile en su vida.

La astuta mirada que le lanzó Lady O cuando salieron al pasillo indicaba que lo sospechaba. "Sea como fuere, me complacerás regresando aquí y descansando sobre tu cama hasta la hora de vestirte para la cena y el baile." Cuando abrió la boca para protestar, Lady O la hizo callar con la mano en alto. "Además del hecho de que ninguna dama que quiera lucir bella debe asistir a un baile sin haber descansado, ¿qué más, dime por favor, habías planeado hacer?"

Había suficiente agudeza en la pregunta como para ponerla a reflexionar. Lo consideró mientras caminaban por el pasillo y luego confesó, "Un paseo por el jardín y luego, tal vez, explorar la biblioteca."

"E imaginas, dada la composición de esta reunión, que podrías hacer eso y permanecer sola?"

Ella hizo una mueca. "Probablemente no. De seguro alguien me verá y se unirá a mí . . ."

"No *alguien*—algún caballero. Y todas las otras damas tendrán la inteligencia de descansar, de eso puedes estar segura." Lady O se detuvo en la puerta de su habitación y la abrió de par en par; Portia la siguió, cerrándola tras de sí.

"Uno u otro caballero—lo más probable es que sea más de uno—te acompañarán." Lady O puso su bastón a un lado, se tendió en la cama, y miró a Portia con ojos sabios. "Ahora ¡piensa! ¿Es algo sabio?"

Era como ser instruida en un arte en el cual no tenía ningún entrenamiento previo; adivinó "¿No?"

"¡Desde luego que no!" Lady O se reclinó sobre sus almohadas, y se arrellanó cómodamente. Miró a Portia. "Has pasado toda la mañana y toda la tarde con ellos. Darles una dieta continua de tu compañía es poco probable que despierte su apetito. Ahora—las próximas horas hasta el baile—es el momento de privarlos de alimento. Luego, más tarde, durante la cena y en el baile, vendrán a ti con mayor rapidez."

Portia no pudo impedirse de reír; inclinándose, besó a Lady O en la mejilla. "¡Es usted una intrigante *terrible!*"

"¡Tonterías!" Lady O cerró los ojos y sus facciones se serenaron. "Soy un general experimentado y he luchado—y ganado—más batallas de las que puedes contar."

Sonriendo, Portia se retiró. Se encontraba en la puerta cuando, sin abrir los ojos, Lady O ordenó, "Ahora, ve a descansar."

Portia sonrió. "¡Sí señor!" y se deslizó hacia fuera.

Y, por una vez, hizo lo que se le pedía.

Capítulo 4

"*A*hora recuerda—¡piensa en la estrategia!"

Con estas palabras de ánimo, Lady O entró al salón, dejando que Portia la siguiera con menos entusiasmo. Con la cabeza en alto, entró deslizándose—y de inmediato fue consciente de que se volvían a mirarla.

Más interesante aún, mientras que las cabezas femeninas, después de la más breve de las miradas, regresaban a sus conversaciones, las cabezas masculinas siguieron fijas en ella durante mucho tiempo, algunas hasta que algún comentario las hizo regresar a su entorno.

Sabía fingir que no lo había advertido. Con imperturbable serenidad, hizo una reverencia a Lady Glossup, quien inclinó su cabeza con una sonrisa majestuosa, y luego prosiguió a reunirse con Winifred, quien hablaba con Desmond y James.

Cuando la saludaron, vio una marcada admiración, tanto en los ojos de Desmond como en los de James. Lo aceptó despreocupadamente como algo que se merecía, y continuó conversando como solía hacerlo.

Internamente, frunció las cejas. ¿Había cambiado? ¿Era diferente sólo porque había decidido buscar un esposo—se le notaba de alguna manera? O, dado que antes nunca se había preocupado por advertir cómo reaccionaban las otras personas ante ella, especialmente los caballeros, ¿siempre había suscitado estas respuestas y nunca lo había notado?

Mientras circulaba, intercambiando saludos aquí y allá, cada vez estaba más segura de que era esto último. Un pensamiento humillante en cierto sentido; Lady O estaba en lo cierto—debía tener su nariz en las nubes. Sin embargo, la conciencia de ello aumentó su confianza; por primera vez advirtió que tenía algo—un arma, un poder—que podía utilizar para atraer un marido y atarlo a ella.

Ahora lo único que debía hacer era aprender a elegir al caballero adecuado y aprender a usar aquella arma.

Simón estaba conversando con las hermanas Hammond y con Charlie; ella pasó a su lado con una fría inclinación. Él no había dejado de observarla desde que entró al salón. Su expresión era dura, como una roca; ella no podía adivinar qué estaba pensando.

Lo último que deseaba era alentar su sentido de protección; prosiguió para unirse a Ambrosio y Lady Calvin.

Simón observó cómo Portia sonreía, hechizando a Ambrosio. Los músculos de su cara se tensaron aún más, para suprimir mejor su severa expresión. No estaba de ánimo para considerar por qué se sentía así—cuáles eran las emociones que lo roían por dentro. Nunca en la vida había experimentado esta sensación—más que incitado. Aguijoneado.

El hecho de no saber por qué, el hecho de no comprender, sólo aumentaba la presión. Algo había cambiado, pero no podía liberar su mente de su absorbente obsesión el tiempo suficiente como para identificar qué era.

Aquella tarde había aguardado a que Portia bajara después de acompañar a Lady O a su habitación. Deseaba hablar con ella, persuadirla de que le revelara qué era lo que buscaba aprender.

Ella no había aparecido—o, más bien, él no la había encontrado, lo cual suscitaba la pregunta de a dónde había ido, y con quién.

Podía verla por el rabillo del ojo, una figura esbelta con un traje de suave gris perla, con el cabello negro recogido en lo alto de la cabeza, como nunca antes lo había visto. Este estilo, que dejaba expuesta su nuca, atrajo su atención a la elegante curva de su cuello, a los finos huesos de sus hombros. El collar de perlas que llevaba... una hilera alrededor del cuello, la otra colgando bajo el borde de gasa de su corpiño, desaparecía en el valle de sombras entre sus seños. Llevando consigo su imaginación. Sus sentidos permanecían fijos en ella incluso cuando apartaba la mirada; las palmas de sus manos ardían.

Ella se movía todavía sin conciencia ni malicia; la manera como conversaba no había cambiado. Sin embargo, algo dentro de él reconocía, más allá de toda duda, que su intención se había modificado.

No sabía por qué esto habría de afectarlo—sólo sabía que lo hacía.

Un movimiento cerca de la puerta atrajo su mirada hacia ese lugar. Kitty se había unido al grupo. Estaba resplandeciente en un traje de satín blanco bordado en encaje plateado. Llevaba sus pálidos cabellos en un complicado peinado; los diamantes destellaban en su pecho y en sus orejas. Vista en sí misma, era una visión encantadora, especialmente porque estaba invadida de gozo—se reflejaba en su cara, en sus ojos, hacía brillar su piel.

Habló cortésmente con los miembros más viejos de la concurrencia; luego tomó el brazo de Henry y comenzó a pasearse, deteniéndose en cada grupo para dar y recibir cumplidos.

Simón miró de nuevo a Portia. Cuando Kitty se detuvo a su lado, el resultado fue el que había adivinado; contra la belleza más sutil e intrigante de Portia, Kitty parecía de mal gusto. No se detuvo mucho tiempo, sino que prosiguió; pronto estuvo a su lado.

Sólo tuvieron tiempo de intercambiar unas pocas palabras antes de que entrara el mayordomo para anunciar que estaba servida la cena.

Entró al comedor con Lucy, esperando contra toda esperanza... pero no, los puestos estaban asignados, y sospechó que era Kitty quien los había organizado de aquella manera. Lord y Lady Glossup se sentaron en las cabeceras de la mesa; Kitty se sentó en el medio de uno de los lados, y Henry exactamente al frente de ella, como se acostumbraba. Desmond estaba a su izquierda, Ambrosio a su derecha. Portia estaba cerca de uno de los extremos, entre Charlie y James; él Simón, estaba en el otro extremo de la mesa, con Lucy a un lado y la silenciosa Drusilla al otro.

Si las cosas hubieran sido diferentes, no habría tenido razones para quejarse—Lucy era brillante y alegre, aun cuando su mirada se desviara con excesiva frecuencia hacia James, y Drusilla sólo requería una palabra amable ocasionalmente para estar contenta. Tal como estaban las cosas, se vio obligado a soportar la vista de Portia, cortejada ingeniosamente por Charlie y por James.

Normalmente ni siquiera se le hubiera ocurrido observarla, al menos no en este ambiente; antes de aquel día, su actitud frente a los caballeros había sido poco menos que altivamente desdeñosa. Ni Charlie ni James habrían tenido la menor ocasión de adelantar algo con ella; la idea de que ella respondiera a sus practicadas argucias no había entrado en su mente.

Durante toda la cena, la observó disimuladamente; en un momento dado, advirtió que Lady O lo miraba y lo hizo con aún más cautela. Pero sus ojos tenían una voluntad propia; aun cuando no podía escuchar su conversación, la manera como Portia sonreía, rápida, alerta, las miradas interesadas que dispensaba a James y a Charlie, fijaban su atención en ella.

¿Qué demonios se proponía?

¿Qué quería aprender?

Más importante aún, ¿tenía alguna idea de lo que pasaba por las mentes de James y de Charlie?

Él sí. Le irritaba más de lo que deseaba admitirlo, más de lo que quería pensar en ello.

Lady O se volvió hacia él. Bajando la mirada, se dirigió a Lucy. "¿Has escuchado algo sobre los planes para mañana?"

Tomó su tiempo; por fortuna, Lucy estaba tan ansiosa como él de dirigirse al salón de baile. En cuanto Lady Glossup se levantó y los animó en esa dirección, ofreció su brazo a Lucy, dejando que Drusilla lo siguiera con el señor Archer.

Dado que estaban más cerca de las puertas, Portia, del brazo de Charlie, estaba un poco delante de ellos. En el recibo de la entrada, debieron evitar a los invitados locales que comenzaban a llegar; los huéspedes de la casa pasaron directamente por el pasillo al salón de baile. Era evidente, por la multitud que se agolpaba en el recibo, que asistirían muchas personas al baile; Simón hizo avanzar rápidamente a Lucy, decidido a alcanzar a Portia antes de que la muchedumbre, que era cada vez mayor, la envolviera.

Al entrar al salón de baile, vieron a James, justo delante de ellos, que examinaba a quienes ya se encontraban allí, buscando entre el grupo.

Simón supo, sin ninguna duda, que James estaba buscando a Portia; con Lucy del brazo, se detuvo.

Kitty se aproximó velozmente a James; estaba a su lado antes de que él lo advirtiera. Poniendo una mano en su brazo, se acercó a él—se acercó demasiado. James dio un paso atrás, pero ella lo siguió; se vio obligado a permitir que ella se reclinara con familiaridad contra él. La sonrisa de Kitty era pura seducción; le hablaba en voz baja.

Era una mujer pequeña; para escucharla, James debía inclinar la cabeza, creando una escena que sugería una relación más cercana que la de los lazos de familia.

A su lado, Simón sintió la tensión de Lucy.

James se irguió, levantó la cabeza; una expresión cercana al pánico pasó fugazmente por sus rasgos. Vio a Simón; sus ojos se abrieron.

Ningún amigo habría podido ignorar una súplica semejante.

Simón dio unas palmaditas en la mano a Lucy. "Vamos—hablemos con James."

Por el rabillo del ojo, vio que Lucy levantaba la barbilla. Decidida, avanzó a su lado.

Kitty los vio venir; retrocedió un poco, para que su cuerpo no tocara el de James.

"¡Mi querida Kitty!" Lucy habló antes de que se detuvieran; todos se trataban ahora por el primer nombre. "Debes estar feliz por la asistencia. ¿Esperabas tanta gente?"

Kitty se tomó un momento para cambiar de rumbo mental, y luego sonrió. "Ciertamente, es muy gratificante."

"Me sorprende que no estés al lado de tu suegra para saludar a los invitados."

Simón se mordió los labios, aplaudiendo internamente las agallas de Lucy, quien permanecía con una expresión de inocencia en los ojos y, sin embargo, había puesto rápidamente a Kitty en una situación incómoda.

La sonrisa de Kitty se crispó. "Lady Glossup no necesita que la acompañe. Además"—se volvió para mirar a James—"este el mejor momento para arreglar las cosas de manera que disfrutemos plenamente la velada."

"Creo que era eso exactamente lo que estaba en la mente de cierto caballero." Simón mintió sin ningún remordimiento. "Estaba preguntando por ti cuando pasó—de cabello oscuro, un invitado de la aldea."

"¿Oh?" Kitty se distrajo de inmediato. "¿Lo reconociste?"

"No de nombre." Simón miró hacia el espacio al lado de

las puertas, donde se congregaban los invitados que entraban. "No puedo verlo en este momento—tal vez debas circular en esa dirección y ver si lo encuentras."

Kitty vaciló sólo un segundo, y luego sonrió—intencionadamente—a James. "Me reservarás ese vals, ¿verdad?"

Los rasgos de James se endurecieron. "Si estamos cerca en ese momento, y no tenemos otra pareja…" Se encogió de hombros. "Hay muchos invitados a los que debemos entretener."

Los ojos de Kitty refulgieron; sus labios se cerraron con fuerza para detener una réplica cortante. La presencia de Lucy y Simón la obligó a inclinar la cabeza. Miró a Simón. "¿Dijiste que tenía el cabello oscuro?"

Él asintió. "De estatura mediana, fornido. Buenas manos. Tiene un sastre excelente."

Esto resumía los atributos que un caballero probablemente notaría en otro; Kitty se tragó todo el anzuelo—con una breve inclinación, se alejó.

Los ojos de James encontraron los de Simón; su alivio era evidente.

Lucy observó entonces alegremente, "No sabía que tenían tantos vecinos en esta zona." Miró a James. "¿Quizás tendrías la amabilidad de presentarme a algunos?"

James vaciló por un instante; luego sonrió y le ofreció su brazo. "Si lo deseas, será un honor."

Simón no se sorprendió con la mirada que James, al erguirse, lanzó por sobre la cabeza de Lucy. Otra súplica—para que no lo dejara a solas con Lucy. Haciendo a un lado sus propios deseos—después de todo, no era probable que Portia hiciera algo imprudente—aceptó acompañarlos y conversar, haciendo un trío; simpatizaba con el deseo de James de no alentar a Lucy a creer que algo personal se desarrollaba entre ellos.

"Gracias." James le dio una palmada en el hombro cuando comenzó el primer baile, y miraban cómo Lucy giraba con el señorito que tan solícitamente había pedido su mano. "Ahora puedes ver por qué insistí tanto en que estuvieras aquí."

Simón replicó. "No me preocuparía demasiado por Lucy—está entusiasmada, pero sabe cómo son las reglas. Kitty, sin embargo…" Miró a James. "¿Piensas quedarte aquí una vez que se hayan ido todos los invitados?"

"¡Santo cielo, no!" James se estremeció. "Partiré en el mismo instante en que tú lo hagas—creo que iré a visitar al viejo Cromer. Northcumberland es lo suficientemente lejos incluso para Kitty."

Simón sonrió y se alejó. Mientras conversaba con James y Lucy, había estado recorriendo el salón subrepticiamente con la mirada, y había ubicado a Portia. En aquel momento estaba al otro lado del salón, cerca de las puertas que abrían sobre la terraza y la tibia noche. Charlie se encontraba a su lado, junto con un oficial ataviado con su uniforme de gala; ambos estaban completamente absortos, olvidados de todo lo que los rodeaba, ignorando el brillo y remolino del baile.

Lo cual era comprensible, porque Portia resplandecía. Había vida en sus ojos oscuros, sus manos se movían con gracia, su cara brillaba. Incluso a esa distancia, sintió la atracción. Su atención estaba completamente dedicada al hombre que hablaba con ella; tal devoción garantizaba que atrajera—o transfigurara—a cualquier hombre sano.

En cualquier otra mujer, habría calificado tal comportamiento de coqueto y habría tenido razón; pero Portia, aún estaba dispuesto a jurarlo, era por naturaleza incapaz para este arte. Rodeó el salón, calculando cómo aproximarse a ellos; contemplándolos a los tres, estudió sus caras y dudó que incluso Charlie y su última conquista, quien quiera que fuese, interpretaran mal el comportamiento de Portia y lo entendieran como la invitación habitual.

Era otra cosa. ¿Qué era exactamente? El misterio de lo que se proponía sólo le daba un mayor encanto, hacía más poderosa su atracción.

Estaba a pocos pasos de ella cuando una mano lo aferró por el brazo con sorprendente fuerza.

"¡Aquí estás!" Lady Osbaldestone le sonrió maliciosamente. "No tienes ninguna hermana o prima presente, así que no puedes estar ocupado. Ven conmigo—quiero que conozcas a alguien."

"Pero…" Se resistió a seguirla; ella quería apartarlo de Portia. El maldito baile había comenzado hacía una hora, y esto era lo más cerca de ella que había llegado.

Lady O miró su cara y luego a su alrededor—a Portia. "¿Portia? ¡Bah!" Chasqueó los dedos. "No es necesario que te preocupes por ella—y, de cualquier manera, ni siquiera te gusta."

Abrió la boca para refutar al menos la última frase.

Lady O sacudió la cabeza. "No es tu problema si Charlie le trae una copa de champán de más."

"¿Qué?" Intentó volverse para mirar.

Lady O se aferró a él como una tenaza. "¿Qué importa si se embriaga un poquitín? Tiene la edad suficiente para saber cómo son las cosas, y es lo suficientemente fuerte como para defenderse. Le hará bien que le abran un poco los ojos—después de todo, ya tiene veinticuatro años." Lady O suspiró y lo haló de nuevo. "Vamos. Por aquí."

Agitó el bastón al frente; suprimiendo el pánico que lo invadía, la siguió. El camino más rápido hacia la libertad era acceder a los planes de Lady O. Escaparía a la primera oportunidad—y, después de esto, *nada* se interpondría en su camino.

Portia vio cómo Lady O se llevaba a Simón y suspiró interiormente, de alivio o desencanto, no lo sabía. No quería que estuviese a su lado con su actitud habitual, arrogantemente desaprobadora; pero quizás esa no había sido su intención. Si la mirada que había visto antes en sus ojos era un indicio, su actitud frente a ella había cambiado, pero cómo tampoco lo sabía, y aún no había tenido oportunidad de adivinarlo. Él era uno de los tres caballeros que había decidido "considerar," y aunque lo había hecho bastante bien con Charlie y con James, aún faltaba intentar con Simón.

No obstante, Charlie y el Teniente Campion eran lo suficientemente interesante, y lo suficientemente susceptibles a sus artimañas para contar como práctica.

Fijó la mirada en la cara del Teniente Campion. "Entonces, pasa usted la mayor parte del año aquí en Dorset. ¿Son muy fríos los inviernos?"

Campion sonrió y respondió. Con un poco de aliento y su dedicada atención—la mirada fija en su rostro, su mente catalogando todos los puntos que él revelaba—él se mostraba feliz de comunicarle una cantidad de cosas sobre sí mismo, lo suficiente para que ella adivinara su relativa riqueza, su posición y las propiedades de su familia, su entusiasmo militar y personal.

Qué agradables eran los caballeros, una vez que se aprende el manejo. Los comentarios de sus hermanas mayores sobre cómo manejar a sus esposos resonaron en su mente.

No que el Teniente Campion fuese apropiado para ella; le faltaba algo. Un reto, tal vez; estaba segura de que podía manejarlo con el dedo meñique—curiosamente, eso no le atraía.

Charlie, quien se había alejado, regresó con una copa más de champán. Se la ofreció con una reverencia. "Aquí tienes—debes estar muerta de sed."

Ella tomó la copa, le agradeció y bebió. La temperatura del salón de baile subía; ahora estaba lleno de gente y el calor de los cuerpos se mezclaba con el sensual calor de la noche.

La mirada de Charlie permaneció fija en su rostro. "Presentaron un conjunto excelente de obras en el Teatro Real durante la última estación. ¿Tuviste ocasión de verlas?"

Ella sonrió, "Vi las primeras dos. El teatro tiene una nueva administración, ¿verdad?"

"En efecto." El Teniente Campion miró a Charlie fijamente. "Entiendo..."

Portia pensó que Charlie quería excluir al teniente con este tipo de pregunta; no sabía que Campion pasaba parte de la estación en Londres. Frunció los labios; el lugarteniente continuaba, explayándose largamente.

Charlie aceptó el revés con gracia, pero aprovechó la oportunidad para pedir su mano en cuanto los músicos comenzaron a tocar de nuevo.

Ella aceptó y bailaron un vals con vigor, verbosidad y bastantes risas. La reticencia anterior de Charlie había desaparecido; aun cuando todavía se mostraba cauteloso para no revelarle demasiado sobre sí mismo, parecía más interesado en descubrir todo lo posible sobre ella.

Y sus intenciones. Su dirección.

Finalmente consciente de ello, ella rió, le ofreció su mirada, su atención, pero se guardó sus pensamientos para sí misma. Los hombres de la clase de Charlie y de James parecían más interesados en saber a dónde quería llevarlos—qué era lo que realmente deseaba saber—preguntándose presumiblemente si podían ayudarla en su búsqueda...mientras ella sonreía y utilizaba todo su ingenio para no divulgar las respuestas. No veía razón alguna para perder innecesariamente lo que empezaba a sospechar que sería buena parte de su encanto recién descubierto.

El aspecto más atractivo de la esgrima mental con caballeros como Charlie era que ellos comprendían las reglas. Y cómo eludirlas.

Cuando se apagó el último acorde del vals, y se detuvieron acalorados, entusiasmados y riendo, él sonrió con deslumbrante encanto. "Descansemos un poco en la terraza—aquí falta aire."

Ella mantuvo su sonrisa y se preguntó si se atrevería.

Si no se intenta nada, no se gana nada; nunca lo sabría si no ensayaba.

"Muy bien." Le ofreció una sonrisa más profunda, aceptando el reto. "Vamos."

Se volvió hacia la terraza—y casi tropieza con Simón.

Sus nervios saltaron; por un instante, no pudo respirar. Sus ojos encontraron los suyos; su expresión era dura, pero no pudo ver en ella su habitual desaprobación.

"Nos disponíamos a salir a la terraza." El tono de su voz sonó un tanto alto; el champán, sin duda. "Hace mucho calor acá adentro."

Utilizó esta excusa para abanicarse con la mano. Su temperatura ciertamente había aumentado.

La expresión de Simón no se suavizó. Miró a Charlie. "Vengo de parte de Lady Osbaldestone—está preguntando por tí."

Charlie frunció el ceño. "¿Lady Osbaldestone? ¿Qué diablos quiere la vieja fiera de mí?"

"¿Quién sabe? Sin embargo, se mostró muy insistente. La encontrarás al lado de la habitación de los refrescos."

Charlie la miró.

La mano de Simón se cerró cerca del codo de Portia.

"Llevaré a Portia a caminar—si tienes suerte, para cuando hayas terminado con Lady Osbaldestone, ya estaremos de regreso."

La sugerencia parecía inocente, pero Charlie no estaba tan seguro; la mirada que le lanzó a Simón lo revelaba. Pero no tenía otra opción; con un saludo cortés, se dirigió al rincón más apartado del salón.

Simón la soltó; volviéndose atravesaron las puertas de vidrio.

Ella lo miró. "Realmente quería Lady Osbaldestone a Charlie? ¿O es tu pomposa personalidad habitual?"

Él encontró su mirada por un instante, y luego salieron. "Estará mucho más frío afuera."

Ella salió al jardín. "Lo inventaste, ¿verdad?"

Él la conducía; ella se volvió y lo miró fijamente.

Él miró su rostro. Sus ojos se entrecerraron. "Estás embriagada. ¿Cuántas copas de champán has bebido?"

De nuevo, la hizo avanzar, cerrando sus largos dedos alrededor de su codo mientras la guiaba a lo largo de la umbrosa terraza. Había parejas y grupos caminando en la terraza y en los jardines vecinos, aprovechando el alivio que les proporcionaba el fresco aire de la noche.

"Ese no es el punto." Estaba bastante segura de eso. "Nunca me había embriagado antes—es bastante agradable." Al advertir cuán cierto era lo que acababa de decir, se deshizo de su mano y giró. "Una nueva experiencia, y perfectamente inofensiva."

La mirada en su rostro era extraña—condescendiente, pero también algo más. Algo más entusiasmada. Un estremecimiento de esperanza la invadió; ¿funcionarían también con él sus artimañas?

Fijó sus ojos en su cara y sonrió de manera encantadora. Luego rió y se volvió para caminar a su lado. Se alejaban del ajetreo y del salón de baile hacia espacios menos frecuentados; podían conversar libremente.

Qué tontería, ahora que lo pensaba. "No tiene sentido hacerte hablar de ti mismo—ya lo sé todo de ti."

Se aproximaba el final de la terraza. Sintió su mirada en su rostro.

"En realidad"—su voz se convirtió en un murmullo profundo—"sabes muy poco de mí."

Las palabras se deslizaron a través de sus nervios, seductoras, tentadoras; ella se limitó a sonreír y a mostrar su incredulidad.

"Es eso lo que te propones—¿aprender sobre los caballeros?"

No podía recordar haberle escuchado ese tono extrañamente cautivador antes; inclinando la cabeza, pensó. Su mente no estaba, en verdad, funcionando con su acostumbrada facilidad. "No es acerca de los caballeros en general, y no sólo sobre ellos." Volvieron la esquina de la terraza y prosiguieron; nadie más estaba caminando por este lado de la casa. Suspiró y dijo, "Quiero aprender acerca de todas las cosas que no he aprendido antes."

Ya estaba—eso debía ser suficiente para él.

"¿Qué cosas?"

Ella giró y se detuvo, con la espalda contra la pared de la casa; algún instinto le advertía que se estaban alejando demasiado del salón de baile. Sin embargo le sonrió, con evidente deleite, dejando ver la alegre confianza que la invadía. "Pues, todas las cosas que no he experimentado antes." Extendió los brazos, encontrando su mirada. "La emoción, la ilusión. Todas las cosas que pueden mostrarme los caballeros de las que nunca me he preocupado hasta ahora."

Él se detuvo, de frente a ella, estudiando sus ojos. Su rostro estaba en la penumbra.

"¿Es por eso que deseabas pasear aquí con Charlie?"

Había algo en su voz que la alertó, que hizo que su mente se serenara de nuevo. Sostuvo su mirada y respondió la verdad. "No lo sé. No fue idea mía—fue una sugerencia de él."

"No me sorprende, dado tu deseo de aprender. Y saliste para acá."

La acusación en su voz centró su mente maravillosamente. Levantó la barbilla. "Contigo. No con él."

Silencio.

El reto estaba entre ellos, implícito, comprendido.

Sus miradas permanecieron fijas la una en la otra; ninguno se movió, ninguno rompió el hechizo. El calor de la noche se intensificó y se cerró sobre ellos. Ella hubiera podido jurar que las cosas giraban. Podía sentir la sangre latiendo bajo su piel, en sus sienes.

Sólo estaba a dos pasos de ella; súbitamente, deseó que estuviese más cerca; sentía una atracción primaria.

También él la sentía. Se aproximó un poco y luego se paralizó; su rostro permanecía en la sombra, sus ojos indescifrables.

"Si hubiera sido Charlie quien te hubiera traído para acá, ¿qué habrías querido aprender?"

Le tomó un momento formular una respuesta; debió humedecerse los labios antes de poder decir, "Tú lo sabes mucho mejor que yo—¿qué crees que, en este momento, en esta situación, habría podido aprender?"

El tiempo se extendió; los latidos del corazón de Portia hacían que pareciera eterno. Los ojos de Simón permanecieron fijos en los suyos; se movió, acercándose más a ella. Inclinó la cabeza lentamente.

Levantó la mano para tocarle el rostro; sus largos dedos lo recorrieron y luego tomaron su barbilla, acercando su cara a la de él...

...Para que sus labios pudieran posarse, cálidos y fuertes, en los de ella.

Portia cerró los ojos; se quedó sin aliento. Sus sentidos flotaban mientras su cuerpo se despertaba a la vida sensual.

No tenía nada con qué comparar, aquel primer beso tan precioso. Ningún hombre se había atrevido antes a acercársele de esta manera, a tomarse una libertad semejante. De haberlo hecho, ella le habría dado una bofetada.

Los labios de Simón se movieron sobre los suyos, cálidos y flexibles, buscando; los dedos de Portia se aferraron con fuerza a la piedra que había a sus espaldas.

Todos sus sentidos se condensaron hasta que la dulce presión seductora era lo único que sentía, lo único que le importaba. Sus labios temblaban. Su cabeza giraba, y no era por el champán.

Había olvidado respirar, e incluso ahora no le importaba.

También lo besó, vacilante, sin saber...

Él se movió, no para alejarse, sino para acercarse aún

más. Los dedos que rodeaban su barbilla se hicieron aún más firmes; la presión de aquellos labios cautivadores aumentó.

Ella entreabrió los suyos como él parecía querer que lo hiciera; su lengua se deslizó entre ellos—sus rodillas se aflojaron. Él parecía saber—cómo, no podría adivinarlo; las caricias se hicieron más lentas, más lentas, hasta que cada contacto parecía imbuido de languidez, de aprecio sin prisa, un simple placer compartido. El vertiginoso golpe de la nueva intimidad desapareció.

El conocimiento indudable de que nunca antes la habían besado sacudió a Simón; el poderoso deseo de abrazarla que lo invadió en respuesta lo estremeció hasta lo más profundo de sí. Lo encadenó, se negó a dejar que apareciera—en sus labios, en sus dedos, en el lento, hipnótico juego de su lengua.

Sabía a néctar de melocotones tibios y miel. De verano y la bondad, frescos e intactos. Podría haberla besado feliz durante horas; sin embargo, no deseaba detenerse en sólo un beso.

La oprimió contra la pared; puso uno de sus antebrazos contra la fría piedra, con los músculos tensos, el puño cerrado mientras luchaba contra el deseo de aprovecharse de ella. Acercarse aún más, oprimirse contra ella, sentir sus curvas cubiertas de seda contra él.

Ella era alta y de piernas largas; el deseo de confirmar cómo se acoplarían, el intenso deseo de suavizar su cuerpo excitado al menos con el contacto del de ella ardía fuertemente. Junto con una urgente necesidad de llenar sus manos con sus senos, de inclinar su cabeza y seguir con los labios el seductor camino de sus perlas hasta el final.

Pero era Portia. Ni siquiera en el embriagador momento cuando trató de terminar el beso y ella se enderezó, siguiendo sus labios con los suyos, deseando más, y él se hundió de nuevo en su boca—ahora libremente ofrecida—sin reservas, pudo olvidar quién era ella.

El dilema estaba allí, claro en su mente desde un principio, burlándose, haciendo mofa del deseo que tan velozmente surgía por ella.

Cada minuto que se complacía—la complacía y se complacía a sí mismo—tenía un precio que él tendría que pagar por terminar el interludio.

Pero debía ponerle fin. Se habían ausentado del salón de baile durante demasiado tiempo.

Y era Portia.

El esfuerzo por poner fin al beso y levantar la cabeza le dio vértigo. Apartó la mano de su rostro, bajó el brazo y permaneció inmóvil, esperando que el deseo que tronaba en sus venas disminuyera a un nivel seguro. Observó su rostro mientras batía los párpados y se erguía.

Los ojos de Portia brillaban oscuramente; sus pálidas mejillas estaban teñidas de rojo—pero no estaba sonrojada. Parpadeó, buscó sus ojos, su expresión.

Él sabía que no leería nada en ella—nada que ella supiera reconocer—en las pétreas líneas de su rostro. Por el contrario, él podía ver los pensamientos desordenados de su mente reflejados en su expresión.

No fue un impacto—él no lo había esperado; sorpresa, curiosidad, el deseo de saber más. Una conciencia que despertaba, intrigada.

Suspiró profundamente, aguardó un momento más hasta estar seguro de que ella había recobrado el equilibrio. "Vamos—debemos regresar."

Tomando su mano, se volvió y la llevó de regreso hasta la terraza principal.

Había dos parejas en el extremo opuesto de la terraza, pero nadie más. Puso la mano de ella sobre su brazo; continuaron caminando hacia el salón de baile en silencio.

Las puertas de vidrio estaban cerca; él agradecía a su buena estrella que ella estuviese lo suficientemente distraída como para callar—no estaba de ánimo para una discusión, no en aquel momento—cuando escuchó voces.

Portia las oyó también. Antes de que pudiera detenerla, ella se había acercado a la balustrada y miraba hacia el sendero que pasaba por debajo de ella.

Él la haló, pero ella no se movió. Algo en su inmovilidad lo alertó. Se puso a su lado y miró también.

Susurros entrecortados flotaban hacia ellos. Desmond se encontraba con la espalda contra el muro de la terraza. Kitty estaba delante de él, aferrada a su cuerpo, con los brazos alrededor de su cuello.

Desmond, rígido, intentaba apartarla.

Simón miró a Portia; ella le devolvió la mirada.

Regresaron al salón de baile.

Portia no podía imaginar qué se proponía Kitty, qué esperaba conseguir con su escandaloso comportamiento; sencillamente, estaba más allá de ella. Lo apartó de su mente—tenía asuntos más importantes que considerar.

Tales como el beso que había recibido aquella noche.

Su primer beso como de amante—no era de sorprender que la hubiese fascinado de esta manera. Mientras caminaba por los jardines en el fresco aire de la mañana, revivió aquel momento, revivió las sensaciones, no sólo la de los labios de Simón sobre los suyos sino todo lo que había surgido en respuesta. El ardor de sus nervios, el torrente de sangre bajo su piel, el deseo que la invadía de tener una mayor intimidad física. Con razón las otras damas encontraban adictiva esa actividad; casi sintió deseos de patearse por su desinterés anterior.

Ciertamente había querido más la noche anterior. Todavía quería más. Y, a pesar de su falta de experiencia, a pesar de la experiencia de Simón, no podía dejar de sospechar—de sentir—que Simón se había sentido igual. Si se hubiese dado la oportunidad... pero tuvieron que regresar al salón de baile.

Cuando se encontraron de nuevo entre los bailarines, no intercambiaron una sola palabra sobre el interludio, como tampoco sobre nada más; ella había estado demasiado concentrada pensando en ello y él, presuntamente, no había visto ninguna razón para comentar. Ella se retiró eventualmente a su habitación; la sensación recordada de sus labios en los suyos la había seguido en sus sueños.

Aquella mañana, se había levantado decidida a acoger esta experiencia y seguir adelante. Pero en lugar de enfrentar a Simón en la mesa del desayuno antes de tener la oportunidad de decidir qué dirección tomaría, optó por desayunar con Lady O en su habitación.

Los despreocupados comentarios de Lady O sobre la propensión de los caballeros y su naturaleza, salpicados con alusiones elípticas a los aspectos físicos de las relaciones entre hombres y mujeres, sólo la habían decidido aún más a pensar por sí misma sobre el tema y decidir cómo continuar.

Lo cual era la razón por la que estaba caminando sola en los jardines.

Tratando de decidir sobre la importancia de un beso. Sobre cuánta importancia debía atribuir a su propia respuesta.

Simón no había dado ninguna indicación de haber encontrado que besarla a ella era diferente de besar a otra. Arrugó su nariz mientras caminaba por uno de los senderos; era demasiado realista para no reconocer que él tenía que ser un experto, que seguramente habría legiones de damas que había besado. Sin embargo... se sintió bastante segura de que la besaría de nuevo, si se presentaba la oportunidad.

Con aquello se sintió tranquila, razonablemente segura. El sendero que conducía al templo estaba delante de ella; sin ser consciente de hacerlo, sus pies la llevaron en esa dirección.

Su propio camino era mucho menos claro. En cuanto más

lo pensaba, se sentía como perdida en el mar. Literalmente, como se si hubiese embarcado en un océano sin fondo y luego hubiese descubierto que no tenía idea de navegar, sin un mapa.

¿Sentiría lo mismo la próxima vez que la besaran? ¿O la reacción de la noche anterior se debía a que era la primera vez? ¿Se habría sentido igual si otro caballero la hubiera besado? Si Simón la besaba de nuevo, ¿sentiría algo en absoluto?

Para ir derecho al corazón del asunto, ¿era pertinente lo que sentía cuando la besaba un caballero?

Las respuestas estaban escondidas debajo de un miasma de falta de experiencia. Enderezándose, levantó la cabeza—sencillamente tendría que experimentar para averiguarlo.

Una vez tomada esta decisión, se sintió más positiva. El templo surgió ante ella, una pequeña locura de mármol de columnas iónicas. Estaba rodeado de exuberantes arriates de flores; mientras comenzaba a subir las escaleras, advirtió al jardinero, un hombre joven con una mata de pelo negro, que arrancaba las malas hierbas en uno de los arriates. Levantó la mirada hacia ella; ella sonrió e inclinó la cabeza. Él parpadeó, con una mirada un poco incierta, pero se inclinó también cortésmente.

Portia entró al templo de piso de mármol—y de inmediato supo por qué el jardinero tenía una mirada incierta. El templo estaba lleno de palabras—un altercado. Si hubiera prestado atención, las habría escuchado antes de subir las escaleras. El jardinero podía escuchar cada una de las palabras. En el silencio del jardín, no podía evitarlo.

"¡Tu comportamiento es *imperdonable!* No te eduqué para que te condujeras de esta manera. ¡No puedo *concebir* qué te propones con estos despliegues vergonzosos!"

Los tonos melodramáticos pertenecían a la señora Archer. Las palabras provenían de donde Portia presumió que había una silla afuera del templo, dominando el paisaje. Dentro del templo, las palabras resonaban y crecían.

"¡Quiero emoción en mi vida!" declaró Kitty, en un tono altisonante. "Tu me casaste con Henry y me dijiste que fuese una dama—¡pintaste la posición de su esposa con brillantes colores! Me hiciste creer que tendría todo lo que podía desear—¡y no es así!"

"¡No puedes ser tan terriblemente ingenua como para pensar que todo en la vida será exactamente como lo sueñas!"

Portia se alegró de que alguien estuviera diciendo lo que había que decir, pero no tenía deseo alguno de escucharlo. Silenciosamente, se volvió y bajó la escalera.

Cuando llegó al sendero, escuchó que Kitty respondía en un tono duro, áspero, "Más tonta yo, que te creí. Ahora vivo la realidad—¿sabes que quiere que vivamos *aquí* la mayor parte del año? ¿Y que quiere que le dé *hijos?"*

Pronunció estas últimas palabras como si Henry le hubiera pedido que se contagiara de la peste; atónita, Portia vaciló.

"Hijos," prosiguió Kitty, llena de desdén, "Perdería mi figura. ¡Me inflaría e hincharía y nadie me miraría! Y si alguien lo hiciera, se estremecería y apartaría la vista. ¡Preferiría estar *muerta!"*

Algo cercano a la histeria resonaba en sus palabras.

Portia tembló. Concentrándose de nuevo, vio al jardinero; sus miradas se encontraron. Luego levantó la cabeza, suspiró. El jardinero regresó a sus plantas. Ella continuó su camino.

Con el ceño fruncido.

Al llegar al jardín principal, vio a Winifred quien, como ella, se paseaba sola sin rumbo fijo. Pensando que sería conveniente asegurarse de que Winifred no se dirigiera al tempo, cambió de dirección y se unió a ella.

Winifred sonrió acogiéndola. Portia sonrió también. Al menos era alguien de quien podía aprender.

Después de intercambiar saludos, de mutuo acuerdo se dirigieron a los senderos que llevaban al lago.

"Espero que no me consideres imperdonablemente directa," comenzó, "pero no pude evitar advertir..." Miró el rostro de Winifred. "¿Tengo razón en suponer que hay cierto grado de entendimiento entre tú y el señor Winfield?"

Winifred sonrió y luego miró al frente. Después de un momento, dijo. "Quizás sea más realista decir que estamos considerando algún grado de entendimiento." Sus labios se curvaron y miró a Portia. "Sé que suena muy tímido, pero, en efecto, supongo que lo soy, al menos en lo que se refiere al matrimonio."

Portia vio la oportunidad y se aferró a ella. "Sé exactamente lo que quieres decir—en efecto, yo siento lo mismo." Sus ojos se encontraron. "Actualmente estoy considerando casarme—en general en este momento—y debo confesar que hay muchas cosas que no comprendo. Lo he pospuesto por razones enteramente egoístas, por haber estado dedicada a otras cosas de la vida; ahora me encuentro un poco perdida y no tengo tanta información como debiera. Sin embargo, supongo que tú has tenido mucha más experiencia..."

Winifred hizo una mueca, pero sus ojos permanecían tranquilos, su expresión amable. "En cuanto a eso, ciertamente, he tenido más experiencia, en cierta manera, pero me temo que no es una experiencia que pudiera ayudar a comprender a otra dama." Hizo un gesto. "Tengo treinta años, y aún no me he casado."

Portia frunció el ceño. "Perdóname, pero eres de buena familia, adivino que tienes una buena dote y eres atractiva. Supongo que has tenido muchas propuestas."

Winifred inclinó la cabeza. "Algunas, lo acepto, pero no muchas. No he alentado a ningún caballero hasta ahora."

Portia no sabía qué más decir.

Winifred vio su incomodidad y sonrió cansada. "Me has favorecido con tu confianza—yo te daré la mía a cambio. ¿Supongo que tú no tienes una hermana menor muy hermosa? En particular, ¿una hermana menor altamente interesada en cosas materiales?"

Portia parpadeó; la imagen de Penélope, con sus lentes y severa, surgió en su mente. Negó con la cabeza, "Pero... ¿por qué? Kitty ya lleva varios años casada, ¿verdad?"

"Oh, en efecto. Pero, infortunadamente, el matrimonio no ha puesto fin a su deseo de tomar lo que pueda venir para mí."

"Ella"—Portia buscó la palabra—*"se roba* tus pretendientes?"

"Siempre. Incluso desde que estábamos en la escuela."

A pesar de esta revelación, la expresión de Winifred siguió siendo calmada, serena—resignada, notó Portia.

"No estoy segura," prosiguió Winifred, mirando a Portia a los ojos, "de que, en realidad, no debiera estarle agradecida. No desearía casarme con un caballero que se deja descarriar con tanta facilidad."

Portia asintió. "Ciertamente que no." Vaciló, y luego se aventuró a decir, "Mencioné al señor Winfield—parece haber permanecido constante en su estima hacia ti a pesar de los esfuerzos de Kitty."

La mirada que le lanzó Winifred era incierta; por primera vez, Portia atisbó a la dama que se ocultaba detrás de esa máscara silenciosa, y que sufría constantes decepciones por culpa de su hermana. "¿Lo crees?" Luego Winifred sonrió tristemente de nuevo; la máscara volvió a su lugar. "Debería contarte nuestra historia. Desmond conoció a nuestra familia en Londres algunos años atrás. Primero se mostró muy entusiasmado con Kitty, como sucede con la mayor parte de los caballeros. Luego descubrió que estaba casada, y me transfirió sus atenciones."

"Oh." Habían llegado al final del sendero. Después de permanecer allí por un momento, mirando hacia el lago, se volvieron para regresar a la casa. "Pero," continuó Portia,

"¿no significa esto que Desmond ha estado pretendiéndote durante algunos años?"

Winifred inclinó la cabeza. "Cerca de dos años." Después de un instante, agregó, algo tímidamente, "Me dijo que se había apartado de Kitty en cuanto se había acercado lo suficiente a ella como para verla como realmente es. Sólo más tarde se enteró de que era casada."

Fresca en la mente de Portia estaba la escena que había presenciado en la terraza la noche anterior. "Él parece mostrarse, en efecto... bastante rígido con Kitty. No he visto ningún indicio de que le agradaría tener la oportunidad de reanudar una relación con ella—más bien lo contrario."

Winifred la miró, estudió su rostro, sus ojos. "¿Lo crees?"

Portia encontró su mirada. "Sí, lo creo."

La emoción—la esperanza—que pudo ver en los ojos de Winifred antes de que desviara la mirada la hizo sentir inesperadamente bien. Presumiblemente era eso lo que sentía Lady O cuando se entremetía con buenos resultados; por primera vez en su vida, Portia pudo entender esta atracción.

Continuaron caminado. Portia levantó la vista; la figura de dos caballeros que se aproximaban la volvió abruptamente a su propia situación.

Simón y James llegaron hasta donde se encontraban. Con su habitual encanto, saludaron a las jóvenes. Subrepticiamente, Portia estudió a Simón, pero no pudo detectar cambio alguno en su comportamiento, no sintió nada específico en su actitud hacia ella—ningún indicio de lo que él pensaba acerca de su beso.

"Nos han enviado a buscarlas," dijo James. "Hay un picnic. Se ha decidido que el almuerzo será más agradable si lo tomamos en las ruinas de la vieja abadía."

"¿Dónde está esta abadía?" preguntó Winifred.

"Al norte de la aldea, no lejos de aquí. Es un lugar muy bello." James hizo un gesto amplio. "Un sitio perfecto para comer, beber y relajarse en medio del campo."

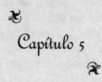

Capítulo 5

Las palabras de James resultaron proféticas; la abadía era tan placentera como lo había insinuado. Ubicadas sobre una escarpada colina, las ruinas de la abadía eran enormes. Aun cuando los paisajes no eran tan bellos como aquellos que podían verse desde el mirador, eran también hermosos.

El trecho de césped excesivamente alto donde se instaló el picnic ofrecía una vista placentera del valle y de los campos que se fusionaba en una distancia azul grisácea. El día estaba cálido, pero el sol permanecía oculto por una leve nube; una ondulante brisa movía las hojas e inclinaba las flores silvestres.

Una vez que consumieron la comida y el vino, las personas mayores se contentaron con descansar e intercambiar relatos y opiniones sobre la sociedad y sobre el mundo. Todos los demás se dispersaron para explorar las ruinas.

Éstas eran tan románticas como podría desearlo cualquier jovencita; las piedras estaban bien asentadas y no representaban ningún peligro, y se encontraban cubiertas de enredaderas en algunos lugares. Algunos arcos permanecían en pie, enmarcando un paisaje; en otros lugares los muros aún se sostenían. Una parte de los claustros ofrecía un rincón soleado donde se podía descansar.

Desde que la había visto caminando por los jardines aquella mañana, Simón no había podido apartar su atención de Portia. Incluso cuando no estaba directamente ante él, era consciente de ella, como la caricia de la seda sobre la piel desnuda—su presencia lo afectaba ahora exactamente de la misma manera. La observaba, sin poder evitarlo, aun cuando sabía que ella se percataba de ello. Deseaba saber—*tenía* que saber—no podía abandonar las posibilidades que aquel beso inesperado en la terraza había suscitado.

No se lo había propuesto; él sabía que ella tampoco y, sin embargo, había sucedido. Por qué una interacción semejante, tan insignificante en el esquema de estas cosas, habría de capturar su interés, era un enigma que no estaba seguro de resolver.

No obstante, no podía dejarlo, no podía hacer a un lado la loca idea que había invadido su mente con un torrente de convicción y se había arraigado en él de manera implacable, inamovible. La idea lo había mantenido despierto la mitad de la noche.

A pesar de sus impulsos, era lo suficientemente inteligente como para no agobiarla, o para hacer que la conciencia que tenía cada uno del otro fuese de conocimiento público. Cuando, con los demás, ella se levantó alegremente y se dispuso a explorar, él caminó a cierta distancia, mientras Charlie y James presuntamente se ocupaban en general de la visita.

Las chicas Hammond avanzaron rápidamente, entre risas y exclamaciones. Oswald y Swanston, aferrados a su espúrea superioridad, las siguieron, mas no con excesiva rapidez. Desmond se paseaba al lado de Winifred; se separaron de los demás, tomando un sendero diferente hacia las ruinas. Drusilla, Lucy y Portia iban juntas; Portia hacía balancear su sombrero de las cintas con que se ataba.

Henry y Kitty habían permanecido con las personas mayores—la señora Archer, Lady Glossup y Lady O habían sentido todas la necesidad de conversar con Kitty. James, por lo tanto, estaba relajado y sonriente cuando pasaron por el arco hacia lo que había sido alguna vez la nave de la iglesia.

Simón también sonreía.

Le tomó diez minutos hacer que Drusilla Calvin conversara con James. Cuando ella se detuvo ante una piedra caída, animando a Lucy y a Portia para que prosiguieran, Simón se detuvo también, con el ceño fruncido, comunicando sin palabras sus pensamientos a James y este se sintió obligado a permanecer con Drusilla, entreteniéndola lo mejor que podía.

Charlie era algo más difícil, no sólo porque él también se interesaba por Portia—por qué y con qué fin, Simón estaba seguro de que Charlie no lo sabía. Considerando su estrategia, con Charlie a su lado, alargó el paso, acortando la distancia que los separaba de Lucy y Portia, alcanzándolas eventualmente.

Ambas se volvieron y sonrieron.

Se dirigió a Lucy. "Entonces, ¿eran las ruinas como lo esperabas?"

"¡Ciertamente!" Con el rostro iluminado y los ojos brillantes, Lucy extendió los brazos. "Tienen un ambiente maravilloso. Es más, se podría imaginar un fantasma o dos, incluso una compañía sepulcral de monjes que avanzan lentamente por la nave, meciendo sus incensarios. O quizás un cántico, que surge por la niebla cuando no hay nadie allí."

Portia rió. Simón la miró, encontró sus ojos; distraída, no articuló la respuesta que se disponía a dar.

Esto hizo que Charlie dijera, "Oh, hay muchas otras posibilidades." Le ofreció a Lucy su mejor sonrisa. "Y ¿qué hay de la cripta? Ese sí es un lugar para la imaginación. Las tumbas aún se encuentran allí; te aseguro que esto te dará escalofríos."

Los ojos de Lucy se agrandaron. "¿Dónde?" Giró, mirando a su alrededor. "¿Está cerca de aquí?"

Su mirada regresó a Charlie, entusiasmada y con aprecio; él respondió como acostumbraba a hacerlo.

"Está al otro lado de la iglesia." Con una reverencia, le ofreció su brazo, totalmente distraído de su objetivo inicial por el vertiginoso entusiasmo de la mirada de Lucy. "Vamos—te acompañaré. Si eres una amante de los ambientes, no querrás perdértela."

Lucy tomó su brazo alegremente. Por sobre ella, Charlie se dirigió a Simón y Portia. "¿Vienen con nosotros?"

Simón le hizo señas de que prosiguiera. "Caminaremos un poco. Nos encontraremos en el claustro."

Charlie parpadeó, vaciló y luego inclinó la cabeza, "Está bien." Se volvió hacia Lucy y se marcharon. "Hay una historia acerca de un ruido que se escucha en las noches oscuras y sin luna..."

Simón se volvió hacia Portia, a tiempo para verla sonreír; luego ella lo miró a los ojos y su sonrisa desapareció. Con la cabeza en alto, ella estudió su rostro, sus ojos. Él estudió los suyos y no pudo decir qué estaba pensando.

Agitó la mano, señalando el viejo camino de piedra que rodeaba los jardines de la cocina. Ella se volvió y se le unió.

"Sabías acerca de la cripta, ¿verdad?"

Él la siguió de cerca, poniéndose a su lado cuando el sendero se hizo más amplio. "Charlie y yo la hemos visitado varias veces durante estos años."

Portia ocultó una sonrisa y prosiguió diligentemente. Él tenía la costumbre de no responder específicamente cuando no lo deseaba, a preguntas que revelaban más sobre él de lo que hubiera querido. Sin embargo, ella estaba más que satisfecha de pasar algún tiempo a solas con él; no tenía un verdadero interés por las ruinas; había otros asuntos que deseaba explorar.

Caminaron en un silencio extrañamente cordial. El sol se

asomó brevemente, tibio pero no demasiado fuerte; ella no se sintió obligada a usar su sombrero—aparte de todo, hacía difícil conversar con los caballeros.

Podía sentir su mirada en ella mientras caminaban, sentir su presencia y, algo más, una faceta de su comportamiento que había advertido años atrás, pero que sólo le resultó evidente en días pasados. El constante coqueteo—Kitty, James, Charlie, Lucy, incluso las hermanas Hammond—había resaltado el contraste; Simón nunca coqueteaba, nunca se comprometía, a menos de tener un propósito—a menos que actuara con intención.

Se paseaba a su lado ahora, con largos pasos perezosos; haciendo más aparente que nunca la fuerza oculta que animaba todos sus movimientos. Estaban solos en un antiguo lugar. Cualquier cosa que dijeran, cualquier cosa que sucediera entre ellos no debía conformarse a ninguna convención social. Sólo a las propias.

Cualquier cosa que desearan, que quisieran.

Ella suspiró profundamente, consciente de que su corpiño se ajustaba, consciente de que él lo había notado. Un estremecimiento de anticipación le recorrió la espalda. Llegaron a los jardines de la cocina, originalmente cercados, pero cuyas paredes ahora estaban derruidas. Las destruidas cocinas se encontraban hacia un lado, con los restos de la casa del abad detrás de ellas. Ella se detuvo, miró a su alrededor. Estaban fuera de la vista de todos, esencialmente a solas. Se volvió hacia Simón.

Sólo unos pocos pasos los separaban. Él se había detenido y estaba aguardando, observando—esperando qué rumbo tomaría. Sabía que ella no se resistiría—haría algo.

Levantó la barbilla y fijó sus ojos en los suyos.

No podía encontrar las palabras.

Los ojos de Simón se entrecerraron, buscaron los de ella; luego levantó una mano, lentamente, y puso el extremo de uno de sus dedos bajo el ángulo de su barbilla, justo debajo de la oreja, y lo llevó hacia delante, inclinando su rostro hacia arriba. Este sencillo roce hizo que la sensación se deslizara por ella, dejando su piel ardiendo.

Era alta, pero él le llevaba más de media cabeza; su dedo debajo de la barbilla hizo que sus rostros se acercaran.

"¿Supongo que vas a inclinarte más?"

Su voz era profunda, hipnótica. Ella mantuvo su mirada fija en la suya. "Desde luego."

Portia no podía leer absolutamente nada en su rostro; sin embargo, la sensación de ser considerada, como una presa, aumentó.

"¿Qué tenías en mente?"

La invitación era ostensible—y era exactamente lo que ella quería.

Levantó las cejas, algo altivamente, sabiendo que entendería el reto—y que no huiría de él. "Había imaginado el paso siguiente."

Sus labios se curvaron, sólo un poco; ahora que ella sabía cómo se sentían, los encontró fascinantes, tanto visualmente como por la expectativa de cómo se sentiría...

"Y ¿qué exactamente fue lo que imaginaste?"

Ella veía cómo se formaban las palabras en sus labios; demoraron un momento en penetrar en su mente. Luego levantó la mirada a sus ojos, parpadeó. "Imaginé...otro beso."

Un cálculo relampagueó en sus ojos; bastó para decirle que habría podido responder de otra manera, que había otras cosas que podía aprender...si hubiese sabido pedirlas.

"¿Otro beso? Está bien"—inclinó la cabeza y ella cerró los ojos—"si eso es todo lo que quieres realmente."

Las últimas palabras vagaron por su mente, pura tentación, mientras sus labios se posaban en los suyos, cálidos, firmes, más decididos esta vez, más seguros, más imperiosos. Ella sabía ahora cómo responder y lo hizo, entreabriendo los labios, invitándolo. Su mano se movió; sus largos dedos rodearon su cuello mientras que el pulgar permanecía debajo de su barbilla, sosteniéndola a la vez que inclinaba la cabeza y—cómo ella lo exigía—llevando el beso más allá.

Más profundamente, en un ámbito que era más cálido, más excitante. Más íntimo.

Ella lo sintió en sus huesos, sintió que sus sentidos se abrían como pétalos bajo un sol sensual. Y prosiguió con avidez y deleite.

Portia levantó una mano y recorrió suave y lentamente su mejilla. Tomó aliento de él y respondió a su beso—ensayando tímidamente, intentando, imitando—un poco más segura cuando sintió, no sólo su aceptación, sino, bajo su experiencia y su fuerza, una necesidad elusiva y cautivadora.

Atrapados en la intimidad cada vez más profunda del beso, en el lento enredo de sus lenguas, en los largos momentos de saqueo enmascarado pero insistente, ella, sin embargo, era consciente de su brazo que se cerraba sobre ella, de su otra mano que se extendía sobre su espalda, sosteniéndola, atrapándola, acercándola, tentándola a aproximarse aún más.

Su fuerza era algo palpable que la rodeaba; ella era alta y esbelta, mientras que él era más alto, más ancho, infinitamente más fuerte. Ella se sintió como un junco al lado de este roble; no que él la quebrara, pero podía doblegarla a su voluntad, y lo haría...

En estremecimiento la recorrió, un eco de lo que debió atravesar a otra mujer, siglos antes, cuando permanecía, atrapada, en el abrazo de un Cynster antiguo. El hecho de que hubiera transcurrido el tiempo no significaba que algo hubiese cambiado; él era aquel conquistador antiguo, encubierto sólo por un barniz de sofisticación. Si lo arañaba, el rugido sería el mismo.

Lo sabía y, sin embargo, este conocimiento no le impidió invitar más. En efecto, el reto implícito sólo la hacía más osada. Lo suficientemente osada como para cerrar la distancia entre ellos hasta que su corpiño rozó su saco, hasta que sus faldas se enredaron en sus piernas y cubrieron sus botas, hasta poner su antebrazo en su hombro y acariciar con sus dedos, lenta, experimentalmente, sus suaves cabellos.

Simón sintió que perdía el control, endureció todos sus músculos contra la urgencia rampante de estrecharla contra sí. De dar a sus sentidos que clamaban al menos ese alivio, sentir su ágil cuerpo pegado al suyo. Surcando el suyo, como lo haría, alguna vez...

Mas no todavía.

Podía sentir que lo invadía esta compulsión y luchó por suprimirla, dejando que se expresara únicamente en el saqueo cada vez más voraz de su boca.

Suave, cálida, ella ofrecía y él tomaba, reclamando patentemente, guiándola hacia una intimidad más profunda, hasta que sus labios, su lengua, los suculentos rincones de su boca fueran saboreados como él lo deseaba.

Él quería mucho más. Quería la promesa del cuerpo entre sus brazos—quería reclamarla, dictaminar su entrega, tener su suave cuerpo ofrecido para aplacar la dureza del suyo.

Un segundo beso—eso era todo lo que ella había pedido. Aunque él sabía en su alma de conquistador que ella no se quejaría si él llevara su interacción más lejos, la conocía. Demasiado bien como para cometer el error de darle más de lo que altivamente pedía. Era una locura que confiara en él, en él o en cualquier hombre, tal como era ella; sin embargo él conocía demasiado su manera de ser para no acatar la letra e intención de su confianza.

Se proponía construir sobre ella y así ganar mucho más.

Retirarse a un terreno seguro fue un esfuerzo, logrado paso a paso, grado a grado, con reticencia. Cuando sus labios finalmente se separaron, permanecieron un instante con las cabezas juntas, mezclando su aliento. Luego él levantó la cabeza y ella hizo lo mismo, parpadeando. Advirtiendo, como él lo hizo, mientras sus ojos buscaban los suyos, que el paisaje entre ellos había cambiado. Se abrían nuevos panoramas, algunos que ninguno de los dos había imaginado posibles antes. Ella estaba embelesada... y también él.

Advirtió que sus manos estaban alrededor de su cintura; suspirando profundamente, retrocedió. Él la dejó ir, soltando los dedos, apartándose con reticencia de ella.

Los ojos de Portia aún estaban fijos en los suyos, pero su mente corría. Aún le faltaba el aliento; súbitamente lucía incierta, perdida.

Él sonrió—encantadoramente. Extendió la mano y le puso un rizo rebelde detrás de la oreja. Levantó una ceja, bromeando débilmente. "¿Satisfecha?"

Ella no se engañó, pero reconoció su propósito—su oferta de regresar con facilidad al mundo que habían dejado; él vio su comprensión en sus ojos. Junto con su vacilación.

Pero entonces enderezó su cabeza y la inclinó, tan altiva como siempre. "Ciertamente." Una sonrisa flotaba en sus labios; abruptamente, se alejó, hacia el sendero que los llevaría de regreso al lugar donde se encontraban los demás. "Eso fue perfectamente... satisfactorio."

Él ocultó una sonrisa mientras la seguía. Más adelante, la tomó de la mano para ayudarla a pasar un montón de piedras caídas, y no la soltó. Cuando se acercaron al claustro, puso el brazo de ella alrededor del suyo; prosiguieron su camino, externamente tranquilos, en realidad totalmente conscientes.

Por un acuerdo tácito, ocultarían esto último, pero continuarían explorando en privado.

Al llegar al claustro, escucharon las voces de los otros; él la guió hacia adentro. Aún la observaba, pero con un propósito nuevo y bastante diferente. Necesitaba asegurarse de que ella siguiera sintiéndose cómoda con él, que no sintiera reparos en acercarse a él, en estar con él, finalmente, en pedir más de él.

Estaba perfectamente preparado para enseñarle todo lo

que deseaba saber—todo lo que necesitaría saber jamás. Él quería que ella acudiera a él para su próxima lección. Y para la siguiente.

Tenerla en sus brazos, sentir la fuerza de la compulsión que ella evocaba, sentir su reacción, había sido suficiente para responder la pregunta en su mente.

Su idea loca, salvaje, anteriormente inconcebible no era tan loca después de todo.

La quería como esposa—en su cama, teniendo sus hijos. La venda había caído de sus ojos con resonante estrépito. La quería a su lado. La deseaba. No podía entender verdaderamente por qué—por qué ella—y sin embargo jamás se había sentido tan seguro de algo en su vida.

A la mañana siguiente, reclinado contra el marco de las puertas de vidrio de la biblioteca, Simón vigilaba las puertas de la terraza del salón de estar, el salón de abajo y el recibo del jardín, las puertas por las que podría salir Portia para ir a caminar por los jardines.

La conocía desde hacía años, conocía su carácter, su personalidad, su temperamento. Sabía cómo manejarla. Si la presionaba, adoptaba abiertamente una dirección, ella, por principio, se negaría a seguirlo o se dirigiría en la dirección opuesta, a pesar de sus mejores intereses.

Dado lo que quería de ella, la posición que deseaba que ocupara, la manera más rápida de conseguir todo lo que deseaba era llevarla a pensar que era idea suya. Que era ella quien lo conducía y él quien la seguía, no al contrario.

Un beneficio adicional de un plan semejante era que hacía redundante cualquier declaración de su parte. No sería preciso que admitiera su deseo compulsivo, y menos aún los sentimientos que lo generaban.

La táctica y una estrategia cuidadosamente oculta serían su camino más seguro al éxito.

Las puertas del salón de estar se abrieron; Portia, con un

traje de muselina azul, con ramitos de un azul más intenso, salió cerrando la puerta tras ella. Caminó hasta el extremo de la terraza, miró sobre el césped hacia el templo y luego se volvió y bajo la escalera, dirigiéndose al lago.

Simón, apartándose del marco de la puerta y sacando las manos de los bolsillos, salió en su busca.

Al llegar al trecho de hierba sobre el lago, ella comenzó a aminorar el paso; luego sintió que se aproximaba, miró hacia atrás, se detuvo y aguardó.

Él la estudió mientras se acercaba; los únicos signos de conciencia, de su recuerdo de los últimos momentos que habían pasado juntos a solas, fueron una leve luz en la mirada, un indicio de color debajo de su fina piel y, desde luego, su cabeza y barbilla en alto.

"Buenos días." Ella inclinó la cabeza, como siempre algo desdeñosa, pero sus ojos estaban clavados en los suyos, preguntándose... "¿Saliste a dar un paseo?"

Él se detuvo delante de ella, y le devolvió directamente la mirada. "Vine a pasar un tiempo contigo."

Los ojos de Portia se abrieron un poco más, pero nunca había sido remilgada; con ella, estaría en terreno más firme si era abierto, honesto, eludiendo las sutilezas sociales.

Señaló hacia el lago. "¿Vamos?"

Ella miró en esa dirección, vaciló, y luego inclinó la cabeza, aceptando. Él caminaba a su lado; continuaron en silencio hasta el extremo del prado y luego colina abajo hacia el sendero que bordeaba el lago. Por tácito acuerdo, se volvieron hacia la casa de verano.

Portia prosiguió su camino, mirando los árboles y los arbustos, las quietas aguas del lago, luchando por parecer despreocupada, pero sin estar segura de conseguirlo. Eso era lo que ella deseaba—la oportunidad de aprender más—y, sin embargo, este no era un campo en el que tuviera ninguna experiencia y no deseaba naufragar, hacer algo mal, terminar en algo que la superaba, fuera de su nivel.

Y las cosas habían cambiado entre ellos.

Ella sabía ahora lo que se sentía al tener sus manos aferradas a su cintura, sentir su fuerza cerca, rodeándola. Saberse controlada físicamente... su reacción a ello aún la sorprendía. Nunca había pensado que le agradaría y menos aún que lo desearían intensamente.

Con el transcurso del tiempo, en todo lo que había entre ellos, nunca se había dado un contacto físico; ahora que lo había, era sorprendentemente tentador, embelesador... y su existencia había trasladado su relación a un plano completamente diferente.

A un plano en el que nunca antes había estado—con nadie—a un plano en el que aún estaba buscando a tientas su camino.

Llegaron a la casa de verano; Simón hizo un gesto y abandonaron el sendero, cruzaron el césped y subieron las escaleras. El espacio interior, una habitación abierta a la brisa, era inusualmente amplio. En lugar de un solo puntal del techo, había dos, soportados por columnas a los lados de la sección central, ocupada por dos grandes sillas y un sofá de mimbre, organizados en torno a una mesa de centro. El sofá daba a la entrada y al lago, con las sillas a los lados, todos adornados con cojines de chintz. Había también un revistero de mimbre junto al sofá. Un asiento empotrado rodeaba la pared contra la ventana, debajo de los arcos abiertos.

El piso estaba barrido, los cojines en su lugar, todo preparado para que lo disfrutara quienquiera que se aventurara a entrar.

Ella se volvió al atravesar el umbral y miró hacia el lago. El comentario anterior de Simón sobre la privacidad de la casa de verano resonó en su mente. Desde esa posición, no había indicios de una casa en los alrededores, ni siquiera el atisbo de un arriate de flores o de un prado cuidado. Era fácil olvidar, fácil creer que no había nadie más en el mundo circundante. Sólo ellos.

Miró a Simón y vio que la observaba. Supo en aquel instante que estaba aguardando a que ella le diera algún signo, alguna indicación de que deseaba aprender aún más o, por el contrario, de que ya había aprendido lo suficiente. Relajado, con la mirada azul tranquila, sencillamente la observaba.

Mirando de nuevo el lago, ella intentó ignorar el súbito salto de sus sentidos, la convicción de que su corazón latía más rápido y más fuerte.

Las otras damas se habían reunido en el salón para conversar y descansar; los otros caballeros estaban reunidos en grupos discutiendo negocios o política, o bien habían salido a cabalgar.

Estaban solos, tan solos como lo prometía su entorno.

La oportunidad estaba allí. Sin embargo...

Ella frunció el ceño, se dirigió hacia los amplios arcos, puso sus manos en el alféizar y miró hacia fuera. Sin ver.

Después de un momento, Simón la siguió. A pesar de que no estaba mirando, era consciente de la gracia con la que se movía. Él se unió a ella en el arco, reclinándose contra él. Su mirada estaba fija en ella.

Pasó otro minuto y luego murmuró, "Tú decides."

Sus labios se fruncieron en una mueca; tamborileó levemente con los dedos en el alféizar y luego se detuvo. "Lo sé." Este hecho no hacía las cosas más sencillas.

"Entonces, dime..."

Tendría que hacerlo. Estaba a pocos pasos de ella, pero al menos no tenía que mirarlo a los ojos, ni hablar en voz alta. Suspiró, se irguió. Se aferró al alféizar. "Quiero aprender más, pero no quiero que te hagas una idea incorrecta. Que interpretes mal mis intenciones."

El dilema que la había despertado aquella mañana y sobre el cual había salido al jardín a reflexionar.

Él permaneció en silencio un momento; ella podía sentir que intentaba seguir el rumbo de su mente.

"¿Por qué, exactamente, quieres aprender más?"

Su tono era tan tranquilo que no pudo leer nada en él; si ella deseaba saber qué estaba pensando, tendría que mirarlo a los ojos; sin embargo, si ella se disponía a responder a su pregunta, no podía arriesgarse a hacerlo.

Mantuvo la mirada en el lago. "Quiero entender, experimentar lo suficiente como para comprender todo lo que existe entre un hombre y una mujer que pudiera alentar a una mujer a casarse. Quiero *saber,* no verme obligada a adivinar. *No obstante"*—hizo un gran énfasis en esta expresión—"mi interés es académico. Total y completamente. No quiero que tú . . . te hagas una falsa impresión."

Su corazón realmente latía con más fuerza, pero lo había dicho, había conseguido sacar las palabras de sí. Podía sentir que sus mejillas se ruborizaban; nunca se había sentido más insegura en la vida. Desprovista de seguridad, de confianza en sí misma. *Ignorante.* Odiaba aquella sensación. Sabía perfectamente lo que quería, sabía qué era lo que deseaba de él, si su conciencia no se hubiera interpuesto. Pero no podía, ciertamente no podía pedírselo, si hubiese la menor posibilidad de que él interpretara mal su interés.

No imaginó que él fuese fácilmente vulnerable—conocía demasiado bien su reputación—pero las cosas entre ellos realmente habían cambiado, y ella no estaba segura de cómo o por qué; como se encontraba en ese momento, tanteando su camino, no podía estar segura—tan segura como lo exigían su corazón y su honor—de que él no desarrollara una súbita susceptibilidad y llegara a esperar, a cambio de sus enseñanzas, más de lo que ella estaba dispuesta a dar.

Estaba absolutamente segura de que no podría soportarlo.

Simón estudió su perfil. Su revelación—su intención, su dirección, tan temeraria y poco convencional—era tan típica del carácter de Portia que no evocó en él la menor sorpresa; estaba acostumbrado a su forma de ser desde hacía mucho tiempo. De haber sido otra mujer soltera, se habría escandalizado; en ella, todo tenía sentido.

Fue su honestidad y su valor al formularlo, al buscar asegurarse de que él lo comprendiera—más aún, al buscar que él no se expusiera a ningún dolor—lo que evocó un raudal de emoción. Una mezcla compleja. Aprecio, aprobación... incluso admiración.

Y un destello de algo mucho más profundo. Al menos ella le tenía cariño suficiente para eso...

Si elegía continuar y aceptar el riesgo, así fuese menor, de no poder hacerla cambiar de idea y persuadirla de que se casara, no podía alegar que no había sido advertido.

Al mismo tiempo, informarle que había decidido que ella era la dama a quien se proponía tener como esposa evidentemente era impensable. Al menos por ahora. Ella no estaba pensando en esos términos—ese era el reto que debía superar, desviando su mente y sus fuertes convicciones para llevarla camino al altar. Sin embargo, dado lo que había ocurrido anteriormente entre ambos, dado todo lo que ella sabía de él, si en aquel momento mencionaba que quería que fuese su prometida, podría escapar corriendo para siempre.

"Creo que debemos hablar de esto—aclarar la situación."

Incluso para él, su tono sonó excesivamente tranquilo, casi distante; ella lo miró brevemente, pero no lo miró a los ojos.

"¿Qué es," preguntó antes de que ella pudiera responder, *"específicamente* lo que deseas aprender?"

Ella fijó la mirada de nuevo en el lago. "Quiero saber"—el color de sus mejillas se intensificó, su barbilla se elevó un poco más—"sobre los aspectos físicos. ¿Qué es lo que hacen las mucamas en el tiempo que pasan con sus novios, que las lleva a reír disimuladamente en las escaleras de atrás? ¿Qué obtienen las mujeres—especialmente las damas—de tales encuentros que las inclina a consentir y, especialmente, las induce a casarse?"

Todas eran preguntas lógicas, racionales, al menos desde su punto de vista estrictamente limitado. Evidentemente, lo hacía sinceramente, comprometida; de lo contrario, no hubiese abordado el tema; él podía sentir la tensión que la invadía, que casi temblaba en ella.

Comenzó a pensar frenéticamente, tratando de planear el mejor camino para avanzar. "¿Hasta qué punto...deseas extender tu conocimiento?" Mantuvo toda censura fuera de su voz; habría podido estar discutiendo las estrategias del ajedrez.

Después de un momento, volvió la cabeza, encontró sus ojos—y dijo enojada, "No lo sé."

Él parpadeó, súbitamente vio al camino—y se abalanzó. "Muy bien. Como no lo sabes—lógicamente, no puedes saberlo—qué etapas hay en un camino que nunca has recorrido, si tienes realmente interés en saber"—se encogió de hombros tan despreocupadamente como pudo—"podríamos, si lo deseas, avanzar paso a paso." Encontró su oscura mirada y la sostuvo. "Y, en cualquier momento, podemos detenernos cuando lo desees."

Ella estudió sus ojos; vio en ellos cansancio, no sospecha. "¿Un paso a la vez?"

Él asintió.

"Y si digo que te detengas..." Frunció el ceño. "¿Y si no puedo hablar?"

Él vaciló, consciente de qué era a lo que se comprometía y, sin embargo, se sintió obligado a ofrecerle, "Te pediré permiso antes de cada etapa, y me aseguraré que comprendes y respondes."

Ella levantó las cejas. "¿Esperarás a que te responda?"

"Esperaré tu repuesta, racional, ponderada y definitiva."

Ella vaciló. "¿Lo prometes...?"

"Palabra de un Cynster."

Ella sabía que no podía poner eso en duda. Su expresión siguió siendo altiva, pero sus labios se relajaron, su mirada se suavizó...ella estaba considerando su propuesta...

Él sostuvo su mirada; la conocía demasiado bien para hacer el menor movimiento para presionarla—luchó contra la compulsión—

Ella asintió una vez, decisivamente. "Está bien."

Enfrentándolo, extendió la mano.

Él la miró, contempló brevemente su rostro; luego la tomó de la mano, se volvió y la condujo al interior de la casa de verano.

"¿Qué...?"

Él se detuvo a algunos pasos de una de las columnas. La miró y levantó una ceja. "Supuse que quieres pasar a la etapa siguiente."

Ella parpadeó. "Sí, pero..."

"No podemos hacerlo al lado del arco, a la vista de cualquiera que pueda pasar por el lago."

Sus labios formaron una O cuando él la hizo pasar a su lado, haciéndola girar para que quedara frente a él. Liberando su mano, él levantó ambas para enmarcar su rostro, inclinándola mientras se acercaba y bajaba la cabeza.

La besó, aguardó únicamente a que desapareciera la rigidez de su espalda y ella le ofreciera su boca; luego la hizo retroceder, un paso a la vez, deliberadamente, hasta que la reclinó contra la columna. Ella se tensó con sorpresa, pero cuando él no la oprimió contra la madera, se relajó, poco a poco, y lentamente se dejó enfrascar en el beso.

Durante unos largos momentos, no hizo nada más—sólo la besó, y permitió que ella lo besara. Se sumió en la dulzura de su boca, acariciando sus labios y su lengua, tentador, y luego la dejó jugar. Permitió que sintiera y que se acostumbrara al dar y recibir, a un ritmo más lento, menos abrumador.

Al simple placer conocido.

Ella era más alta de lo habitual, hecho que él apreciaba; no necesitaba inclinar tanto su cabeza, podía estar de pie junto a ella cómodamente. La columna que ella tenía detrás sólo delineaba su espacio, ofreciendo algo sobre lo que pudiera luego apoyarse... suponiendo que quisiera pasar al paso siguiente.

Este pensamiento hizo que una ola de calor se deslizara insidiosamente dentro de él. Inclinó la cabeza, hizo más profundo su beso, hizo que ella se aferrara a este intercambio. Soltando su cara, rodeó su cintura con sus manos y luego las deslizó, sobre la fina muselina, sintiendo la sedosa enagua entre su vestido y su piel.

Ella hizo un suave ruido y se oprimió contra él; él encontró sus labios, su lengua—y la reclinó suavemente, hasta que ella se apoyó contra la columna. Se relajó contra ella; sus manos, que antes descansaban pasivamente sobre sus hombros, se movieron, se deslizaron hacia arriba, por su espalda, a su alrededor. Separando los dedos, acarició lentamente su cabello.

Luego entrelazó sus brazos en su cuello y se estiró contra él, respondiendo a sus besos con un ardor cada vez mayor, inclinado su ágil cuerpo.

Él sonrió para sí; dejó que sus manos se deslizaran por su espalda, recorriendo la larga línea de músculos que enmarcaban su columna, hacia arriba y luego hacia abajo. La besó profundamente, sintió el calor que aumentaba bajo su piel, sintió las suaves curvas de sus senos oprimidos contra su pecho, firmemente.

Su aroma se extendió y se enredó en su mente, incitando sus sentidos. Se aferró al beso, dejando que sus manos sólo acariciaran la firme superficie de su espalda, una y otra vez.

Y aguardó.

Más. Portia sabía que quería más que esto. Los besos estaban muy bien, eran extremadamente placenteros, embriagadores e intoxicantes; sentía que una ola de calor la invadía, avivando sus sentidos. Y la sensación de sus manos, frescas y duras, y la promesa tácita de sus caricias deliberadas y constantes, la estremecía con un deleite de anticipación. Pero ahora la expectativa se deslizaba por sus nervios;

sus sentidos estaban ávidos y curiosos. Aguardando. Preparados.

Para el siguiente paso.

Él había dicho que le mostraría. Ella quería saber, aprenderlo. Ahora.

Se apartó del beso y encontró que hacerlo le representaba un gran esfuerzo; cuando sus labios finalmente, con reticencia, se apartaron, ella no se separó de él; sólo levantó los párpados, súbitamente pesados, lo suficiente como para encontrar su mirada por debajo de sus pestañas.

"¿Cuál es el siguiente paso?"

Sus ojos se encontraron; los de Simón parecían de un azul más profundo, más intenso. Entonces respondió, "Esto."

Sus manos se movieron, dejando su espalda para deslizarse a sus costados. Sus pulgares navegaban, tocando los lados de sus senos.

La sensación la invadió como un relámpago; sus sentidos abruptamente se centraron—lo siguieron, hambrientos, ávidamente, mientras él la acariciaba de nuevo deliberadamente. Sus rodillas se aflojaron; súbitamente, encontró un uso para la columna que tenía a sus espaldas y se reclinó sobre ella. Él recorrió sus labios con los suyos, los rozaba mientras que sus malvados dedos hacían círculos, seductoramente—lo suficiente como para que ella comprendiera...

Él levantó la cabeza y la miró a los ojos. "¿Sí? O ¿no?"

Sus dedos hacían círculos de nuevo, muy levemente... si hubiese tenido fuerzas para hacerlo, le habría dicho que era una pregunta estúpida. "Sí," suspiró. Antes de que pudiera preguntarle si estaba segura, ella atrajo de nuevo sus labios a los suyos, segura de que necesitaría al menos esa ancla al mundo.

Sintió que sus labios se curvaban, pero sus manos se movieron otra vez y ella olvidó—dejó de pensar—acerca de todo, excepto el delicioso placer que surgía del roce de sus manos, de las lánguidas y repetitivas caricias, firmes unas veces, luego incitantemente insustanciales. Cada vez más explícitas, más abiertamente sensuales, más decididamente posesivas.

Hasta que cerró sus manos, lenta y firmemente, sobre sus senos; hasta que tomó sus pezones como capullos entre sus dedos, y los apretó.

Una ola de fuego la recorrió.

Sin aliento, se apartó del beso. La presión en sus senos disminuyó.

"¡No! No te detengas."

Su voz la sorprendió—una orden seductora. Abrió los ojos, miró su rostro. Sus ojos se encontraron. Había algo— una expresión—que nunca antes había visto en ellos. Su rostro era duro, angular. Sus labios, delgados pero flexibles, no estaban derechos.

Obediente, la apretó de nuevo; otra vez, la sensación la arponeó, se extendió y ardió bajo su piel. La siguió una calidez que la invadía, deshaciendo sus inhibiciones.

Dejó que sus párpados cayeran sobre un suspiro de placer.

"¿Te gusta?"

Ella apretó más los brazos y atrajo su boca a la suya. "Sabes que sí."

Lo sabía, desde luego, pero no quería perderse de ese reconocimiento. Le agradaba—un premio de consolación, dadas las limitaciones de su actual relación.

Las grandes limitaciones—el abierto ardor de su respuesta lo sofocaba: era un acicate al que no podía reaccionar.

Sin embargo.

La sentía cálida y viva bajo sus manos; sus senos las llenaban, calientes, firmes, henchidos. Su deleite, su placer, estaba allí en su beso, en la avidez que revestía su flexible contextura.

Cuando él cerró las manos con más fuerza y la acarició, ella hizo un sonido más profundo en su garganta y le devolvió el beso, exigiendo patentemente...

Súbitamente, fue una lucha permanecer exactamente donde estaba y no acercarse más, no atraparla contra la columna, moldearla a él, aliviar su dolor contra la dulzura de ella. Tomó aliento, sintió que se henchía su pecho, forcejeó y se aferró a su control...

¡Clang! ¡Clang!

El sonido estaba desafinado, lo suficientemente destemplado como para distraerlos a ambos.

Rompieron el beso; él suspiró, y sus manos se deslizaron a la cintura de Portia mientras se volvía.

¡Clang! ¡Clang!

"Es el gong del almuerzo." Portia parpadeó, con un leve vértigo, y lo miró. "Lo están tocando afuera. Debe haber otras personas paseando por los jardines."

Él esperaba que así fuera, que no los estuvieran llamando específicamente a ellos. Retrocedió y la tomó de la mano. "Será mejor que regresemos."

Ella lo miró a los ojos un momento, luego asintió. Dejó que él la tomara de la mano y bajaron juntos la escalera.

Mientras caminaban rápidamente por los prados, él hizo una nota mental para reforzar su freno antes de la próxima lección. Para prepararse para la tentación, para resistirla mejor.

La miró, caminando a su lado, con un paso más largo que el de la mayoría de las mujeres. Estaba absorta, pensando— él sabía sobre qué. Si él cometía un error, revelaba sus verdaderas intenciones, no podía confiar en su ingenuidad para cegarla. Es posible que no viera la verdad de inmediato, pero lo haría más tarde. Analizaría y diseccionaría todo lo que había pasado entre ellos, todo en nombre del conocimiento.

Mirando hacia el frente, sonrió internamente. Tendría que asegurarse de que ella no aprendiera más de lo que le convenía.

Por ejemplo, la verdad de por qué le estaba enseñando.

Capítulo 6

$\mathcal{P}$ortia se sentó a la mesa del almuerzo y dejó que las conversaciones fluyeran a su alrededor. Estaba suficientemente entrenada como para asentir aquí, murmurar allí; nadie advirtió que su mente estaba en otro lugar.

Anhelaba discutir lo que había aprendido, pero ninguno de los presentes era adecuado para el papel de confidente. Si Penélope hubiese estado allí... pero, dadas las ideas de su hermana menor sobre los hombres y el matrimonio, quizás era mejor que no la acompañara.

Al evaluar a las otras damas, las descartó mentalmente. Winifred—no deseaba escandalizarla—y ciertamente a Lucy y a las hermanas Hammond ciertamente tampoco. En cuanto a Drusilla...

Kitty, frágilmente vivaz mientras se burlaba de Ambrosio y de James, parecía la única posibilidad—un pensamiento que la rebajaba.

Portia lanzó una mirada a Lady O, luego bajó la vista a su plato. Tenía la leve sospecha de que, lejos de escandalizarse, Lady O le diría sin rodeos que sólo había rasguñado la superficie, y que aún había muchísimas cosas por aprender.

No necesitaba que la alentaran más. La curiosidad la carcomía; no se atrevía a mirar a Simón a los ojos en caso de que lo adivinara. Un punto que no había discutido era la frecuencia de las lecciones; no quería parecer demasiado... "atrevida" fue la palabra que se le vino a la mente. Tenía la profunda convicción de que no sería conveniente dejarle saber cuán fascinada y embelesada estaba. Él poseía suficiente orgullo y arrogancia; no era necesario que ella los aumentara, que le diera alguna razón para sentirse superior.

Por lo tanto, se levantó con las otras damas y salieron al jardín para conversar ociosamente bajo el sol. Simón la vio salir, pero no hizo ninguna señal; ella tampoco.

Una hora más tarde, Lady O le pidió que la ayudara a subir a su habitación.

"Bien, ¿cómo van tus deliberaciones?" Lady O se reclinó en la cama, y dejó que Portia arreglara sus faldas.

"De una manera positiva, pero aún inconcluyente."

"No me digas." La mirada oscura de Lady O permaneció fija en su rostro; luego lanzó una pequeña exclamación. "Tú y Simón debieron caminar varios kilómetros."

Ella se encogió de hombros despreocupadamente. "Fuimos al lago."

Lady O frunció el ceño, luego cerró los ojos. "Bien, si eso es todo lo que tienes que reportar, sólo puedo sugerirte que luzcas más animada. Después de todo, sólo tenemos unos pocos días."

Aguardó; cuando Lady O no dijo nada más, murmuró una despedida y salió.

Lentamente, regresó a través de la enorme casa, preguntándose...

¿Cuántos días necesitaría para aprenderlo todo? ¿O al menos, lo suficiente? Al llegar a la larga galería, entró a un amplio nicho y se sentó en el asiento empotrado contra la ventana. Mirando, sin verlos, los rayos de sol que bailaban en el enchapado de madera, abrió su memoria, dejó que sus sentidos se deslizaran libremente...

Y sintió de nuevo, al trazar cuidadosamente los límites de su aprendizaje, la frontera más allá de la cual se encontraba todo lo que aún le faltaba sentir. Conocer.

No tenía idea cuánto tiempo llevaba allí, no tenía idea cuánto tiempo llevaba Simón observándola; cuando se apartó de sus pensamientos, sintió su presencia, volvió la mirada, y lo vio reclinado contra la parte exterior del nicho. Encontró sus ojos azules.

Pasó un momento; luego él levantó una ceja. "¿Estás lista para la siguiente lección?"

¿Se notaba? Ella levantó la barbilla. "Si estás libre."

Lo había estado durante la última hora. Simón contuvo las palabras, inclinó fríamente la cabeza, y se irguió.

Ella se levantó, con sus suaves faldas a su alrededor, protegiendo sus largas piernas. Él tomó su mano, luchó por no apretarla. Apelando a toda su experiencia, puso su mano sobre su brazo y regresó al pasillo.

Ella miró su rostro endurecido. Después de un momento, preguntó, "¿A dónde vamos?"

"A un lugar donde no puedan interrumpirnos." Escuchó la aspereza en su voz, supo que ella también la había escuchado. Sin embargo, no pudo impedirse agregar, "Incidentalmente, si deseas avanzar a través de las diversas etapas hasta una conclusión razonable, debes estar disponible para lograr tu propósito."

Ella parpadeó, luego miró hacia delante. "Suelo ir al salón de música en la tarde—para practicar. Pensaba ir allá ahora."

"Tienes suficiente destreza en el piano—puedes darte el lujo de distraerte una vez. O dos. Sólo estaremos aquí unos días más."

Se detuvo, abrió una puerta y la hizo pasar a un pequeño salón anexado a una habitación; ninguno de los dos estaba en uso. Él había elegido la habitación de memoria, recordando lo que contenía.

Portia se detuvo en la mitad de la habitación, mirando el

mobiliario, todo cubierto por forros. Él puso el cerrojo en la puerta y luego se unió a ella; tomó su mano y la llevó hacia una de las largas ventanas encortinadas. La habitación daba al occidente, con vista sobre el pinar. Abrió las cortinas de par en par; la luz del Sol invadió el lugar.

Volviéndose, tomó la sábana que cubría un mueble grande colocado al frente de la ventana. Con un tirón, puso la sábana a un lado, descubriendo un diván amplio y con lujosos cojines ahora bañados en una luz dorada.

Portia parpadeó. Dejó caer la sábana y la abrazó. No le dio tiempo de pensar; la levantó y cayó, llevándola consigo, en la comodidad de los cojines.

Rebotaron; ella rió, y luego se puso seria, cuando sus ojos se encontraron. Él se movió, apoyando los codos contra el lado del diván, poniéndola a su lado, casi encima de él, dentro del círculo de sus brazos.

El sol caía a raudales sobre ellos. La mirada de Portia se desvió hacia sus labios. Ella humedeció los suyos y luego lo miró a los ojos. "¿Ahora qué?"

Una de sus oscuras cejas se levantó por un segundo; los oscuros ojos azules de Portia permanecieron fijos en los suyos. Él no tenía duda alguna de que ella estaba dispuesta.

Sonrió, insensiblemente aliviado; levantado una mano hacia su rostro, lo atrajo al suyo. "Ahora jugamos."

Lo hicieron—él no podía recordar ningún interludio como este en su vida. No sabía si había sido la sencilla palabra o el sol que los calentaba, el silencio de las habitaciones desiertas que los rodeaban, incluso el anonimato del mobiliario cubierto, lo que había infundido a aquellos primeros momentos con un placer vertiginoso y temerario; pero ambos eran muy susceptibles, ambos se vieron rápidamente imbuidos por una despreocupación que los liberó del mundo, los dejó a ambos concentrados, no en las conveniencias sino en sus necesidades—él en las de ella, ella, al parecer, en las suyas.

Segundos después de que sus labios se encontraron, ella se relajó en el beso; sin embargo, su cuerpo permanecía, no rígido, sino tenso, como un ciervo que aún no está convencido de estar seguro, preparado para retroceder. Él la besó aún más profundamente y ella reaccionó con facilidad, ofreciendo su boca, respondiendo ávidamente cuando él tomaba, reclamaba; él no hizo nada más; se limitó a aguardar, a dejar que ella aprendiera por sí misma, llegara a sus propias conclusiones.

Había aprendido hacía largo tiempo que esta posición particular era la más útil para que una amante asustadiza se relajara; con ella en sus brazos, protegida y no amenazada por su peso, por su fuerza, con la ilusión de estar en control en lugar de ser controlada. Como con otras mujeres antes, esta estrategia funcionó; gradualmente, aquella diciente tensión se disipó, y ella se hundió cálida, flexible, vibrantemente viva, contra él.

Poniendo las manos en su espalda la acarició, la tranquilizó; fue ella quien se movió, dándole acceso a sus senos, alentándolo patentemente a que los acariciara.

A que la oprimiera, centímetro a centímetro.

Como antes, ella finalmente se apartó del beso, levantando la cabeza, recuperando el aliento, con los senos henchidos bajo sus manos. Esta vez él no se detuvo; dejó que sus manos y sus dedos continuaran con su ingeniosa tortura.

Ella abrió los ojos y bajó la vista; tomó aliento de nuevo mientras observaba como mimaba sus sentidos. Luego levantó los pesados párpados y, con su habitual franqueza, lo miró a los ojos. "¿Qué viene después?"

Él sostuvo su mirada, apretó los dedos en sus pezones, miró cómo desaparecía su concentración...cómo se cerraban sus párpados. "¿Estás segura de que deseas saberlo?"

Ella abrió los ojos; la mirada que le lanzó habría sido imperiosa, a no ser por la curva de sus labios. "Muy segura." Intentó enderezar los labios y no lo consiguió; no podía ser juguetona aunque lo intentara, como tampoco jugar a la coqueta—simplemente no estaba en ella—pero él intuyó, casi podía sentirla, la alegría que la invadía, la emoción, la excitación, la anticipación.

Era como estuviesen explorando algo juntos, un paisaje desconocido, todo por un reto personal. Ella no tenía un ápice de temor en ella; estaba entusiasmada y segura de él, compartiendo el momento aun cuando no supiera qué habría de venir...

Confiaba en él.

El conocimiento lo invadió de un golpe—no sólo supo que ella confiaba en él, sino lo que todo aquello—totalmente inesperado, significaba para él.

Cómo se sentía.

Suspiró profundamente, luchando contra la constricción que le oprimía el pecho. Ella miraba hacia abajo, viendo como acariciaba las tensas, cálidas colinas de sus senos; cuando levantó sus ojos, alzando las cejas, él se vio obligado a aclarar la voz, y a deslizarse subrepticiamente bajo ella.

"Si estás segura..."

La mirada que le lanzó le decía que continuara con lo que estaba haciendo; no pudo evitar sonreír. Su corpiño estaba cerrado con una hilera de botones diminutos desde el cuello hasta la cintura; liberando sus senos, comenzó a deshacer los pequeños nudos.

Ella parpadeó, pero no hizo el menor movimiento para detenerlo. No obstante, mientras sus manos la oprimían entre ellos y su corpiño se abría, entrecerró los ojos; un ligero rubor cubrió sus mejillas.

En el instante en que deshizo el último botón, él extendió la mano hacia su rostro, tomó su cuello con la mano y la reclinó. Encontró su mirada un momento antes de que cerrara los ojos. "Deja de pensar."

La besó larga y profundamente, reclamando sus sentidos en verdad por primera vez, algo que había tenido el cuidado de evitar anteriormente. Ella no debía saber que él podía besarla hasta que perdiera el sentido; sin embargo, si no la despojaba de su considerable inteligencia ahora, sólo por unos minutos, era posible que ella se retrajera...

Él no estaba de ánimo ahora para engatusarla, mucho menos para discutir; ya no tenía la suficiente frialdad, en lo que a ella se refería, para relajar su trepidación con palabras. Y era eso—trepidación, no temor. Una simple vacilación ante lo desconocido.

Despiadadamente, con la más gentil de las caricias, la llevó hasta el extremo, la hizo atravesar el umbral de—su siguiente descubrimiento.

Cuando le permitió salir a la superficie, sus manos rodeaban sus senos, su piel sedosa estaba contra la suya. Separaron sus labios, pero ella no retrocedió; sus ojos se encontraron un segundo bajo las pestañas entrecerradas. Él continuó acariciándola, recorriéndola, sintiendo cómo temblaba. Sintió que algo dentro de él se estremecía en respuesta.

Estaba duro, dolorido; la deseaba con una urgencia que le robaba el aliento. Levantó los labios, cerrando el pequeño espacio que los separaba de los de ella, con deseo, con necesidad, pidiendo socorro.

Ella se lo dio; cómo lo supo, no lo sabía, pero lo besó, enmarcó su rostro, inclinó el de ella y lo oprimió con fuerza; luego invitó, incitó, lo retó a tomar. Tan ávidamente como lo deseara. Ella lo encontró, lo igualó, siguió y luego tomó la delantera.

Eventualmente se retiró cuando la breve llama desapareció. No objetó cuando él abrió aún más su corpiño, para poder llenar sus dos manos con sus senos y tocar, acariciar, masajear. Perdió el aliento; luego lo recobró, más veloz. Su piel ardía bajo las palmas de sus manos.

Portia se sintió trastornada—de deleite, con una sensación de conciencia ilícita tan aguda que apenas podía respirar. Sus caricias eran puro placer, más doradas que la luz del sol que jugaba sobre ellos, más cálidas, más reales.

Infinitamente más íntimas.

Debía estar escandalizada—lo sabía. El pensamiento flotó por su mente. Y lo desechó.

Había demasiados cosas que digerir, absorber, aprender. Sentir. Ningún remilgo, ninguna modestia eran lo suficientemente fuertes para distraerla del placer sensual de sus dedos, de la fortaleza de sus manos, del placer que evocaban.

"Fascinación" era una palabra excesivamente débil para expresar todo lo que sentía.

Lo miró por entre sus pestañas y sintió, dentro de ella, un cambio, una modificación, el deseo de darle tanto placer como el que él le prodigaba. ¿Era así como sucedía? ¿La razón por la cual mujeres razonables tomaban la decisión de aceptar la necesidad de un hombre y consentir a ella?

Su mente no podía darle la repuesta; dejó ir la pregunta.

Él contemplaba sus senos, con sus manos sobre ellos; levantó la vista y encontró su mirada.

El calor la invadió, una ola de emoción la recorrió; sonrió, deliberadamente; con igual deliberación se inclinó, ignorando la presión de sus senos en sus manos, y lo besó.

Sintió que él permanecía inmóvil, inspiraba profundamente...luego se movió, la inclinó hacia atrás y se volvió para quedar a su lado; una de sus manos permaneció en sus senos, la otra enmarcó su rostro. La besó—saqueó su boca, arremolinó sus sentidos de nuevo y luego lentamente, gradualmente, la apartó.

Cuando levantó la cabeza, ambos respiraban entrecortadamente; sus miradas se encontraron por un momento, sus labios temblaban. Ella había hundido sus dedos en sus hombros, aferrándose a él con fuerza. Ambos permanecieron inmóviles, atrapados en el instante, conscientes del calor, del latido de sus corazones—del anhelo casi abrumador.

El momento pasó.

Lenta, muy lentamente, él inclinó la cabeza y sus labios se encontraron de nuevo en un beso suave, tranquilizante. Sus manos abandonaron su piel; él cerró su corpiño y luego deslizó sus brazos rodeándola y la abrazó—sólo la abrazó.

Más tarde, cuando dejaron el salón, Portia miró hacia atrás. El diván estaba cubierto de nuevo; no había señales de que algo dramático hubiese ocurrido en la habitación.

Sin embargo, algo había sucedido; algo había cambiado.

O quizás había sido revelado.

Simón la condujo hacia afuera y cerró la puerta; ella no podía leer nada en su rostro, pero sabía que él sentía lo mismo. En cuanto entrelazó su brazo con el suyo, sus miradas se tocaron, se sostuvieron. Luego se dirigieron de regreso a la galería.

Portia necesitaba pensar, pero la mesa de la cena y la gente que la rodeaba no eran de gran ayuda. Miró irritada a Kitty; no era la única. Aquella mujer era una oscilante idiota; esa era la conclusión más caritativa a la que pudo llegar.

"Escuché decir que mañana habrá una fiesta a la hora del almuerzo." A su lado, Charlie levantó las cejas, y luego dirigió una mirada de soslayo a Kitty. "Al parecer, ella la organizó."

Desconfianza, por no decir sospecha, resonaba en su voz.

"No busques problemas," le aconsejó ella. "Hoy, durante el almuerzo, se mostró perfectamente razonable. ¿Quién sabe? Quizás sea sólo en las noches que..."

"¿Se transforma en una *femme fatale,* especialmente poco sutil, por lo demás?"

Ella casi se atora; levantando la servilleta a sus labios, lanzó una mirada irritada a Charlie.

Sin arrepentirse, sonrió, pero el gesto no era divertido.

"Siento decepcionarte, querida, pero Kitty puede comportarse de manera atroz en cualquier momento del día."

Miró en dirección a ella de nuevo. "Sus actitudes parecen depender enteramente de su capricho."

Ella frunció el ceño. "James dice que se ha puesto peor— peor de lo que solía ser."

Charlie lo pensó, luego asintió. "Sí. Es verdad."

Kitty había comenzado mal la velada, coqueteando abiertamente—o intentándolo—con James en el salón. Charlie había tratado de intervenir, sólo para atraer el enojo de Kitty sobre su cabeza. Henry había acudido para tratar de arreglar las cosas, con lo cual Kitty se alejó malhumorada.

Cuando llegaron al comedor, la señora Archer se mostraba agitada, como si le fallaran los nervios. Otras personas mostraban también signos de distracción, de haberlo advertido, reacciones que habitualmente habrían ocultado con facilidad por su buena educación.

Era, pensó Portia, como si las damas se hubiesen levantado para ir a recuperarse al salón, como si la amable fachada de la reunión se hubiera llenado de fisuras. No se había quebrado aún, pero ignorar el comportamiento de Kitty parece que había sido un esfuerzo demasiado pesado para algunos.

Al igual que las hermanas Hammond; confundidas por todo aquello—cosa que no era sorprendente, pues nadie lo comprendía—se unieron a Portia, ansiosas por conversar animadamente y olvidar todas las miradas oscuras. Incluso Lucy Buckstead, más predispuesta a la altivez y con mayor confianza en sí misma, parecía apagada. Portia se sintió obligada a compadecerse de ellas; las animó a concentrarse en las perspectivas del día siguiente—si los oficiales con quienes habían bailado asistirían a la fiesta, si el joven vecino, George Quiggin, silencioso y apuesto, también acudiría.

Aun cuando sus esfuerzos bastaron para distraer a Anabel, Cécily y Lucy, no podía deshacerse de la irritación que le ocasionaba Kitty. Mirando hacia el otro lado del salón, la vio conversando frívolamente con la señora Buckstead y Lady Hammond. A pesar de estar ocupada con ella, sus ojos estaban fijos en la puerta.

En la puerta por donde regresarían los caballeros.

Portia disimuló una exclamación de disgusto. Una sensación opresiva de inminente desastre social parecía emanar de Kitty. Portia, entre otras, ya había tenido suficiente—y era imperativo que encontrara el tiempo, y un mejor lugar, para pensar.

"¿Si me disculpan?" Con una leve inclinación, se apartó de las tres chicas y se dirigió a las puertas de vidrio que comunicaban con la terraza.

Sin mirar a ningún lado, se deslizó por ellas hacia la suave frescura de la noche.

Más allá de la luz que se filtraba por la puerta, se detuvo e inspiró profundamente; el aire estaba delicioso; era el primer respiro verdaderamente libre que había tenido en horas. Toda la frustración se alejó, desprendiéndose de ella como un manto de sus hombros. Levantando los labios, paseó por la terraza; luego bajó la escalera y caminó por el prado.

Hacia el lago. No iría hasta el lago sola, pero la luna nueva estaba alta en el cielo, y bañaba los prados de una luz plateada. Era lo suficientemente seguro como para pasear; no era tan tarde.

Debía pensar acerca de todo lo que había aprendido, sobre lo que podía comprender hasta ahora. El tiempo que había pasado a solas con Simón ciertamente le había abierto los ojos; lo que veía era a la vez más sorprendente y diferente de lo que había esperado. Había creído que la atracción, la conexión física entre un hombre y una mujer, se asemejaría al chocolate—un sabor lo suficientemente agradable para querer tomarlo cuando era ofrecido, pero no un ansia compulsiva.

Lo que había compartido hasta entonces con Simón...

Tembló, aun cuando el aire era cálido y sensual. Prosiguió su camino, con la mirada fija en la hierba cortada que veía un poco más adelante; luego intentó encontrar palabras para describir lo que sentía. ¿Era esto el deseo—esta urgencia de hacerlo de nuevo? Más aún, ¿de ir más allá? Mucho más allá.

Posiblemente, pero se conocía a sí misma—al menos parte de sí misma—lo suficientemente bien como para reconocer que, mezclada a la compulsión puramente sensual, había una sana vena de curiosidad, su habitual determinación de saber.

Junto con el deseo, ésta también había aumentado.

Sabía lo que quería saber, aquello que, ahora que conocía su existencia, no podría dejar hasta que lo hubiera examinado y comprendido a cabalidad.

Había algo—algo completamente inesperado—entre ella y Simón.

Caminando lentamente por el prado, consideró esta conclusión y no pudo objetarla. Aun cuando en este ámbito no tenía práctica ni experiencia, confiaba en sus habilidades innatas. Si sus facultades estaban convencidas de que había algo allí que debía buscar, entonces así era.

Qué era, sin embargo...

No lo sabía; no podía siquiera tratar de adivinarlo. Gracias a la protegida vida que había llevado hasta aquel momento, no sabía siquiera si era normal.

Ciertamente, no era algo normal para ella.

Pero ¿era normal para él? ¿Algo que sucedía con cada dama?

No lo creía. Lo conocía lo suficiente como para intuir sus estados de ánimo; hacia el final de su interludio cuando descansaban en el diván, cuando ella había sentido aquel curioso cambio entre ellos, él estaba tan sorprendido como ella.

Aun cuando se devanaran los sesos, no podían recordar nada específico que hubiera causado el momento—era como si hubiesen abierto los ojos simultáneamente y advertido que habían llegado a un lugar donde no esperaban estar. Ambos habían estado, para decirlo finamente, disfrutando—ninguno de los dos había estado prestando atención, ninguno había estado dirigiendo su juego.

Era algo especial, porque él no había esperado que sucediera.

Decididamente averiguaría más. Lo descubriría, sin ahorrar ningún esfuerzo. El lugar más obvio para comenzar era regresar al mismo lugar, al mismo sitio—al mismo extraño plano de sentimiento.

Por fortuna, tenía un indicio de cómo llegar allí. Habían estado completamente concentrados en el placer físico, absortos como sólo pueden estarlo dos personas que se conocen tan bien. Ninguno había estado observando al otro, en el sentido de evaluar su honestidad o su carácter; si él hubiera querido decir o hacer cualquier cosa, ella confiaba absolutamente en que la habría dicho o hecho. Él la veía bajo la misma luz; eso lo sabía sin pensar.

Esa era la clave—no habían estado pensando. Con el otro, no tenían que hacerlo; se concentraban completamente en el hacer.

En compartir.

Había llegado al final del prado sobre el lago. Este estaba delante de ella, oscuro y sin fondo, negro como tinta en su oquedad.

A pesar de cuanto extendiera su imaginación, no podía imaginar compartir aquellos momentos con ningún otro hombre.

Como una caricia, intuyó su presencia, sintió su mirada. Volviéndose, lo vio avanzar por el prado hacia ella, con las manos en los bolsillos, sus anchos hombros, la mirada fija en ella.

Deteniéndose a su lado, miró al lago y se volvió a mirar su rostro. "No deberías estar aquí sola."

Ella encontró sus ojos. "No estoy sola."

Él desvió la mirada, pero ella vio cómo fruncía los labios.

"¿Cómo está todo"—hizo un gesto en dirección a la casa—"allí?"

"Espantoso. Kitty está patinando en un hielo muy delgado. Parece decidida en atrapar a Winfield, a pesar de que él corre en dirección contraria. Después del altercado anterior Henry se retiró, fingiendo no darse cuenta. La señora Archer está horrorizada, pero impotente; Lord y Lady Glossup cada vez están más distraídos. El único alivio lo ofreció Lord Netherfield. Le dijo a Kitty que madurara."

Portia disimuló un gesto de desdén poco elegante; había estado conversando con Lady O demasiado tiempo.

Después de un momento, Simón la miró. "Será mejor que regresemos."

El pensamiento no le atraía. "¿Por qué?" Lo miró. "Es demasiado temprano para retirarnos a nuestras habitaciones. ¿Realmente deseas regresar allí y verte obligado a sonreír durante las actuaciones de Kitty?"

Su mirada de altivo desagrado fue respuesta suficiente.

"Vamos—bajemos al lago." Se proponía entrar a la casa de verano, pero no se sintió obligada a mencionarlo.

Él vaciló; no miraba al lago, sino a la casa de verano que brillaba débilmente en su extremo. Ciertamente, la conocía bien. Ella levantó la cabeza y lo tomó del brazo. "El paseo te aclarará la mente."

Tuvo que halar dos veces, pero, con reticencia, la siguió, caminando eventualmente a su lado mientras tomaban el sendero que rodeaba el lago. La dirigió hacia el pinar, lejos de la casa de verano; con la cabeza en alto se deslizó a su lado, sin decir una palabra.

El sendero rodeaba el lago; para regresar a la casa, sin deshacer sus pasos, tendrían que pasar por la casa de verano.

Lady O, como siempre, había tenido razón; había muchas cosas que aún le faltaban por aprender, explorar, y había pocos días para hacerlo. En otras circunstancias, tres lecciones en un día sería apresurar mucho las cosas; en estas circunstancias, ella no veía razón alguna para desaprovechar esta oportunidad de conseguir sus fines.

Y de satisfacer su curiosidad.

Simón sabía lo que ella pensaba. Su actitud frívola no lo engañaba para nada; ella estaba fantaseando sobre el próximo paso.

Él también.

Pero, a diferencia de ella, sabía mucho más; su actitud frente al tema era equívoca. No le sorprendió que ella buscara precipitarse hacia lo que seguía—por el contrario, contaba con que su temerario entusiasmo la llevara mucho más allá. Sin embargo...

Necesitaba un poco de tiempo para enfrentar lo que había atisbado aquella tarde.

Un poco de tiempo para orientarse de nuevo.

Y para pensar en una manera de reforzar su control contra la tentación que ella representaba—una tentación más poderosa porque él sabía que ella ni siquiera era consciente de poseerla.

En realidad, no era lo suficientemente tonto como para decírselo; lo último que necesitaba era que ella se dispusiera deliberadamente a usarla.

"Sabes, no puedo entender lo que piensa Kitty. Es como si no tuviera ninguna consideración por los demás, ni por sus propios sentimientos."

Él pensó en Henry, en lo que debía estar sintiendo. "¿Es realmente así de ingenua?"

Después de un momento, Portia respondió. "No creo que sea en realidad un problema de ingenuidad, sino más bien verdadero egoísmo—una incapacidad de pensar cómo se sienten los demás. Actúa como si ella fuese lo único real, como si el resto de nosotros"—hizo un gesto—"fuésemos figuras en un carrusel, girando en torno a ella."

Él gruñó. "Ni siquiera parece cercana a Winifred."

Portia sacudió la cabeza. "No se llevaban bien—por el contrario, creo que Winifred desearía que fuesen aún más distantes. Especialmente por Desmond."

"¿Sabes si hay algo entre ellos?"

"Lo habría, si Kitty lo permitiera."

Prosiguieron su camino en silencio. Poco después, él murmuró, "Debe ser muy solitario el centro de su carrusel."

Pasaron unos minutos, y luego Portia apretó con más firmeza su brazo, inclinó la cabeza.

Rodearon la mayor parte del lago; la casa de verano aparecía en la oscuridad. Él permitió que ella lo dirigiera por el prado hacia la escalera; no objetó cuando ella soltó su brazo, levantó sus faldas y subió. Él lanzó una mirada rápida hacia el sendero y la siguió.

Ella lo aguardaba en la penumbra. En las sombras, su rostro era un pálido óvalo; él no tenía la esperanza de leer sus ojos. Ella tampoco los suyos.

Se detuvo ante ella. Ella levantó una mano para tocar su mejilla, levantó la cara, guió sus labios a los suyos. Lo besó, invitándolo flagrantemente. Cerrando sus manos alrededor de su cintura, deleitándose en la sensación de su figura flexible y esbelta, anclada entre las palmas de sus manos, aceptó y tomó. Sin cuartel.

Cuando finalmente levantó la cabeza, ella suspiró. Luego preguntó con perfecta calma, "¿Qué sigue ahora?"

Había tenido la última media hora para formular la respuesta correcta. Sonrió; en la oscuridad, ella no podía verlo.

"Algo un poco diferente." Avanzó, paso a paso, lenta y deliberadamente, haciéndola retroceder.

Sintió la resbalosa excitación que la invadía. Ella se tensó y miró a su alrededor, para ver a dónde la conducía, pero una cautela inherente la sobrecogió—no apartó la vista de su rostro.

La parte de atrás de sus piernas golpeó contra uno de los sillones. Ella se detuvo. Él la soltó, la tomó de la mano, la rodeó y se sentó, extendiendo la mano para acercarla, haciendo que se sentara en sus rodillas, con la cara vuelta hacia él.

Podía sentir su sorpresa. Ahora se encontraban en una profunda oscuridad; la luz de la luna no llegaba hasta allí.

Pero ella se adaptó con rapidez; él no tuvo que acercarla a él. Sin que se lo pidiera, se inclinó y lo besó.

Invitando. Él se encontró profundamente comprometido en el intercambio, atrapado, capturado, antes de advertirlo. No se mostraba femenina, ni coqueta, pero podía, al parecer, cuando estaba de ánimo, ser una tentadora de otra índole.

Mucho más atractiva para él.

Él podía sentir que surgía su apetito; rezó fervientemente que ella nunca supiera con cuánta facilidad podía conjurarlo. Conjurarlo, atraerlo, como un ave de presa que llegara a su mano.

Preparada para un festín.

Sus manos, que hasta entonces sostenían su espalda, sobre la fina seda de su traje de noche, se deslizaron hacia delante. Ella se irguió—y él supuso que era para darle un mejor acceso a sus senos. En lugar de hacerlo, se apartó del beso, levantó la cabeza.

"Tengo una sugerencia."

Lo invadió la cautela, especialmente porque su voz había cambiado. El tono era más bajo, más rico, tan sensual como la noche que los envolvía y ocultaba sus ojos, su expresión. No podía leerlos, tenía que evaluar su juego—el estado en que ella se encontraba—a partir de otras cosas.

De cosas mucho menos precisas.

"¿Qué?"

Vio que levantaba sus labios. Puso sus antebrazos en la parte de arriba de su pecho, se inclinó y lo besó ligeramente. "Un apéndice a nuestra última lección."

¿Qué querría decir con eso? "Explícame."

Ella rió suavemente; el sonido de su risa lo penetró. "Mejor te enseño." Encontró su mirada. "Todo es perfectamente razonable—y apenas justo."

Fue entonces cuando advirtió que ella había desabotonado su chaleco; su saco ya estaba abierto. Antes de que pudiera reaccionar, ella se movió sobre su pecho y sus dedos deshacían su corbata.

"Portia."

"¿Hmm?"

Discutir no lo llevaría a ninguna parte; levantó las manos y le ayudó a deshacer el nudo. Con un gesto de triunfo, se enderezó y la liberó; luego la lanzó al piso. Una súbita visión atravesó la mente de Simón; tomó la corbata y la puso en el brazo del sillón.

Ella ya había perdido interés—estaba concentrada en los botones de su camisa. Él se movió, permitiendo que liberara el frente de la camisa de sus pantalones; para entonces ya la tenía completamente abierta, había separado las dos partes—y se detuvo, contemplando lo que había descubierto.

Habría dado cualquier cosa por ver su rostro con claridad. Como no podía hacerlo, se basó en su inmovilidad, su absorción, la sensación de fascinación que la invadía mientras liberaba lentamente la camisa, extendía los dedos, tocaba.

Durante un minuto entero, se limitó a recorrer, a explorar—a aprender. Luego miró su rostro, registró su reacción, el hecho de que él había dejado de respirar. Sus manos se detuvieron un momento, luego lo acariciaron con más osadía.

"Te agrada esto." Movía sus manos lenta, sensualmente, acariciando los amplios músculos que sostenían su pecho; luego hacia abajo, con un leve toque de los dedos, para regresar a hendirlos en la rizada mata de cabello castaño.

Él suspiró. "Si a ti te agrada."

Ella rió. "Oh, me agrada—aún más porque te agrada a ti."

Estaba adolorido, agudamente adolorido. El tenor de su voz, sensual, cálido, y tan extrañamente maduro—tan conocedora de él y confiada en sí misma—era el canto de sirena más poderoso que había escuchado jamás. Su peso, cálido y femeninamente atractivo, sobre sus piernas, sólo aumentaba su tormento.

Portia lo rozaba, lo acariciaba, ebria del puro placer de tocarlo y de saber que, al menos durante estos pocos minutos, lo tenía subyugado. La piel de Simón estaba tibia, casi caliente; la resiliencia acerada de los músculos era completamente fascinante. Estaba subyugada pero, más aún, encantada de saber que, con sus caricias, podía complacerlo tanto como él le había complacido.

Apenas justo, como lo había dicho—justo para ambos.

Finalmente, él inspiró profundamente y se acercó a ella. No apartó sus manos, sino que la atrajo hacia sí. Dejando sus manos extendidas en su pecho, ella se inclinó con avidez y le dio sus labios, su boca, su lengua.

El beso se hizo más profundo, hasta llegar a una total intimidad; luego se extendió a un campo que aún no habían explorado; los dedos de Portia se hundieron en su carne, y ella oprimió sus palmas ardientes contra su piel desnuda.

Sintió sus manos en su espalda, sus dedos ocupados con la hilera de botones. Los deshizo todos, hasta el lugar donde la abertura del traje terminaba al final de la espalda.

El aire de la noche era tibio; los envolvía pesadamente y apenas se movía cuando él la levantó y ella dejó que cayera el traje.

Un temblor, no de modestia, sino de pura conciencia, la sacudió. Él había acariciado antes sus senos desnudos, pero su traje había permanecido allí, protegiendo todo lo que había tocado de su vista. Pero ahora dejó que su traje se deslizara y ella lo permitió, y con sólo una leve vacilación, liberó sus brazos de las mangas. El traje cayó hasta su cintura. Ella miró su rostro mientras, casi perezosamente, él extendió la mano para alcanzar las cintas de su corpiño.

No pidió permiso, solamente las deshizo, seguro de tener derecho a hacerlo.

Ella estaba feliz de no poder ver su expresión; sólo el hecho de estar revestidos de sombras le permitió permanecer inmóvil y dejar que él bajara su corpiño.

El aire estaba cálido. Sentía su piel caliente, sus pezones tensos y ardientes. Sintió su mirada en ella, paseándose, catalogando; sintió que se movían sus labios, pero no era una sonrisa.

Luego levantó una mano y la tocó. Sus párpados cayeron, súbitamente pesados; ella se tambaleó. Él cerró ambas manos sobre sus senos y ella se estremeció.

Cerró los ojos y se abandonó al sentimiento, sus sentidos concentrados en cada caricia, cada roce sabio, la tortura que escalaba. Su piel parecía más sensible que antes; sus pezones estaban tan duros que le dolían. Un dolor extraño que, cada vez que él los oprimía, se convertía en calor, en oleadas de sensaciones que la inundaban, aposentándose en la parte baja de su cuerpo.

Abrió los ojos lo suficiente para mirar su rostro. ¿Sabía lo que le estaba haciendo?

Una mirada fue suficiente; desde luego que sí. ¿Había planeado la oscuridad para que ella cediera con más facilidad? No—había sido ella quien lo había conducido a la casa de verano, pero él había aprovechado—lo estaba haciendo—su plan.

La idea le agradó; uno de ellos hacía una jugada, y el otro la llevaba más allá. Esto parecía correcto. Alentador.

Como lo eran sus caricias, la forma como la tocaba. Ella recobró el aliento y miró hacia abajo—observó sus manos, oscuras contra la blancura de sus senos, que jugaban, poseían.

El calor que sentía en su interior se hinchó, aumentó.

"¿Quieres seguir al paso siguiente?"

Ella lo miró. No sabía—no podía adivinar—cuál sería el próximo paso. No le importaba. "Sí."

Simón escuchó la decisión en su voz, detectó como se afirmaban sus labios. Lo suficiente para dejar escapar un suspiro de alivio.

Obligando a sus dedos a abandonar su carne henchida, buscó su corbata. Ella parpadeó. Lo observó mientras alisaba la larga banda, doblándola. Extendiéndola entre sus manos, encontró sus ojos. "Una sugerencia mía."

Él había seguido su sugerencia; ella no podía objetar la suya. Sin embargo, frunció el ceño y, no obstante... poniendo las manos sobre su pecho, se inclinó y dejó que él le vendara los ojos.

"¿Es esto realmente necesario?"

"No, pero creo que lo preferirás."

Su silencio gritaba que ella no estaba segura de cómo interpretarlo. Atando el nudo en la parte de atrás de su cabeza, sonrió. Lo soltó, y ella se tensó al erguirse.

"No." Él deslizó las palmas de sus manos sobre su espalda desnuda, y sintió que algo se tensaba profundamente en él, "Permanece como estás." Con una mano, atrajo sus labios a los suyos. "No tienes que hacer nada; sólo sentir."

Sus labios se encontraron; la llevó de regreso al calor, a la intimidad conocida. Sus manos, apoyadas en su pecho, mantenían separados sus cuerpos—lo cual era mejor en este punto. Él la llevó más lejos, atrapó sus sentidos—disfrutó del momento, primero para absorber el hecho de que ella estaba desnuda hasta la cintura, sentada, aguardando, sobre sus rodillas, luego para poner los toques finales a sus preparativos.

La oscuridad que ella le había entregado era una ayuda inesperada; la venda un beneficio adicional; de otra manera, le hubiera tomado más tiempo encontrar una manera, una situación apropiada, para introducirla a esto, al siguiente paso, sin correr el riesgo de provocar una reacción instintiva, una reticencia profundamente arraigada a estar bajo el control de cualquier hombre—un instinto del que ella disponía en abundancia, como lo sabía. Ella se le había ofrecido en bandeja; desde luego, tendría un festín.

Él la puso más cómoda, irguiéndose él también, deslizando sus manos sobre su suave piel, complaciéndose en la forma como sostenía sus senos de nuevo. La intensidad del beso aumentó, haciendo que ambos sintieran una oleada de calor y fuego. Estaba feliz de dejar que sucediera, sabiendo qué vendría después. Cuando los besos de Portia se hicieron urgentes, cuando sus senos estaban calientes y tirantes de nuevo, rompió el beso, inclinó su cabeza hacia atrás y recorrió con sus labios la larga línea de su garganta.

Sus manos se deslizaron hacia arriba, una de ellas aferrándose a su hombro, debajo de la camisa. La otra se deslizó hacia su cuello, acariciándolo, y luego se hundió en sus cabellos mientras él se inclinaba y tocaba el punto del pulso en la base de su cuello para besarlo después.

Con la cabeza inclinada hacia atrás, Portia recuperó el aliento.

Retirando los labios de su piel, levantó uno de sus senos con su arrugada cima—se inclinó, y lo tomó en su boca.

El sonido que ella emitió era un grito ahogado de placer; este grito lo penetró y lo alentó a seguir adelante. Chupó la torturada cima hasta que ella gritó de nuevo. Era un festín como el de un conquistador con su esclava, ofrecida a él. Como lo estaba ella. Ni una vez se retiró—por el contrario, lo alentaba sin palabras con sus ruegos, muy efectivos. Sin embargo, él conocía todos los matices, podía interpretar y comprender todos los suspiros, todos los suaves gemidos.

Los dedos de Portia se clavaron en su hombro, se aferraron a su cabeza. Lo sostuvo contra ella, le suplicó que tomara. Y diera.

Él lo hizo. Alimentó esta conflagración inmisericordemente—la dejó sentir, conocer, aprender todo lo que deseaba—pero luego, inclemente, decidido, incluso contra sus deseos, los refrenó, a ambos, se retiró del borde del horno, de las abrasadoras llamas del deseo.

Aquel momento no había llegado aún.

Respiraban entrecortadamente cuando él finalmente se reclinó y ella lo siguió, cayendo sobre su pecho. Ella murmuró y luego se movió, aliviando sinuosamente sus senos brutalmente sensibilizados contra la aspereza de su pecho. Él la dejó, atrajo sus labios a los suyos y la besó, suavemente esta vez. Dejó que se relajara a su manera.

Aceptándolo finalmente, ella suspiró y se hundió en sus brazos; luego se irguió y retiró la venda de sus ojos.

Lo miró. Incluso en la penumbra, habría jurado que sus ojos brillaban. Miró sus labios, lamió los suyos, y luego encontró sus ojos.

"Más."

No era una pregunta—era una exigencia.

"No." Le dolió decirlo. Inspiró, sintió la tenaza del deseo encerrada en su pecho. "Ten paciencia."

Tontas palabras. Lo supo en el instante en que las pronunció, vio un destello definido en sus ojos—y reaccionó instantáneamente, antes de que ella pudiera hacerlo.

La besó. La movió entre sus brazos, luego saqueó su boca. Simultáneamente, de manera deliberada, deslizó sus manos sobre su larga espalda, dentro de la parte de atrás de su traje, sobre su piel encendida, sobre sus curvas, recorriéndolas, aprendiendo. Trazando el mapa de aquello que, un día cercano, sería suyo.

Ella murmuró en lo profundo de su garganta—no era una protesta, sino una voz de aliento. Él la ignoró, pero no podía retirar sus manos. Aún no. No hasta que satisficiera un deseo interno e innegable de saber, al menos eso, de ella. Saber, de manera absoluta, que ella sería suya—alguna vez.

Pronto.

Cuando finalmente levantó la cabeza, ella abrió los ojos y encontró los suyos. Sin temor, sin malicia ni culpa.

Descansaba en sus brazos, desnuda hasta la cintura, con sus senos desnudos oprimiendo su pecho desnudo, sus manos acariciando su trasero desnudo, su piel húmeda con el rocío del deseo.

El deseo mismo descansaba desnudo entre ellos.

Ambos lo reconocieron.

Fue un esfuerzo respirar, pero lo hizo.

"Debemos regresar."

Ella estudió su rostro, comprendió lo que quería decir. Eventualmente inclinó la cabeza.

Regresar les tomó algún tiempo. Dejar que sus sentidos se aplacaran, arreglarse, poner en orden sus trajes. Él no se molestó en anudar de nuevo su corbata, sino que la dejó alrededor del cuello, confiando en que no encontrarían a nadie en el camino de regreso.

Partieron, la mano de Portia encerrada en la suya, caminando por las sombras que se hacían más profundas. La luna se había ocultado; los jardines estaban en la oscuridad.

La casa estaba suspendida ante ellos. Portia frunció el ceño. "Las luces—esperaba que casi todos estuviesen aún en el salón. No puede ser tan tarde."

En verdad, no tenía idea qué hora era.

Simón se encogió de hombros. "Quizás, como nosotros, huyeron de la corte de Kitty."

Prosiguieron; Simón la dirigió en una dirección diferente del camino habitual; ella supuso que así podrían deslizarse en la casa sin ser vistos. Todavía faltaba un trecho para llegar cuando escucharon el ruido de pasos que se acercaban, luego el crujir de las hojas.

Simón se detuvo; ella lo hizo también, en la sombra oscura de un árbol. Silenciosos e inmóviles, aguardaron.

Una figura emergió a poca distancia de allí, cortando por los estrechos senderos que se alejaban de la casa. Él no los vio, pero ellos sí lo vieron a él, mientras pasaba de una sombra a otra.

El reconocimiento fue instantáneo; como antes, el gitano continuó a través de los jardines, como si los conociera palmo a palmo.

Cuando desapareció, y Simón la animó a continuar, susurró. "¿Quién demonios es? ¿Es realmente un gitano?"

"Al parecer, es el jefe de un grupo de gitanos que pasa la mayoría de los veranos acampado en los alrededores. Su nombre es Arturo."

Casi habían llegado a la casa cuando Simón se detuvo de nuevo. Ella miró hacia delante y vio lo que él había visto— el joven jardinero estaba bajo un árbol a la derecha, cerca de uno de los rincones de la casa. No estaba mirando hacia ellos—observaba el otro frente de la casa, aquel que ellos no podían ver. Aquel del cual el gitano, Arturo, probablemente había salido.

La misma ala de la casa donde se encontraban las habitaciones privadas de la familia.

Portia miró a Simón. Él le devolvió la mirada, y luego hizo un gesto para indicarle que continuaran. El sendero que recorrían estaba cubierto de césped, como la mayoría de los senderos del jardín, perfecto para deslizarse en silencio.

Dablaron la esquina a la que se dirigían; Simón abrió una puerta y la hizo avanzar hasta un pequeño jardín interior. En el instante en que cerró la puerta, ella preguntó, "¿Por qué crees que está ahí el jardinero?"

Simón la miró, luego hizo una mueca. "No es un chico local—es uno de los gitanos. Al parecer conoce bien las plantas—a menudo trabaja aquí durante el verano, ayudando con los arriates de flores."

Portia frunció el ceño. "Pero si estaba vigilando para Arturo, ¿por qué está ahí todavía?"

"Lo sé tanto como tú." Tomándola del brazo, Simón la hizo avanzar hasta la puerta. "Subamos."

Salieron a uno de los pasillos secundarios. No había nadie. Pasearon despreocupadamente, pero en silencio. Ambos estaban habituados a las casas de campo, a los signos sutiles que indicaban dónde estaban las personas, al murmullo de conversaciones distantes; no había nada de eso.

Encontraron una vela que ardía en una mesa. Simón se detuvo. "Vigila."

Rápidamente anudó su corbata de manera que pareciera apropiada, en los oscuros pasillos, en caso de que encontraran a alguien.

Prosiguieron, pero no encontraron a nadie. Cuando llegaron al recibo de la entrada, ella murmuró. "Realmente parece que todos se han retirado."

Lo cual parecía extraño; uno de los relojes que habían encontrado en el camino mostraba que no era aún media noche.

Simón se encogió de hombros y la condujo a la escalera principal. Estaban a mitad del camino cuando escucharon voces.

"Causará un escándalo, desde luego."

Ambos se detuvieron, intercambiaron una mirada. Era Henry quien había hablado.

Simón avanzó hasta la balustrada y miró hacia abajo; ella se deslizó a su lado e hizo lo mismo.

La puerta de la biblioteca estaba entreabierta; dentro de la habitación podían ver el respaldo de un sillón, la parte de atrás de la cabeza de James, y su mano, reposando en el brazo de la silla, mecía suavemente un vaso de cristal que contenía un líquido color ámbar.

"De la forma como se están desarrollando las cosas, corres el riesgo de un escándalo mucho mayor si no lo haces."

Henry asintió. Un momento después, replicó, "Tienes razón, desde luego. Sólo desearía que no tuvieras, que hubiese otra manera..."

Su tono les dijo a qué—o más bien, a quién—se referían; ella y Simón se volvieron a la vez y continuaron subiendo la escalera en silencio.

En la galería, él le besó las puntas de los dedos y se separaron—no necesitaban palabras.

Al llegar a su habitación sin encontrarse con nadie, se preguntó de qué se habrían perdido. Qué habría hecho Kitty para que todos se retiraran tan temprano a sus habitaciones, y dejaran a Henry y a James discutiendo los méritos relativos de los escándalos.

Capítulo 7

En realidad no quería saberlo. Ya tenía suficientes preocupaciones; no sentía la necesidad de cargarse con el conocimiento de las deficiencias de Kitty. Cada cual a lo
suyo—vivir y dejar vivir.

Por su parte, estaba animada por un intenso deseo de vivir—plenamente. A un grado, a un nivel que nunca antes
supo posible. Los acontecimientos de la noche anterior hubieran debido escandalizarla. Mas no era así, en absoluto. Se
sentía plena de euforia, ávida, dispuesta a aprender más, a
libar de nuevo la copa de la pasión, a saborear otra vez el
deseo, apurar el cáliz esta vez.

Las preguntas que la atormentaban eran ¿cuándo? y
¿dónde?

Con quién no se lo preguntaba siquiera.

Avanzó por entre la muchedumbre que se apiñaba en los
prados; la fiesta de Kitty estaba en su esplendor. Por la presteza con la que habían acudido las familias de la región, de-
dujo que los Glossups no habían hecho muchas invitaciones
en tiempos recientes.

Evitando deliberadamente a los otros huéspedes, vagó de
un lado a otro, deteniéndose a conversar con aquellos a quie-

nes le habían presentado en el baile, conociendo a otros. Habituada al papel de joven dama de una gran casa rural—la casa principal de su hermano Luc en Rutlandshire—se sentía perfectamente cómoda conversando con aquellas personas que, si se encontraran en Londres, serían inferiores a ella socialmente. Siempre había estado interesada en escuchar relatos sobre la vida de otros; sólo de esta manera había llegado a apreciar las comodidades de su propia vida, algo que, de otra manera, como la mayor parte de las damas de su condición, habría dado por sentado.

Para reconocer sus méritos, Kitty también se mostraba amable con quienes se encontraba; estaba a la vista de todos mientras se paseaba entre sus invitados. Aun cuando buscaba posibilidades—el indicio de una oportunidad que le permitiera adelantar sus malignos propósitos—Portia advirtió que, al lado del estado de ánimo del día, había en Kitty una *joie de vivre* que, lo hubiera jurado, era ciertamente auténtica. Sonriendo, riendo alegremente, llena de entusiasmo, Kitty habría podido ser, quizás no una novia recién comprometida, sino una persona de condición inferior que asistía excitada a su primer éxito social.

Mientras miraba como saludaba a una matrona robusta con transparente buen humor, e intercambiaba algunos comentarios con la hija de la señora y su desgarbado hijo, Portia sacudió la cabeza en su interior.

"¿Extraordinario, verdad?"

Se volvió y encontró la mirada cínica de Charlie.

Hizo un gesto señalando a Kitty. "Si puedes explicármelo, te estaré agradecido."

Portia miró de nuevo a Kitty. "Es demasiado difícil para mí." Tomando a Charlie del brazo, lo hizo volver; con un gesto en los labios, él aceptó su decreto y comenzó a caminar a su lado. "Quizás es como las charadas—se comporta como cree que debe hacerlo—¡*No!* ¡No afirmes lo evidente!—quiero decir, tiene una imagen mental de cómo *de-*

bería ser, y actúa de acuerdo con ella. Es posible que esa imagen no sea, en todas las situaciones, lo que nosotros, u otros como nosotros, consideramos correcto. No sabemos cuál puede ser la visión que tiene Kitty de las cosas."

Animando a Charlie a avanzar, frunció el ceño. "Simón se preguntaba si sería ingenua—estoy comenzando a pensar que puede estar en lo cierto."

"¿De seguro su madre le explicaría como son las cosas? ¿No es esa la función de las madres?"

Portia pensó en su propia madre, y luego en la señora Archer. "Sí, pero...¿crees que la señora Archer...?" Dejó la pregunta en suspenso, pues no estaba segura de cómo debía formular su interpretación de la madre de Kitty.

Charlie asintió. "Quizás tengas razón. Estamos habituados a nuestras maneras de hacer las cosas—a personas como nosotros y a la forma como se comportan. Esperamos que sepan qué es aceptable. Quizás sea algo en ese sentido."

Miró a su alrededor. "Ahora, pícara, ¿a dónde me llevas?"

Portia miró al frente, luego se paró en las puntas de los pies para mirar por sobre otras personas. "Allí en algún lugar hay una dama que conoce a tu madre—estaba ansiosa por hablar contigo."

"*¿Qué?*" Charlie la miró fijamente. "¡Rayos y centellas, mujer! No quiero pasar mi tiempo conversando con alguna vieja bruja..."

"Así es, lo sabes." Habiendo avistado su objetivo, Portia lo arrastró consigo. "Sólo piensa—si le hablas ahora, en medio de esta multitud, será fácil para ti intercambiar algunas palabras y seguir tu camino. Eso bastará para satisfacerla. Pero si lo dejas para después y ella te ve, cuando haya menos gente, puedes estar atrapado durante media hora." Ella lo miró y arqueó las cejas. "¿Qué prefieres?"

Charlie entrecerró los ojos. "Simón estaba en lo cierto— eres peligrosa."

Ella sonrió, le palmeó el brazo, y lo entregó a su condena.

Hecha esta buena obra, regresó a la pasión que la consumía—identificar algún lugar y alguna forma para poder legítimamente, o al menos sin atraer una atención indeseada, tener a Simón para sí durante una o dos horas. ¿O tal vez tres? No tenía idea realmente de cuánto tiempo tardaría la siguiente etapa en su sendero hacia el conocimiento.

Evadiendo un grupo de oficiales resplandecientes en su uniforme escarlata con una sonrisa fácil pero distante, consideró este problema. A su edad, las restricciones aceptadas consideraban que pasar veinte minutos en privado no era un gran escándalo, pero más de media hora se juzgaba inadmisible; presumiblemente, media hora sería suficiente. Sin embargo, por lo que había oído, Simón era un experto acreditado, y a los expertos no les agrada que los apremien.

Tres horas sería lo más conveniente.

Vigiló la muchedumbre. Hasta que descubriera un plan, no tenía sentido buscar a Simón, no tenía sentido pasar mucho tiempo en público a su lado. No era como si él la estuviese cortejando.

Conversó con un Mayor, luego con una pareja que había venido de Blandford Forum. Dejándolos, rodeó a la concurrencia, paseándose al lado de un alto seto. Se disponía a sumirse de nuevo en la muchedumbre cuando, a su izquierda, vio a Desmond con Winifred a su lado.

Estaban en un lugar donde un nicho en el seto alojaba una estatua en un pedestal. Ninguno de los dos estaba mirando la estatua ni a los invitados. Desmond tomó a Winifred de la mano; estaba contemplando su rostro; hablaba en voz baja, con seriedad.

Winifred tenía los ojos bajos, pero una sonrisa leve, muy suave, curvaba sus labios.

Súbitamente, apareció Kitty. Como un pequeño tornado, surgió de la muchedumbre y se aferró al brazo de Desmond. Rogó ingeniosamente, esperando poder alejarlo de allí.

Calculó mal; esto resultó evidente por la negativa abrupta y cortante de Desmond, su expresión dura como una piedra.

Tan sorprendida como Kitty, Winifred lo contempló con nuevos ojos, pensó Portia.

Por un instante, el rostro de Kitty fue la viva imagen de la sorpresa; luego se rió, y se dispuso a seducirlo.

Desmond avanzó, colocándose entre Winifred y Kitty, obligando a Kitty a retroceder y, tomando a Winifred del brazo, habló de nuevo—con brutal brevedad. Con una brusca inclinación a Kitty se alejó, llevando consigo a una Winifred asombrada.

Portia los perdió de vista cuando se mezclaron con los invitados; su atención se volvió hacia Kitty, a la expresión atónita, algo perdida que apareció por un momento en su rostro. Luego parpadeó, y su sonrisa apareció de nuevo. Con una leve risa, regresó a la muchedumbre.

Curiosa, Portia se dirigió en la misma dirección, pero fue distraída por un amigo de Lord Netherfield. Pasaron veinte minutos antes de que viera de nuevo a Kitty.

En su brillante traje amarillo, parecía un estambre en la corola de una amapola—en un círculo de sacos escarlata y galones dorados. Su encanto chispeante y superficial y su risa cantarina eran evidentes; sin embargo, para Portia, quien se encontraba a pocos pasos de allí conversando con un grupo de damas mayores, la actuación de Kitty tenía ahora una nota discordante.

Cada vez más abiertamente, Kitty alentaba a los oficiales. Ellos, como tales hombres se inclinan a hacerlo, le devolvían la atención en una vena jocosa e igualmente sonora.

Portia advirtió las miradas que se dirigían hacia Kitty, los rápidos intercambios entre las damas locales.

Lady Glossup y la señora Buckstead se encontraban un poco más lejos; ellas también lo habían notado. Se disculparon de la pareja con la que habían estado conversando; tomadas del brazo, se abalanzaron sobre Kitty.

Portia no necesitaba mirar para conocer el resultado; tres minutos más tarde, Kitty dejaba a los oficiales; su suegra y la amiga de ella la alejaban de allí.

Relajándose, como si se hubiese evitado algún desastre, Portia se concentró en la mujer mayor baja, de rostro dulce, que se hallaba a su lado.

"Entiendo que te alojas aquí, querida." Los ojos de la anciana brillaron. "¿Eres la novia del señor James?"

Portia ocultó su sorpresa, sonrió, y sacó a la dama de su error. Unos pocos minutos más tarde, prosiguió; los invitados compartían ahora los emparedados y pastelitos que servía un pequeño ejército de sirvientes. Tomando un vaso de refresco que le ofrecía un lacayo, lo bebió y continuó paseándose.

¿Habría alguna oportunidad de evadirse con Simón?

Decidió calcular qué tan dispersa estaba la muchedumbre, y se dirigió al extremo del prado. Si los invitados se habían dispersado incluso hasta el templo...

Aproximándose al borde de la muchedumbre, miró hacia la entrada del sendero. Estaba bloqueado. Por James.

Kitty estaba ante él.

Aún dentro de la muchedumbre, Portia se detuvo.

Una mirada al rostro de James bastó para evaluar su estado de ánimo; su mandíbula estaba apretada, al igual que sus puños, pero sus ojos se dirigían a cada momento a la multitud. Estaba enojado con Kitty; las palabras ardían en su lengua, pero era demasiado bien educado como para hacer una escena, en presencia de la mitad del condado.

Portia se preguntó súbitamente si Kitty se daba cuenta de que *esa* era la razón por la cual James no rechazaba sus insinuaciones directamente, de que su reticencia para mandarla al diablo no era un signo de susceptibilidad.

Como quiera que fuese, James necesitaba que lo rescataran. Se levantó...

Lucy apareció desde el otro lado; sonriendo dulcemente, se acercó y le habló a Kitty, luego a James.

La respuesta de Kitty fue cortés, pero desdeñosa. Incluso un poco despectiva. Se volvió de nuevo hacia James.

Un ligero rubor cubrió las mejillas de Lucy, pero levantó la cabeza, se mantuvo en su sitio, y en cuanto Kitty hizo una pausa, se dirigió de nuevo a James—preguntándole acerca de algo.

Con una impaciencia ajena a cualquier anfitriona, Kitty se volvió para señalar.

James respiró, sonrió a Lucy, y ofreció mostrárselo. Le tendió su brazo.

Portia sonrió.

Lucy aceptó con una bella sonrisa.

Kitty parecía... atónita. Incrédula.

Casi infantil en su decepción.

La ligereza de Portia se desvaneció. Se mezcló con la muchedumbre, sin dejar atraparse en ninguna conversación. Había algo mal en la forma como Kitty veía las cosas—sus percepciones, sus expectativas, sus aspiraciones.

Pensó que se estaba apartando de Kitty, pero ésta debía volverse y marcharse enojada. Todavía estaba enojada cuando casi tropieza con ella; Portia la vio justo a tiempo para cambiar de dirección.

Las mejillas de Kitty ardían; sus ojos azules destellaban. Sus suaves labios se fruncían malhumorados, y avanzaba con un vigor poco apropiado para una dama.

Desviando la mirada, Portia vio que Henry se apartaba de un grupo de caballeros y se dirigía a interceptar a su esposa. Sintiéndose como alguien que se dispone a presenciar un accidente e incapaz de impedirlo, se movió hacia afuera de la muchedumbre.

A pocos pasos de allí, Kitty se encontró a Henry. Había otras personas cerca de ellos, pero todos estaban concentrados en sus conversaciones; Henry la asió del brazo con firmeza, mas no con rabia, como si intentara darle equilibrio y regresarla al lugar en el que se encontraba.

Enojada, Kitty lo miró. Sus ojos refulgían, y le habló—incluso sin escuchar las palabras, Portia supo que eran violentas, cortantes, dirigidas a herirlo. Henry se tensó. Lentamente, soltó a Kitty. Se inclinó, hablando en voz baja, y luego se irguió. Pasó un momento; Kitty no dijo nada. Henry se inclinó y luego, rígidamente, se alejó.

Furia—la ira de un niño contrariado—se agitaba en el rostro de Kitty; luego, como si se pusiera una máscara, compuso sus rasgos. Suspirando, se volvió a mirar a sus invitados, conjuró una sonrisa, y avanzó hacia la multitud.

"No es exactamente un espectáculo edificante."

Las palabras, pronunciadas con lentitud, provenían de atrás.

Levantando la vista, miró sobre su hombro. "Ahí estás."

Simón la miró, leyó sus ojos. "En efecto. ¿A dónde te dirigías?"

Debió haberla visto antes, avanzando obstinadamente en esta dirección; uno de los inconvenientes de ser más alta que el promedio.

Ella sonrió, se volvió, lo tomó del brazo. "No iba a ninguna parte, pero ahora que estás aquí, me agradaría pasear por los jardines. He estado conversando durante las últimas dos horas."

Al igual que ellos, otras personas comenzaban a pasearse, aprovechando los amplios senderos. En lugar de dirigirse al lago, como lo hacía la mayoría, Simón se volvió hacia los setos y los jardines formales que estaban un poco más lejos.

Llegaron al prado más allá de la primera hilera de árboles, cuando le ofreció, "Una guinea por tus pensamientos."

La había estado observando, estudiando su rostro. Ella le lanzó una mirada rápida. "¿Piensas que son tan valiosos?"

Se detuvieron. Él sostuvo su mirada, y luego su atención

se dirigió al rizo negro que se había soltado y ahora colgaba al lado de su oreja. Levantó una mano, y lo puso de nuevo en su lugar; sus dedos rozaron levemente su mejilla.

Sus ojos se encontraron.

Él la había tocado de manera mucho más íntima; sin embargo, había algo en esta sencilla caricia que transmitía mucho más.

"Tanto así quiero conocer tus pensamientos." Su mirada no se apartó.

Estudiando sus ojos, sintió que algo temblaba dentro de ella. Era una especie de reconocimiento, algo que no había esperado, que no estaba segura de interpretar correctamente. Sin embargo, dejó que sus labios se curvaran e inclinó la cabeza.

Prosiguieron lentamente, tomados del brazo.

"Me proponía evitar a Kitty y todas sus acciones—pero, no obstante, he tropezado con ella a cada momento." Suspiró, miró al frente. "¿Ha traicionado a Henry, verdad?"

Sintió que él se tensaba al encogerse de hombros, supo cuando se detuvo, reconsideró.

Asintió brevemente. "Eso parece bastante seguro."

Hubiera apostado su mejor sombrero que ambos estaban pensando en Arturo y en sus visitas nocturnas a la mansión.

Continuaron su camino; Simón se volvió a mirarla. "Eso no era lo que estabas pensando."

Se vio obligada a sonreír. "No." Había estado reflexionando sobre los aspectos básicos del matrimonio—la relación, lo que debe significar en realidad, no como algo teórico. Hizo un gesto. "No puedo imaginar…"

Iba a decir que no podía entender cómo podían continuar Henry y Kitty con su matrimonio, pero una afirmación semejante sería increíblemente ingenua. Muchos matrimonios continuaban de manera bastante razonable cuando no había más que respeto entre la pareja.

Suspirando, intentó articular lo que realmente quería decir. "Kitty ha traicionado la *confianza* de Henry—parece pensar que la confianza no tiene importancia. Lo que no puedo imaginar es un matrimonio sin ella. No puedo ver cómo podría funcionar."

Incluso mientras hablaba, era consciente de la ironía; ninguno de los dos era casado—más aún, ambos habían evitado el tema durante años.

Ella miró a Simón; él miraba hacia abajo mientras caminaban, pero su expresión era seria. Estaba pensando en lo que ella había dicho.

Después de un momento, consciente de su mirada, levantó la vista, primero a ella, luego por encima de su cabeza, al césped cuidado. "Creo que tienes razón. Sin confianza... no puede funcionar. No para nosotros—para gente como nosotros. No con el tipo de matrimonio que tú—o yo—podríamos aprobar."

Si alguien le hubiese dicho, incluso una semana antes, que ella estaría teniendo esa conversación sobre el matrimonio con Simón Cynster, se habría desternillado de risa. Sin embargo, ahora parecía apenas correcto. Ella quería aprender qué había entre un hombre y una mujer específicamente respecto al matrimonio; el alcance de aquel estudio se había ampliado más de lo que ella había previsto.

Confianza. El matrimonio se basaba en gran parte en eso.

También estaba en el corazón de lo que se desarrollaba entre ella y Simón; eso que no era la confianza misma, sino lo que fuera, sólo se había desarrollado—presumiblemente, sólo podía desarrollarse—porque ya existía confianza, verdadera confianza, entre ellos, latente, sin haberse puesto a prueba.

"Ella—Kitty—nunca hallará lo que desea." Súbitamente, lo supo más allá de toda duda. "Ella está tratando de alcanzar algo, pero quiere que se lo den primero, y luego decidir si ser digna de ello—si quiere pagar el precio. Pero con lo que quiere, esta poniendo la carreta antes del caballo."

Simón pensó en ello, no sólo en las palabras, sino en las ideas detrás de ellas; él sintió su mirada y asintió. Él comprendía, no tanto a Kitty, como lo que Portia estaba diciendo; era ella quien imperaba en sus pensamientos, quien habitaba sus sueños.

Su concepción del matrimonio era vitalmente importante para él. Y lo que ella había dicho era correcto—la confianza venía primero. Todo el resto, todo lo que él quería de ella, todo lo que él quería que ella quisiera de él. Todo lo cual sólo ahora resultaba claro—todo era como un árbol que podía crecer fuerte, bien arraigado y seguro, sólo si se sembraba en la confianza.

Él la miró, caminando, pensando, a su lado. Confiaba en ella completa y absolutamente, mucho más de lo que confiaba en cualquier otro ser humano. No era sólo la familiaridad, sino poder confiar en ella, saber con una confianza absoluta cómo pensaría, cómo reaccionaría, cómo se comportaría. Incluso cómo sentiría.

Saber que nunca lo heriría intencionalmente.

Ella podía aguijonear su ego sin compasión, retarlo, irritarlo y discutir, pero nunca buscaría hacerle un daño verdadero—ya lo había demostrado.

Suspirando, miró hacia el frente, advirtiendo súbitamente cuan preciosa era una confianza semejante.

¿Confiaba ella en él? Debía hacerlo, hasta cierto punto, pero aún no estaba seguro de cuánto.

Un punto discutible. Si—*cuando* él consiguiera que ella confiara en él lo suficiente, ¿sobreviviría aquella confianza si ella descubría más tarde que él no había sido completamente abierto, completamente honesto con ella?

¿Comprendería por qué? ¿Lo suficiente como para ser indulgente?

Ella era un libro abierto; era y siempre había sido demasiado directa; tenía demasiada confianza en sí misma y en su posición, en sus propias capacidades, y en su voluntad indomable, para preocuparse por engañar. Sencillamente, no estaba en su naturaleza.

Él sabía con exactitud lo que ella buscaba, lo que pensaba ganar a través de su interacción con él. Lo único que no sabía era cómo reaccionaría cuando advirtiera que, además de darle todo lo que buscaba, estaba decidido a darle mucho más, y se proponía hacerlo.

¿Pensaría que estaba tratando de capturarla, de cargarla de responsabilidades, encerrarla—aprisionarla? Y, ¿reaccionaría de acuerdo con esto?

A pesar de todo lo que sabía sobre ella—más aún, *debido* a todo lo que sabía sobre ella—aquello era imposible de predecir.

Llegaron a un largo sendero, cubierto de glicinias, que llevaba de regreso a la casa. Volviéndose bajo los arcos de madera, prosiguieron en un silencio cordial. Luego Portia se detuvo.

"Oh, cielos."

Siguió su vista hasta el prado cercano. Kitty se encontraba en el centro de un grupo de oficiales y jóvenes, con una copa en la mano, la risa en los labios. Estaba hablando, gesticulando, excesivamente alegre; no podían escuchar sus palabras, pero su tono era demasiado agudo, así como su risa.

Uno de los oficiales hizo un comentario. Todos rieron. Kitty gesticuló mucho y respondió; dos caballeros la ayudaron cuando se tambaleó. Todos rieron aún más.

Simón también se detuvo.

Un destello de faldas color lavanda hizo que miraran hacia el prado. La señora Archer se apresuraba hacia allí.

Observaron como, con algo de discusión y muchas débiles sonrisas, consiguió sacar de allí a su hija. Tomándola del brazo, la condujo de nuevo al jardín principal, donde había permanecido la mayoría de los invitados.

Los oficiales y caballeros se reagruparon y continuaron conversando. Simón avanzó con Portia.

Encontraron otra serie de parejas que se dirigían en dirección contraria y conversaron con ellas. Por último, cuando llegaron al jardín principal, se unieron a la multitud que era aún numerosa y escucharon de inmediato a Kitty.

"Oh, ¡gracias! Eso es exactamente lo que necesito." Hipeó. "¡Tengo *tanta* sed!"

A su derecha, el joven jardinero, a quien habían recurrido para que ayudara como mesero, se encontraba al lado del seto con una bandeja llena de copas de champán. En su traje negro prestado, alto y bastante desgarbado, con su rebelde cabello negro y ojos oscuros, poseía cierta apostura dramática.

Kitty ciertamente lo pensaba así; deteniéndose delante de él, lo devoraba con la mirada por encima de la copa que apuraba.

Portia había visto y escuchado suficiente; con la mano en el brazo de Simón, avanzó—él la condujo donde ella deseaba, y se perdieron de nuevo entre la concurrencia.

Pasaron los siguientes veinte minutos en una agradable y dichosa conversación; se encontraron primero con Charlie, luego con las chicas Hammond, ambas henchidas de éxito y felicidad por los jóvenes pretendientes que habían conocido. Conversaron, bromearon, todos relajados e imbuidos de buenos sentimientos, cuando un movimiento en las escaleras de la terraza los hizo volver a todos.

Junto con todas las personas que los rodeaban.

Lo que vieron los transfiguró.

Al final de la escalera se encontraba Ambrosio Calvin, con Kitty aferrada a él. Ella le rodeó el cuello con los brazos; su rostro levantado hacia él, reía con evidente deleite sensual.

Nadie podía escuchar lo que ella decía—intentaba susurrar y, sin embargo, las palabras eran sonoras, arrastradas, tenía trabada la lengua.

Se apoyaba fuertemente en Ambrosio mientras que él, rígido y pálido, luchaba por apartarla de él.

Todas las conversaciones cesaron. Todos los contemplaban.

Un absoluto silencio descendió sobre ellos. Todo movimiento se detuvo.

Luego una carcajada, rápidamente ahogada, deshizo el cuadro congelado. Drusilla Calvin se alejó de la muchedumbre. Se acercó a Kitty, una mujer mucho más pequeña, por la espalda, y la tomó de los brazos, ayudando a su hermano a liberarse.

En cuanto lo hizo, Lady Hammond y la señora Buckstead se precipitaron sobre el trío; Kitty quedó oculta de la vista en el tumulto subsiguiente. Se pedía agua fría y se gritaban órdenes al personal; pronto resultó claro que decían que Kitty estaba enferma y se había desmayado.

Portia encontró los ojos de Simón, y luego volvió la espalda al altercado y se dedicó a hablar con las hermanas Hammond, continuando la conversación donde la habían dejado. Las chicas, aunque momentáneamente distraídas, eran demasiado bien educadas como para no seguir su dirección. Simón y Charlie hicieron lo mismo.

Todos intentaban no mirar al grupo que se encontraba al lado de la terraza, al que se habían unido ahora Lord y Lady Glossup, Henry, Lady Osbaldestone y Lord Netherfield. Lady Calvin se había aproximado también a ellos. Las cabezas se volvieron de nuevo cuando Kitty, una pequeña figura desfallecida, era conducida al interior de la casa, apoyada en Lady Glossup y la señora Buckstead, mientras la señora Archer, revoloteando ineficazmente, cerraba el grupo.

Al final de las escaleras, quienes no habían entrado a la casa, intercambiaban miradas; luego se volvieron y, con fáciles sonrisas en el rostro, regresaron a sus conversaciones entre la muchedumbre.

No podía negarse la incomodidad, no podían disiparse la preguntas suscitadas, lo impropio de la escena, cuando no el abierto escándalo. Sin embargo...

Lady O se aproximó, con su arrugado rostro relajado, sin seña en sus ojos o su actitud de que algo indecoroso hubiera sucedido.

Cécily Hammond, con mucha osadía, preguntó, "¿Se encuentra bien Kitty?"

"La tonta mujer se siente mal—sin duda se extralimitó organizando la fiesta. La emoción también, sin duda. Tuvo un desmayo—el calor de seguro no ayudó. Indudablemente se recuperará, sólo necesita descansar un poco. Es una dama recién casada, después de todo. Debía tener más sentido."

Lady O sonrió a los ojos de Portia; luego su mirada pasó a Simón y Charlie.

Todos comprendieron—este era el relato que debían difundir.

Las chicas Hammon no necesitaban que se lo explicaran. Cuando Portia sugirió que debían separarse y mezclarse con otras personas, Cécily y Anabel estaban perfectamente dispuestas a partir como mariposas y regar el cuento. Charlie se encaminó en una dirección, y Simón y Portia hacia otra. Intercambiaron una mirada y luego se dispusieron, diligentemente, a hacer lo posible por arreglar las cosas.

Los otros huéspedes hacían lo mismo; Lady Glossup se ocupó de los arreglos y envió a los lacayos a ofrecer helados, sorbetes y pasteles a los invitados.

En general, tuvieron un éxito moderado. El resto de la tarde—la siguiente hora, más o menos—pasó de manera razonablemente cómoda. Esto, sin embargo, era sólo en la superficie, en las caras que mostraba la gente al mundo. Bajo la superficie...los amigos intercambiaban miradas dicientes, aun cuando nadie era tan extravagante como para poner sus pensamientos en palabras.

En cuanto fue posible hacerlo sin ofender, la gente comenzó a marcharse. Para el final de la tarde, los últimos invitados salían por la entrada.

Lady O avanzó hasta donde se encontraban Simón y Portia. Golpeó suavemente la pierna de Simón con su bastón. "Puedes acompañarme a subir." Volvió su oscura mirada a Portia. "Tú también puedes venir."

Simón obedeció y regresaron a la casa. Portia avanzaba al otro lado de Lady O, tomándola del brazo cuando llegaron a la escalera principal. Lady O no era joven; a pesar de su ferocidad, ambos le tenían mucho cariño.

Estaba respirando ruidosamente cuando llegaron a la habitación; ella señaló la cama, y ellos la ayudaron a reclinarse. Apenas la habían acomodado, recostada en las almohadas como ella lo había pedido, cuando escucharon golpear a la puerta.

"¡Pase!" llamó Lady O.

La puerta se abrió; Lord Netherfield se asomó, luego entró. "Bien—una confabulación. Exactamente lo que necesitamos."

Portia ocultó una sonrisa. Simón encontró por un instante sus ojos, luego se volvió para poner una silla al lado de la cama para su Señoría. Lord Netherfield aceptó la ayuda de Simón para acomodarse en ella; al igual que Lady O, también caminaba con la ayuda de un bastón.

Portia sabía que eran primos, aun cuando lejanos, de la misma edad, y muy viejos amigos.

"¡Entonces!" dijo Lady O, en cuanto se acomodó. "¿Qué vamos a hacer con todas estas tonterías? Un desastre terrible, pero no es necesario que toda la concurrencia sufra por ello."

"¿Cómo lo tomó Ambrosio?" preguntó su Señoría. "¿Crees que se mostrará difícil?"

Lady O hizo una mueca de desdén. "Creo que se pondrá feliz si nunca más se habla de ello. Estaba escandalizado de la cabeza a los pies—pálido como una sábana. No podía pronunciar palabra. Nunca he visto a un aspirante a político que no pudiera decir ni una palabra."

"Creo," dijo Simón, reclinándose contra uno a los postes de la cama, "que este es un caso en el que entre menos se diga, más rápido se solucionará."

Portia se sentó en el borde de la cama mientras Lord Netherfield asentía.

"Sí, es probable que tengas razón. Pobre Calvin—no es de sorprender que estuviese tan conmocionado. Lo último que desearía en el mundo en este momento es iniciar una aventura con una mujer como Kitty. Se encuentra aquí, tratando de obtener el apoyo de su padre para su causa, ¡y ella se precipita en sus brazos!"

Lady O los miró a ambos, luego asintió. "Entonces estamos de acuerdo. No sucedió nada extraordinario, no es preciso decir nada—todo está perfectamente normal. Indudablemente, si nos mantenemos en esta línea, también lo harán los demás. No es necesario que Catherina deba verse obligada a soportar el desastre de la reunión sólo porque su nuera perdió la cabeza. Esperemos que su madre la ponga en su lugar."

Una vez tomada la decisión y emitida la sentencia, Lady O se sumió de nuevo en sus almohadones. Hizo un gesto a su Señoría y a Simón. "Ustedes dos pueden retirarse. Tú" —señaló a Portia—"espera aquí. Quiero hablar contigo."

Simón y Lord Netherfield salieron. Cuando se cerró de nuevo la puerta, Portia se volvió de nuevo hacia Lady O, para descubrir que había cerrado los ojos. "¿De qué querías hablarme?"

Sólo levantó uno de sus párpados; uno de sus ojos negros brillaba. "¿Creo que ya te aconsejé que no pases todo tu tiempo en el bolsillo de un hombre?"

Portia se sonrojó.

Lady O gruñó y cerró los ojos. "El cuarto de música es bastante seguro. Ve a practicar tus escalas."

Un gesto imperioso acompañó la orden. Portia lo pensó y luego obedeció.

El plan para mantener la estabilidad de la reunión debería haber funcionado. Habría funcionado si Kitty se hubiese comportado como todos lo esperaban. Sin embargo, en lugar de estar sumida en la mortificación, silenciosa, cuidadosa de sus modales, especialmente cuidadosa de respetar todas las líneas sociales y de no transgredirlas; entró al salón y procedió a dar una representación magistral en el papel de "víctima."

No pronunció una sola palabra sobre la debacle de la tarde; era la firmeza de su rostro, la inclinación de su barbilla, la extraordinaria elevación de su nariz lo que comunicaba sus sentimientos. Su reacción.

Acercándose a Lucy y a la señora Buckstead, puso una mano en el brazo de Lucy, y preguntó solícitamente, "¿Supongo que habrás conocido algunos caballeros entretenidos esta tarde, querida?"

Lucy parpadeó, luego tartamudeó una respuesta vaga. La señora Buckstead, de contextura más fuerte, preguntó por la salud de Kitty.

Kitty hizo un gesto, límpidamente desdeñosa. "Desde luego, me sentí deprimida. Sin embargo, no debemos permitir que un comportamiento hiriente de parte de otros nos abrume, ¿verdad?"

Incluso la señora Buckstead no supo qué responder a eso. Con una sonrisa y los ojos brillantes, Kitty prosiguió.

Su comportamiento prepotente, arrogante, indispuso a todo el mundo, los hizo perder el equilibrio, dejándolos sin saber qué hacer. Nadie podía comprender lo que estaba sucediendo. ¿Qué era lo que estaban presenciando? Nada tenía sentido, desde el punto de vista social.

La cena, lejos de ser el momento agradable, tranquilo, que todos esperaban, fue apagada al punto de ser incómoda; nadie reía, la conversación estaba reprimida. Nadie sabía qué decir.

Cuando las damas pasaron al salón, Cécily y Anabel, junto con Lucy, animadas por sus madres, se retiraron pronto, pretextando fatiga por el largo día. A Portia le hubiera agradado retirarse también, pero se sintió obligada a permanecer para apoyar a Lady O.

La conversación seguía siendo forzada; Kitty continuaba desempeñando el papel de mártir; Lady Glossup estaba desconcertada, pues no sabía cómo manejarla, y la señora Archer, a quien sólo le faltaba retorcerse las manos por el nerviosismo, se sobresaltaba cada vez que alguien le dirigía un comentario, no era de gran utilidad.

Pronto resultó aparente que, lejos de venir a rescatarlas, los caballeros habían decidido abandonarlas a su suerte. Y Kitty.

Era difícil culparlos; si las damas, incluyendo a Lady O, quien abiertamente miraba a Kitty con desagrado—no podían imaginar siquiera qué estaba pasando, los hombres debían sentirse perdidos por completo.

Aceptando lo inevitable con verdadera gracia, Lady Glossup hizo venir el carrito del té. Todos permanecieron apenas el tiempo suficiente para tomar una taza, y luego se levantaron y se retiraron a sus habitaciones.

Después de acompañar a Lady O a su habitación, Portia se retiró a la suya, en lo alto del ala oriental. La ventana daba a los jardines; se paseó delante de ella, mirando enojada al piso, haciendo caso omiso de la vista plateada.

Le había dicho a Simón que ella creía que Kitty no comprendía ni valoraba la confianza; había estado hablando de la confianza entre dos personas, pero la actuación que acababan de presenciar confirmaba sus ideas, aun cuando en un contexto diferente.

Todos sentían—todos habían reaccionado—como si Kitty hubiese traicionado una confianza social, que los había traicionado al rehusarse a seguir las convenciones que reconocían. Las convenciones del intercambio social, de la civilización, de la estructura que subyacía a la forma como se relacionaban entre sí.

Su reacción había sido bastante profunda; la negativa de los caballeros a regresar al salón era una declaración decidida.

Una declaración emocional—en efecto, todos habían reaccionado emocionalmente, instintivamente, profundamente perturbados por el hecho de que Kitty hubiera quebrantado el código social que compartían.

Portia se detuvo, contempló los oscuros jardines, pero no los vio en realidad.

La confianza y la emoción estaban estrechamente relacionadas. La una llevaba a la otra; si una de ellas era aguijoneada, la otra respondía.

Frunciendo el ceño, se sentó en el asiento empotrado al lado de la ventana; después de un momento, cruzó los brazos sobre el alféizar y descansó en ellos su barbilla.

Kitty deseaba el amor. En su corazón, Portia sabía que esto era cierto. Kitty buscaba lo que muchas otras damas buscaban pero, en su caso, con sus expectativas irreales, el amor sin duda era una emoción altamente coloreada, apasionada, abrumadora, que surgía y la arrastraba.

A menos de estar equivocada en sus suposiciones, Kitty tenía la idea de que la pasión ocupaba el primer lugar, que una intimidad física muy cargada era el camino, la entrada a un apego emocional profundo y significativo. Presumiblemente, creía que si la pasión no era lo suficientemente intensa, entonces el amor que imaginaba que surgiría por fin de ella no sería lo suficientemente poderoso—lo bastante poderoso como para mantener su interés, para satisfacer sus ansias.

Eso explicaría por qué no valoraba la amable devoción de Henry, por qué parecía decidida en suscitar un deseo ilícito y poderoso en algún otro hombre.

Portia hizo una mueca.

Kitty estaba equivocada.

Si sólo pudiera explicárselo...

Imposible, desde luego. Kitty nunca aceptaría un consejo de una joven casi ingenua, intelectual, sobre el tema del amor y de cómo asegurarlo.

Una suave brisa entraba por la ventana, moviendo el pesado aire. Todo estaba silencioso, oscuro pero no negro, más fresco que adentro.

Portia se levantó, sacudió sus faldas, y se dirigió a la puerta. No podía conciliar el sueño todavía; el ambiente de la casa era opresivo, incierto, intranquilo. Un paseo por los jardines la calmaría, dejaría que se aquietaran sus pensamientos.

Las puertas del salón de estar aún estaban abiertas a la terraza; las atravesó, entrando a la acogedora suavidad de la noche. El aroma del jardín de verano la envolvió mientras caminaba hacia el lago; alhelíes, jazmines y otros aromas pesados se mezclaban y avivaban sus sentidos.

Al moverse entre las sombras, vio a un hombre—uno de los caballeros—que se encontraba en el prado, no lejos de la casa. Miraba hacia la oscuridad, al parecer absorto en sus pensamientos. El sendero hacia el lago la llevó más cerca de él; reconoció a Ambrosio, pero él no dio señas de advertir su presencia.

Ella no estaba de ánimo para una conversación cortés; estaba segura de que Ambrosio tampoco. Manteniéndose en la sombra, lo dejó sumido en sus pensamientos.

Un poco más allá, cuando cruzaba uno de los muchos senderos que se cruzaban, miró a la derecha y vio al joven gitano, que fungía de jardinero—Dennis, había oído a Lady Glossup llamarlo—que se encontraba absolutamente inmóvil en las sombras, en uno de los senderos secundarios.

Continuó sin detenerse, segura de que Dennis no la había visto. Como había sucedido antes, cuando ella y Simón lo habían divisado, su atención estaba centrada en el ala privada de la mansión. Presuntamente, se había retirado a lo profundo de los jardines debido a la presencia de Ambrosio.

Suprimiendo una mueca de preocupación, alejó este asunto de su mente; le dejaba un desagrado perdurable. No deseaba reflexionar sobre lo que podía significar la vigilia nocturna de Dennis.

La idea la llevó naturalmente a pensar en Kitty—pero la apartó también de su mente. ¿Sobre qué había estado pensando antes?

Confianza, emoción y pasión.

Y amor.

El objetivo de Kitty, y los peldaños que llevaban a él, que estaba segura Kitty había escalado. Kitty se aproximaba a ellos en el orden equivocado, al menos para ella.

Entonces, ¿cuál era el orden correcto?

Dejando que sus pies la condujeran por el último trecho de prado hacia el lago, reflexionó. La confianza y la emoción estaban relacionadas, ciertamente, pero siendo la gente como era, la confianza venía primero.

Una vez establecida la confianza, podía crecer la emoción—una vez que nos sentimos lo suficientemente seguros para desarrollar vínculos emocionales, con su consiguiente vulnerabilidad.

En cuanto a la pasión—la intimidad física—seguramente era una expresión de la emoción, una expresión física de una conexión emocional; ¿cómo podría ser otra cosa?

Absorta, tomó el sendero que llevaba a la casa de verano sin pensarlo.

Su mente la llevaba inexorablemente hacia adelante, de una manera típicamente lógica. Caminando entre las profundas sombras, con la mirada en el suelo, frunció el ceño. Según su razonamiento, en el que no podía hallar una falla evidente, la compulsión a la intimidad física surgía de un vínculo emocional que, lógicamente, debería entonces existir previamente.

Llegó a las escaleras de la casa de verano. Levantó la vista—y vio, en la penumbra, una alta figura que descruzaba sus largas piernas y se ponía de pie con lentitud.

Para sentir la compulsión a la intimidad, el vínculo emocional debe existir previamente.

Durante un largo momento, permaneció contemplando la casa de verano, a Simón, que aguardaba, en silencio e inmóvil en la oscuridad. Luego recogió sus faldas, subió la escalera, y entró.

Capítulo 8

La pregunta crucial, desde luego, era qué emoción crecía entre ella y Simón. ¿Era lujuria, deseo o algo más profundo?

Cualquier cosa que fuese, la sentía surgir como fuego entre ellos mientras avanzaba por las tablas desnudas—derecho hacia sus brazos.

Éstos se cerraron a su alrededor; ella levantó su rostro y sus labios se encontraron.

En un beso que reconocía el poder que brillaba a través de ellos y, sin embargo, lo refrenaban.

Ella se apartó, miró su rostro. "¿Cómo sabías que vendría acá?"

"No lo sabía." Sus labios se fruncieron, quizás cautelosamente—no podía decirlo en la oscuridad. "James y Charles se marcharon a la taberna en Ashmore. Yo no estaba de ánimo para la cerveza y los dardos—me excusé de acompañarlos, y vine acá."

Simón se acercó más, hasta que sus muslos se encontraron. Ella no oponía resistencia; no obstante, observaba, pensaba.

Él inclinó la cabeza y tomó sus labios, jugó con ellos hasta que ella hizo a un lado su distancia y le respondió, lo besó también, lo provocó. Luego entregó su boca cuando él respondió, anudó sus brazos alrededor de su cuello, y se aferró a él mientras la devoraba.

Y estaban allí, otra vez, en el centro de una tormenta que se avecinaba. El deseo y la pura pasión los rodeaban, enviando oleadas de calor sobre su piel, alimentando un anhelo en su alma.

Interrumpieron el beso sólo para evaluar el compromiso del otro, mirándose a los ojos brevemente bajo pesados párpados. Ninguno podía ver realmente en la oscuridad; sin embargo el roce de una mirada era suficiente. Para tranquilizar, para que ella se acercara aún más, para que él apretara aún más sus brazos antes de inclinar su cabeza y besarla de nuevo.

Ambos entraron al horno. A sabiendas. Él no necesitaba apremiarla; con su mano metafóricamente en la suya, ella atravesó el umbral a su lado. Ambos acogieron el fuego, las llamas que acariciaban, destellaban y crecían.

Hasta que ambos ardieron, ansiosos por proseguir.

Él retrocedió, llevándola consigo. El borde del sofá golpeó contra la parte de atrás de sus piernas; se sentó, poniéndola sobre sus piernas. Sus labios se separaron sólo un segundo para unirse de nuevo.

Su mano le tocó la mejilla, lo acarició, se oprimió contra él en una evidente invitación. Allí donde otras podrían mostrarse reticentes, ella era osada, directa. Decidida.

Segura. Ella suspiró con satisfacción cuando él deslizó el traje de sus hombros y le desnudó los senos, lo alentó cuando inclinó la cabeza, puso sus labios y sus manos en los henchidos túmulos, y se dio un festín.

La piel de Portia era increíblemente fina, tan blanca que casi brillaba, tan delicada que las yemas de sus dedos ardían cuando la recorría. Apretados, sus pezones lo invitaban; tomó uno en su boca y lo succionó profundamente, hasta que ella gimió, con los dedos fuertemente aferrados a su cabeza.

Su respiración era rápida, entrecortada, cuando él levantó la cabeza. Sus labios se encontraron, se rozaron. Bajo los pesados párpados, sus miradas se unieron por un instante; sus alientos se mezclaron; el calor los lamía, los envolvía.

"Más." El susurro de Portia era como una ráfaga de fuego contra sus labios, a través de su mente.

Su cuerpo estaba tenso, los músculos rígidos por el deseo, encerrado por su voluntad contra la necesidad casi abrumadora de tomarla, de poseerla. De reclamarla.

Pero aún no.

No se molestó en preguntarle si estaba segura. Poniendo sus labios sobre los suyos, la atrajo a sus brazos, se sumió en el sofá llevándola consigo, sobre su regazo. Las rodillas de Portia estaban enroscadas a lo largo de su muslo; reclinándose, sosteniendo su beso, extendió una mano y le acarició la espalda, sobre la curva de su cadera, recorriendo la larga línea de sus piernas.

La atrajo a la ardiente oscuridad, paso a paso, sumiéndola cada vez más profundamente en el ámbito donde reinaban la pasión y las necesidades primitivas. Donde aumentaba la necesidad de ser tocado y se convertía en una compulsión, donde ser conocido íntimamente se convertía en una necesidad abrumadora.

Cuando levantó sus faldas y deslizó su mano bajo ellas, el único murmullo que ella emitió era de aliento. Él luchó contra la urgencia de arremolinar sus pensamientos, aturdirla hasta capturarla; con ella, seguía un libreto diferente, diseñado para capturar más que su cuerpo. Quería también su mente y su alma.

Así que mantuvo su beso ligero, lo suficiente para que ella fuese consciente, para que supiera, no sólo lo que él estaba haciendo, sino cada caricia, cada roce, cada libertad íntima. Y supiera que él también sabía.

Ella llevaba medias de seda. Sus dedos recorrían su pantorrilla, luego se deslizaban hacia arriba; rodeó la parte de atrás de su rodilla, luego acarició más arriba, encontró su liga, la rodeó con sus dedos.

Sintió que ella se estremecía cuando deslizó la mano aún más arriba y tocó su piel desnuda. Al igual que sus senos, suave, delicada, cálida por el deseo. La recorrió y supo que ella estaba con él, que su conciencia estaba centrada en la conexión entre su mano y su muslo.

El borde de su corpiño atrapó sus dedos; los liberó, deslizó su mano bajo la fina seda, recorriendo la piel desnuda de su cadera, sobre su trasero desnudo, sobre una piel que ardía y se cubría de rocío bajo sus caricias.

Ella se estremeció y se aferró al beso, sacudida por un momento; él la tranquilizó con sus labios, su lengua, con su mano que lenta, posesivamente, la acariciaba; luego, cuando ella se relajó, la exploró más explícitamente.

Ella tembló, pero permaneció con él—lo siguió y sintió lo que él deseaba. Experimentó las emociones, tanto las propias como las suyas, mientras daban el siguiente paso hacia la intimidad.

Cuando ambos se sintieron satisfechos, él la recorrió hacia delante, sobre la cadera, extendió sus manos sobre su estómago desnudo. Sintió de nuevo el estremecimiento de conciencia que la torturaba, sintió que ella súbitamente se tensaba.

Se sintió forzado a respirar de nuevo contra sus labios henchidos. "¿Estás segura?"

Ella suspiró; sus senos se hincharon contra su pecho. "Tócame—tócame aquí."

Él no aguardó a que le diera otra orientación, no necesitaba instrucciones detalladas. Tomando de nuevo sus labios, su boca, aguardó sólo a sentir que la conciencia de ella se uniera a la suya antes de deslizar la mano aún más abajo, recorriendo la suave curva de su estómago hasta la profusión de rizos suaves entre sus piernas.

Acariciándolos lenta, deliberadamente, la tocó, puso sus dedos en la parte más suave de su carne y recorrió, exploró y aprendió. Y ella seguía con él, compartiendo cada momento sensual, cada impresión táctil... nunca antes había sido tan consciente de una mujer bajo sus manos.

El conocimiento de qué sería en lo que se traduciría esto una vez que ella estuviera bajo él, cuerpo a cuerpo, piel desnuda contra piel desnuda, envió una oleada de calor a su ingle. Ardía, había estado ardiendo desde cuando ella había avanzado con tanta confianza a sus brazos; el puro tormento sólo estaba a un latido de su corazón.

Sin embargo, el momento tenía el poder de dominarlo—por una vez, le ayudó a refrenar su violenta necesidad. Esto—ella—era demasiado importante, esta conquista, por sobre todas las demás, significaban para él la vida y la muerte.

Con las yemas de los dedos temblando, agudamente sensibles, apartó un poco más sus muslos, separó sus suaves pliegues, recorrió acarició, atormentó, hasta que ella se movió contra su mano, deliberadamente, licenciosamente—exigiendo más con su habitual decisión.

Portia acarició su cabello, y se aferró fuertemente; él la abrió y deslizó un dedo en su ardiente entrepierna. Su humedad lo quemó, lo abrasó, lo tentó increíblemente. Apenas podía respirar—no podía pensar más allá de la oleada de pasión que casi lo cegaba, de la necesidad creciente de sumirse en la dulce carne femenina que sus dedos tan ingeniosamente acariciaban.

Denodadamente, se refrenó, detuvo su urgencia primitiva, implacablemente contenida. No desapareció sino que simplemente se endureció, se solidificó en una realidad brutalmente dolorosa que no lo abandonaba.

Era suficiente para dejarlo continuar, para proseguir por la vía que había trazado sin pensar en el precio que habría de pagar después.

Atrapada en los lazos de la pasión, más profundamente de lo que imaginaba, Portia sólo fue vagamente consciente de aquel momentáneo hiato—de su momentáneo cambio de atención—antes de que regresara, con toda su fuerza, a ella. Hacia donde la tocaba, la acariciaba, la incitaba repetidamente, de una manera que ella no comprendía.

Su cuerpo parecía saber, reconocer algún patrón que estaba más allá de su mente consciente. Tenía que dejar que la condujera, debía seguirlo mentalmente, aprendiendo, viendo, siendo consciente.

Sensaciones. Nunca había imaginado que la sensación física podía ser tan intensa, tan arrolladora. Sus labios nunca abandonaron los suyos; su brazo la rodeaba y la sostenía, el firme muro de su pecho estaba cerca, tranquilizador, ante el vértigo de sensaciones que giraban en su interior, sacudiendo su mente, arrastrando sus sentidos.

El hecho de que su mano estuviera entre sus piernas, que él las hubiera separado y la acariciara allí, su carne resbalosa y húmeda, henchida y cálida, debería haberla abrumado, mas no fue así. Podía sentir el calor, el horno en el que se había convertido su propio cuerpo, el calor más profundo que ardía por dentro cuando él exploró, luego la abrió y la penetró más profundamente.

Sin aliento, sus nervios, hasta entonces sensibilizados y vivos, comenzaron a retraerse. Fuertemente. Luego más fuertemente. Sus músculos comenzaron a tensarse, pero de una manera nueva y novedosa.

Con la respiración cerrada, jadeó en su beso, se aferró a él mientras que, entre sus muslos, profundamente dentro de ella, crecía la sensación.

Él la estaba avivando deliberadamente; al menos eso lo sabía. Sabía que esto era lo que había pedido, lo que necesitaba saber, lo que quería saber.

Se relajó, abandonó los últimos vestigios de inhibición, y dejó que la ola que se formaba dentro de ella la arrastrara. La arrastrara hacia delante.

Hacia un paisaje de sensación. La elevara a una cima de sensación de cataclismo.

Sus sentidos se expandieron hasta llenar su mente; sentía su cuerpo en llamas. Él la penetró más profundamente; una ola de éxtasis invadió sus venas, debajo de su piel, tensando sus nervios, incitando sus sentidos...

Hasta que se quebraron. Destrozados.

Un deleite agudo, casi cortante, tomó posesión de ella, la mantuvo en una tenaza, la invadió con un radiante placer.

La ola avanzó, pasando a través de ella, dejando detrás de sí una sensación de dicha terrenal. La sensación de flotar en una gloria sensible, lamida por olas de placer.

Gradualmente, las olas se calmaron; la sensación disminuyó, los sentimientos bajaron. Su mano la abandonó.

Para su sorpresa, se sintió vacía. Incompleta.

Insatisfecha.

Cuando recobró la razón plenamente, hizo la conexión. Advirtió que esta era una pieza de dos actos, y que él se había detenido en el intermedio.

Y no tenía intenciones de ir más allá.

Lo supo sin preguntar; su decisión estaba allí, sólida y real en sus músculos fuertemente cerrados, en la brutal tensión que lo dominaba.

Para confirmarlo, como un telón que desciende, bajó sus faldas y puso su mano sobre su cadera.

Ella tenía absoluta confianza en su dominio de sí. Retirándose del beso, ella extendió la mano osadamente, recorrió la dura línea de su erección, el sólo peso que podía sentir contra su muslo.

Cerró la mano tanto como pudo; sintió que él se movía, escuchó el silbido de su entrecortada respiración.

Se inclinó hacia él y susurró contra sus labios. "Me deseas."

Él emitió un sonido gutural, una risa estrangulada. "No puedes dudarlo."

No podía, con la evidencia quemándole la mano; sin embargo, el grado de aquel deseo, el puro poder de su deseo, fue una sorpresa—un choque.

Más aún, una tentación.

No obstante, al advertirlo—el hecho físico, un conocimiento efímero encarnado, traducido en carne y hueso— envió un estremecimiento de cautela, la sensación elemental del peligro, por todo su cuerpo.

Él respiró con dificultad; con los ojos cerrados, oprimió su mano sobre la suya. Hizo más fuerte su presión.

Luego, lentamente, retiró la mano de Portia.

Respiró; ella no podía ver su rostro realmente en la oscuridad, pero habría jurado que sus duras líneas se habían profundizado.

Contra sus labios, preguntó en un suspiro, "¿Por qué?"

No tenía que ser más específica. Él sabía aún mejor que ella que podría haberla poseído si lo hubiera deseado.

Su mirada le tocó el rostro, lo recorrió; luego recorrió sus labios con un dedo. Ella olió y probó su esencia. Luego él se acercó y la besó, la besó en sus labios.

"¿Estás preparada para eso?"

Sus palabras vagaron por su mente; no era realmente una pregunta.

Ella retrocedió, miró sus ojos, oscuros, ensombrecidos, impenetrables. Todavía podía sentir su deseo, la poderosa necesidad que lo espoleaba. Respondió sinceramente, "No. Pero..."

Él la besó, detuvo sus palabras. Ella vaciló un instante; comprendió que él no deseaba que pronunciara esas palabras, no deseaba escuchar lo que ella habría dicho—lo que sabía que se disponía a decir. Luego devolvió su beso. Agradecida.

Sintió que el calor se apagaba entre ellos. Dejó que desapareciera. Que bajara. Hasta que...

Sus labios se separaron y, sin embargo, permanecieron cerca. Sus miradas se tocaron. Levantando una mano, recorrió su esculpida mejilla. Formuló el pensamiento de ambos en palabras. "La próxima vez."

Él respiró, hinchando el pecho. Luego la asió por la cintura y la reclinó. "Si lo deseas."

Si lo deseas.

Eran las palabras más difíciles que había pronunciado en su vida; sin embargo, tenía que decirlas.

Con las manos cerradas sobre las suyas, regresaron a la casa; una breve discusión sobre si debía acompañarla hasta su habitación—discusión que él ganó—los había ayudado a regresar a algo que se asemejaba a su relación habitual.

No que fuese la misma de la semana anterior.

Todo estaba muy bien, pero el deseo que ahora lo espoleaba tenía enormes espuelas. Nunca antes había sido tan arrasadora la necesidad de una mujer, menos aún de una mujer en particular; nunca antes se había visto obligado a ocultar, a silenciar sus inclinaciones naturales hasta ese punto.

Tener que dejarla ir aquella noche, dejar que ella se le escapara, no era un libreto que aprobaran sus inclinaciones, sus instintos guerreros. Tener que luchar contra ellos, verse obligado a mantener la cabeza fría mientras su cuerpo ardía en llamas, no iba, en absoluto, con su temperamento.

Hecho del que ella era muy consciente; había estado lanzándole rápidas miradas desde que dejaron la casa de verano. Su rostro, decidido y duro, atestiguaba sus sentimientos— ella lo conocía lo suficiente para adivinar cuáles eran.

Ella sabía, pero él dudaba seriamente de que lo comprendiera. A pesar de todas sus afirmaciones acerca de aprender sobre el sexo, la confianza y el matrimonio, dudaba que ella pensara realmente dónde estaban—qué implicaba el próximo paso, con qué destino estaba coqueteando.

Lo haría. Esta era la razón por la cual él debía jugar un juego largo. Para obtener lo que deseaba, para asegurarse de todo lo que quería, necesitaba su confianza absoluta, incondicional.

Y la única manera de obtenerla era ganársela.

Sin atajos, sin trampas.

Sin presiones. De ningún tipo.

Sentía deseos de gruñir.

Si lo deseas.

Cuando ella se detuviera y pensara en lo que implicaba aquel "lo," tendría suficientes problemas. Su pasado no haría que ella sonriera amistosamente y se precipitara sin haberlo considerado larga y seriamente; su temperamento, y el propio, no haría más fácil la decisión de Portia de embarcarse en la etapa final.

En cuanto a su inteligencia, su voluntad y, peor aún, su independencia... alineadas contra la colección de sus más fundamentales características, que ella conocía muy bien, convencerla de arriesgarse a entregarse a él sería una difícil batalla. Necesitaba todas las ventajas que pudiera obtener.

Avanzaron en la sensual noche. Ella mantenía su ritmo con facilidad, con su paso largo y libre.

Un consuelo—ella nunca había sido habladora. Hablaba cuando lo deseaba; con él, nunca sentía la necesidad, como tantas otras mujeres, de llenar los silencios. Éstos se extendían entre ellos, no incómodos, sino agradables, como zapatos que calzan bien.

Su familiaridad, y la mente de Portia; dos aspectos de los cuales, si era astuto, podría sacar alguna ventaja. Ella era, siempre había sido, más inclinada al pensamiento lógico que cualquier otra mujer que hubiera conocido. Tenía una oportunidad, por lo tanto, de adivinar sus pensamientos, predecir su rumbo y, mediante una juiciosa exploración, encaminarlos en la dirección que deseaba.

Siempre y cuando ella no adivinara su motivo ulterior.

Si lo hacía...

¿Qué nefasto destino había decretado que pusiera su mirada en casarse con la única mujer de la que sabía, más allá de toda duda, que nunca podría manipular sin riesgo?

Suprimiendo un suspiro, levantó la vista. En el momento preciso en el que Portia se tensaba.

Miró hacia el frente, apretando su mano, y vio al joven jardinero, que observaba de nuevo el ala privada de la casa.

Portia lo haló; él asintió y prosiguieron, deslizándose por entre las sombras hasta el jardín interior.

La casa estaba inmersa en la oscuridad; nadie estaba por allí. Pasaron la vela que había quedado ardiendo al final de la escalera, y él vio que ella fruncía el ceño.

"¿Qué?"

Ella parpadeó, y luego dijo, "Dennis—el jardinero—estaba allí cuando salí."

Él hizo una mueca, y le indicó la escalera. Cuando llegaron a la galería, murmuró, "Su obsesión no es sana. Se lo mencionaré a James."

Portia asintió. Estuvo a punto de decirle que había visto también a Ambrosio, pero él no estaba allí cuando regresaron. No había razón para que Simón lo mencionara.

Llegaron a la habitación de Portia; ella lo haló y Simón se detuvo. Ella le indicó la puerta con la cabeza.

Simón la miró, luego entrelazó sus dedos con los suyos y levantó su mano a sus labios. "Duerme bien."

Liberando la mano, abrió la puerta y entró, cerrándola suavemente.

Paso un minuto entero antes de que lo escuchara alejarse.

Advirtiendo qué real, qué físico era el deseo de Simón por ella, había sido, decididamente, una sorpresa. Una sorpresa que le abrió los ojos, una sorpresa más grande que todo lo que había aprendido hasta entonces.

Era también una tentación, una tentación más grande que todo el resto junto, de seguir y saber qué había más allá, qué era, para ellos, la emoción que los llevaba a la intimidad. La emoción que, con cada mirada, cada momento compartido, parecía hacerse más fuerte, más definitiva.

Más real.

Eso también era, en cierto sentido, una sorpresa.

Portia se detuvo en la terraza y miró a su alrededor. Después de desayunar con Lady O, la dejó para que se vistiera y aprovechó el momento para sí misma—para pasear y pensar.

Aún había rastros de rocío en la hierba, pero no durarían mucho. El sol ya comenzaba a golpear; sería otro día caluroso. La concurrencia ya se dispersaba; se proponían ir a Cranborne Chase, y almorzar en una hostería antes de regresar. Todos esperaban que pasar un día lejos de la casa despejaría el ambiente y enterraría los recuerdos del día anterior.

El macizo de arbustos era un lugar que aún le faltaba explorar; bajando de la terraza, se dirigió al arco podado en el primer seto. Como todos los jardines de la mansión Glossup, el macizo era enorme; sin embargo, había avanzado sólo un poco cuando escuchó voces.

Aminoró el paso.

"¿No crees que el asunto de la paternidad es bastante tentador?"

¿Paternidad? La sorpresa la detuvo en seco. Era Kitty quien hablaba.

"No creo que me corresponda a mí adivinar. Sin duda lo revelarás todo cuando estés preparada."

Winifred. Las hermanas se encontraban al otro lado del seto. El sendero, amurallado de verde en el que estaba, daba la vuelta más adelante; presumiblemente había una especie de patio, con una fuente o un estanque.

"Oh, creo que esto te interesará. Te toca tan *cerca*, ves."

El tono de Kitty era el de un niño vengativo que se aferra a un secreto especialmente repugnante, tomando su tiempo, decidido a causar el mayor daño posible; era evidente a quién deseaba que Winifred imaginara como el padre de su hijo.

Hubo un susurro de faldas, luego Winifred habló de nuevo. "Sabes, querida, hay momentos en que te miro y sólo atino a preguntarme si mamá engañó a papá."

El desdén que revelaban sus palabras era aún más poderoso por ser pronunciadas con la dulce voz de Winifred. Peor aún, había algo más, casi desprecio, aún menos agradable.

"Y ahora," dijo Winifred, "si me disculpas, debo prepararme para el paseo. Desmond me llevará en su carruaje."

Portia se volvió y salió rápidamente del macizo de arbustos. Se dirigió al rosedal; oliendo las grandes flores, aguardó, con un ojo en el prado, hasta cuando vio que Winifred pasaba y entraba a la casa. Cuando Kitty no apareció de inmediato, Portia se dirigió también a la casa.

Mirando de nuevo hacia el macizo, vio a Dennis, quien arrancaba las raíces al pie de un seto, uno de los setos que debían encerrar el patio interior. Él la miró; tenía grandes ojeras.

No era de sorprender. Portia subió las escaleras a la terraza y entró a la casa.

Había prometido regresar para ayudar a bajar a Lady O; cuando llegó a su habitación, Lady O ya estaba preparada, aguardándola en un sillón al lado de la chimenea. En cuanto vio el rostro de Portia, le indicó a la mucama que se retirara. En cuanto cerró la puerta, exigió. "¡Bien! Escuchemos tu informe."

Ella parpadeó. "¿Informe?"

"Exactamente—dime qué has aprendido." Lady O hizo un gesto con el bastón. "Y, por Dios, siéntate. Eres casi tan mala como un Cynster, siempre descollando por encima de mí."

Con los labios un poco fruncidos, tomó asiento; su mente giraba.

"¡Entonces!" Lady O se apoyó en su bastón y fijó sus ojos negros en ella, taladrándola con la mirada. "Dímelo todo."

Miró aquellos ojos; no podía pensar en algunas palabras que dijeran siquiera la mitad de ello. "He aprendido cosas que... no son tan obvias como lo había creído."

Lady O arqueó las cejas. "Ciertamente. ¿Qué cosas?"

"Toda clase de cosas." Había aprendido desde hacía largo tiempo a no permitir que la vieja fiera la enervara. "Pero olvidemos eso. Hay algo más—algo de lo que acabo de enterarme y que creo que debería saber."

"¿Oh?" Lady O era lo suficientemente astuta como para comprender que estaba desviando la conversación, pero la curiosidad, como lo sabía Portia, era el pecado que la atormentaba. "¿Qué?"

"Hace un momento, me paseaba por el macizo de arbustos..."

Relató tan exactamente como pudo el intercambio que había escuchado. Cuando terminó, estudió el rostro de Lady O. Cómo lo lograba no lo sabía, pero la anciana consiguió transmitir un supremo desagrado mientras su expresión permanecía inescrutable.

"¿Cree que Kitty de veras está embarazada? ¿O lo estaba inventando para herir a Winifred?"

Lady O hizo una mueca de desdén. "¿Es lo suficientemente estúpida, lo suficientemente inmadura para eso?"

Portia no respondió. Observó con atención a Lady O, atisbó la posibilidad de ser sopesada detrás de sus negros ojos. "He estado pensando en los días anteriores—no ha bajado a desayunar desde que llegamos. Antes no pensé nada de ello, pero dado su gusto por la compañía masculina y el hecho de que los caballeros se reúnen en el comedor todas las mañanas, quizás eso también sea un signo?"

Lady O preguntó, "¿Cómo sonaba Kitty?"

"¿Kitty?" Portia revivió la conversación en su mente. "Cuando habló por segunda vez, sonaba como una niña mala. Pero ahora que lo pregunta, la primera vez sonaba algo histérica."

Lady O hizo una mueca. "Eso no suena promisorio." Golpeando el suelo con el bastón, se levantó de la silla.

Portia acudió a ayudarla. "Entonces, ¿qué cree?"

"Si tuviera que adivinar, diría que esa chica es cada vez más tonta pero, independientemente de quién sea el padre, ella es lo bastante idiota para usar este asunto es sus locos juegos." Lady O se detuvo mientras Portia abría la puerta. Asiéndola del brazo, encontró su mirada. "Recuerda mis palabras, esta chica tendrá un final terrible."

Apenas podía asentir; inclinó un poco la cabeza y luego condujo a Lady O a la escalera.

Cranborne Chase, con sus enormes robles y hayas, ofreció un alivio que acogieron alegremente, tanto del clima, como de la opresión que agobiaba a la concurrencia.

"Si las circunstancias hubieran sido diferentes, estoy segura de que Lady Calvin se habría marchado." Del brazo de Simón, Portia paseaba bajo una avenida de hayas.

"No puede hacerlo. Ambrosio está aquí atendiendo sus negocios, por así decirlo. Ha estado ocupado sondeando a Lord Glossup y al señor Buckstead, y también al señor Archer..."

"Y Lady Calvin siempre hará lo que sea necesario por su hijo. Eso es lo que quiero decir."

Estaban lo suficientemente lejos del resto de la comitiva; todos se paseaban en el aire más fresco bajo los frondosos árboles, para poder hablar con franqueza. Como grupo, disperso en unos pocos carruajes, habían pasado el final de la mañana viajando lentamente por los serpenteantes caminos que cruzaban el antiguo bosque, antes de llegar a una diminuta aldea que se ufanaba de un hostal excelente para almorzar. El hostal estaba justo al final del camino que habían tomado, dirigidos por el mesonero hacia una pequeña hondonada, de la que irradiaban numerosos senderos, un paisaje amable para un paseo después de comer.

Lord Netherfield y Lady O habían declinado los placeres del bosque y habían permanecido en el hostal; los otros estiraban las piernas antes de apilarse de nuevo en los carruajes.

Portia se detuvo, se volvió y miró cuesta abajo. Habían optado por el sendero más pendiente; ninguno de los otros los había seguido. Aún podían verlos a todos, dispersos por todas partes.

Ubicando a Kitty, acompañada de Lady Glossup y la señora Archer, hizo una mueca. "No creo que lo que están tratando de hacer con Kitty sirva."

Simón miró al trío. "¿Secuestrarla?"

"No es mucho lo que puede hacer aquí, pero apuesto que será aún peor cuando regresemos a la mansión."

Simón asintió. Después de un momento, preguntó, "¿Qué ocurre?"

Ella levantó la vista, advirtió que él había estado mirando su rostro. Ella había estado observando a Kitty, estudiando su expresión malhumorada, su estado desafectado. Intentando reconciliar esto con cómo se sentiría ella misma si supiera que estaba esperando un hijo. Sonrió brevemente, sacudió la cabeza, se apartó de Kitty. "Nada. Sólo estaba distraída."

Sus ojos permanecieron fijos en ella; antes de que pudiera presionarla, ella tomó su brazo. "Vamos—subamos a aquel risco."

Él aceptó y lo hicieron, descubriendo una vista hacia una hondonada más profunda, donde pacía apaciblemente una familia de ciervos.

Un llamado los hizo regresar a unirse a los demás y de vuelta al hostal. Hubo un leve altercado sobre cómo se dividirían para el viaje de regreso; todos ignoraron la exigencia de Kitty de ir en el carruaje de James. Lucy y Anabel se apretujaron al lado de James y partieron, siguiendo a Desmond, quien llevaba a Winifred a su lado; Simón, con Portia y Charlie iban luego, dejando el resto a sus coches más pesados.

Los carruajes llegaron a la casa mucho antes que el resto de la concurrencia. Se dirigieron directamente a los establos. Los caballeros ayudaron a bajar a las damas; Winifred, algo pálida, se disculpó y entró con rapidez a la casa. Los caballeros se sumieron en una discusión sobre los caballos. Portia se habría unido a ellos, pero Lucy y Anabel evidentemente buscaban una orientación.

Suspirando interiormente, resignada a pasar una hora de tranquilidad adentro, las condujo de regreso a la casa.

Estaban aguardando en el salón cuando por fin aparecieron los coches. Lucy y Anabel, que bordaban diligentemente, levantaron la cabeza y miraron hacia el recibo.

Portia pudo escuchar voces airadas incluso antes de que la gente entrara al recibo. Suprimiendo una mueca, se levantó.

Las dos chicas la miraron. La voz de Kitty llegó hasta ellas, aguda y estridente; sus ojos se abrieron.

"Quédense aquí," les dijo Portia. "No es necesario que salgan. Le diré a sus madres dónde están."

Ambas le enviaron miradas de agradecimiento; con una sonrisa tranquilizadora, se dirigió a la puerta. En el recibo, no le prestó atención a nadie más, pero indicó a la señora Buckstead y a Lady Hammond dónde estaban sus hijas. Luego se dirigió directamente hacia Lady O.

Lady O asintió, le agradeció y asió su brazo; la fuerza con que lo hizo, como si tuviese garras, era una buena indicación de su temperamento, de cuán molesta estaba. Lord Netherfield, quien hasta entonces se encontraba al lado de Lady O, asintió con aprobación, lanzó una mirada de censura a la esposa de su nieto, y se dirigió a la biblioteca.

Portia acompañó a Lady O a su habitación. Una vez cerrada la puerta, se preparó para una diatriba; Lady O no tenía pelos en la lengua.

Pero, esta vez, Lady O parecía excesivamente fatigada; Portia, preocupada, la ayudó rápidamente a acostarse.

Cuando se enderezó, Lady O la miró. Respondió la pregunta que tenía en la mente. "Sí, fue terrible. Peor de lo que había esperado."

Portia contempló sus viejos ojos. "¿Qué dijo?"

Lady O suspiró. "Ese fue el problema—no fue tanto lo que dijo, como lo que no dijo."

Después de mirar al otro lado de la habitación durante un largo momento, Lady O cerró los ojos y suspiró. "Déjame, niña. Estoy cansada."

Portia se dirigió a la puerta.

Lady O prosiguió, "Y está sucediendo algo muy malo."

Portia bajó por las escaleras menos frecuentadas del ala occidental. No deseaba encontrar a ninguno de los demás; necesitaba pasar un tiempo a solas.

Una nube descendió sobre la mansión Glossup, tanto literal como figurativamente. Una tormenta se avecinaba; el sol había desaparecido detrás de nubes plomizas, y el aire era opresivo.

El ambiente de la casa era aún más pesado. Perturbador, tendiendo a la oscuridad. Ella no era una persona sensible y, sin embargo, lo sintió. El efecto sobre las hermanas Hammond, Lady Hammond e incluso sobre la señora Buckstead, era evidente.

Dos días más—la gente se quedaría hasta entonces, como lo habían planeado originalmente; marcharse antes sería un insulto a Lady Glossup, quien no había hecho nada para merecerlo. Sin embargo, ninguno de los huéspedes permanecería allí por más tiempo. Ella y Lady O se proponían regresar a Londres.

Se preguntó a dónde iría Simón.

Al llegar al primer piso, escuchó el sonido de las bolas de billar. Miró hacia el pasillo del ala occidental; a través de la puerta abierta del cuarto de billar, se filtraba el bajo murmullo de voces masculinas, la de Simón entre ellas.

Continuó, a través del jardín interior y hacia los prados.

Levantando la vista, contempló las nubes. A pesar de su cercanía, no había señales de tormenta todavía—no había relámpagos, truenos, indicios de lluvia. Sólo aquella pesada inmovilidad.

Haciendo un gesto, se dirigió al macizo de arbustos. Sin duda, era el lugar más seguro para evitar escuchar más revelaciones. Los relámpagos, después de todo, no golpeaban dos veces en el mismo lugar.

Pasando bajo el verde arco, caminó por el sendero rodeado de setos; llegó al mismo lugar de su primera incursión, cuando se comprobó el viejo adagio de que la teoría no predice la práctica.

"¡Estúpida chica! *Desde luego* el bebé es de Henry. No *puedes* ser tan idiota como para sugerir otra cosa."

Era la voz de la señora Archer, a un paso de la histeria.

"No soy yo la estúpida." La voz de Kitty sonó como un látigo. "Y no lo tendré, ¡te lo digo! Pero no debes preocuparte. Sé quién es el padre. Es sólo cuestión de persuadirlo para que vea las cosas a mi manera, luego todo estará bien."

Sólo hubo un silencio como respuesta; luego la señora Archer—Portia casi podía oír cómo respiraba profundamente—preguntó, con voz temblorosa, "A tu manera. Las cosas tienen que ser *a tu manera*. Pero ¿qué manera es esa?"

Portia quería volverse y partir, pero comprendió justamente qué era lo que preguntaba la señora Archer, lo que temía. A Portia le importaba demasiado para no saberlo...

"Ya te lo dije antes." La voz de Kitty se hizo más fuerte. "Quiero excitación. ¡Quiero emociones! No me resignaré a sentarme y tener un bebé—a hincharme y ponerme fea—"

"¡Eres una *estúpida!* La señora Archer parecía conmocionada. "Te casaste con Henry—querías—"

"Sólo porque tú me dijiste que sería una dama y tendría todo lo que quisiera—"

"¡Pero no esto! No así. No puedes—"

"¡Sí puedo!"

Portia se volvió sobre sus talones y se marchó; el grueso césped silenciaba sus pasos. Sus emociones giraban, no podía pensar—no quería pensar acerca de lo que se proponía Kitty. Caminaba rápida, furiosamente; sus faldas crujían, su mirada fija en el prado que tenía delante de sí.

Tropezó con Simón.

Él la sostuvo, le devolvió el equilibrio, la miró a los ojos, y luego contempló el seto por sobre su cabeza. "¿Qué sucedió?"

Una mirada a su rostro, a sus facciones esculpidas, la sensación de sus músculos tensos bajo la manga, hizo que respirara profundamente, sacudiendo rápidamente la cabeza. "Debo salir de aquí. Al menos durante una hora o dos."

Él estudió su rostro. "Podemos caminar hasta el mirador."

"Sí." Respiró de nuevo. "Vamos."

Capítulo 9

Caminaron lado a lado a través de los jardines; luego prosiguieron por el sendero hacia el bosque. Ella no tomó el brazo de Simón; él no se lo ofreció y, a pesar de que no se tocaban, ella era consciente de que él estaba con ella. A su lado, sin abrumarla. Dada la perturbación de su temperamento, apreció el hecho y lo agradeció.

Él, desde luego, era la última persona a quien quería encontrar, debido al tema sobre el que quería—*necesitaba*—pensar. Diseccionar, examinar, finalmente, para comprender. Dada la naturaleza de este tema, dado que él estaba tan íntimamente implicado en él, literal y figurativamente, esperaba sentir algún grado de... no de timidez, pero sí de incertidumbre cuando se encontraba a solas con él. Cerca de él.

Sin embargo, lo único que sentía era seguridad, tanto ahora como durante todo el día. No se sentía completamente cómoda, pero ciertamente no estaba nerviosa. Estaba absolutamente segura de que él siempre se comportaría de una manera predecible, que él, todo lo que era, nunca cambiaría; nunca sería, nunca podría ser, la fuente de ninguna amenaza contra ella.

No físicamente. Emocionalmente, eso era otra historia.

Haciendo un gesto mentalmente, mantuvo los ojos bajos y siguió caminando. Consciente de que él merodeaba a su lado.

Consciente de que su presencia la calmaba.

Era Kitty y sus acciones lo que de nuevo la había distraído, esta vez perturbándola de una manera más profunda. Como respuesta a ello, sin duda era apenas natural que se acercara a quienes conocía y en quienes confiaba. Como Lady O.

Como Simón.

Salieron al lado del risco, un trecho del sendero donde el bosque se retiraba y soplaban los vientos desde el mar distante. Una oleada de frescura les llegó, los primeros indicios de la tormenta lejana. La ráfaga de aire más fresco levantó los rizos de su nuca, hizo bailar otros alrededor de su rostro.

Ella se detuvo, arreglando los rizos rebeldes, levantando la cara para recibir la suave brisa.

Simón se detuvo a su lado, levantó la cabeza, miró sobre los campos los negros nubarrones que se arremolinaban en el horizonte distante. Luego dejó que su mirada volviera al rostro de Portia.

No le había sorprendido encontrarla en los jardines. Cualquier otra dama estaría descansando, recuperándose de los esfuerzos del día. Pero no Portia.

Sus labios se fruncieron ante la imagen mental de Portia, lánguida y apagada, letárgica, en su cama. Era la mujer más enérgica que conocía, llena de una energía infatigable, al parecer ilimitada, una faceta de su personalidad que siempre le había atraído de una manera evidentemente física.

Nunca había visto que ella fingiera una delicadeza que no sentía. Su celo inagotable siempre había sido lo suficientemente fuerte como para mantenerse a su ritmo.

Posiblemente en cualquier ámbito.

Dejó que su mirada recorriera su figura flexible y esbelta, que bajara por sus largas, largas piernas. En la posición que se encontraba, vibraba de vitalidad, de vigor.

Decididamente, un punto a su favor.

Ahora, sin embargo, estaba más distraída que nunca.

"¿Qué sucede?"

Lo miró, buscó en su rostro un momento, confirmando lo que había escuchado en su voz—que no estaba dispuesto a dejarse engatusar con nada menos que la verdad.

Frunció los labios; miró de nuevo el paisaje. "Kitty está embarazada. Esta mañana, la escuché sin querer cuando se lo decía a Winifred—tratando de que Winifred creyera que el bebé era de Desmond."

Él no hizo esfuerzo alguno por ocultar su disgusto. "Qué desagradable."

"El bebé no es de Henry."

"Supongo que no."

Ella lo miró, frunció el ceño. "¿Por qué?"

Él encontró su mirada. Hizo una mueca. "Creo que ella y Henry están distanciados desde hace algún tiempo." Vaciló, y luego continuó, "Sospecho que lo que escuchamos la otra noche entre Henry y James era la discusión de un posible divorcio."

"¿Divorcio?"

Portia lo miró fijamente. No era necesario que él le explicara las implicaciones; un divorcio significaba un escándalo y, en este caso, un ostracismo total para Kitty.

Desvió la mirada. "¿Me pregunto si Kitty lo sabe?" Hizo una pausa, y luego prosiguió, "Acabo de oír a la señora Archer y a Kitty discutiendo el asunto. Lo que Kitty se propone hacer."

No era su bebé; sin embargo, se heló en su interior. "¿Qué se propone hacer?"

"No quiere tener el bebé. No quiere engordar y . . . creo que simplemente no quiere que nada se interponga entre ella y lo que llama emoción—algo que considera que merece."

Él estaba confundido. Con hermanas, mayores y menores, pensaba que tenía al menos un conocimiento superficial de la psiquis femenina; no obstante, Kitty estaba más allá de su comprensión. Portia se volvió y avanzó; él la siguió, caminando a su lado.

Sabiendo ahora que lo que la había estado perturbando seguía ejercitando su mente. La dejó luchar con ello mientras avanzaban por la cumbre, y durante el trecho siguiente de bosque. Cuando salieron al último trecho abierto a lo largo del risco, sobre la aldea de Ashmore, y la arruga vertical entre sus cejas continuaba allí, se detuvo. Aguardó a que ella lo notara y se volviera a mirarlo, preguntando.

"¿Qué pasa?"

Sus ojos permanecieron fijos en los suyos; luego frunció los labios y desvió la mirada. Él aguardó en silencio; un momento después, lo miró. "Debes prometer que no te reirás."

Él la miró sorprendido.

Ella frunció el ceño, desvió la mirada, comenzó a caminar, se detuvo hasta que él se unió a ella, y luego continuó lentamente, mirando hacia abajo. "Me he estado preguntando...¿si más tarde...*después,* si...bien, si yo *podría*— terminar como Kitty?"

"¿Cómo *Kitty?*" Por un instante, no pudo comprender lo que quería decir.

Ella miró su rostro, frunció aún más el ceño. "Como Kitty, con su adicción a la *emoción.*"

Él se detuvo. Ella también.

No pudo evitarlo. Rompió a reír.

Ni siquiera sus labios apretados, ni la furia que brillaba en sus ojos pudieron detenerlo.

"¡Lo *prometiste!*" Lo golpeó.

Eso sólo hizo más difícil contenerse.

"¡Tú!—" Lo golpeó de nuevo.

Él la tomó de las manos, las encerró en las suyas. "No— detente." Respiró profundamente, sin dejar de mirarla. La auténtica preocupación y confusión que vio en sus ojos—

evidente ahora que había perdido los estribos—lo regresó de inmediato a la seriedad. ¿Ella no podía creer...?

Capturó su mirada, la sostuvo. "No hay ninguna posibilidad en el mundo de que tú seas nunca como Kitty. De que te conviertas en algo que se le asemeje." Ella no parecía convencida. "Créeme—ninguna. No hay ninguna posibilidad."

Estrechando los ojos, detrás de la negra pantalla de sus pestañas, ella estudió su rostro. "¿Cómo lo sabes?"

Porque la conocía.

"*Tú* no eres Kitty." Escuchó las palabras, respiró e imprimió a las siguientes frases una convicción absoluta. "No podrías nunca comportarte como ella—*nunca lo harías.*"

Ella sostuvo su mirada, aún incierta.

Él súbitamente advirtió exactamente de qué estaba hablando—de *todo* lo que estaban hablando. Sus pulmones se contrajeron, su garganta se secó cuando advirtió que ella—que ellos—estaban tambaleándose al borde de un precipicio. De haberlo sabido, de haberlo esperado, se habría escandalizado de que ella no tuviera ninguna reserva, si ella no lo hubiera reflexionado largo tiempo antes de entregarse a él.

Conociéndola tan bien, su curiosidad, su voluntariosa necesidad de saber, había confiado en su decisión final. Nunca habría imaginado, en sus más locos sueños, que Kitty le lanzaría un obstáculo, menos aún un obstáculo como este.

Examinó los ojos de Portia como ella examinaba los suyos. Los de ella eran tan oscuros, color de media noche, que sólo las emociones fuertes eran fáciles de definir. Ahora, sencillamente eran menos agudos, nublados por la incertidumbre—una incertidumbre que se dirigía a sí misma, no, como lo había anticipado, a él.

Ella parpadeó; él sintió que retrocedía. Reaccionó instintivamente.

"Confía en mí." Apretó sus manos con más fuerza, atrajo su mirada de nuevo; luego levantó sus manos, primero una, después la otra, a sus labios. "Sólo confía en mí."

Lo miró sorprendida. Después de un momento, preguntó. "¿Cómo puedes estar tan seguro?"

"Porque…" Perdido en sus ojos, consciente de que debía decir la absoluta verdad, no podía, así estuviese en juego su vida, pensar cómo podía expresar en palabras todo lo que quería decir con eso, la realidad de lo que estaban discutiendo. "*Eso*—todo lo que hay entre nosotros, todo lo que podría ser—ni siquiera eso sería lo suficientemente fuerte como para cambiarte *a ti*. Para hacer de ti una persona diferente."

Ella frunció el ceño; esta vez pensaba, no lo rechazaba. Él dejó que retirara las manos de las suyas; ella se volvió y miró los campos, sin verlos.

Un momento después, se volvió y caminó hacia el mirador. Él la siguió. Llegaron al mirador y entraron. Ella contemplaba el Solent. A dos pasos de allí, él metió sus manos en los bolsillos y esperó.

No se atrevía a tocarla, no se atrevía a presionarla de ninguna manera.

Ella lo miró, luego recorrió lentamente con la mirada todo su cuerpo, como si sintiera la tensión en todos sus músculos. Mirándolo de nuevo a los ojos, arqueó las cejas. "Pensé… esperaba que fueses más persuasivo."

Con la mandíbula apretada, negó con la cabeza. "La decisión es tuya. *Tú* tienes que tomarla."

Se disponía a preguntar por qué—él lo vio en sus ojos— pero luego vaciló, desvió la mirada.

Luego se apartó del paisaje. Él la siguió hacia fuera, bajo el arco de madera; se dirigieron de nuevo hacia la casa.

Caminaban en silencio, en su silencio habitual, fácil, extrañamente cercano. Eran conscientes el uno del otro; sin embargo, se contentaban con seguir cada uno sus propios pensamientos, sabiendo que el otro no se ofendería, no esperaría atención.

Sus pensamientos eran todos sobre ella, sobre ellos. Sobre lo que había entre ellos, aquella conexión que súbitamente se ampliaba, se hacía más profunda. Se estaba desarrollando de unas maneras inesperadas; no obstante, ahora que las veía, lejos de refrenarse—algo que por su desenfadada personalidad estaba seguro de hacer—otros instintos, más profundos, insistían en que avanzara, tomara, poseyera, reclamara. Le decían que debía sentirse complacido por la fuerza que sentía, por la profundidad emocional, por los hilos que se estaban tejiendo a partir de elementos que no estaban relacionados con lo físico, uniéndolos de formas que sin duda ninguno de ellos hubiera previsto.

Había reconocido, desde un principio, que conseguir que ella confiara en él lo suficiente como para aceptarlo como esposo sería una tarea difícil. Hacerlo en el trasfondo de la desintegración del matrimonio de Henry y Kitty creaba escenarios inesperados, obligándolo a considerar las cosas, a evaluar aspectos, sentimientos, expectativas que, de otra manera, hubiera dado por sentados.

Como el hecho de que confiaba en Portia completamente, inequívocamente—y por qué. Porque el pensamiento de que ella se convirtiera en otra Kitty era tan ridículo; por eso rió.

No podía convertirse en otra Kitty y seguir siendo Portia.

La fuerza de su carácter—aquel esqueleto de acero que había conocido desde hacía largo tiempo en sus hermanas y reconocido, incluso más intensamente, en ella—sencillamente no lo permitiría. En eso, la conocía quizás mejor de lo que ella se conocía a sí misma.

Tenía una confianza inquebrantable en su estructura de acero.

Nunca antes había considerado que ese atributo fuese necesario para nada en una esposa.

Ahora advertía cuán precioso era.

Reconocía en él una garantía suficiente para tranquilizar aquella parte, profundamente sepultada en él, que incluso ahora, a pesar de su decisión y de su propia voluntad férrea, lo protegía del pensamiento mismo de aceptar la vulnerabilidad del talón de Aquiles de los Cynsters, del compromiso emocional que, para ellos, era parte inherente del matrimonio.

Habían llegado a los jardines y al sendero cubierto de glicinias. La casa aparecía delante de ellos.

Poniendo una mano es su manga, aminoró el paso; ella se detuvo y se volvió hacia él. Deslizando los dedos hasta su mano, los enlazó con los de ella, miró sus oscuros ojos.

"Te prometo una cosa." Levantó su mano, besó su palma sin apartar de ella los ojos. "Nunca te heriré. En ninguna forma."

Ella no parpadeó, no se movió; durante un largo momento, con los ojos fijos en los suyos, permaneció allí. Luego suspiró e inclinó la cabeza.

Asiéndola del brazo, regresaron a la casa.

Ciertamente, era su decisión; se sintió aliviada de verlo y aceptarlo.

Por otra parte, no estaba segura de cómo debía interpretar esta magnanimidad tan poco característica de su parte. En efecto, era muy poco característica; él la quería, la deseaba—conociéndolo como el déspota que era realmente debajo de su elegancia, Portia necesitaba una explicación para su contención, para su paciencia.

Más tarde, aquella noche, se acomodó delante de su ventana y pensó cuál podría ser. Y cómo podría incidir en su decisión.

Durante la media hora que pasaron en el salón, Simón había encontrado un momento para murmurar, lo suficientemente bajo como para que sólo ella pudiera oírlo, la ubicación exacta de la habitación que le habían asignado, en caso de que ella necesitara saberla. Si ella hubiera pensado que la estaba presionando, se habría enojado; pero una mirada a sus ojos le confirmó que, en efecto, él luchaba con sus instintos para no hacerlo, y hasta ese punto aún resistía.

Ella inclinó la cabeza; luego otras personas se habían unido a ellos y habían perdido su privacidad. Sin embargo, permaneció intensamente consciente de que él aguardaba algún signo de su decisión.

Durante la cena, desde el otro lado de la mesa, ella lo había observado—disimuladamente; no obstante, si los otros huéspedes no hubieran estado tan decididos a manejar la conversación, manteniéndola estrictamente dentro de los límites, alguien lo hubiera notado.

Kitty había sido útil por una vez; desde luego, sin intención. Había regresado a su papel anterior, pero con un estilo más dramático; esta noche era una dama a quien habían juzgado mal en una materia grave, una persona decidida, que mantenía heroicamente su cabeza en alto a pesar de los dardos y saetas de quienes no deberían juzgarla de esa manera.

Las damas se habían retirado al salón, dejando a los caballeros en la mesa. Nadie deseaba una extensa velada; el ambiente seguía siendo cerrado, el remolino emocional entre Kitty y varias otras personas era tirante y tenso. El carrito del té llegó temprano; después de una taza, todas las damas se habían marchado a sus habitaciones.

Lo que llevó a Portia a donde se encontraba ahora, mirando a la oscuridad, ponderando su decisión, aquella que ella y sólo ella podía tomar.

Con todo, su decisión dependía de Simón.

A pesar de su historia anterior, más aún, debido a la misma, ella no se sorprendió cuando él se ofreció a actuar como su guía en la exploración de las interacciones físicas entre un hombre y una mujer. Al principio no lo había aprobado, pero rápidamente capituló cuando vio que ella estaba decidida a seguir en su rumbo; sabía muy bien que, si se hubiera negado, ella hubiera seguido adelante con algún otro hombre. Desde su punto de vista, insistentemente protector, el hecho de que ella hubiera seguido adelante con él era, con independencia de todo lo demás, era mejor que el haber seguido adelante con otro.

Nada de lo cual mitigaba el hecho de que él era un Cynster y ella una Ashford; ambos pertenecían a la alta sociedad. Si ella hubiera sido más joven, un tipo de dama más inocente y dulce, una que él no conociera bien, habría apostado sus perlas que cualquier intimidad intencional habría resultado en un decreto: "ahora que te he seducido, tendré que desposarte."

Por suerte, este no había sido el caso entre ellos. Él sí la conocía—muy bien. No le habría ayudado en su búsqueda de conocimiento si creyera que al hacerlo estaba incurriendo en un acto deshonroso; ella se sentía ridículamente complacida de que él hubiera aceptado que ella tenía tanto derecho a la exploración sexual como él.

Este derecho, supuso, era suficiente para absolverlo de cualquier responsabilidad moral, de cualquier exigencia de incurrir en una interferencia imperiosa y en una desaprobación paternalista. Él había actuado siempre a instancias de ella, y sometido a su consentimiento explícito.

No la estaba seduciendo en el sentido acostumbrado; meramente se mostraba agradable—disponible—en caso de que ella deseara ser seducida.

Presumiblemente, su firme reticencia, su determinación de no presionarla, era algún reflejo de eso, un enrevesado dictado masculino de lo que era honorable en circunstancias semejantes. Quizás era la manera en que se desarrollaba una seducción deseada.

Todo lo que había ocurrido entre ellos hasta ahora era como ella lo había deseado, como ella lo había querido. La decisión que enfrentaba era si deseaba más—si deseaba realmente dar el último paso, retirar el último velo, y aprenderlo todo.

La intelectual que había en ella quería precipitarse hacia delante; su lado más pragmático insistía en que considerara las razones a favor y en contra.

Para su mente—incluso para la mayoría de los demás—su edad y condición como una casi confirmada dama la liberaba de consideraciones remilgadas sobre la virginidad. Si, en algún momento, no metía el pie en el agua y aprendía lo que consideraba necesario, era posible que nunca se casara; entonces ¿qué sentido tenía? Para ella, la virginidad era un concepto anticuado.

El riesgo de un embarazo era real, pero aceptable; en verdad, no le importaba correrlo. A diferencia de Kitty, ella quería tener sus propios hijos; dado que tenía una familia fuerte que la apoyaba, y que el mundo social le importaba poco, había maneras en las que podía manejarse esta circunstancia. Siempre y cuando no admitiera jamás quién era el padre; su sentido de auto-preservación era demasiado fuerte como para cometer este error.

Por otra parte, la certeza de Simón había terminado con su preocupación acerca de que, si la emoción que se desarrollaba entre ellos revelaba ser lujuria, ella podía convertirse en una adicta a la emoción física, tal como parecía serlo Kitty; su sinceridad y convicción habían sido demasiado fuertes como para dudar de ella, y su reputación garantizaba que había tenido abundantes oportunidades para formarse una opinión experta sobre un asunto semejante.

En general, no se presentaba ninguna razón en contra que fuese insuperable, al menos a partir de consideraciones personales.

A favor, sabía lo que ella quería, lo que deseaba. Quería aprenderlo *todo* sobre el matrimonio antes de comprometerse con esta institución; necesitaba entender los aspectos físicos de aquello en lo que podría implicarse. El desastre que había hecho Kitty de su matrimonio sólo resaltaba la necesidad de obtener una comprensión adecuada antes de llegar al altar; si, después de todo lo que había visto aquella semana, se permitía tomar decisiones erróneamente consideradas, nunca se lo perdonaría.

Comprender el matrimonio en todos sus aspectos había sido su objetivo inicial...pero ahora había otras cosas. Deseaba también saber cuál era en realidad el vínculo emocional que se había desarrollado entre Simón y ella—la emoción que hacía, no sólo posible, sino tan fácil, imaginarse en su cama.

Dado el comportamiento de Kitty, aprender eso, también, parecía aconsejable.

Tal como estaban las cosas, el único riesgo que corría en acudir a la cama de Simón era un riesgo emocional. Y ese también era hipotético, algo que sólo podía adivinar, dado que no sabía todavía cuál era la emoción que la impulsaba a la intimidad con él.

La emoción y su efecto eran bastante reales. Igualmente, el riesgo, ante el cual, con su extenso conocimiento de él, no podía cerrar los ojos, como tampoco fingir que no lo veía.

¿Qué sucedería si la emoción que se desarrollaba entre ellos resultaba ser amor?

No tenía idea si podía serlo; junto con los hombres y el matrimonio, el amor no figuraba en su lista de temas que deben ser estudiados.

No había venido a buscarlo; no era esa la razón por la cual había aceptado su ofrecimiento de enseñarle lo que ella quería saber. Sin embargo, no era lo suficientemente tonta, lo suficientemente arrogante, como para no preguntarse, para no reconocer que, por raro que pareciera, la perspectiva, la posibilidad, podía estar ahora ante ella.

Una vez que se complacieran—una, dos, cuantas veces fuese necesario para que ella aprendiera todo lo que deseaba e identificara aquella emoción—si no era amor, entonces se separarían; su experiencia habría concluido, ya habría hecho su descubrimiento. Este resultado parecía seguro y directo. No era allí donde residía el peligro.

La amenaza estaba en el otro lado de la moneda. Si lo que había entre ellos resultaba ser amor, ¿entonces qué?

Conocía la respuesta; si era amor, de ella por él, o de él por ella, o de ambos, *y él lo reconocía,* insistiría en casarse, y a ella le resultaría difícil rechazarlo.

Después de todo, era un Cynster. Sin embargo, si él prevalecía, ¿dónde la dejaría esto a ella?

Casada con un Cynster. Posiblemente atada por el amor y casada con un Cynster—si fuese posible, esto era potencialmente peor. Si el amor los gobernaba a ambos, entonces la situación *podría* ser manejable—en realidad no tenía idea—pero si el amor afectaba a uno, mas no al otro, la perspectiva era inherentemente desapacible.

Allí residía el riesgo.

La pregunta que enfrentaba ahora, esa noche, era, ¿se arriesgaría? En esencia, ¿era una presa?

Suspiró, se concentró en las siluetas de los árboles afuera.

Si no respondía esta pregunta ahora—no aceptaba su ofrecimiento de seducirla—se separarían en pocos días. Ella regresaría a Rutlandshire, devorada por la curiosidad; ¿a quién más podría encontrar para satisfacer su necesidad de conocimiento? ¿En quién más podría confiar?

Las oportunidades de que se encontraran de nuevo este verano, sin contar con que se encontraran en un ambiente propicio, eran pocas, y ella no tenía ninguna garantía de que él siguiera dispuesto a enseñarle todo lo que ella deseaba saber el próximo mes, menos aún en tres meses.

¿Podría soportar retirarse, hacerse a un lado, retroceder y no saber? ¿Podría vivir sin descubrir qué representaba verdaderamente, para ellos, la intimidad física? ¿Qué era lo que los impulsaba a ella? Nunca saber si era el amor, si ambos estaban afectados por él, y qué significaría un desenlace semejante?

Sus labios se fruncieron, criticándose a sí misma. Eso no era posible. Temeraria, a menudo arrogantemente irresponsable, voluntariosa hasta el límite, no tenía el carácter para retroceder. A pesar del riesgo.

Sin embargo, tal como estaban las cosas, acudir a la habitación de Simón esa noche podría ser su opción más segura, más razonable. Otros podrían tacharla de temeraria y loca, pero el argumento la convencía ampliamente.

No tenía sentido perder el tiempo.

Para llegar a la habitación de Simón, debía rodear la galería por la parte de arriba de la escalera principal. Por suerte, dado que todas las damas se habían retirado a sus habitaciones, no había nadie que la viera deslizarse de sombra en sombra, más allá del final de la escalera, hacia el pasillo que conducía al ala occidental.

En el sitio donde se unían el ala oriental y la casa principal, tuvo que cruzar el vestíbulo al final de las escaleras. Acababa de entrar a la zona abierta cuando escuchó pesados pasos que subían la escalera.

Rápida como un relámpago, giró, ocultándose en las sombras del pasillo. Los pasos continuaban subiendo; eran dos personas. Luego oyó la voz de Ambrosio; Desmond le replicó. Rezó para que sus habitaciones se encontraran en el ala occidental, y no en el ala principal donde ella se encontraba.

Escuchó; llegaron al final de la escalera, ¡discutiendo sobre perros! Sin detenerse, continuaron.

Hacia el ala occidental.

Con un gran alivio, vaciló, pero saber en qué habitaciones se alojaban sería de gran ayuda. Saliendo de las sombras que la ocultaban, aferrada a la pared, se asomó por la esquina.

Pero Desmond y Ambrosio ya habían avanzado bastante por el pasillo; se encontraban casi al final cuando se separaron; cada uno entró en una habitación, el uno a la izquierda, el otro a la derecha.

Dejando salir el suspiro que había contenido, se irguió. Simón le había dicho que la suya era la tercera puerta desde la escalera, así que no tendría que arriesgarse a pasar por la puerta de Ambrosio ni de Desmond.

Atravesó el vestíbulo. Cuando pasaba por el hueco de la escalera, escuchó el sonido de los billares. Se detuvo, miró a su alrededor y luego se dirigió velozmente hasta el final de la escalera. Haciendo un esfuerzo, sólo podía escuchar el murmullo de voces que subían del salón del billar.

La voz ligera de Charlie, la risa rápida de James—y el tono profundo de Simón.

Por un instante permaneció allí, con los ojos entrecerrados, los labios apretados. Luego se volvió y continuó hacia la habitación de Simón.

Abrió la puerta, entró, y se repuso lo suficiente como para cerrarla en silencio. Dado el número de habitaciones disponible, era poco probable que los otros estuviesen alojados en las habitaciones adyacentes, pero no debía tomar riesgos innecesarios.

Examinó la habitación, sumida en las sombras, irritada de que Simón no estuviese allí para recibirla. Para distraerla de pensar en lo que estaba haciendo. De cualquier forma, ¿qué tan largo podía ser un juego de billar? Pensó y luego se tranquilizó. Presumiblemente, sería al menos lo suficientemente razonable como para subir y ver si ella había hecho uso de la información que él, tan sutilmente, le había impartido.

Se movió por la habitación, ahogando implacablemente los nervios que sentía en el estómago. Esta ala parecía ser más antigua; los techos eran igualmente altos, pero las habitaciones eran más estrechas. No había un sillón al lado de la chimenea, no había un asiento empotrado en la ventana, no había un tocador y, por lo tanto, tampoco una butaca, sólo un armario alto. Había una silla a cada lado del armario, pero eran estrechas, poco cómodas.

Miró la cama. Era el único lugar apropiado para sentarse a esperar. Se volvió y se sentó en ella. Rebotó, aprobando el grosor y comodidad del colchón.

Se acomodó contra las almohadas apiladas contra el espaldar; cruzó los brazos y fijó la mirada en la puerta. Había, supuso, otra manera de ver la ausencia de Simón. Obviamente no la esperaba, no había dado por sentado que ella decidiría a su favor.

Dada la arrogancia de Cynster, dada su reputación, eso decididamente era algo extraordinario.

La ventana estaba abierta; una suave brisa se había levantado. La tormenta que amenazaba había pasado, dejado un aire más fresco a su paso.

Ella tembló, se movió. No tenía frío y, sin embargo...

Miró el edredón que había sobre la cama; luego levantó la vista y frunció el ceño, contemplando la puerta.

Separándose de Charlie en la puerta de su habitación, Simón la abrió y entró. Cerrando la puerta, miró la ventana, observó la luz de la luna que inundaba la habitación, y decidió no molestarse en encender una vela.

Ahogando un suspiro, se despojó de su saco. Desabotonó su chaleco y caminó hasta el asiento al lado del armario, poniendo el saco sobre él. Su chaleco tomó el mismo camino. Sacando el alfiler de diamante de su corbata, lo dejó sobre el armario y luego deshizo con los dedos sus complicados pliegues, deshizo el nudo—manteniendo su mente estudiosamente ocupada con cosas mundanas en lugar de preguntarse durante cuántas horas se agitaría esa noche en la cama.

Preguntándose cuánto tiempo tomaría a su obsesión el hacer que ella se decidiera.

Preguntándose cuánto tiempo más podría jugar el papel de seductor despreocupado. Nunca antes había intentado desempeñar un papel tan completamente ajeno a su naturaleza—pero nunca antes había seducido a Portia.

Liberando los extremos de su corbata, la puso en la otra silla...

Un traje de seda pálido estaba cuidadosamente doblado

sobre la silla. De seda verde manzana—su memoria le suministró el color del traje que llevaba Portia aquella noche. El tono hacía que su piel pareciera aún más blanca, contrastaba más fuertemente con su cabello negro, hacía sus ojos azul oscuro todavía más asombrosos.

Se inclinó, recorrió sus pliegues con la mano—en realidad, para convencerse de que no estaba alucinando. Su mano se encontró con un par de medias de seda diáfanas, colocadas sobre dos ligas de seda plisada, adornadas con encaje.

Su mente saltó—a una visión de Portia vestida únicamente con su corpiño de seda.

Lentamente, sin atreverse a creer lo que su mente racional le decía, se volvió.

Ella estaba dormida en su cama; sus cabellos eran una ola negra que se rompía sobre la almohada.

Caminando en silencio, se aproximó. Ella estaba reclinada hacia un lado, de cara a él, con una mano bajo la mejilla. Sus labios estaban apenas separados. Sus pestañas descansaban como media lunas de ébano contra su blanca piel.

Podía oler su perfume, una fragancia ligera, de flores, que se elevaba de su calidez, se trenzaba en su mente, clavaba garras sensuales en él y lo atraía.

Todo lo que podía sentir, todo lo que podía ver, lo dejó aturdido.

El triunfo lo invadió—de inmediato, se contuvo y lo refrenó. Apretó la mandíbula, aguardó un momento, sintiendo la sangre latir bajo la piel. Había pasado toda la velada previniéndose a sí mismo que no debía esperar esto—que con Portia, nada era directo y sencillo.

Sin embargo, allí estaba.

No podía captarlo—se sintió casi sin aliento. Suspirando profundamente, dejó salir el aire lentamente, se recordó que no debía interpretar demasiado, leer demasiado en el hecho de su presencia. Este decididamente no era el momento de liberar sus instintos y simplemente poseer.

Sin embargo, el haber venido a su lecho debió ser un acto de valor.

Ella lo conocía—ninguna otra mujer con la que había compartido su cama lo conocía tan bien como ella. Conocía su carácter, su personalidad—sabía como sería como esposo. O podía aventurar una suposición informada.

Él había aceptado enseñarle todo lo que quería saber; nunca habían hablado de nada más. De nada que los comprometiera más. A pesar de ello, ella tuvo que haber reconocido que, al venir a él—al aceptar su ofrecimiento de llevarla a la intimidad—estaba corriendo un riesgo, confiándole mucho más que su virginidad.

Su independencia era una parte vital de ella, de quien era; poner algo tan fundamental en la balanza requería precisamente el tipo de valor temerario del que ella estaba tan bien dotada. Pero no habría tomado esa decisión a la ligera, Portia no lo hubiera hecho.

No habría dejado de ver el peligro, aun cuando él lo había ocultado tanto como podía.

Él no tenía idea cómo ellos—él y ella—harían funcionar un matrimonio; no era fácil imaginar que sería fácil. Pero era lo que él quería.

Sin revelarle que el matrimonio había sido su objetivo desde un principio.

A pesar de la confianza que tenía en ella, esa era una información que no necesitaba, una vulnerabilidad que no tenía intenciones de revelar.

Permaneció allí mirándola mientras pasaban los minutos, planeando, tramando, demasiado inteligente como para precipitarse. Una vez que tuvo clara en su mente la mejor forma de abordarla, se acercó a la cama y se sentó en el borde a su lado.

Ella no se movió. Él levantó una mano, enredó los dedos

en su cabello, dejó que sus sedosas hebras se deslizaran por ellos. Estudió su rostro, inocente en el sueño, y luego se inclinó y la besó para despertarla.

Ella se despertó con lentitud, cálida y dulcemente femenina; luego murmuró algo ininteligible, se desplazó, deslizó sus dedos por su cabello, y lo besó.

Provocadoramente.

Él retrocedió, miró sus ojos, más oscuros que la noche detrás de la pantalla de sus pestañas. Miró sus labios. "¿Por qué estás aquí?"

Llenos, sensuales, sus labios se curvaron. Lo atrajo de nuevo hacia ella. "Lo sabes perfectamente bien. Quiero que me enseñes—todo."

Con las últimas palabras lo besó, deslizando su lengua entre sus labios para encontrar la de él y acariciar, incitar. Surgió la pasión, se difundió como un fuego salvaje bajo la piel de Simón.

Sus frenos comenzaron a deslizarse—los tomó de nuevo. Retrocedió, encontró sus ojos.

"¿Estás segura? ¿Absolutamente segura?" Cuando ella arqueó las cejas, con fingida burla, rugió, "¿Estás segura de que no cambiarás de idea cuando llegue la mañana?"

Incluso mientras las palabras dejaban sus labios, notó su estupidez; se trataba de Portia—ella nunca cambiaba de idea.

Y, por Dios, él no quería que lo hiciera.

"No hagas caso—olvida eso." Sostuvo su mirada. "Sólo dime una cosa—¿significa que confías en mí?"

Ella no respondió de inmediato—en realidad lo pensó. Luego asintió. "En esto, sí."

Él dejó escapar el suspiro que había estado conteniendo. "Gracias a Dios por eso."

Abandonando sus brazos se puso de pie, arrancó la camisa de su pantalón, y la lanzó por sobre su cabeza.

Capítulo 10

Portia contempló la extensión musculosa del pecho desnudo que apareció ante sus ojos. Su boca se secó; su mente lógica luchaba por prestar atención a lo que él le había preguntado—*por qué* había preguntado... el resto de su mente no le importaba.

Esto, después de todo, era lo que quería saber. Aprender.

Una ráfaga de incertidumbre, de leve pánico, cuando sus manos cayeron a su cinturón y él se desabotonó, era apenas de esperarse, se dijo a sí misma. Sin embargo, parecía conveniente concentrarse en otras cosas—estaba tibia y cómoda... se desplazó, agudamente consciente de la caricia de su corpiño contra su piel, de la textura más áspera de las sábanas.

Él se volvió y se sentó en la cama; ésta se arqueó bajo su peso mientras se arrancaba las botas y las dejaba caer. Su rostro parecía un estudio en concentrada determinación.

Una concentración que pronto se centraría en...

Un temblor recorrió su espalda. Sus sentidos saltaron cuando él permaneció allí, se despojó de sus pantalones y luego se volvió.

Sus ojos se fijaron—no en los suyos. Era consciente de que sus labios se abrían, sus ojos se ampliaban.

Había tocado, pero nunca había visto.

Lo visual era aún más impresionante que lo táctil—al menos para ella. De hecho, su mente no estaba del todo segura...

"¡Por Dios, deja de pensar!"

Ella parpadeó; él asió los cobertores y se deslizó entre ellos. Ella se centró de nuevo en su rostro en el instante en que él extendió sus brazos hacia ella y la atrajo hacia sí.

"Si..."

Él la besó, fuertemente. Arrogantemente imperioso. Dominante. Instintivamente, ella respondió con su propia clase de agresión; él de inmediato se suavizó—se suavizó mientras ella se tensaba, sorprendida por el mero calor de su piel contra la suya, de la realidad del cuerpo pesado, musculoso, tenso, desnudo e intenso que de pronto rodeaba, más que capaz de someterla.

A pesar de todo, fue una sorpresa—una sorpresa real, en ciertos aspectos atemorizante. En este campo también, una cosa era la teoría, otra la realidad.

Él mantuvo sus labios en los suyos; ella sólo podía respirar a través de él. Intentó liberarse, liberar su mente lo suficiente como para pensar—él no lo permitía. Y luego, abruptamente, se ahogaba, era arrastrada inexorablemente hacia un mar de sensualidad.

Sobre ella, apoyado por encima de ella, con sus piernas enroscadas en las suyas, sus manos extendidas sobre su piel, flexionando los dedos, mantuvo cautivos sus sentidos, los sumergió implacablemente, los sometió hasta que desapareció toda idea de resistencia.

Hasta que su mente fue invadida, no de placer, sino de anticipación, de anhelo. No dejó que ella saliera de nuevo a la superficie, sino que la besó aún más profundamente, saqueando su boca sin el más leve velo que ocultara su intención su posesión. Ahogada, entregó, no sólo su boca, sino a la necesidad cada vez más grande de saciar, de dar, de abandonarse. De apaciguar mediante la entrega de su cuerpo, de sí misma.

Y él la tomó. No había advertido antes cuánto quería él—exactamente qué era lo que quería de ella. Cuando atisbó la realidad, un largo estremecimiento la sacudió.

La posesión de su boca aflojó, pero no cesó.

Él se volvió hacia otras conquistas.

A sus senos. Calientes y adoloridos, se hincharon bajo su mano. Ingeniosos como siempre, sus dedos incitaron, acariciaron, apretaron.

El calor la recorrió, se extendió bajo su piel. Gimió, y el sonido quedó atrapado en su beso; él no se detuvo, no suspendió su juego insoportable.

Sólo cuando ella se arqueó bajo su cuerpo y gritó, abandonó sus labios. Su mano dejó su seno; subió su corpiño.

"Levanta los brazos."

Ella lo hizo, suspirando mientras él levantaba el corpiño y se lo sacaba. Antes de que ella pudiera bajar los brazos, él tomó primero una muñeca, luego la otra, esposándolas con una mano, anclándolas a las almohadas detrás de su cabeza, arqueando levemente su espalda.

Su pecho encontró sus senos sensibilizados; ella respiró ahogadamente. Un ígneo placer la atravesó. Él se inclinó, tomó de nuevo su boca, vorazmente; luego movió lentamente los hombros, hacia delante y hacia atrás, sobre ella; sus ásperos cabellos corroían sus senos, incitaban sus apretadas cimas, generando un placer que se acercaba al dolor.

Ella estaba más allá de los gemidos cuando finalmente abandonó sus labios para recorrer con besos calientes la curva de su cuello, el pulso que latía en su base, recorriendo posesivamente una de sus clavículas antes de inclinar la cabeza y darse un festín. Atrapada como estaba, con las manos sobre la cabeza, el cuerpo arqueado, exhibido para su deleite, no podía evitar, no podía eludir la ola de conciencia que la invadió—que él inmisericordemente la hizo sentir en todo su cuerpo.

Esta ola la tomó, la elevó, abrió completamente sus sentidos. Para que la realidad entrara en ellos—la cálida humedad de su boca mientras la besaba, la pesada dureza de músculos y huesos que la mantenía sometida, la cresta rampante de su erección contra su cadera, preparada para tomarla.

La promesa—la certeza—de lo que vendría la abrumó—y ella dejó que lo hiciera.

Dejó de luchar. Dejó que él le enseñara. Le mostrara.

Simón lo supo cuando aceptó, cuando dejó de juzgar—de pensar. De controlar. Su cuerpo, lejos de ser tan fuerte como el suyo, pero con su propia fuerza flexible, se relajó bajo él. Un signo que él, como el conquistador que era, no pudo dejar de reconocer y disfrutar; levantó la cabeza, tomó sus labios, su boca—que ahora eran suyos para saborearlos como quisiera—y se deslizó sobre ella.

Dejó que ella sintiera su peso, dejó que conociera y aprendiera, como seguramente necesitaba hacerlo. Cuando ella haló, soltó sus manos, bajó las suyas a sus senos, y luego las deslizó más abajo, recorriendo sus curvas, deslizándose entre las sábanas y su piel sedosa para cerrar sus manos sobre la redondez de su trasero y apretar sus caderas contra él.

Ella murmuró, en lo profundo de su garganta; deleitado interiormente, capturó sus sentidos y los sumió aún más profundamente en el beso.

Cuando soltó sus labios y recorrió con los suyos su cuerpo, lamiendo, besando hasta que llegó a sus senos, ella no trató de detenerlo. Con las manos apoyadas sobre sus hombros, enterraba los dedos y los relajaba mientras él saboreaba su abundancia; su respiración era entrecortada; sus ojos, cuando él miró su rostro, estaban cerrados. Una fina línea de concentración se veía entre sus cejas.

Lamió un pezón tenso, enredó en él su lengua y lo tomó en su boca; luego lo succionó profunda, más profundamente—hasta que la concentración de Portia se rompió y gimió.

Deslizándose más abajo, dejó que sus riendas se aflojaran—no era tan estúpido como para imaginar que podía controlar sus instintos más bajos esta noche, con ella. Él la había deseado—no sólo, podía admitirlo ahora, durante los días que habían pasado allí, sino desde hacía largo tiempo. Su cuerpo era un premio que su alma libertina codiciaba desde hacía tiempo, a pesar de no haberlo admitido.

Esta noche sería suya. Más aún—esta noche se le entregaría completamente, sin reservas. Si habrían de tener un futuro, no tenía sentido fingir que no era lo que era, que no exigiría, y que no exigiría eso de ella.

Cómo reaccionaría—eso era otra cosa, pero nunca había visto que vacilara su valor.

En lo profundo de su corazón, sabía que podía pedirle todo y que ella—sabiéndolo y a sabiendas—se lo daría. Era, finalmente, imposible para él herirla. Ella lo sabía tanto como él.

Recorrió la tirante piel de su estómago, y ella suspiró, se movió intranquila. Sus manos se cerraron sobre sus caderas; se deslizó más abajo, abriendo sus muslos con sus hombros.

Ella adivinó. Sus dedos se aferraron a sus cabellos. Sintió que ahogaba un suspiro cuando él inclinó la cabeza, besando su dulzura.

"¡Simón!"

Pronunció su nombre en un grito ahogado; el sonido le penetró hasta el alma. Lamió, exploró, luego se dispuso a saborearla, succionando levemente, luego recorriendo los henchidos pliegues. Su resbalosa miel fluía mientras él saboreaba; sabía a manzana, ácida y sin embargo dulce. Encontró el tenso nudo erecto y henchido bajo su caperuza y lo succionó levemente, con todos sus sentidos concentrados en ella, en sus reacciones.

Paso a paso la llevó más allá, hasta que sus dedos se curvaron en garras, hasta que su cabeza presionó hacia atrás y sus caderas se inclinaron, abandonándose sin palabras. La abrió, exploró su entrada y luego lenta, deliberadamente, la penetró con la lengua.

Ella se quebró, se abrió; él se deleitó en su suave llanto, saboreó sus contracciones, pero en cuanto disminuyeron, se levantó sobre ella. Separó aún más sus muslos, hundió las manos en la cama a cada lado de ella, acercó su erección a sus pliegues húmedos y henchidos.

Encontró la entrada y empujó suavemente.

Luego la penetró.

Ella gritó, arqueándose salvajemente bajo él. Él no se detuvo, sino que la penetró aún más profundamente, luchando por absorber las sensaciones—de su cálida concha que cedía, encerrándolo tan fuertemente, de la firmeza de su cuerpo, de la suave carne femenina, del suculento calor que lo rodeaba apretándolo. Luchando desesperadamente por saborear todo eso y, sin embargo, por no dejar que el momento lo arrastrara, no dejar que sus instintos más primitivos ganaran. Podía saquear más tarde—y lo haría—cuando ella estuviera de acuerdo, cuando ella comprendiera.

Atrapada bajo él, ella permaneció inmóvil. Con la cabeza inclinada, podía sentir su jadeo al lado de su oreja. Podía sentir, donde se unían, donde lo apretaba con fuerza, el ritmo frenético de su corazón. Con todos los músculos cerrados contra la urgencia, casi abrumadora, de cabalgarla, levantó la cabeza y miró su rostro.

Por debajo de sus párpados pesados, del negro encaje de sus pestañas, sus ojos destellaban—brillaban—en los suyos. Sus labios, henchidos y levemente separados, parecían afirmarse. Sintió que suspiraba.

"Creí que habías prometido que no me herirías nunca."

No era una acusación—sus labios se torcieron brevemente en una leve sonrisa; para su inmenso alivio, su cuerpo
ya se relajaba bajo el suyo, la tensión defensiva desaparecía
lentamente.

Él se inclinó, rozó sus labios con los suyos, los sostuvo un
instante. "Creo," murmuró, moviéndose levemente dentro
de ella, "que no será una herida perdurable."

Se alzó de nuevo sobre ella, con los ojos fijos en los
suyos; se retiró un poco, luego se deslizó de nuevo hacia
adentro.

Ella parpadeó. "Haz eso otra vez."

Habría sonreído si hubiera podido; sus rasgos estaban cerrados, la pasión lo invadió. Hizo lo que le pedía, dejando
salir un poco de aire encerrado en sus pulmones cuando ni
su expresión ni su cuerpo se tensaron de nuevo.

Mirando su rostro, Portia luchaba por asimilar la sensación de plenitud, el estar tan llena de él. Ni siquiera en sus
más locos sueños…las sensaciones de intimidad, de haberse entregado a él, de haberlo acogido en su cuerpo, no
sólo eran más poderosas de lo que había previsto, sino que lo
eran de una manera diferente.

De una manera más fundamental, que la conmocionaba,
que sacudía su alma.

Pero no podía detenerse a examinar esto ahora—ni su
cuerpo ni el de Simón lo permitirían. Ambos estaban preparados, enroscados, listos. Para qué, sólo tenía la más vaga
idea.

Sus manos cayeron de sus hombros para aferrarse, como
tenazas, a la parte de arriba de sus brazos; soltando una, la
levantó hasta su mejilla, apartando un mechón de su sedoso
cabello. Atrajo su rostro, lentamente, hacia el suyo.

Abrió la boca bajo la suya, lo incitó, lo invitó a tomarla—
a enseñarle más—de la única manera que sabía hacerlo.

Sus labios se cerraron sobre los de ella, su lengua llenó
su boca, se enredó con la suya, avanzó profundamente—se

retiró al mismo tiempo que su cuerpo, luego hizo eco a la oleada cuando la llenó de nuevo.

Una oleada que se repetía una y otra vez hasta que la atrapó, la levantó, la hizo cabalgar de nuevo en la ola de la sensación, con él, esta vez, mientras él la cabalgaba. Su cuerpo, que ya no le pertenecía ni le obedecía, siguiendo el instinto, siguiéndolo a él, se levantó hacia el suyo hasta que ardieron llamas, hasta que el fuego danzó bajo su piel, hasta que sus huesos se convirtieron en lava, su cuerpo en una hoguera en la que él se sumía, como un hierro de marcar, más profundamente, con más fuerza, rítmicamente, atizando repetidamente las llamas.

Sus sentidos estaban atrapados, encerrados en el momento; nunca se había sentido más viva. Más consciente de sí misma, y de él. De sus cuerpos que se fundían, dando y recibiendo, de sus pieles, resbalosas y ardientes, que se unían y deslizaban, tocando, rozando, acariciando. De sus alientos que se mezclaban, sus corazones que latían al unísono, sus cuerpos luchando, sus voluntades aunadas.

Lanzándose a las llamas, bañados en la pasión, en la ardiente hoguera del mutuo deseo. Aferrándose, ahogados, luego atizando las llamas a nuevas alturas.

Hasta que hicieron erupción en un alto muro de calor que los cubrió y los consumió, que redujo a cenizas todos los restos de pensamiento racional, que se extendió con una sensación de lava por cada uno de sus nervios, mientras que el fuego salvaje recorría sus pieles.

Desesperados, continuaron la danza, con la respiración entrecortada, el corazón latiendo velozmente, hundiendo sus dedos profundamente.

Él levantó la cabeza, respiró profundamente—ella también. Sus ojos se encontraron.

"Haz algo por mí."

Ella apenas pudo entender las palabras. "¿Qué?"

"Enrosca tus piernas en mi cadera."

Ella quiso preguntar por qué, pero no lo hizo. Sencillamente, hizo lo que le pedía—y supo la respuesta.

Él se hundió en ella—más profundamente, con más
fuerza, más rápido—parecía como si llegara directamente
a su corazón. Ella se arqueó bajo él, se aferró fuertemente
con los muslos, se escuchó llorar mientras sus sentidos se
rompían—no como antes, sino de una manera infinitamente
más intensa, rompiéndose en fragmentos, brillantes, agudos,
dorados de gloria.

Ella sintió que él se inmovilizaba, sepultado profundamente dentro de ella; luego estaba con ella, atrapado, arras-
trado en la pura energía que los rodeaba en un remolino, que
pasaba a través de ellos, que los azotaba, los fortalecía. Finalmente los fusionaba.

Fusionaba sus cuerpos, ardientes y húmedos—y luego estallaba como un sol lo suficientemente poderoso como para
fusionar sus propias almas.

Ella se preguntó qué pasaría después de esto; nada la había
preparado para ello.

Para el puro peso de él, reclinado sobre el suyo, para el
tronar de sus corazones, para la gloria que aún viajaba por
sus venas, para el ardor que aún palpitaba bajo su piel.

Había terminado. La tormenta había pasado y los había
dejado, exhaustos, sacudidos por las olas, en una isla desierta.

Sólo ellos eran reales. En aquel momento, el resto del
mundo no existía.

Sin huesos, yacía debajo de él, atónita y, sin embargo, en
paz. Él volvió la cabeza. Sus alientos se mezclaron y luego,
ciegamente, sus labios se encontraron. Se aferraron. Se mantuvieron unidos.

"Gracias."

Las palabras de Simón acariciaron como una pluma su
mejilla. Levantando una mano, apartó sus cabellos; luego re-

corrió las poderosas líneas de su torso, los largos músculos de su espalda.

"No—gracias a ti."

Por enseñarle, por mostrarle... posiblemente más de lo que se había propuesto.

Ella había estado en lo cierto; había algo especial entre ellos, algo por lo que valía la pena luchar. Pero también habían tanto que aún debía aprender...

Sus labios recorrieron los suyos, luego suspiró y se apartó de ella. El cambio fue dramático—la diferencia en las sensaciones, cómo se sentía su cuerpo cuando él estaba allí, unido a ella, y cómo se sentía cuando no estaba.

Se acostó a su lado en la cama. Extendió un pesado brazo, acomodándola a su lado, atrapándola allí.

"Duerme. Tenemos que regresarte a tu habitación antes del amanecer—yo te despertaré."

Ella sonrió. Se contuvo para no decirle que aguardaba ese momento con ilusión—el momento en que él la despertara. Volviéndose hacia su lado se acomodó, acomodó su espalda contra él.

Nunca antes había dormido con un hombre, pero dormir con él parecía algo perfectamente natural. Perfectamente normal.

Exactamente como debía ser.

El amanecer llegó demasiado pronto.

Ella fue vagamente consciente, medio dormida, de que Simón se había levantado, cuando su peso dejó la cama. Murmuró, se volvió hacia otro lado, asiendo las sábanas arrugadas y el edredón para mantener su calidez, y se deslizó hacia un sueño lleno de felicidad.

Estaba flotando, ligera y contenta, en un mar cálido y suave, cuando una mano firme se cerró sobre su hombro y la sacudió.

"Vamos—despierta. Está amaneciendo."

Abrir los ojos le tomó un gran esfuerzo; entrecerrándolos, vio a Simón, completamente vestido, inclinado sobre ella. Ya había aclarado lo suficiente como para ver que sus ojos eran azules, su expresión preocupada.

Ella sonrió, cerró los ojos, extendió los manos y enroscó los dedos en su solapa. "Nadie se levantará todavía." Haló de él. "Regresa acá." Sus labios se curvaron cuando la invadieron los recuerdos. "Quiero aprender más."

Él suspiró. Pesadamente. Luego, levantó una mano y la asió por la muñeca—luego se enderezó, halándola sin ceremonias de su cálido capullo.

Ella abrió los ojos. *"¿Qué?"*

Él la tomó por los brazos y la alzó, luchando un poco. "Tenemos que vestirte y llevarte a tu habitación *antes* de que los sirvientes estén por todas partes."

Antes de que ella pudiera pronunciar una palabra, él le puso su corpiño sobre la cabeza. Ella luchó por meter los brazos a través de las delicadas mangas; luego haló hacia abajo. Ella se puso de mal humor; lo miró enojada. "Esto no es lo que esperaba."

Él permaneció mirándola; le costaba mantener los labios derechos. "Eso veo." Luego sus rasgos se tensaron. "Sin embargo, sólo estaremos aquí dos días más, y no causaremos un escándalo en este tiempo." Le lanzó su traje.

Ella lo tomó, inclinó la cabeza y lo observó. "Como sólo tenemos dos días más, sería mejor…"

"No." Él vaciló, estudiándola, y luego agregó, "Podemos continuar con tus lecciones esta noche." Volviéndose, se sentó en la cama y alcanzó sus botas. "No pienses en aprender nada más antes."

Reflexionando sobre esto, ella se puso el traje, luego se volvió para sentarse y ponerse las medias. "¿Por qué" preguntó eventualmente, "debemos esperar hasta la noche?"

Su tono reflejaba honesta curiosidad, pero también cierta incertidumbre; Simón las escuchó ambas. Él la miró, observó cómo se tensaba lentamente su cuerpo mientras extendía una pierna muy larga; ella—con una gracia transparente y carente de malicia—se subió la media. Él parpadeó, luchó por recordar la pregunta.

Lo consiguió; levantó la mirada hacia ella, encontró sus ojos. Su instinto era evadir el tema, eludirlo.

Ella arqueó las cejas, aguardando. Con firmeza, él permaneció allí, le dio la mano para ayudarla a levantarse de la cama. Ella miró hacia abajo, deslizando sus pies en los zapatos de noche.

"Tu cuerpo . . ." Le habló a la parte de arriba de su cabeza. "Necesitarás un poco de tiempo para recuperarte."

Ella lo miró, parpadeó—se disponía a discutir—

"Confía en mí, lo necesitarás." La acompañó a la puerta.

Para su inmenso alivio, ella partió, pensando. Se detuvo antes de la puerta; él la rodeó, buscando el picaporte. Apartándose, ella reclinó su hombro contra su pecho, recorrió su mejilla con un dedo.

Encontró sus ojos. "No soy exactamente una flor delicada. No me quebraré."

Él sostuvo su mirada. "No soy pequeña ni suave." Él se inclinó y la besó. "Confía en mí—esta noche, pero no antes."

Sus labios se aferraron a los de él; él la sintió suspirar.

Asiendo el picaporte, abrió la puerta.

Él insistió en acompañarla de regreso a su habitación. Para llegar a ella, tenían que atravesar toda el ala principal. Era la parte más vieja de la casa, tenía numerosos salones de recepción, algunos de los cuales se comunicaban entre sí; él utilizó esa ruta para evitar a los mozos que correteaban por los pasillos principales.

Estaban cerca del ala oriental, deslizándose por una galería poco utilizada, cuando Portia miró por las ventanas y se detuvo. Lo hizo retroceder cuando Simón intentó proseguir, luego se acercó más a la ventana.

Él miró por sobre su cabeza y vio lo que ella veía.

Kitty, en una bata que no ocultaba sus encantos, estaba en el jardín, a la vista de todos, discutiendo acaloradamente con Arturo y Dennis. Hablaba, gesticulaba.

Simón hizo retroceder a Portia; Kitty miraba hacia otro lado, pero Arturo o Dennis podrían verlos si miraban hacia arriba.

Portia encontró su mirada, sacudió la cabeza como para indicar que no comprendía nada de aquello, y se apresuró a seguirlo.

Llegaron a su habitación. Besando levemente sus dedos, la urgió a entrar. En cuanto se cerró la puerta, él se dirigió de nuevo a su habitación.

Un par de mucamas que reían lo hicieron bajar por las escaleras del ala oriental; era bastante seguro—podía acortar el camino por el primer piso del ala principal y llegar de esta manera al ala occidental. Al bajar de la escalera, se volvió...

"Vaya, vaya, ¿qué tenemos aquí?"

Se detuvo, girando sobre sí mismo—para enfrentar a Kitty.

Cerrando su bata con la mano, lo miró fijamente, abriendo los ojos sorprendida cuando comprendió; luego su mirada lo recorrió lentamente.

Simón maldijo interiormente; llevaba el mismo traje de la noche anterior.

Kitty levantó la mirada; su expresión estaba crispada. "Un poco tarde para dejar la cama de la señorita Ashford, pero sin duda estaba entretenido hasta el punto de distraerse."

La furia de una mujer desdeñada sonaba en su voz; él la había rechazado innumerables veces—el brillo malicioso de sus ojos sugería que recordaba cada una de ellas.

"No tan distraído como para imaginar que los gitanos locales habitualmente llegan a la madrugada a consultar a la señora de la casa."

Kitty palideció, luego se sonrojó, tanto de furia como de culpabilidad. Abrió los labios, lo miró a los ojos—y se arrepintió de lo que se disponía a decir. Con una mirada helada, se envolvió en su bata, se volvió y corrió escaleras arriba.

Simón la vio partir; sus ojos se entrecerraron y sintió el peligro recorrerle la espalda. Sus pasos desaparecieron; él se volvió y caminó enojado hacia el ala occidental.

"¿Creen que podremos ir a cabalgar en la mañana?" Cécily Hammond miró a su alrededor en la mesa del desayuno, con un brillo de esperanza en sus ojos azules.

Todos los presentes sabían exactamente qué esperaba—que al organizar una actividad improvisada en ese momento, en ausencia de Kitty, podrían evitar su presencia, al menos durante la mañana.

James miró a Simón. "No veo por qué no."

"Una buena idea," dictaminó Charlie. Miró a los demás—Portia, Lucy, Anabel, Desmond, Winifred, Oswald y Swanston. "¿A dónde iríamos?"

Se hicieron varias sugerencias; mientras discutían, Portia contemplaba su plato. La cantidad de comida que consumía sin parar. Habitualmente, gozaba de un excelente apetito; esta mañana, sin embargo, sentía que podía comerse un caballo.

No obstante, creía que no podría sentarse en uno. No por algún tiempo.

Aparte de la incomodidad—las punzadas y dolores que había ignorado primero, pero que luego sentía con mayor intensidad—si cabalgar empeorara su situación de manera que no se hubiera recuperado para la noche, prefería renunciar a ello y no a su próxima lección.

La oportunidad de investigar más aquella noche—estaba decidida a hacerlo.

Los otros acordaron cabalgar hacia el sur, por el viejo camino romano hacia Badbury Rings, donde podían visitar el antiguo fuerte de la edad de hierro. Persiguiendo por su plato los huevos con pescado, se preguntó qué excusa daría.

"Yo quiero hacer correr de nuevo mis caballos." Simón le habló a James. "Están comiendo todo el día y, después de los meses anteriores, el ocio no va con su temperamento." Miró al otro lado de la mesa a Portia, encontró su mirada. "¿Podría llevarte conmigo si lo prefieres?"

Ella parpadeó, y luego advirtió—como ya lo había hecho él—que nadie allí, excepto Lady O, quien no se encontraba en los alrededores para escuchar—sabía de su amor por los caballos. Nadie consideraría extraño que ella prefiriera ir en el carruaje.

"Gracias." Se movió levemente en su silla, advirtió que él debía sospechar algo sobre su estado... y miró hacia abajo antes de sonrojarse. "Preferiría sentarme y contemplar el paisaje."

No levantó la vista para ver si los labios de Simón sonreían. Un momento más tarde, sintió que dejaba de mirarla y le hablaba a James.

Quince minutos después, se reunieron todos en el jardín interior y se dirigieron a los establos. Distribuir los caballos y las sillas les tomó algún tiempo; Portia consoló a la pequeña yegua castaña mientras enjaezaban los bayos de Simón.

Él vino a buscarla, arqueando una ceja mientras caminaba a su lado. "¿Estás lista?"

Ella encontró su mirada, leyó en ella una preocupación vigilante, sonrió ligeramente y le dio su mano. "Sí."

Él la llevó afuera, la ayudó a subir, y subió a su lado.

"Nos vemos en el camino," le gritó a James, que todavía supervisaba las monturas de las damas. James agitó la mano. El mozo que sostenía las riendas de los bayos saltó hacia atrás. Con un latigazo, Simón hizo que salieran corriendo hacia la entrada.

No hablaron, no necesitaban hacerlo. Ella miraba ávidamente a su alrededor, interesada por ver una parte de la región que aún no había explorado. Después de pasar los altos árboles de Cranborne Chase, grupos de hayas se alineaban a lo largo del camino mientras éste serpenteaba por el monte suavemente ondulado. Simón dejó que los bayos estiraran las piernas, luego los puso a trotar suavemente. Los otros, que cabalgaban por el campo, los alcanzaron cuando se aproximaban a su destino; cabalgaron en caravana alrededor del carruaje, conversando, intercambiando anécdotas e historias.

La mañana lucía radiante—el cielo azul, los rayos del Sol brillaban y había una brisa lo suficientemente fresca como para despejar la mente más congestionada. La comitiva disfrutó de su inocente exploración, trepando por los tres anillos de terraplenes defensivos que rodeaban el viejo fuerte. Todos estaban tan aliviados de haber escapado a las enredadas tensiones de la casa, que cada uno se esforzó por ser amable y encantador—incluso Oswald y Swanston.

Todo el tiempo, Portia era consciente de que Simón la observaba—la cuidaba. Estaba habituada a esta atención de su parte; anteriormente, siempre la enojaba. Hoy...mientras paseaba con Winifred y Lucy, levantando el rostro para recibir la brisa del mar distante, aun cuando él no estaba cerca, sentía su mirada y, para su sorpresa, la agradecía. La atesoraba.

Había algo diferente ahora en la manera como la observaba.

Intrigada, se detuvo y dejó que los otros prosiguiera; luego se volvió y miró hacia el lugar donde él se encontraba, escuchando ociosamente a Charlie y a James que discutían. A través del prado verde que separaba los anillos, encontró su mirada; luego, sacando las manos de los bolsillos, dejó a los otros y se dirigió hacia ella.

Mientras se aproximaba, observó su rostro. Se detuvo a su lado, sin dejar de mirarla, ocultándola de los demás. "¿Te encuentras bien?"

Por un instante no respondió; estaba demasiado ocupada

interpretando—saboreando—la expresión de sus ojos. No su rostro, con sus arrogantes líneas austeras habituales; sus ojos eran más suaves, su preocupación muy diferente— de una índole diferente—de lo que había sido los años anteriores.

Esta visión la reconfortó. Desde su corazón hacia fuera, como una súbita oleada de alegría.

Sonrió, inclinó la cabeza. "Sí. Perfectamente."

Un grito llegó hasta ellos—miraron al lugar donde Oswald y Swanston se habían engarzado en una batalla fingida para entretener a las hermanas Hammond. Con una sonrisa más profunda, puso la mano sobre el brazo de Simón. "Ven. Caminemos un poco."

Lo hicieron, lado a lado. Sobraban las palabras; no necesitaban siquiera miradas para mantener la conexión.

Con la vista en el horizonte, Portia sintió el brillante roce de esta conexión, sintió que su corazón se henchía como para acomodarla. ¿Era esto lo que sucedía? ¿Que, de alguna manera, crecía un lazo entre dos personas—un canal de comprensión independiente de todo lo físico?

Cualquier cosa que fuese, lo sentía como algo especial, precioso. Lo miró brevemente, demasiado inteligente para imaginar que él no lo hubiera sentido también. No parecía luchar contra ello, ni negarlo; ella se preguntó qué pensaba realmente.

Después de una hora de placeres sencillos, en un acuerdo completo y relajado, regresaron a los caballos y al carruaje y se dirigieron de nuevo a la casa.

Regresaron justo a tiempo para el almuerzo, justo a tiempo para presenciar otra petulante escena de Kitty. El ambiente más ligero que se vivía en la mañana se disipó rápidamente.

Los puestos no estaban asignados a la hora del almuerzo; Simón se sentó al lado de Portia, comió y observó. Los otros hicieron lo mismo. Si Kitty hubiera tenido la más mínima sensibilidad, habría notado la distancia, la cautela, y se habría comportado de acuerdo con ello.

Por el contrario, parecía estar en el más extraño de los ánimos, malhumorada, amenazando con enojarse ante los relatos de la salida de la mañana y, por otra parte, crispadamente excitada, los ojos brillantes con una expectativa casi frenética—la expectativa de algo desesperadamente importante sobre lo que nadie más estaba enterado.

"Hemos estado en los Rings muchas veces antes, querida," le recordó la señora Archer a Kitty. "Realmente creo que habría sido muy fatigante verlos de nuevo."

"Ciertamente," reconoció Kitty, "pero yo..."

"Desde luego," intervino la señora Buckstead, sonriendo benignamente a su hija y a las hermanas Hammond, "las personas más jóvenes necesitan salir al aire fresco."

Kitty la miró furiosa. "Winifred..."

"Y, naturalmente, cuando uno se casa, pasear por ahí en aventuras matutinas pierde su encanto." Imperturbable, la señora Buckstead se sirvió más espárragos helados.

Durante un instante, Kitty quedó anonadada; luego su mirada se paseó por la mesa. Se detuvo en Portia. Sin advertirlo, Portia continuó comiendo, con la mirada baja; una sonrisa débil pero decidida—una sonrisa suave, abstraída, reveladora en muchos sentidos—curvaba sus labios.

Entrecerrando los ojos, Kitty abrió la boca...

Simón se estiró, tomó su copa. Kitty lo miró—él vio su mirada. La sostuvo mientras bebía, luego lentamente bajo la copa y la puso sobre la mesa.

Dejó que Kitty leyera en sus ojos lo que haría si se atrevía a descargar sus celos en Portia—si hacía la menor alusión a las aventuras matutinas que ella sospechaba que él y Portia habían disfrutado.

Durante un instante, Kitty estuvo a punto de hacerlo; luego pareció recobrar la sanidad; suspiró y miró su plato.

El señor Archer quien parecía, a todas luces, ajeno a las

deficiencias de su hija, continuaba una discusión con el señor Buckstead; Lord Glossup hablaba con Ambrosio, mientras Lady O conversaba con Lady Glossup ignorando majestuosamente todo lo que ocurría a su alrededor.

Gradualmente, con Kitty sumida en el silencio, se iniciaron otras conversaciones; Lady Calvin atrajo la atención de James y Charlie, Desmond y Winifred intentaban animar a Drusilla.

Simón intercambió comentarios ligeros con Anabel Hammond, quien se encontraba también a su lado; interiormente, su mente corría. La discreción de Kitty era inexistente; ¿quién sabe cuándo, si alguien la provocara, soltaría algo? Si lo hiciera...

El almuerzo llegó a su fin. Él aguardó el momento propicio. En cuanto Portia terminó de comer, le puso un dedo sobre la muñeca.

Ella lo miró, arqueó las cejas.

"Vamos a dar un paseo."

Sus cejas se arquearon aún más; él podía ver los pensamientos—las especulaciones—que giraban en su mente. Frunciendo los labios, aclaró, "Quiero hablar contigo."

Sobre el tema que, gracias a Kitty, ya no podía dejar de tratar.

Ella estudió sus ojos, vio que hablaba en serio; curiosa, inclinó la cabeza. Levantando la servilleta a sus labios, murmuró. "Escapar de los otros no será tan fácil."

En eso tenía razón; aun cuando todos se levantaron y, en general, los huéspedes se dispersaron para pasar la tarde en diferentes actividades, Anabel, Cécily y Lucy se aferraron a Portia, esperando su orientación. Excusándose de una partida de billar con James y Charlie, Simón siguió a las cuatro damas a la terraza, preguntándose cómo haría para perder a las otras tres.

Se detuvo en el umbral del salón, considerando y descartando diversas opciones, luego escuchó pasos detrás de él.

Se volvió cuando se acercaba Lady O; ella se asió a su brazo cuando él, instintivamente, se lo ofreció.

Lady O miró a las cuatro jóvenes que formaban un grupo al lado de la balaustrada. Sacudió la cabeza. "Nunca lo lograrás."

Antes de que pudiera pensar en una respuesta apropiada, ella lo sacudió por el brazo. "Vamos—quiero ir al patio del macizo de arbustos." Una sonrisa distintivamente maligna curvaba sus labios. "Parece ser un lugar donde se escuchan toda clase de cosas."

Suponiendo que tenía alguna estrategia en mente, Simón la condujo hacia fuera. Atravesaron la terraza y él la ayudó a bajar las escaleras. Cuando llegaron al prado, ella se detuvo abruptamente.

Y se volvió. Agitó la mano hacia las jóvenes. "Portia— ¿puedes traerme mi sombrilla, por favor, querida?"

Portia había estado observándolos. "Sí, desde luego."

Disculpándose con las otras chicas, entró a la casa.

Lady se volvió y prosiguió su camino.

Él la estaba acomodando en el patio del macizo de arbustos, en un asiento de hierro forjado, bajo las ramas extendidas de un magnolio, cuando se les unió Portia.

Ella miró el árbol. "No necesitará su sombrilla después de todo."

"No importa. Cumplió su función." Lady O tomó la sombrilla, luego arregló sus faldas y se reclinó, cerrando los ojos. "Pueden marcharse, ambos."

Simón miró a Portia; ella abrió los ojos sorprendida, se encogió de hombros.

Se volvieron.

"Incidentalmente," dijo Lady O, "hay otra salida de este lugar." Se volvieron de nuevo hacia ella. Casi sin abrir los ojos, señaló con su bastón. "Ese sendero. Si recuerdo bien, lleva a través de la parte de atrás del rosedal al lago."

Cerró los ojos de nuevo.

Simón miró a Portia.

Sonriendo, regresó a la silla, se inclinó y besó a Lady O en la mejilla. "Gracias. Regresaremos..."

"Soy perfectamente capaz de regresar por mí misma a la casa si lo deseo." Abriendo los ojos, los fijó en ella, con su mejor mirada de basilisco. "Márchense—no hay ninguna necesidad de que se apresuren a regresar."

Como no se movieron de inmediato, levantó a la vez la sombrilla y el bastón y los ahuyentó, "¡Vayan! ¡Vayan!"

Ocultando sus sonrisas, partieron.

"Es incorregible."

Tocándose con la mirada, se inclinaron para atravesar el arco que llevaba al jardín de rosas.

"No creo que haya sido nunca diferente."

Él tomó la mano de Portia, entrelazó sus dedos con los suyos. Continuaron caminando, dejando atrás rápidamente el rosedal hacia los jardines menos estructurados sobre el lago.

Diez minutos más tarde, se detuvieron donde el sendero que habían recorrido se alzaba sobre el lago. Él miró por encima del agua; no se veía a nadie. "Vamos." Condujo a Portia por el sendero más estrecho hacia aquel más amplio que rodeaba el lago.

Ella lo seguía al mismo paso. Él seguía asido a su mano; estaba razonablemente seguro de que los otros no se dirigirían en esta dirección, al menos durante la próxima hora.

Cuando pasaron al frente de la casa de verano, ella lo miró. Él pudo sentir sus pensamientos, pero en lugar de preguntar a dónde se dirigían, abordó directamente el tema. "¿De qué querías hablarme?"

Ahora había llegado el momento, para él—para ellos—y, aun cuando sabía lo que tenía que decir, no sabía cómo proceder. Gracias a Kitty, no había tenido tiempo de planear aquello que era, en verdad, un compromiso crucial en su campaña para conseguir que Portia fuese su esposa. "Me encontré con Kitty después de acompañarte a tu habitación esta mañana." Él la miró, encontró sus ojos sorprendidos. "Ella adivinó, más o menos correctamente."

Ella sonrió, luego reflexionó. Frunció el ceño. "Entonces, puede causarnos problemas."

"Eso depende. Está tan atrapada en sus propios juegos, que sólo nos atacará y lo mencionará si la provocamos."

"Quizás deba hablar con ella."

Simón se detuvo. "¡No! No es eso lo que..."

Ella se detuvo también y le lanzó una mirada interrogadora.

Simón miró el sendero que rodeaba el lago, escuchó una voz estridente de mujer que descendía de los jardines. Llegaron al pinar; un sendero salía de allí, serpenteando bajo los árboles. Apretando la mano de Portia, la hizo avanzar.

Se detuvo sólo cuando estuvieron rodeados por altos árboles, revestidos por una sombra moteada—completamente en privado.

La soltó, se volvió, la enfrentó.

Ella lo observó, aguardó, levemente curiosa...

Ignorando la opresión en sus pulmones, respiró profundamente, encontró sus ojos azules oscuros.

"Quiero casarme contigo."

Capítulo 11

Ella parpadeó, luego lo miró fijamente, "¿Qué has dicho?"

Su voz sonaba extrañamente débil.

Su rostro se tensó. "Ya me escuchaste." Cuando ella continuó mirándolo fijamente, atónita, él repitió, "Quiero casarme contigo."

Sus ojos sólo se agrandaron más con la sorpresa. "¿Cuándo decidiste eso? Y santo cielo, *¿por qué?*"

Él vaciló, tratando de ver lo que vendría. "Por Kitty. Estuvo a punto de decir algo durante el almuerzo. En algún momento lo hará—no podrá resistirlo. Ya había estado pensando en el matrimonio y no quería que tú imaginaras, si yo aguardaba a hablarte *después* de que ella causara un escándalo, que te lo pedía por esa razón."

Con cualquier otra dama, dejar que Kitty creara un escándalo y luego proponerle matrimonio ostensiblemente a causa de ello habría sido un proceder razonable, mas no con Portia. Ella nunca habría aceptado una propuesta motivada por la necesidad social.

"Tú *ya* estabas pensando en casarte? ¿Conmigo?" La mirada atónita no había desaparecido de sus ojos. "¿Por qué?"

Él frunció el ceño. "Creía que eso era evidente."

"No para mí. ¿Qué es exactamente lo que piensas?"

"Espero que no hayas olvidado que pasaste la noche en mi cama."

"Estás en lo cierto—no lo he olvidado. Tampoco he olvidado que te expliqué específicamente que mi interés en estos asuntos era académico."

Él sostuvo su mirada. "Eso era antes. Esto es ahora. Las cosas han cambiado." Pasó un instante. Con los ojos fijos en los de ella, preguntó, "¿Puedes negarlo?"

Portia no podía hacerlo, pero su súbita propuesta de matrimonio—como si el tema siempre hubiese estado allí, como si fuese un elemento tácito entre ellos—la dejó como un ciervo que de repente enfrenta un cazador. Paralizada, insegura sobre qué camino tomar, escandalizada, asombrada, con un caos en la mente.

Cuando ella no respondió de inmediato, él prosiguió. "Aparte de todo, tu compromiso en las actividades de anoche fue todo menos académico."

Ella se sonrojó, levantó la cabeza. ¿Por qué estaba tomando este camino? Ella intentó ordenar sus alocados pensamientos. "Independientemente de eso, esa no es una razón para imaginar que deberíamos casarnos."

Fue su turno de asombrarse. *"¿Qué?"*

Lo pronunció con tal fuerza, que ella se sobresaltó. Él se acercó un poco más, amenazador.

"Tú viniste a mi cama—te entregaste a mí—y *no* esperabas que nos casáramos?

Sus rostros estaban muy cerca; él estaba realmente asombrado. Ella sostuvo su mirada. "No, no lo hice." No había llegado hasta ese punto en sus deliberaciones.

Él no respondió de inmediato, pero algo cambió detrás de su máscara. Luego sus ojos se oscurecieron, sus rasgos se hicieron más duros; un músculo temblaba en su mandíbula.

"¿No lo hiciste? ¿Qué clase de hombre crees que soy?"

Su voz era un gruñido profundo—un gruñido muy enojado. Se acercó aún más; ella casi retrocede; se detuvo justo a tiempo. Erguida, sostuvo su mirada, luchó por comprender por qué estaba tan enojado súbitamente... se preguntó si estaría fingiendo... sintió que su propia rabia la invadía.

"Eres un seductor." Dijo la palabra clara, distintamente.

"Seduces damas—es la característica principal de la descripción de esta ocupación. Si hubieras desposado a todas las damas que has seducido, tendrías que irte a vivir a Arabia, porque tendrías un harén." Su voz se había fortalecido; su beligerancia aumentó para igualarse a la de él. "Como sigues viviendo aquí, en esta isla bajo el cetro, confío en que puedo concluir que *no* te casas con todas las damas a quienes seduces."

Él sonrió, con un gesto salvaje. "Tienes razón, no lo hago. Pero necesitas revisar la descripción de la ocupación porque yo, como la mayor parte de los seductores, *nunca* seduzco damas solteras, virginales y bien educadas." Se acercó aún más; esta vez, ella retrocedió. "Como tú."

Ella luchó por mantener los ojos en los suyos, consciente de que se aceleraba su respiración. "Pero me sedujiste."

Él asintió y se acercó de nuevo. "En efecto, te seduje—porque me propongo casarme contigo."

Ella quedó boquiabierta; casi se ahoga. Luego se volvió, levantó la barbilla y entrecerró los ojos, que lo miraron como dardos. "¿Me sedujiste *porque* te proponías casarte conmigo?"

Él parpadeó. Se detuvo.

Ella veía rojo. "*¿Qué* me estás ocultando?" Le enterró un dedo en el pecho; él retrocedió un poco. "¿Tú *te proponías* casarte conmigo? ¿Desde cuando?" Extendió los brazos. "*¿Cuándo* lo decidiste?"

Incluso ella podía escuchar la nota casi histérica, ciertamente horrorizada, en su voz. Ella había evaluado la amenaza, aceptado el riesgo de ir a su cama, pero no había visto, no *conocía,* la verdadera amenaza, el verdadero riesgo.

Porque él se lo había ocultado.

"*¡Tú...!*" Se disponía a golpearlo, pero él atrapó su puño. "¡Me engañaste!"

"¡No lo hice! Tú te engañaste a ti misma."

"*¡Ja!* Como quiera que sea"—ella giró la mano; él la soltó—"tú no me sedujiste—yo misma me seduje! Yo estaba *dispuesta.* Eso es diferente."

"Quizás, pero eso no cambia el hecho. Llegamos a la intimidad, no importa que nos llevó a eso."

"¡Tonterías! No voy a casarme contigo por eso. Tengo veinticuatro años. El hecho de que fuese una virgen bien educada no importa."

Él encontró su mirada. "Sí lo hizo—lo hace."

No era necesario afirmar que él consideraba que este hecho le daba algún derecho sobre ella; sin embargo, era algo que estaba suspendido sobre ellos, una verdad palpable entre ellos.

Ella apretó la mandíbula. "Siempre supe que eras un atávico medieval. Sin embargo, no me casaré contigo a causa de eso."

"No me importa por qué te casas conmigo, siempre y cuando lo hagas."

"*¿Por qué?*" Lo había preguntado antes; él aún no había respondido. "Y *¿cuándo* decidiste que querías casarte conmigo? Dime la verdad, toda la verdad, ahora."

Sus ojos no se habían apartado de los de ella; respiró profundamente. Aparte de eso, ninguna de las líneas de su cara ni un músculo de su cuerpo se había relajado. "Lo decidí después del día de campo en las ruinas. Pensé en ello después de nuestro primer beso en la terraza."

Ella hubiera deseado que él no estuviese tan cerca, para poder cerrar los brazos defensivamente. "Debes haber besado a millones de mujeres."

Sus labios se fruncieron. "Miles."

"Y, ¿debo creer que, por un solo beso, no, dos—decidiste casarte conmigo?"

Simón casi le dice que no le importaba lo que ella creyera pero, detrás de su enojo, sintió un temor cada vez mayor, un temor profundamente arraigado, un temor que él comprendía y se había esforzado por no desencadenar.

Estaba a punto de malograrlo todo con ella gravemente; podría tomar meses, incluso años, ganarla de nuevo.

"No fue sólo eso."

Ella apretó la mandíbula; levantó aún más la cabeza. "¿Qué fue, entonces?"

Sus ojos se habían nublado; él no podía leerlos. Retrocedió un poco y no se sorprendió cuando ella también lo hizo y cruzó sus brazos.

"Ya había decidido que quería una esposa y una familia antes de dejar Londres. Cuando te encontré aquí, advertí que nos entenderíamos."

Ella parpadeó. "¿Qué *nos entenderíamos?* ¿Estás loco? Somos..." Hizo un gesto, buscando las palabras. Bajando los brazos.

"¿Demasiado parecidos?"

"¡Sí!" Sus ojos brillaban. "No puedes decir que somos compatibles."

"Piensa en los últimos días. Piensa en la noche anterior. En lo que importa en un matrimonio, somos perfectamente compatibles." Encontró su mirada. "De todas las formas concebibles."

Portia se negó a sonrojarse de nuevo—él lo hacía a propósito. "Una noche—eso no es una base razonable para tomar una decisión semejante. ¿Cómo sabes que la próxima vez no será"—hizo un gesto exagerado—*"aburrido?"*

Sus ojos, de un azul brillante, se fijaron en ella. "Confía en mí. No lo será."

Había algo en su rostro, algo duro, implacable, que era

muy diferente de todo lo que había visto en él antes. Ella mantuvo sus ojos en los suyos, intentó ignorar la agresión que emanaba de él. "Realmente... hablas en serio." Le costaba un gran trabajo asimilarlo. En un primer momento, había estado siguiendo lógicamente una investigación paso a paso sobre las atracciones físicas del matrimonio—al momento siguiente, estaban allí discutiendo un matrimonio entre ellos.

Él levantó la vista, suspiró entre los dientes. "¿Por qué es tan difícil imaginar que quiera casarme contigo?" Dirigió la pregunta a los cielos; luego bajó la vista hacia ella. Gruñó. "Y ¿qué tiene de malo la idea de casarte conmigo?"

"¿Qué tiene de malo la idea de que *yo* me case contigo?" Escuchó cómo levantaba la voz, e intentó controlarla. "¡Haríamos de nuestras vidas un verdadero infierno! Tú"— le golpeó el pecho—"tú eres un déspota, un tirano. ¡Un *Cynster!* Decretas y esperas ser obedecido—no, ¡ni siquiera eso! *Supones* que serás obedecido. Y tú sabes cómo soy yo." Encontró su mirada, desafiante y directa. "Yo no me someteré mansamente a tus dictados—¡no estaré mansamente de acuerdo con todo lo que tú digas!"

Había apretado los labios, entrecerrado los ojos. Aguardó un instante. "¿Y?"

Ella lo miró fijamente. "Simón—esto no funcionará."

"Está funcionando. Lo hará."

Esta era su indicación para apelar a los cielos. *"¿Lo ves?"*

"Eso no es lo que te preocupa."

Ella bajó la vista, lo miró. Parpadeó. Miró los suaves ojos azules que sabía desde hacía tiempo que eran engañosos— no había nada suave detrás de ellos, nada aparte de una acerada, invencible determinación, una inflexible resolución, como una roca, una voluntad de conquistador... "¿Qué... quieres decir?"

"Siempre he sabido qué te preocupa de mí."

Algo se sacudió físicamente en su interior. Se meció. Ella

sostuvo su mirada durante largo tiempo, y finalmente tuvo el valor de preguntar. "¿Qué?"

Él vaciló; ella sabía que estaba decidiendo cuánto revelar, cuánto confesar haber visto. Cuando habló, su voz era tranquila, baja, pero aún dura. "Temes que intente controlarte, restringir tu independencia, convertirte en un tipo de dama que no eres. Y que soy lo suficientemente fuerte como para conseguirlo."

Su boca estaba seca. "¿Y no lo harás? ¿Intentarlo o conseguirlo?"

"Ciertamente intentaré, al menos, restringir tus impulsos más salvajes, en ocasiones, pero *no* porque quiera cambiarte. Porque quiero *preservarte*. Te quiero por lo que *eres*, no por lo que no eres."

El riesgo emocional que enfrentaba con él se había intensificado y aumentado, mucho más de lo que podía soportar. Su corazón se había henchido y le bloqueaba la garganta; le resultaba difícil respirar.

"¿Realmente crees lo que dices?"

Era capaz de engañarla; acababa de demostrar que él veía más de lo que ella hubiera adivinado, que la comprendía mucho mejor que cualquier otra persona. Y era implacable, infatigable, en obtener lo que quería.

La quería a ella.

Ella tenía que creerlo—ya no tenía otra opción.

Él suspiró, miró hacia abajo, luego encontró sus ojos de nuevo. Ella podía ver su enojo, aún muy real, en las líneas cerradas de su rostro. Podía sentir, incluso más claramente, su deseo de poseer, de capturar, de tomar.

Un conquistador la miró desde sus ojos.

Lentamente, levantó una mano, la extendió con la palma hacia arriba entre ellos. "Arriésgate. Dame una oportunidad."

Ella miró su mano, luego lo miró a los ojos. "¿Qué estás sugiriendo?"

"Sé mi amante hasta que estés lo suficientemente segura como para ser mi esposa. Al menos durante los pocos días que nos quedan aquí."

Ella suspiró profundamente; su mente giraba—no podía pensar. Su instinto le indicaba que aún no lo había escuchado todo—no había escuchado por qué él pensaba, de una manera tan asombrosa, que se entenderían—y quizás nunca lo escucharía. Había otras maneras de manejar eso, de saber lo que él no quería decir.

Pero si deseaba hacerlo... tendría que arriesgarse.

Asumir un riesgo mucho mayor del que había imaginado.

Había pensado aproximarse al matrimonio paso a paso, pisando terreno firme todo el tiempo. ¿Quién sabe? Podría, en algún momento, llegar al punto de contemplar el matrimonio con él. Si había seguido su ruta lógica, cautelosa, habría sabido qué hacer. Se sentiría segura de lo que quería.

Pero él había saltado hacia delante a una etapa que ella aún no había contemplado, sin darle tiempo de alcanzarlo. Su mente aún giraba, pero él aguardaba una respuesta—insistiría en que se la diera—más aún, la merecía; tendría que depender únicamente de sus instintos para decidir qué hacer.

Su corazón desfalleció; se enderezó.

Levantando su mano, puso sus dedos entre los suyos.

Éstos se cerraron firmemente sobre ellos, con fuerza.

Este toque posesivo la sobresaltó. Levantó la barbilla, lo miró a los ojos. "Esto no significa que acepto casarme contigo."

Él sostuvo su mirada, luego llevó su mano a los labios. "Aceptas darme una oportunidad para persuadirte."

Ocultando el estremecimiento que evocó el roce de sus labios y la decisión de sus ojos, se inclinó.

Simón dejó salir el suspiro silencioso que había estado conteniendo, sintió que se relajaba la tenaza que apretaba sus pulmones. Nunca hubiera imaginado que tratar con su prometida significaría tratar con Portia; ella hacía nudos en él que nadie había hecho antes.

Pero había pasado lo peor, la había llevado a través del obstáculo de sus recientes fallas, y los había centrado a ambos en lo que realmente importaba—lo que estaba por venir. No se detendría en el hecho de que ella había imaginado que él la seduciría y luego la dejaría ir; no tenía sentido discutir sobre su error.

Ella lo miró, luego se volvió para continuar por el sendero. Él consintió, pero siguió asido a su mano, caminando lentamente a su lado.

Sabiendo que ella estaba pensando, analizando, diseccionando. Nada podía impedirlo.

El aire bajo los árboles estaba silencioso, inmóvil. En la distancia, cantó un pájaro. El sendero serpenteaba por entre los árboles; podían ver el patio delantero cuando ella se detuvo. Se volvió hacia él.

"Si no acepto casarme contigo, ¿qué pasa entonces?"

Mentir haría la vida mucho más fácil. Pero era Portia. Encontró su mirada. "Le hablaré a Luc."

Ella se tensó; sus ojos brillaban. "Si lo haces, *nunca* me casaré contigo."

Él dejó que se extendiera el momento. "Lo sé."

Después de un instante, sonrió. "Si llegamos a eso, estaremos en tablas. Pero no será así, de modo que no tiene sentido preocuparnos por ello."

Ella arrugó los ojos, pero sonrió también y se volvió para caminar a su lado. "Estás muy seguro."

Salieron al patio; él contempló la casa. "De lo que debería suceder, sí." De lo que realmente pasaría—eso era otro asunto.

Llegaron a los escalones de la entrada y pasaron por la puerta principal, abierta de par en par.

Portia se detuvo en el recibo. "Necesito pensar."

Eso era quedarse corta. Aún se sentía como si caminara en un sueño, que todo lo que había pasado no era real. No estaba realmente segura en qué se había metido, qué enfrentaba ahora.

Dónde estaban, él y ella, ahora.

Retiró la mano de la suya; él la soltó, pero con reticencia. Una mirada a su rostro le dijo que él preferiría que ella no pensara, que estaba considerando distraerla, pero cuando la miró, advirtió lo que ella había visto.

Inclinó la cabeza. "Estaré en el salón de billar."

Ella asintió, se volvió, abrió la puerta de la biblioteca y entró. La amplia habitación estaba desierta. Aliviada, cerró la puerta y se reclinó contra ella. Un instante después, escuchó sus pasos que avanzaban por el pasillo.

Con la espalda contra la madera, aguardó a que su mente se tranquilizara, a que se asentaran sus emociones.

¿Tenía él razón? ¿Podría funcionar un matrimonio entre ellos?

No tenía mucho sentido examinar el pasado; ahora que sabía que él había estado pensando en casarse todo el tiempo, su comportamiento adquiría todo el sentido. Incluso el hecho de no haber mencionado el matrimonio hasta cuando Kitty lo había hecho inevitable; dado todo lo que él sabía de ella, de ser él, habría hecho lo mismo.

No era el tipo de persona que se detuviera en el pasado; el pasado estaba detrás de ellos—era el futuro lo que tenía que manejar. El futuro que tan fuertemente había descrito ante ella.

Sin embargo, se sentía como si sus caballos se hubiesen desbocado y su vida corriera llevándola consigo—fuera de su control. Había estado tan concentrada en la conexión emocional entre ellos, que no había dedicado mucho tiempo a pensar en el estado al que podría conducir esta conexión— eventualmente, tal vez. Él, obviamente, había estado pensando en el estado, ¿pero había considerado la emoción?

Mientras ella había estado investigando la conexión paso a paso, lógicamente, él había saltado impulsivamente mucho más adelante a una posible conclusión—y estaba seguro de que era la conclusión correcta. Que estaba destinada a serlo.

Por lo general, era ella la impulsiva; él era el hombre estoico. Sin embargo, en esto, él estaba convencido mientras que ella todavía dudaba, buscando una prueba, una seguridad.

Sonriendo, se apartó de la puerta. Sin duda, su cautela era el reflejo del hecho de que era ella quien arriesgaba más; era *ella* quien se arriesgaría al darle su mano. Al darle todos los derechos sobre ella—cualquier derecho que él quisiera ejercer.

Él había dicho que funcionaría; comprendía sus temores—había dicho que la quería como era. De nuevo, la decisión de ella dependía de la confianza. ¿Confiaba en que él viviría según lo que había dicho, día tras día, durante el resto de sus vidas?

Esa era la pregunta a la que debía hallar respuesta.

Algo, sin embargo, era claro. Su relación—el vínculo emocional que ella se había esforzado por comprender—nacido de su pasado, fortalecido inconmensurablemente por sus recientes interacciones, era algo muy real, casi tangible, entre ellos.

Todavía estaba creciendo, fortaleciéndose.

Y él lo sabía, lo sentía, lo reconocía lo mismo que ella; ahora estaba capitalizando sobre él, usándolo. Agregándole su voluntad—algo que ella nunca habría esperado—orientándolo deliberadamente en la dirección que, aparentemente, ahora deseaba.

Lo cual la llevó a la pregunta más pertinente. ¿Era real lo que sentía entre ellos o, dada su experiencia, combinada con su implacable voluntad, un artificio para cautivarla y se casara con él?

La manera como ella había reaccionado a su preocupación aquella mañana le vino a la mente; ¿era él lo suficientemente despiadado como para haber inventado eso? Ella conocía la respuesta: sí.

Pero ¿lo había hecho?

Ella podía sentir las emociones—las pasiones, los deseos—que él mantenía refrenados, contenidos pero insuficientemente disfrazados. Sin embargo, sentía, en respuesta, un instinto de retirarse, de él, de ellos, de su poder y de la amenaza inherente que representaban para ella; no obstante, este impulso era contrarrestado por la curiosidad, por una potente fascinación con lo que evocaba aquellos mismos deseos—lo que había entre ellos, y la promesa de todo lo que podría haber.

Él podía leer sus pensamientos y sentimientos—en general, ella nunca se molestaba en ocultárselos. El que hubiera adivinado la única verdad que ella creía haber ocultado siempre bien, le confirmaba tan sólo que él había estado más sintonizado con ella de lo que había adivinado. Más consciente de ella que ella de él.

Hasta ahora, sus pensamientos sobre el matrimonio habían sido abstractos, aun cuando no había pensado en casarse con él ni con nadie como él. Las circunstancias habían conspirado para atraparla, a través de su curiosidad, para atraerla a su telaraña; él ahora hacía que la perspectiva de casarse con un tirano fuese muy real.

Si fuese razonable, lo rechazaría—y huiría. Rápido. Muy lejos de allí.

Sin embargo, la idea de escapar de lo que podía ser, de lo que podía existir entre ellos, evocó una reacción tan fuerte que supo que nunca lo haría, volver la espalda y dejarlo morir despreocupadamente. Si lo hiciera, nunca podría vivir consigo misma; las posibilidades del camino que él le proponía que siguieran eran infinitas, emocionantes—temerariamente seductoras. Diferentes, únicas. Un reto.

Todo lo que quería que fuese su vida.

La perspectiva de casarse con un Cynster sin amor para facilitar el camino ya no era una teoría distante sino algo muy real; era como una espada suspendida sobre su cabeza, que amenazaba todo lo que ella era. No obstante, a pesar de todo esto, ella no sentía, no reaccionaba a *él*, como hombre, como si fuese una amenaza en absoluto. Él había sido su protector no deseado y reticente durante años; alguna parte obstinada de sí misma se rehusaba categóricamente a escribir de nuevo el papel que le asignaba.

Suspiró. Las contradicciones la asaltaban en todas direcciones; la confusión aún nublaba su mente. Lo único en lo que confiaba completamente era en que él, sorprendentemente, estaba decidido a casarse con ella, mientras que ella todavía estaba indecisa.

La magnitud del cambio en su vida durante la última hora le dio vértigo.

Miró a su alrededor, se obligó a respirar lenta y calmadamente. Necesitaba serenar su mente, encontrar su talante habitual en el que su intelecto funcionaba normalmente de manera tan incisiva.

Su mirada se paseo por las hileras de tomos forrados en cuero; comenzó a dar la vuelta a la habitación. Obligándose a concentrarse, a advertir los libros conocidos, a pensar en otras cosas. A conectarse de nuevo con el mundo que normalmente habitaba.

Pasó por una de las esquinas de la habitación, al lado de la enorme chimenea. Las puertas de vidrio que daban al jardín estaban abiertas; caminó de un lado al otro, admirando los bustos puestos en pedestales entre cada puerta, intentando no pensar en nada más, regresando eventualmente a las paredes cubiertas de estantes.

Había un escritorio al fondo de la habitación, enfrente de la chimenea principal. Una chimenea más pequeña se encontraba en la pared detrás de él. Ella la miró; el intricado detalle de la repisa atrajo su atención...

Vio, apenas visible desde donde se encontraba, un pequeño pie calzado con un zapato de mujer, en el suelo detrás del escritorio.

El pie, desde luego, estaba unido a una pierna.

"¡Santo cielo!" Se precipitó hacia el escritorio y lo rodeó. Se detuvo, temblando.

Se asió al borde el escritorio. Lentamente, llevó una de sus manos al pecho.

No podía apartar la mirada del rostro de Kitty, pálido, manchado, con la lengua oscurecida que colgaba, los ojos azules mirando al vacío...ni de la cuerda de seda que le apretaba el cuello, profundamente hundida en su suave carne...

"¿Simón?"

Su voz era demasiado débil. Tuvo que esforzarse por recuperar el funcionamiento de sus pulmones, por respirar profundamente. *"¡Simón!"*

Pasó un momento; podía escuchar el reloj sobre la repisa. Se sintió demasiado débil como para desasirse del escritorio; se preguntó si debía ir a buscar ayuda.

Escuchó pasos apresurados en el pasillo que se acercaban.

La puerta se abrió de un golpe.

Un segundo después, Simón estaba allí, abrazándola, observando su rostro. Siguió su mirada, miró, maldijo—luego la atrajo hacía sí, apartándola de aquella horrible visión, interponiendo su cuerpo entre ella y el escritorio.

Ella cerró sus dedos en sus solapas; se aferró a él, temblando, y ocultó su cara en su pecho.

"¿Qué ocurre?" Charlie estaba en el umbral.

Simón le indicó con la cabeza el lugar detrás del escritorio. "Kitty..."

Simón sostuvo fuertemente a Portia, consciente de su temblor, de los escalofríos que le recorrían la espalda. Al diablo con las convenciones; la abrazó con fuerza, la cerró contra él, contra su calidez, inclinó la cabeza, rozó su frente con la mandíbula. "Está bien."

Ella suspiró ahogadamente, se aferró aún con más fuerza a él; él sintió que ella luchaba por controlar su reacción, y la impresión. Eventualmente, sintió que su espalda se tensaba todavía más. Levantó la cabeza, pero no retrocedió. Miró hacia el escritorio.

A Charlie, quien había mirado detrás del escritorio y ahora estaba reclinado contra el frente del mismo, pálido, halando de su corbata. Maldijo, luego miró a Simón. "¿Está muerta, verdad?"

Portia respondió, con voz temblorosa. "Sus ojos..."

Simón miró a la puerta. Nadie más había llegado. Miró a Charlie. "Ve a buscar a Blenkinsop. Cierra la puerta al salir. Después de decir a Blenkinsop que venga, será mejor que encuentres a Henry."

Charlie parpadeó, luego asintió. Se puso de pie, suspiró profundamente, se arregló su chaleco y se dirigió a la puerta.

Portia temblaba con más fuerza. En cuanto se cerró la puerta, Simón se inclinó y la levantó en sus brazos. Ella se aferró a su saco, pero no protestó. Él la llevó a las sillas que se agrupaban frente a la chimenea principal, y la acomodó en una de ellas.

"Espera aquí." Revisando con la vista la habitación, ubicó la mesa del bar; se acercó a ella y sirvió un gran trago de brandy en un vaso de cristal. Regresando al lado de Portia, se desplomó en una silla a su lado. Observó su pálido rostro. "Toma. Bebe esto."

Ella intentó tomar el vaso de sus manos; por último tuvo que usar ambas manos. Él le ayudó a llevar el vaso a sus labios, lo sostuvo para que ella pudiera beber.

Permaneció allí ayudándola a beber; eventualmente, un leve color regresó a sus mejillas, un indicio de su habitual fuerza regresó a sus oscuros ojos.

Relajándose, la miró. "Aguarda aquí. Voy a dar una vuelta antes de que llegue el caos."

Ella tragó en seco, pero asintió.

Él se levantó, cruzó ágilmente la habitación, miró la forma encogida de Kitty. Reposaba sobre la espalda, con las manos levantadas a la altura de los hombros—como si hubiese luchado hasta el final con su asesino.

Por primera vez sintió realmente compasión por ella; podía ser un desastre social, pero esto no le daba a nadie el derecho de poner fin a su vida. Había rabia, también, no lejos de la superficie; pero esto era más complejo, y no se debía solamente a Kitty; la refrenó, catalogando mentalmente todo lo que pudo ver.

El asesino estaba detrás de Kitty y la había estrangulado—se volvió para verificarlo—con la cuerda de una de las cortinas de la puerta de vidrio más cercana. Kitty era la mujer más pequeña de la reunión; apenas medía poco más de un metro sesenta. No debió haber sido difícil. Miró alrededor del cuerpo, miró sus manos, pero no vio nada fuera de lo habitual, excepto que llevaba un traje diferente del que había usado para almorzar. Aquel era un traje de mañana, relativamente sencillo; éste era más bonito, un traje de té cortado de manera que mostraba sus voluptuosas curvas y, sin embargo, perfectamente adecuado para una dama casada.

Miró el escritorio, pero nada estaba fuera de lugar; no había una carta sin terminar, no había manchas en el secador; las plumas reposaban ordenadamente en su bandeja, los frascos de tinta estaban cerrados.

No que imaginara que Kitty había ido a la biblioteca a escribir cartas.

Regresando a Portia, sacudió la cabeza en respuesta a su mirada que lo interrogaba. "No hay ninguna pista."

Tomó el vaso que ella le ofrecía. Todavía estaba a medio llenar. Lo bebió de un golpe, agradeciendo el calor que el brandy le esparció por el cuerpo. Había estado nervioso antes, pensando en las ramificaciones de lo que había hablado con Portia. Y ahora esto.

Suspiró y la miró.

Ella levantó la mirada, encontró sus ojos.

Pasó un momento; ella levantó una mano y se la ofreció.

Él la tomó en la suya, sintió que sus dedos lo apretaban con fuerza.

Miró hacia la puerta; ésta se abrió de un golpe—Henry y Blenkinsop irrumpieron en la habitación, con Ambrosio y un lacayo siguiéndolos inmediatamente después.

Las horas siguientes fueron de las más horribles que podía recordar Simón. "Shock" era una palabra demasiado débil para describir cómo afectó a todos la muerte de Kitty. Todos estaban atónitos, incapaces de asimilarlo. A pesar de todo lo que había ocurrido ante sus ojos durante los últimos días, nadie hubiera soñado que terminaría así.

"En ocasiones quise estrangularla," dijo James. "Pero nunca soñé que alguien lo hiciera."

Alguien lo había hecho.

La mayoría de las damas estaban consternadas. Incluso Lady O, quien se olvidó de apoyarse en su bastón, y se olvidó por completo de golpear el piso con él. Drusilla era la más serena, aun cuando también ella tembló, palideció y se desplomó en una silla cuando escuchó la noticia. En su muerte, Kitty inspiraba más simpatía de la que había inspirado nunca en vida.

Entre los hombres, una vez pasada la primera impresión, la confusión era la emoción más prevaleciente. Esta, y una preocupación cada vez mayor por lo que sucedería luego, sobre el desarrollo de la situación.

La atención de Simón, su conciencia, permanecieron fijas en Portia. Horas más tarde, ella seguía en schock, azotada por temblores ocasionales. Sus ojos eran enormes, sus manos aún sudaban. Él deseaba tomarla en sus brazos, llevarla lejos, muy lejos de allí, pero eso sencillamente no era posible.

Se había mandado llamar a Lord Willoughby, el juez local, quien llegó y, después de presentar sus condolencias y contemplar el cuerpo, que aún seguía tendido detrás del escritorio de la biblioteca, se dirigió al estudio de Lord Glossup. Habló con cada uno de los caballeros por turnos, y luego hizo llamar a Portia para que le contara lo que había visto.

Simón la acompañó como si tuviese derecho a hacerlo. Ella no se lo pidió, él no le preguntó, pero desde que había tomado su mano en la biblioteca, ella la soltaba únicamente cuando era absolutamente necesario. Arrellanada en un sillón al lado de una chimenea que había sido encendida apresuradamente, con Simón a su lado en el brazo del sillón, narró entrecortadamente los detalles de su horripilante descubrimiento.

Lord Willoughby, con los anteojos encaramados en la punta de la nariz, tomaba notas. "Entonces ¿sólo estuvo en la biblioteca, digamos, cinco minutos, antes de encontrar a la señora Glossup?"

Portia reflexionó, luego asintió.

"Y ¿no vio ni escuchó usted a nadie que saliera de la habitación, ni cuando entró desde el recibo, ni cuando entró a la biblioteca—verdad?

Ella asintió de nuevo.

"¿Absolutamente a nadie?"

Simón se movió, pero Willoughby sólo estaba haciendo su trabajo, de la manera más amable posible. Era un caballero mayor y paternal, pero su mirada era aguda; parecía advertir que la falta de respuesta de Portia no se debía a que ocultara algo.

Ella se aclaró la garganta. "A nadie."

"Entiendo que las puertas de la terraza estaban abiertas. ¿Miró usted hacia fuera?"

"No. Ni siquiera me acerqué a las puertas, sólo pasé por su lado."

Lord Willoughby sonrió animándola. "Y luego la vio y llamó al señor Cynster. ¿No tocó usted nada?"

Portia negó con la cabeza. Willoughby se volvió hacia Simón.

"Yo no vi nada—de hecho, miré, pero no parecía haber nada extraño, nada fuera de lugar."

Willoughby asintió y escribió algo más. "Bien, entonces creo que no necesitaré importunarlos más." Sonrió amablemente y se puso de pie.

Portia, asida todavía de la mano de Simón, se levantó también. "¿Qué pasará ahora?"

Willoughby miró a Simón, luego a ella. "Me temo que debo hacer venir a uno de los detectives de Bow Street. Les enviaré mi informe esta noche. Si tenemos suerte, un funcionario estará aquí mañana en la tarde." Sonrió de nuevo, esta vez para tranquilizarlos. "Son mucho mejores que antes, querida, y, en un caso semejante..." Se encogió de hombros.

"¿Qué quiere decir—un caso semejante?"

Willoughby miró de nuevo a Simón, luego sonrió. "Infortunadamente, parece que, aparte del señor Cynster aquí presente, y del señor Hastings, ninguno de los otros caballeros pueden decir dónde se encontraban en el momento del asesinato de la señora Glossup. Desde luego, hay gitanos en los alrededores, pero, actualmente, es mejor seguir los procedimientos adecuados."

Portia lo contempló fijamente; Simón podía leer sus pensamientos con facilidad. Quería que atraparan al asesino, *quien quiera* que fuese.

Simón se volvió hacia Lord Willoughby y, con una inclinación, salió con Portia de la habitación.

Lord Willoughby habló con Lord Glossup, y se marchó.

* * *

La cena, un refrigerio frío, se sirvió temprano. Todos se retiraron a sus habitaciones antes de la caída del sol.

Sentada en el asiento empotrado en la ventana, con los brazos cruzados sobre el alféizar y la barbilla apoyada en ellos, Portia contemplaba cómo desaparecía la luz dorada del sol en el cielo.

Y pensó en Kitty. La Kitty—las muchas Kittys—que había atisbado en días pasados. Había sido bella, vivaz, capaz de ser agradable y encantadora, pero también vengativa, superficial, capaz de herir a los demás a sabiendas. Exigente—eso, quizás, había sido su mayor crimen, su última locura. Exigía que la vida, toda la vida que la rodeaba, se centrara en ella y sólo en ella.

En todo el tiempo que Portia la había observado, nunca había visto que Kitty realmente pensara en nadie más.

Un escalofrío la recorrió. Había algo que no podía apartar de su mente. Kitty había confiado en alguien—había ido a encontrarse con alguien en la biblioteca, un lugar al que no hubiera entrado con otro fin. Se había cambiado de traje; la expectativa que ardía en ella durante el almuerzo regresó a la mente de Portia.

Kitty había confiado con poca inteligencia. Y fatalmente.

Pero había más de una manera de perder la vida.

Se detuvo, hizo una pausa mentalmente, para ver si ya estaba preparada para apartar a Kitty de su mente y para ocuparse de las preguntas que la asediaban. Las preguntas que evolucionaban, escalando emocionalmente, y que afectaban su futuro, su vida y la de Simón—las vidas que debían vivir a pesar del fallecimiento de Kitty.

Siempre había sabido que había muertes que una dama viviría si no tenía cuidado. Durante cuánto tiempo había sabido que esta idea se aplicaba a ella...honestamente no podía recordarlo. Quizás, en el fondo, en lo profundo de su interior, aquella había sido la razón por la cual había evitado tan decididamente a los hombres—y el matrimonio—durante tanto tiempo.

El matrimonio siempre sería, para ella, un riesgo; de ahí la búsqueda del marido *adecuado,* de aquel que le ofreciera todo lo que ella requería, y le permitiera manejarlo, dominar su interacción, y hacer lo que ella quisiera. Su carácter no le permitiría vivir en una relación que buscara limitarla; la rompería, o la relación la rompería a ella.

Y ahora estaba allí, enfrentando la perspectiva de casarse con un hombre lo suficientemente fuerte como para doblegarla a su voluntad. Un hombre al que ella no podía romper, pero quien, si le concedía su mano, podría romperla a ella si lo deseaba.

Siempre había sabido cómo era Simón; nunca, ni siquiera a los catorce años, se había equivocado sobre su calibre; lo había visto como el tirano que era. Pero nunca hubiera soñado que decidiera casarse con ella—ciertamente, ella nunca había pensado en casarse con él. Sin embargo, lo había decidido y ella, con su curiosidad acerca del matrimonio, nacida del deseo de tener un esposo—algo que, gracias al cielo, él aún no sabía—literalmente, se había puesto en sus manos.

Y él había dejado que lo hiciera.

No era de sorprender; eso era algo que se ajustaba perfectamente a su naturaleza.

Contemplando los jardines que se sumían en la oscuridad, pensó de nuevo en él, en todo lo que compartían. Y aún no sabía.

Y todavía deseaba aprender.

¿Era amor lo que crecía entre ellos? ¿O algo que él había inventado para atraerla?

Aparte de esto, ¿era realmente capaz de darle toda su libertad, dentro de límites razonables, de permitirle ser como era? O bien, ¿era este ofrecimiento sólo una táctica para que aceptara casarse con él?

Dos preguntas—ambas ahora claras en su mente.

Sólo había una manera de saber las respuestas.

Dame una oportunidad.

Tendría que ponerlo a prueba.

Por la ventana, contempló cómo se agrandaban las sombras, se hacían más oscuras. Miró caer la noche, envolviendo los jardines en el silencio.

Pensó otra vez en Kitty, muerta en la casa donde se conservaba el hielo.

Sintió la sangre que aún corría por sus propias venas.

Todavía tenía que vivir su vida, y esto significaba hacer de ella lo mejor posible. Nunca le había faltado el valor; nunca en su vida había eludido un reto.

Nunca había enfrentado un reto como este.

Tomar la situación que él había creado y sacar de ella la vida que ella quería, reclamarle—a él, entre todos los hombres—las respuestas, las garantías que necesitaba para sentirse segura.

La verdad es que ya no había vuelta atrás. No podía fingir que no había sucedido lo que había sucedido entre ellos, ni que aquello que se había desarrollado entre ellos, y aún crecía, no existía.

O que podía, sencillamente, alejarse de ello, de él—que él se lo permitiría.

No tenía sentido fingir.

En chaleco y mangas de camisa, Simón estaba en su habitación, al lado de la ventana, mirando cómo las aguas del lago se convertían en tinta.

Sintiéndose en un estado de ánimo igualmente negro.

Quería acudir al lado de Portia—ahora, esta noche. Quería envolverla en sus brazos y saber que estaba a salvo. Quería, con un deseo que era nuevo y novedoso, y tan diferente de la pasión que no podía creer en su fuerza, hacer que se sintiera segura.

Este era el impulso que lo dominaba, y que no podía satisfacer.

Este solo hecho alimentaba su intranquilidad, cada vez más profunda.

Ella estaba en su habitación, sola. Pensando.

No podía hacer nada al respecto—no podía hacer nada para incidir en sus conclusiones.

No podía recordar estar tan totalmente inseguro de ninguna otra mujer en su vida; ciertamente, nunca se había visto tan impedido en su capacidad de someter una mujer a su voluntad.

No podía hacer nada. A menos que ella viniera a él, no podría tratar de persuadirla. Para convencerla de que siguiera con él y explorara la posibilidad de hacer funcionar un matrimonio—algo con lo que ahora estaba plenamente comprometido. Había hablado completamente en serio al prometer que encontraría maneras de permitirle su libertad tanto como pudiera.

Haría cualquier cosa para conseguir que ella se casara con él; la alternativa no era algo que estuviese dispuesto a enfrentar.

Sin embargo, en aquel momento, era impotente. Estaba habituado a controlar su vida, a poder hacer algo respecto a cualquier cosa de importancia. Pero en esto—algo que le importaba más que todo—hasta cuando ella viniera a él y le diera la oportunidad, no podía tomar ninguna acción.

Su vida, su futuro, estaban en manos de Portia.

Si ella le diera pocas oportunidades de persuadirla, y luego decidiera rechazarlo, la perdería, aun cuando fuese más fuerte que ella en todos los aspectos que importaban. Podía recurrir a la presión de toda la sociedad, y ella no se doblegaría. No cedería. Nadie lo sabía mejor que él.

Por qué se había obsesionado con una mujer de voluntad indomable, no lo sabía, pero era demasiado tarde para cambiar las cosas.

Hinchando el pecho, suspiró profundamente. Se había burlado de sus cuñados, muchos años atrás, por sus propios fracasos. Ahora no reía. Se encontraba en dificultades semejantes.

El picaporte hizo un ruido; se volvió cuando se abrió la puerta.

Portia entró, cerrándola tras de sí. Escuchó cómo se cerraba antes de que ella se volviera y lo mirara; luego, levantando la cabeza, atravesó la habitación.

Él permaneció perfectamente inmóvil. Apenas respiraba.

Se sintió como el predador que observa cómo su presa baila inocentemente hasta llegar a su lado.

La débil luz de la luna la iluminó cuando se acercó; él vio su expresión, su mirada serena, la decisión en su rostro.

Se dirigió directamente a él, le tomó el cuello con la mano y atrajo sus labios a los suyos.

Lo besó.

El fuego estaba aún allí, entre ellos; cobró vida en cuanto ella separó los labios bajo los suyos, mientras él respondía instintivamente.

Moviéndose lentamente, dándole tiempo suficiente para retroceder si deseaba hacerlo, deslizó sus manos a su cintura y, cuando ella no se quejó, las deslizó aún más, cerrando los brazos a su alrededor y atrayéndola contra sí.

Ella se hundió contra él; algo en él se abrió, se descongeló, se derritió. Él la besó, queriendo más, y ella se lo dio. Sin dudar, generosamente.

Él no sabía qué había decidido, qué rumbo tomaría ahora; sólo conocía el inexplicable alivio de tenerla en sus brazos. De que ella lo quisiera.

Ella lo deseaba; lo hizo muy claro, oprimiéndose contra él, acercándose más. Su lengua se entrelazó con la suya, deslizándose sensualmente, haciendo más profundo el beso, paso a paso. Queriendo más, tomando más, dando más. Besándolo con su habitual concentración completa, con su acostumbrada devoción al momento.

Él sabía que era algo deliberado—que ella había decidido tomar este camino.

De manera igualmente deliberada, hizo a un lado sus argumentos, su persuasión, y se limitó a seguirla.

Rodeó con sus brazos la parte de arriba de sus muslos y la levantó contra él. Ella respondió con un ardiente murmullo, entrelazó sus brazos en el cuello e inclinando la cabeza hacia la suya, se deleitó en su boca. Él se detuvo, distraído, momentáneamente perdido mientras luchaba por calmar sus exigencias; luego saqueó su boca, tomó el dominio de nuevo, y la llevó a la cama.

Ambos cayeron sobre ella; él instintivamente rodó para atraparla bajo él. Ella suspiró, luego asió sus cabellos, sus hombros, se aferró al beso y se contorsionó, luchó, hasta que él rodó hacia el otro lado y le permitió hacer lo que quisiera, dejó que se subiera sobre él, liberada de su peso.

Recordó que ahora era él el suplicante, sabía que ella no lo olvidaría. Se dispuso a aplacarla, a seducirla y atraerla como si todo empezara de nuevo.

Dedicó su mente, y sus manos, labios, boca y lengua a esta tarea. A entregarse, en cuerpo y alma, a ella.

Sintió, en el momento que registró el pensamiento, el momento en que él lo aceptó y dejó que así fuera, que la invadía una sensación de satisfacción, la oleada de un mar más profundo. Ésta aceptación imbuía sus caricias, fluía por entre sus dedos mientras le acariciaba la nuca, se esparcía por su cuerpo mientras se acomodaba a su lado.

Abiertamente dispuesto a que ella hiciera su voluntad.

Ella vaciló, sospechosa, pero luego aceptó la tácita invitación, alzándose sobre él para saborear mejor su boca. Extendiendo las manos, tomó los lados de su rostro y lo mantuvo cautivo mientras dejaba salir un suspiro de satisfacción, liberaba sus labios y, con los ojos brillantes bajo sus pesados párpados, recorría su cabello con sus dedos.

Tomándolo como un signo, su mano le acarició la espalda, alisó su traje, comenzó a desabotonarla.

Ella hizo un sonido de protesta; poniendo las manos sobre su pecho se levantó, se contorsionó hasta quedar a caballo sobre su cintura, y luego lo miró a la cara.

Él no tenía idea de qué podía ver, pero permaneció inmóvil, con las manos pasivamente a ambos lados de Portia, observando como lo estudiaba, y aguardó a que ella tomara la iniciativa.

Portia lo miró, miró su rostro iluminado por la luz de la luna que entraba cada vez con más fuerza por la venta. Podía leer su aceptación, su disposición, al menos esta noche, al menos allí, a hacer todo lo que ella quisiera. A comportarse como ella se lo ordenara.

Ella quería—necesitaba—más.

"Sugeriste un ensayo. ¿Lo decías en serio?"

Con ella sobre él, no podía ver sus ojos claramente como para leerlos. Él la miró, vaciló, y dijo, "Quise decir que deberíamos comportarnos como si estuviésemos casados, para que puedas ver—convencerte—que es posible. Que el estar casada conmigo no será el desastre que temes."

"Entonces ¿no ordenarás, mandarás?" Hizo un gesto con la mano. "¿No te harás cargo, controlarás?"

"*Intentaré* no hacerlo." Apretó los labios. "Estoy dispuesto a doblegarme tanto como pueda, a darte toda la libertad que sea razonable, pero no puedo..."

Cuando se detuvo, ella suplicó. "¿Cambiar tus tendencias?"

Ella lo sintió suspirar.

"No puedo ser alguien que no soy, como tú tampoco puedes aceptar que te fuercen a ser alguien que no eres." Sostuvo su mirada. "Lo único que podemos hacer es intentar, hacer lo que podamos."

La sinceridad de su voz penetró su desconfianza y la conmovió. Era suficiente por ahora—era garantía suficiente, una invitación a probarlo y a ver.

"Muy bien. Intentémoslo, y veamos qué tan lejos llegamos."

Sus manos grandes, poderosas, fuertes, permanecían pasivamente a su lado; no incitaban, no presionaban... aguardaban.

Ella sonrió, se inclinó y lo besó. Incitada, entonces, mientras sentía que sus manos se tensaban, se apartaban. Lo congeló con la mirada.

Y comenzó a deshacer su corbata. Liberó el alfiler de diamante y lo deslizó en el borde de su chaleco; luego se dispuso a deshacer el nudo, consiguiéndolo finalmente. De detuvo con la corbata colgando en la mano, las posibilidades aleteando en su mente, y luego sonrió.

Tomó la larga tira entre sus manos, y la dobló para formar una venda.

La puso sobre sus ojos. "Es tu turno."

La mirada de su rostro era invaluable; sin embargo, no podía rehusarse; se alzó en la cama, apoyado en los codos, con la cabeza inclinada, mientras ella ataba la venda.

"Espero que sepas lo que haces," murmuró.

"Creo que me las arreglaré."

Con él ciego, podía olvidar la necesidad de ocultar su expresión, podía concentrarse completamente en él, en asegurar lo que deseaba de él.

Con los dedos en sus hombros, lo empujó hacia atrás; él estaba acostado otra vez, extendido bajo ella sobre la cama. El espaldar de la cama y su pila de almohadas estaban a su derecha; a su izquierda, entraba el resplandor de la luna, iluminándolo tenuemente.

Se dispuso a crear la escena que tenía en mente, el escenario en el que lo probaría aquella noche.

Capítulo 12

La idea era demasiado intrigante como para rechazarla. Abriendo su chaleco, lo retiró de sus hombros, luego lo hizo levantar lo suficiente como para arrancarlo y lo lanzó volando al suelo.

El se reclinó en la cama; ella se abalanzó a la hilera de botones que cerraban su camisa. Con los dedos ocupados, observó su rostro; vendado, no podía ver que ella lo observaba, así que tenía menos cuidado en ocultar su expresión. Por lo que podía ver, había adivinado al menos parte de sus intenciones, y no estaba completamente seguro de cómo se sentía.

Su sonrisa se hizo más decidida cuando soltó el último botón, sacó la camisa del cinturón y abrió su camisa de un golpe. Tendría que sonreír y soportarlo.

"Piensa en Inglaterra," dijo, extendiendo sus manos sobre él.

Ávidamente, con los dedos extendidos, llenó sus sentidos con la esculpida belleza de su pecho, cautivada por la abundancia táctil de su piel firme y lisa cubierta de cabellos ásperos; se deleitó en los fuertes músculos que la sostenían, reverenció su anchura y su fuerza inherente, se complació en su promesa.

Él se movió. "Sobreviviré."

Su sonrisa se tornó malévola. Le arrancó la camisa y la lanzó al aire; luego se inclinó y tocó su clavícula con la punta de la lengua. Subrepticiamente, él suspiró; los músculos de su abdomen se tensaron al contener el aliento. Decidida, se acomodó en su pecho desnudo—para incitarlo, seducirlo, torturarlo.

Para lamer y succionar sus pezones. Con sus dientes, luego con la lengua.

Hasta que se movió, hasta que sus manos, pasivamente tendidas hasta entonces en sus caderas, comenzaron a apretarse, hasta que los músculos de sus brazos se tensaron.

Con una última lamida larga, se sentó.

Se apoyó en las rodillas, retrocedió y levantó sus faldas; luego se sentó sobre sus duros muslos.

Inclinándose hacia delante, puso de nuevo sus manos sobre su pecho; luego, lentamente, gradualmente, las deslizó hacia abajo.

Sobre los corrugados músculos de su estómago. Hasta su cintura.

Bajo sus manos, los músculos se movía, se cerraban.

Satisfecha, retrocedió, aguardó. Observó cómo se relajaba su anticipación. Él suspiró.

Ella tomó su cinturón. Desabotonó su pantalón, y cerró sus manos, ambas manos, sobre él.

Él se tensó todo; todos los músculos de su cuerpo se apretaron; durante el primer minuto, mientras ella lo soltaba y luego lo apretaba de nuevo, luego lo acariciaba, exploraba, él no respiraba.

Luego lo hizo, levemente. "¿Puedo hacer una sugerencia?"

Ella lo pensó, luego lo invitó con su tono más áspero, "Sugiere lo que quieras."

Él levantó sus manos de donde estaban sobre el cobertor, y las cerró sobre las de ella.

Le enseñó exactamente lo que ella deseaba saber. Como tocarlo, como darle placer, como complacerlo hasta que su aliento se ahogó en su garganta.

Hasta que respiró profundamente, retiró sus manos, se movió bajo ella, luchando por quitarse los pantalones.

Ella se levantó y lo ayudó, los bajó por sus piernas y lo desnudó.

Acostado, con sólo la venda blanca de su corbata sobre los ojos, sin nada que lo ocultara, era una visión que la dejó sin aliento.

Todo esto era suyo.

Si se atrevía a reclamarlo.

Ella lamió sus labios, luego, de rodillas, se subió de nuevo en sus piernas. Levantando sus faldas para que cayeran a su alrededor, para que él pudiera sentirlas contra su piel desnuda—y sentir su calor, el calor del lugar que dolía y palpitaba entre sus muslos, atrozmente cercano cuando ella se sentó de nuevo sobre sus muslos, observando cuidadosamente su rostro todo el tiempo.

Evaluando su estado mientras se acomodaba, deshaciéndose de su camisón para que su piel desnuda se uniera a la de él—en el instante en que cerró sus manos de nuevo sobre su rígida erección.

La oleada de impulsos que lo recorrían era fuerte como una marea; se rompió contra el muro de su voluntad, esforzándose bajo la presión, pero se negó a ceder. Se aferró, con el aliento cada vez más entrecortado.

Ella sonrió; aún no había terminado con él.

Mirando hacia abajo, admiró el premio que encerraba en sus manos; luego se inclinó y tocó con los labios la piel ardiente, suave como la de un bebé.

Él se sacudió, perdió el aliento.

Amorosamente, recorrió la cabeza con sus labios, luego lamió a su alrededor, bajando por la larga vaina... observó su rostro, observó cómo apretaba la mandíbula, más fuertemente que nunca...

Osadamente, abrió los labios y lo metió en su boca.

Él emitió un sonido estrangulado. Extendió los brazos hacia ella, enredando sus dedos en sus largos cabellos.

"No. No lo hagas."

Apenas podía comprender las palabras.

Ella lo soltó, miró su rostro más de cerca. "¿Por qué no? Te agrada."

Por lo que ella podía ver, tomarlo entre sus labios había sido la tortura más exquisita que había inventado hasta entonces.

"Ese no es el punto." Suspiró entrecortadamente. "No en este momento."

"Hmmm." Le agradaba su sabor, le agradaba la sensación de tenerlo tan embelesado.

"Por Dios, compadécete de mí." Sus manos asían los brazos de Portia; él la animó a que prosiguiera. "Más tarde—en otra ocasión."

Ella sonrió. "¿Prometido?"

"Palabra de Cynster."

Ella rió. Apoyándose en sus rodillas, se inclinó hasta quedar sobre sus caderas; no había nada entre su piel y la de ella; sólo unos pocos centímetros de aire separaban su erección de la suavidad que había entre sus piernas.

Él dejó de moverse en cuanto ella se movió; parecía contener el aliento.

Ella lo consideró, luego se inclinó y lo besó amorosamente—no se sorprendió cuando él le tomó la cabeza y saqueó su boca, la bebió vorazmente.

Una fuerte tensión invadía en el duro cuerpo que yacía bajo el de ella.

Ella se retiró. Él la dejó... aguardó, respirando agitadamente...

Cuando no se movió, él exclamó, "¿Sabes lo que estás haciendo?"

Ella no era tan inocente, al menos en lo que a eso se refería. Había una serie de libros en la biblioteca de Calverton Chase que su hermano, Luc, siempre insistía en poner en la repisa más alta. Se negaba a bajarlos. Por lo tanto, ella y Penélope, a la primera oportunidad, habían subido para bajar estos libros prohibidos. Muchos eran libros de ilustraciones—ilustraciones muy reveladoras. Nunca había olvidado por completo lo que había visto.

"En cierta forma." Se retiró un poco más. "Sé que es posible, pero dímelo." Inclinándose sobre sus caderas, pasó la lengua por uno de sus pezones, saboreando la sal de su piel. Dijo en un murmullo, "¿Cómo es que funciona esto exactamente?"

La risa que lo agitó era áspera, abrupta—como si estuviese adolorido. Su pecho se hinchó. "Muy sencillo." La asió por las caderas. "Así."

Aun cuando no podía ver, la guió expertamente hacia arriba y hacia abajo, hasta que la penetró; inclinó sus caderas, y luego se detuvo obedientemente antes de que ella se lo ordenara.

Ella sonrió. "Ahora, supongo que me siento…" Apoyándose sobre su pecho, se irguió. "Así…"

No necesitaba una respuesta. El lento deslizamiento de su cuerpo en el suyo alteró su respiración, lanzó un largo y sensual estremecimiento por su espalda. Cerró los ojos mientras su cuerpo se entregaba, cubriendo la rígida fuerza del de Simón, acogiéndolo gradualmente, aceptándolo. Paso a paso, todo bajo su control, hizo fuerza hacia abajo, moviéndose y recibiéndolo cada vez más profundamente. Las sensaciones le insensibilizaban la mente, la invadían completamente—el calor, la presión, la sólida realidad. Exhalando, abrió más las rodillas para hundirse más, para tomarlo completamente, para que la penetrara tanto como era posible.

Y luego sostenerlo con fuerza.

"*¡Dios!*" Sus dedos se hundieron en sus caderas; la sostuvo. "Por caridad, quédate quieta un momento."

Su voz era casi un gemido.

Ella miró su rostro, el vacío que había labrado la pasión en su expresión, y le concedió un minuto; lo usó para absorber la sensación de sentirlo dentro de sí, la manera como la llenaba, la completaba, la manera como su cuerpo lo acogía. Sus sentidos repicaban, ardientes y vivos, dispuestos, aguardando todo lo que habría de venir.

Bajo ella, Simón se aferraba a la cordura con las uñas. Él le había dicho que sobreviviría... ya no estaba tan seguro. Ser sumido de esta manera en una carne femenina ardiente, más suave que la seda, mientras no podía ver, sabiendo que ella estaba completamente vestida, sintiendo el aire fresco en su piel desnuda, sintiendo que sus muslos apretaban sus costados—sabiendo que ella se proponía cabalgarlo hasta sumirlo en la inconsciencia, pero sin saber que pretendía después... si no hubiera estado acostado, ella lo habría puesto de rodillas.

Al parecer, su tiempo había terminado; ella tomó sus muñecas, aflojó las manos que la sujetaban por las caderas—volvió sus manos, entrelazó los dedos con los suyos y se apoyó en sus brazos mientras que, con los músculos aferrados a él y acariciándolo, se irguió.

Justo antes de perderlo, cambió de dirección.

Y se hundió aún más lentamente, aferrándose, apoyándose hacia abajo.

La mandíbula de Simón se cerró; apretó los dientes. Ella estaba tan apretada que era un milagro que no entrara en combustión espontánea sólo por la fricción. Tal como estaba, sus caderas se sacudieron involuntariamente cuando ella se hundió aún más.

"No, no. Debes permanecer quieto. Completamente quieto."

Retuvo una cáustica pregunta acerca de qué ejército pensaba enviar para mantenerlo en aquella posición. Se dijo a sí mismo que se lo había buscado, y tendría sencillamente que soportarlo.

Ella experimentó de nuevo, irguiéndose y luego sumiéndose en su cuerpo. Luego sus dedos, entrelazados con los de él, se apretaron; comenzó a cabalgarlo con fuerza.

Su entrenamiento había sido ejemplar, aunque en otro campo. Había cabalgado desde que podía caminar, había pasado años galopando salvajemente sobre las altas tierras onduladas de Rutlandshire. No había ninguna posibilidad de que se fatigara pronto.

El cuerpo se Simón se puso a la altura de su reto; luchó por permanecer tan inmóvil como pudo, para complacer sus deseos. Ella lo sostuvo, lo apretó con fuerza, y continuó cabalgando, saboreándolo de manera transparente, sólo que se movía cada vez con más velocidad.

Su respiración era entrecortada, como la de ella. Ella se aferró con más fuerza a sus manos, pero no se movió más lentamente. Él podía sentir cómo se apretaba, sentir la tensión que se enroscaba en ella, sentir cómo comenzaba a fusionarse, a condensarse.

Con un gemido ahogado, soltó sus manos, lo tomó por las muñecas y guió sus dedos a sus senos. Sin aliento, los tomó entre sus manos y luego los acarició evocadoramente, buscó y halló sus duras cimas, y apretó... hasta que ella gimió de nuevo, apretándolo, se movió; luego apoyó sus manos sobre su pecho, recuperó el ritmo y siguió cabalgando.

Más duro, más rápido, deslizando sus rodillas para tomarlo aún más profundamente. La lucha por permanecer pasivo casi le quiebra el corazón. Su pulso tronaba, galopando con ella, atrapado en el calor que escalaba, atrapado en el ritmo implacablemente más fuerte. Corriendo con ella. Incitándola a que siguiera.

Sus senos llenaban sus manos, henchidos y duros; ella gimió cuando la acarició, se ahogó cuando los apretó.

Se inclinó hacia delante, oprimiendo sus senos contra las palmas de sus manos. Con voz ronca, le ordenó, "Tócame."

No era necesario que preguntara dónde. Soltando sus senos, apartó sus faldas, cerró sus manos sobre sus muslos, y luego las deslizó hacia arriba. Movió una mano para aferrarse a su cadera. Con la otra, acarició sus húmedos bucles, escuchó cómo se interrumpía su respiración, sintió que su cuerpo se contraía casi dolorosamente a su alrededor.

Puso un dedo en su perla.

La acarició sabiamente.

Se detuvo. Sintió su ferviente súplica.

Oprimió.

Y ella estalló.

Con un suave gemido, tuvo un orgasmo; su cuerpo se contraía fuertemente, sus manos se aferraban a su pecho.

El cuerpo de Simón reaccionó.

La oleada de necesidad primitiva, de lujuria incitada, de deseo y tantas cosas más, casi destrozan su control. Con la cabeza hacia atrás, gimió, llenando de aire sus pulmones cerrados; aferrándose con los dedos a su cadera, se sumió en ella, la sostuvo hacia abajo, completamente empalada, inmóvil; luchó por asirse a las riendas de sus demonios, excitado, incitado, seducido y ahora aturdido, a la expectativa de ser liberado—de que le fuese permitido deleitarse en su cuerpo suave, femenino, saciado.

Con la mandíbula cerrada, los dientes apretados, conteniendo la respiración, aguardó...

Ella se desplomó sobre su pecho. Luego se irguió, guió sus labios a los suyos, y los besó.

Invitándolo—o al menos eso esperaba él. Rezaba por que así fuese.

La tensión que palpitaba bajo de su piel, la rigidez de su

cuerpo, la conmovió. Él sintió que vacilaba y luego se irguió de nuevo—y arrancó la venda de sus ojos.

Lo observó parpadear, luego encontró su mirada. La sostuvo mientras se estiraba sensualmente contra él—sonrió cuando sus manos se cerraron sobre sus caderas manteniéndola exactamente donde estaba, poseyéndola completamente.

Su expresión era la de una gata que se había comido un pote de crema; sostuvo su mirada y lanzó la venda a un lado. Bajó el brazo y recorrió su mejilla con los dedos.

Susurró suavemente, "Tómame, entonces."

Sus sentidos saltaron en un reflejo, y lo mismo hizo el resto de él, antes de recuperar su control y cerrar de nuevo todos sus músculos. Los ojos de Portia se agrandaron, pero el tenor de la sonrisa que curvaba sus labios—deliberadamente sensual—no desapareció.

Encontró sus ojos oscuros, soñadores, devorados por la pasión y, sin embargo, muy despiertos. Observando, aguardando para ver él qué hacía...

Sus alientos se mezclaron, el de Simón tenso y agitado, el de ella suave después del orgasmo.

Él no necesitaba otro acicate.

Ella le había extendido una invitación abierta, no había especificado. Se preguntó si ella podría incluso imaginar el impulso primitivo que lo dominaba, evocado por sus juegos.

Quería tomarla por detrás, colocarla de rodillas delante de él, con las faldas sobre sus hombros como una cautiva sometida, penetrarla y sentir que se abría a él, cedía ante él.

Suya.

Se lamió los labios. Soltando su cadera, la rodeó con los brazos y comenzó a desabotonar su traje.

Sostuvo su mirada mientras lo hacía.

Se dijo a sí mismo que la tendría como lo deseaba—algún día.

Pero aún no. Más tarde, si jugaba bien sus cartas esta noche, mantenía la cabeza fría durante los próximos días— quizás semanas—luego, algún día, podría dejar caer las riendas y mostrarle exactamente lo que significaba para él.

Exactamente cómo lo hacía sentir.

Moviéndose dentro de ella tan poco como era posible, deslizó su traje sobre su cabeza. Ella le ayudó levantando los brazos, agitándose para liberarse de los pliegues, ayudándolo también a retirar su corpiño.

Dejándola desnuda con excepción de sus medias.

La hizo rodar debajo de él.

Casi pierde la cabeza cuando ella oprimió su hombro hacia atrás. "Espera."

Su control vaciló, se quebró, comenzó a desaparecer...

Ella se movió debajo de él. El tomó un poco de aire, abrió sus labios para decirle que no *podía* esperar...

En lugar de hacerlo, parpadeó y miró, asombrado, cómo levantando una de sus largas piernas, le bajó la media—o más bien, la subió y se la quitó. Atrapó su mirada mientras la lanzaba lejos. "Me gusta sentir mi piel contra la tuya."

No iba a discutir; le permitió moverse lo suficiente como para que pudiera repetir la misma hazaña con la otra pierna, advirtiendo, con una fascinación creciente, la facilidad con la que lo hacía.

Nuevos panoramas florecieron en su mente.

Pero luego ella lanzó la otra media al aire, entrelazó sus brazos alrededor de su cuello, e inclinó la cabeza.

"Ya. Ahora puedes..."

Él la interrumpió con un beso ardiente.

Le quitó el aliento, saqueó su boca, e hizo girar sus sentidos—más rápido, más fuerte, más rápido aún—hasta que ella se arqueó bajo él, con una súplica incipiente...hasta que ancló sus caderas y la penetró.

Otra vez, otra vez, una vez más.

Sintió que las riendas se le escapaban y que no podía asirlas de nuevo; sólo podía entregarse a la tormenta. A la urgencia cegadora que llevaba su cuerpo a poseer el de ella.

Lejos de quejarse, ella se arqueó bajo su cuerpo, arañando su espalda con sus uñas. Exigiendo flagrantemente, ordenando, deseando . . . tan desesperada como él por más.

Él separó aún más sus piernas; ella fue un paso más allá, levantó sus largas piernas y las entrelazó alrededor de sus caderas, abriéndose a él, dándole todo lo que deseaba.

Con el corazón latiendo aceleradamente, tomó, la tomó, se entregó.

Con la cabeza hacia atrás se apoyó, la dejó ir, cerró los ojos—y dejó que el poder vertiginoso lo poseyera. Lo recorriera, lo impulsara.

Sintió que lo cercaba, lo arrebataba.

Lo destrozaba.

Sintió que ella se aferraba a él mientras se estremecía, supo cuando se le unió.

Sintió que el éxtasis fluía a través de ellos, derritiendo sus cuerpos.

Sintió que tronaba por sus venas y fusionaba sus corazones.

Portia se reclinó sobre las almohadas donde la había puesto Simón una vez pasado el tumulto.

Había pasado, pero no había muerto aún. Sus secuelas aún los poseían, mientras el calor se disipaba lentamente y la languidez hacía pesados sus miembros.

Ella podría acostumbrarse a esto; a esta sensación de intimidad, a compartir, a la fiereza. Al gozo.

Tenía un brazo extendido sobre las almohadas detrás de su cabeza, y con el otro revolvía ociosamente su cabello, cuya fina textura era un deleite sensual. Él yacía desplomado a su lado, cubriendo la mitad de su cuerpo, con un brazo debajo de ella, su cabeza reclinada contra sus senos; la otra mano extendida posesivamente sobre su estómago.

Era pesado, cálido y...tan real. Se había retirado de ella sólo unos momentos antes; el cuerpo de Portia tardó en regresar a sí mismo, en ser suyo de nuevo, no de él, en no estar lleno de él. Se sentía curiosamente viva, con los sentidos aún brillando con una gloria persistente, con la carne aún henchida, caliente, palpitante, con el pulso todavía acelerado.

En la habitación refrigerada, Kitty yacía fría, más allá de todo sentimiento.

Durante un largo momento, Portia pensó en todo lo que había compartido ya con Simón, en todo lo que aún podrían encontrar entre ellos.

Y, en silencio, prometió no cometer los mismos errores de Kitty.

Valoraría la confianza y la consagración, vería el amor por lo que es, lo aceptaría sin importar de dónde surgiera, ni de quién.

Y se aseguraría—decididamente—de que él también lo hiciera.

Si lo que había entre ellos era amor, no sería tan loca como para luchar contra él. Por el contrario; si era amor, valía la pena luchar por él.

Miró hacia abajo, deslizó los dedos por sus suaves rizos cobrizos, más sedosos que los de muchas mujeres.

Él levantó la cabeza, encontró su mirada.

Ella la sostuvo y luego dijo, "No me casaré contigo a menos que lo desee."

"Lo sé."

Se preguntó si lo sabría, deseó poder ver sus ojos con más claridad, pero la luz de la luna había desaparecido, envolviéndolos en sombras.

Él suspiró, se apartó de ella, se movió en la cama y se acomodó de espaldas, atrayéndola a sus brazos. Con la sensación de desmadejamiento, de la saciedad que aún la invadía, descansó su cabeza sobre su pecho, en el hueco debajo de su hombro. "Quiero aprender más, *necesito* aprender más, *pero* no lo entiendas como una aceptación."

Después de un momento, él levantó la cabeza y le besó el cabello. Se reclinó. "Duerme."

Sus palabras eran suaves; sus pensamientos, sospechó Portia, no lo eran. Él no era un hombre intrínsicamente suave; no era el tipo de persona que eludiera una pelea, que se alejara del campo de batalla ante el primer revés. Acometería de nuevo—infatigablemente, inmisericordemente, hasta llegar a su objetivo.

No le serviría de nada; ella no cedería.

Pero se lo había advertido—y él la había advertido a ella. Una especie de tregua, compleja y condicional, pero que bastaba para que pudieran continuar. No sólo explorando lo que había entre ellos, sino para enfrentar lo que habrían de traerles los próximos días. El "caballero de Bow Street" y el inevitable desenmascaramiento del asesino de Kitty. Cualquier cosa que fuere, lo enfrentarían hombro a hombro, ligados por una comprensión tan fundamental que no requería afirmarla.

Había sido un largo día; sus acontecimientos habían creado una indecible agitación.

Pasaban los minutos; el pesado latido del corazón de Simón justo debajo de sus oídos la tranquilizaba y la consolaba.

Cerrando los ojos, se entregó a la noche.

Simón la despertó como había deseado que lo hiciera la mañana anterior.

Dormía profundamente; su cuerpo respondía a los cuidados de Simón incluso sin despertar. Extendiendo sus muslos, se acomodó entre ellos y la penetró.

Sintió que ella se arqueaba, sintió que contenía la respiración; luego suspiró y abrió sus brillantes ojos azules. Ojos tan oscuros que hipnotizaban; mientras se movía dentro de ella, sintió que se ahogaba en sus profundidades.

Ella se levantó con él, aferrada a él, cerrando los ojos finalmente cuando se rompió con un suave gemido.

Un gemido que lo atravesó, que hundió sus garras en sus músculos y huesos tensados, se envolvió en sus entrañas, su corazón, su alma, y lo arrastró al vacío, sobre el borde del mundo y hacia un dulce olvido.

Envuelto en los cobertores, estaba sobre ella, agudamente consciente de cómo se ajustaban el uno al otro. Ella volvió la cabeza y sus labios se encontraron, aferrándose, acariciando. Ella lo sostenía con facilidad en sus brazos, lo acunaba entre sus esbeltos muslos.

Se acercaba el amanecer. Él no podía dejarla dormir. La despertó aún más, la sacó de la cama y la hizo vestir.

Refunfuñando, ella le hizo saber que la madrugada no era su momento predilecto para estar rondando por las casas de campo.

La llevó de regreso a su habitación sin que los vieran, abrió la puerta y besó las puntas de sus dedos; luego la hizo entrar y cerró la puerta tras de sí.

Portia escuchó los pasos que se alejaban, frunció las cejas ante la puerta cerrada. Hubiera preferido permanecer a salvo y calientita entre sus brazos, al menos durante la próxima hora. El tiempo suficiente para recuperar sus energías— energías que él había agotado tan eficientemente. Seguir el ritmo de sus pasos a través de los pasillos había exigido concentración—para mantener sus músculos en movimiento, ignorando las extrañas punzadas y dolores.

Tenía la fuerte sospecha de que él no sabía realmente... cuán vigoroso era.

Ahogando un suspiro, se volvió y miró alrededor de su habitación.

Estaba como la había dejado la noche anterior, con el cobertor vuelto hacia afuera, la ventana abierta, las cortinas sin correr.

Pensó acostarse, sin duda la opción más razonable, al menos en el estado en que se encontraba. Pero si se acostaba, se quedaría dormida—tendría que quitarse el traje y ponerse su camisa de dormir; de lo contrario, ¿cómo se lo explicaría a la mucama?

El problema era insoluble, al menos como se sentía ahora; no tenía la energía suficiente para desabotonar el traje que Simón acababa de abotonar.

Eso le dejaba la silla al lado de la chimenea o el asiento empotrado en la ventana. La brisa que soplaba por la ventana llevaba el frío de la madrugada; se dirigió a la silla. La fría chimenea no era una vista agradable. La volvió hacia la ventana, y se hundió en sus cómodos cojines con un suspiro profundo.

Y dejó vagar libremente su imaginación. Examinó su propio corazón, se preguntó sobre el de Simón. Revisó sus objetivos, evaluó de nuevo sus aspiraciones. Recordó con una mueca su idea anterior que, de todos los caballeros que se encontraban allí, Simón Cynster, tal como era, representaba el epítome de la mayoría de las cualidades que debía tener un esposo—lo que había querido decir con ello, ahora lo veía lo suficientemente claro como para admitirlo, era que las cualidades que poseía eran aquellas que probablemente la persuadirían de contraer matrimonio.

Pero también conocía muy bien sus aspectos menos atractivos. Su sobreprotección siempre la había irritado; no obstante, era su posesividad dictatorial lo que más temía. Una vez que fuese suya, no podría escapar; sencillamente, era su manera de ser.

Se estremeció, se cruzó de brazos—hubiera querido haber pensado en tomar un chal, pero no tenía energía suficiente para levantarse y tomar uno.

La única manera de aceptar las pretensiones de Simón—

darle su mano y aceptar todo lo que esto significaba—sería confiar en que él siempre tendría en cuenta sus sentimientos, la manejaría, negociaría con ella, en lugar de imponer su voluntad arbitrariamente.

No era poco pedir eso a un tirano.

La noche anterior había acudido a él sabiendo que tendría el poder sobre él, confiando en que le permitiría utilizarlo. Él habría podido arrancar las riendas de sus manos cuando lo hubiera deseado—y, sin embargo, no lo había hecho, si bien esta restricción, evidentemente, le había costado mucho.

Había respetado las condiciones que ella había impuesto. Ella había pasado la noche segura, reafirmada en su propia vitalidad, en su capacidad de dar e incluso de amar. En su capacidad de confiar y de obtener la recompensa de esta confianza.

Anteriormente, nunca le habría permitido dictar los términos de la relación como lo había hecho la noche anterior, fuese cual fuese la situación. Sencillamente, no estaba en su naturaleza hacerlo...no lo estaba, pero ahora sí, al menos con ella.

Una disposición a compartir las riendas, a tratar de contar con ella como se lo había prometido. Ella lo había sentido en la forma como la tocaba, lo había leído en sus ojos... los acontecimientos había confirmado que realmente estaba allí, que no era un producto de su imaginación que así lo deseaba.

Lo cual los dejaba encaminados hacia adelante, examinando las posibilidades.

Más allá de la ventana, el cielo se tornaba rosa, y luego se marchitaba convirtiéndose en el azul pálido, descolorido, de un cálido día de verano,

El ruido en el picaporte la arrancó de sus pensamientos. Haciendo girar la silla observó, confundida, mientras la alegre mucama que atendía su habitación entró precipitadamente.

La mucama la vio; sus ojos se agrandaron, su rostro se llenó de compasión. "Oh, señorita ¿pasó usted toda la noche en esa silla?"

"Ah..." Rara vez mentía, pero..."Sí." Miró de nuevo hacia la ventana e hizo un gesto. "No podía dormir..."

"Bueno, eso es apenas de esperar, ¿verdad?" Alegre y despreocupada, la mucama sacó un trapo y comenzó a desempolvar y brillar la repisa de la chimenea. "Nos contaron cómo fue que usted encontró el cadáver—cómo prácticamente se tropezó con él."

Portia inclinó la cabeza. "En efecto."

"Todos estábamos hablando en el salón de los sirvientes, asustados de que hubiese sido alguno de los caballeros, pero la señora Fletcher, el ama de llaves, nos dijo que habían sido los gitanos, seguramente."

"¿Los gitanos?"

"Ese Arturo—siempre está merodeando por ahí, ufanándose. Es apuesto como el demonio, lo es, y rápido con las damas, si usted me entiende."

Portia frunció el ceño interiormente. Luchó con su conciencia durante dos segundos. "¿Y alguno de ustedes tenía una razón para pensar que habría podido ser uno de los caballeros?"

"No—típico de nosotros, puras imaginaciones."

"¿La señora Glossup le agradaba al personal de la casa?"

"¿La señora G?" Tomando un florero de peltre, la mucama lo fregó concienzudamente; su rostro evidenciaba su concentración. "No estaba mal—tenía su carácter, desde luego, y supongo que algunos podrían pensar que era frívola, pero así son todas las jóvenes casadas, ¿verdad?"

Portia se mordió la lengua.

La mucama puso el florero en su lugar, se guardó el trapo en el bolsillo. "Ah, bien, usted no lo sabría—hoy es el día de cambiar las sábanas." Se dirigió a la cama, al otro lado de la habitación; Portia la miró, envidiando su energía.

"Blenkinsop dice que hoy llegará un caballero de Londres." Tomando el extremo de la sábana, la mucama miró a Portia, "Para preguntar acerca de lo que pasó."

Portia asintió. "Al parecer, es necesario que lo haga."

Los labios de la chica formaron una O; arrancó la sábana de un golpe...

Un furioso silbido llenó el aire.

La mucama saltó hacia atrás y corrió al lado de Portia,

El silbido se hizo más intenso.

"¡Oh, santo cielo!" Portia contempló aterrada la víbora, furiosa e irritada, enroscada en la mitad de su lecho.

Haló la manga de la mucama.

La mucama gritó.

Como una sola persona, se volvieron y volaron hacia el otro lado de la habitación, abriendo la puerta de un golpe y cerrándola de otro.

La mucama se desplomó contra la baranda de la escalera, luchando por respirar.

Portia verificó que la parte de abajo de la puerta estuviese cerca del piso—que no hubiera espacio para que se deslizara una furiosa víbora por debajo—y luego se apoyó contra la pared.

Una hora después, se encontraba en la habitación de Lady O, con las manos envueltas alrededor de una taza de cocoa caliente. Ni siquiera la hirviente bebida podía hacer que dejara de temblar.

Su habitación se encontraba al final de esta ala; Blenkinsop, durante sus rondas de la mañana, mientras abría la enorme mansión, se encontraba en la parte de abajo de la escalera cuando ella y la mucama habían salido corriendo de la habitación. Había escuchado la conmoción y había acudido de inmediato, justo a tiempo para calmar a la mucama antes de que se lanzara a gritar histéricamente.

Portia le había explicado lo sucedido. Blenkinsop había

palidecido, luego rápidamente se hizo cargo de la situación. La acompañó al piso de abajo a un pequeño salón; llamó a unos lacayos para que lo asistieran, y al ama de llaves para que se ocupara de la mucama que sollozaba.

Con una voz temblorosa, le había pedido que llamara a Simón. No se detuvo a considerar las apariencias; sólo sabía que quería verlo, y que él vendría.

En efecto lo hizo; después de una sola mirada, había insistido en llevarla de nuevo al segundo piso—a la habitación de Lady O, a su cargo.

Reclinada sobre sus altas almohadas, Lady O había escuchado la explicación abreviada de Simón; luego le lanzó una negra mirada. "Ve a buscar a Granny."

Cuando Simón parpadeó, gruñó. "Granville—Lord Netherfield. Es posible que últimamente se encuentre un poco débil, pero siempre fue bueno para las crisis. Su habitación está en la mitad del ala principal—es la más cercana a la escalera."

Simón asintió; Lady O transfirió su mirada a Portia. "En cuanto a ti, niña—será mejor que te sientes antes de que te desplomes."

Portia lo hizo, hundiéndose en una silla al lado de la chimenea; Simón había partido.

Deslizándose de la cama, envolviéndose en su chal, Lady O había tomado su bastón y se había dirigido con dificultad hacia la otra silla. Acomodándose en ella, la miró con ojos sabios. "Está bien. Dime lo que sucedió y no ocultes nada."

Para cuando terminó de relatarle lo ocurrido a Lady O—siguiendo con la ficción de que se había quedado dormida en una silla en su habitación—había aparecido Blenkinsop.

"Ya hemos retirado a la víbora, señorita. Los lacayos han examinado la habitación—ya no hay peligro alguno."

Ella murmuró su agradecimiento, luchando interiormente por creer que una cosa semejante había sucedido realmente, que no se trataba de algún sueño alocado. Lady O había llamado a unas mucamas para que la ayudaran a vestirse, y envió a otra a traer un traje limpio para Portia. Y la cocoa.

Cuando un suave golpe en la puerta anunció la llegada de Lord Netherfield y de Simón, estaba sentada, muy cuidada y limpia, en un traje de sarga color magenta, bebiendo la cocoa e intentando asimilar el hecho de que alguien había tratado de asesinarla. O, al menos, de darle el susto de su vida.

Lord Netherfield estaba preocupado, pero tenía una actitud práctica; después de escuchar su relato, mirando a Simón cuando ella explicó por qué no había dormido en su cama, su señoría, encaramado en una butaca entre las dos sillas, se reclinó y los miró a todos.

"Todo esto es terriblemente penoso. Le he pedido a Blenkinsop que mantenga todo en secreto. Al parecer, ninguna de las otras damas escuchó la conmoción, y todo el personal es de confianza—se mantendrán mudos."

Con un brazo apoyado en la repisa de la chimenea, Simón frunció el ceño. "¿Por qué?"

Lord Netherfield levantó la vista para mirarlo. "¿Para hacer que el enemigo se desespere por obtener información?" Miró de nuevo a Portia, "Puede que no sea mucho, pero debemos encarar el hecho de que la víbora no hubiera podido deslizarse entre tu cobertor por sí misma. Alguien esperaba que estuvieras muerta o, si no eso, al menos que estuvieses tan histérica como para marcharte de inmediato."

"¿Antes de que llegue el caballero de Bow Street?" Simón le lanzó una mirada a Lord Netherfield, quien asintió sombríamente.

"Esa es la forma como yo lo veo," De nuevo, miró a Portia, "¿Cómo te sientes, querida?"

Ella lo pensó, y luego admitió, "Afectada, pero no lo suficiente como para huir."

"Muy bien mi niña. Entonces"—su señoría se golpeó las piernas con las manos—"¿qué podemos aprender de esto? ¿Por qué quería el asesino de Kitty—en estas circunstancias, debemos suponer que fue él o ella—que te marcharas, de una manera o de otra?"

Portia le lanzó una mirada vacía.

"Porque," respondió Simón, "el asesino cree que viste algo que lo identifica."

"O escuchaste algo, o sabes algo." Lady O asintió. "Sí, tiene que ser eso." Escrutó a Portia con su negra mirada. "Entonces—¿qué es lo que sabes?"

Ella los miró a todos. "Nada."

La interrogaron—le hicieron recordar de nuevo todo lo que había hecho, todo lo que había visto desde que entró al recibo principal la tarde anterior. Ella sabía lo que estaban haciendo y por qué, así que no se enojó. Al final, puso su taza vacía sobre la mesa y dijo sencillamente, "No les puedo decir algo que no sé."

Con un suspiro, y un gesto de preocupación, finalmente aceptaron eso,

"¡Bien!" Lord Netherfield se puso de pie, "Lo siguiente será ver a este caballero que envían de Bow Street. Cuando hables con él, dile todo lo que sabes—sobre Kitty, y sobre todos los demás también. No sólo de ayer, sino desde que llegaste...no, más que eso. Todo lo que sabes sobre las personas que se encuentran aquí desde hace tiempo." Encontró la mirada de Portia. "No podemos saber qué pequeña información puedas tener que señale a este canalla."

Ella parpadeó, luego asintió, "Sí, desde luego." Comenzó a catalogar mentalmente a los huéspedes a quienes conocía antes de la reunión.

Lady O gruñó. "¿Por qué deben entrometerse las personas de Bow Street? ¿Por qué están implicados en este asunto?"

"Es la manera de hacer las cosas ahora. No es agradable pero, en aras de la justicia, parece tener sus méritos. Escuché acerca de un caso muy peculiar en el club hace poco. Un caballero asesinado con un atizador en su propia biblioteca. Todos se disponían a culpar al mayordomo, pero el investigador demostró que había sido el hermano del muerto. Un terrible escándalo, desde luego. La familia estaba devastada..."

Las palabras de su señoría se apagaron. Todos permanecieron en silencio, pensando lo mismo.

Quien quiera que hubiera matado a Kitty, había una buena oportunidad de que fuese uno de los invitados, o uno de los Glossups, Henry o James, los nietos de su señoría. Si el asesinato era desenmascarado, habría un escándalo. Un escándalo potencialmente peligroso. Para alguien, para una familia.

Lord Netherfiel eventualmente suspiró. "Saben, no puedo decir que me agradara Kitty. No aprobaba su conducta, la manera como se comportaba con Henry. Ella era una mocosa supremamente tonta y descarada; sin embargo"—frunció los labios—"a pesar de todo esto, no se merecía lo que le hicieron."

Los miró a todos. "No querría que su asesino escapara a su castigo. La pobre mujer se merece al menos eso."

Todos asintieron. Se había hecho un pacto. Todos se conocían lo suficientemente bien como para reconocer todo lo que compartían, la creencia en la justicia, una reacción instintiva contra quienes la desafiaban. Juntos, se esforzarían por desenmascarar al asesino, sin importar quién fuese.

"¡Bien!" Lord Netherfield juntó sus manos, miró primero a Portia, luego a Lady O. "Bajemos a desayunar—y veamos a quién le sorprende ver a la señorita Ashford en su alegre traje."

Se levantaron, se acicalaron y luego se dirigieron al primer piso a comenzar su batalla.

Capítulo 13

No les sirvió de mucho; había tal nerviosismo en la mesa del desayuno—algunos se sobresaltaban ante cualquier cosa, otros estaban sumidos en la reflexión, y era imposible determinar que la respuesta de alguno a la presencia de Portia fuese especialmente diciente.

Todos estaban pálidos; algunos lucían ajados, como si hubieran dormido mal.

"Si hubiésemos de juzgar sólo por su aspecto, al menos la mitad de la concurrencia podría calificarse de sospechosa," murmuró Simón, mientras él y Portia, después de salir del comedor, se dirigieron hacia el prado a través de la terraza.

"Creo que hay cierto sentido de culpabilidad." Muchas de las damas mayores habían roto su hábito de desayunar en sus habitaciones, y se habían unido a los demás en el salón. "Si en lugar de tratar de ignorarla y, cuando no podían hacerlo, tratar de refrenarla, si hubiesen hablado con Kitty, tratado de comprenderla...ella no parecía tener una amiga, una confidente, alguien que pudiera aconsejarla. De haberla tenido, quizás alguien sabría por qué la mataron. O quizás nunca la hubieran matado."

Él arqueó las cejas, pero no aventuró ningún comentario.

En su familia y en la de Portia, todas las mujeres, desde sus primeros años, habían estado rodeadas por mujeres fuertes. A él le resultaba difícil imaginar otro tipo de existencia.

Por un consentimiento tácito, él y Portia se dirigieron hacia el sendero del lago—fresco, tranquilizador.

"Las damas parecen pensar que es alguien de afuera, por lo que deduzco que se refieren a los gitanos." Él la miró, "¿Sabes si alguna de ellas tiene razones para pensar realmente que pudo haber sido Arturo o Dennis?"

Ella negó con la cabeza. "Sencillamente, es la posibilidad menos amenazadora. Imaginar que el asesino es alguien que ellas conocen, alguien en cuya compañía han pasado los últimos días... es bastante atemorizador."

Simón estuvo a punto de preguntarle si estaba atemorizada, pero miró su rostro y se tragó las palabras. Era demasiado inteligente para no estarlo. Aun cuando él preferiría protegerla de sentimientos semejantes, no podía impedirle que viera, pensara, comprendiera.

Con reticencia, aceptó que entre ellos, esto siempre sería así; si había de manejarla tal como era, era algo que no cambiaría. Podría adaptarse un poco para complacerlo, pero era él quien debería cambiar más—ajustar su pensamiento y modificar sus reacciones—para tener una oportunidad de llevarla al altar.

"¡Esto no tiene sentido!" Habían llegado delante de la casa de verano; abandonando el sendero, Portia caminó hacia los escalones, se arregló la falda, y se sentó.

La luz del sol la bañaba; al mirarla, se preguntó si aún estaría congelada. Luego se volvió y se sentó a su lado, lo suficientemente cerca para que ella pudiera, si lo deseaba, reclinarse en su hombro.

Con los codos sobre las rodillas, puso su barbilla entre las manos y miró el lago con preocupación. "¿Cuál de los hombres podría haber matado a Kitty?"

"Ya escuchaste a Willoughby—aparte de Charlie, quien

estaba con Lady O, y de mí, cualquiera de ellos." Un momento después, agregó, "Y, por lo que sé, lo mismo se aplica a las damas."

Ella volvió la cabeza y lo contempló fijamente, "¿Winifred?"

"¿Drusilla?"

Ella hizo una mueca. "Kitty era tan pequeña, que habría podido ser cualquiera de las dos."

"O incluso uno de los otros. ¿Cómo podemos saberlo?" Apoyando uno de sus codos en el escalón de atrás, se reclinó hacia el costado, para poder ver el rostro de Portia. "Quizás Kitty hizo algo en Londres la temporada pasada que convirtió a alguno de ellos en su peor enemigo."

Portia frunció el ceño y negó con la cabeza, "No tuve esa sensación—la de una enemistad antigua y oculta."

Después de un momento, él sugirió, "Intentemos decidir quién no pudo ser. No pudieron ser las hermanas Hammond—son demasiado pequeñas y no podría creer que lo hicieran. Y creo que Lucy Buckstead está en la misma categoría."

"Pero no la señora Buckstead—tiene la estatura suficiente y quizás Kitty estaba planeando hacer algo que perjudicara las oportunidades de Lucy—después de todo, es la única hija de los Bucksteads, y se ha enamorado de James."

Simón inclinó la cabeza, "La señora Buckstead sigue siendo una posibilidad. No es probable que lo haya hecho, quizás, pero no podemos tacharla de nuestra lista."

"Y, por la misma razón, el señor Buckstead sigue siendo sospechoso también."

Miró a Portia, "Por lo que a mí respecta, todos son sospechosos, con excepción de Charlie y de mí."

Ella parpadeó, "¿Y qué hay de Lord Netherfield?"

Él sostuvo su mirada. Eventualmente, respondió, "En tanto no sepamos quién fue en realidad, estoy suponiendo que pudo ser cualquiera—cualquiera de los que aún están en nuestra lista."

Ella frunció los labios; luego los abrió para discutir...

"No." Ella parpadeó cuando escuchó el tono de su voz; cuando continuó mirándolo fijamente, él se sintió obligado a explicar. "El asesino intentó matarte. Dado que es a *ti* a quien tiene ahora en la mira, no estoy dispuesto a correr ningún riesgo." Sintió que su rostro se endurecía mientras agregaba, en caso de que ella no hubiera comprendido su intención. "Ninguno. Ni uno."

Ella buscó en sus ojos. Él casi podía ver sus pensamientos girando detrás de sus oscuros ojos, casi podía ver el equilibrio obtenido cuando ella sopesaba sus argumentos contra lo que ella sabía de su carácter, y todo lo que se seguía de él.

Finalmente, inclinó la cabeza. "Está bien."

Miró de nuevo hacia el lago. Él suspiró suavemente.

"Ni Lady O, ni Lady Hammond tampoco."

Él lo pensó, luego aceptó. "De acuerdo. Igualmente, creo que podemos eliminar a la señora Archer."

"Mas no al señor Archer."

"Él es una especie de caballo tapado. Estoy de acuerdo, no podemos eliminarlo."

"Si seguimos tu razonamiento, al menos en teoría, cualquiera de los caballeros Glossup podría ser el asesino."

"¿Qué opinas de Oswald?"

Ella frunció el ceño, luego sonrió, "Siento honestamente que él evitaba a Kitty—creo que porque ella lo veía y lo trataba como un niño."

"No es algo agradable para su ego, pero...a menos que hubiera algo que explicara el que se transformara en una furia asesina—y, honestamente, no he visto en él ninguna propensión a ello—parece muy poco probable."

"Concedido. Y ¿qué hay de Swanston—lo eliminamos por la misma razón?"

Él frunció el ceño, "No creo que podamos hacerlo. Es el hermano de Kitty—es posible que haya habido una pelea en su pasado que no conocemos, y no es tan despreocupado ni tan suave como Oswald. Si Kitty lo hubiese aguijoneado en exceso, Swanston habría podido, físicamente, matarla. Si lo hizo o no..."

"Lo cual nos lleva a Winifred." Hizo una pausa, reflexionando. Eventualmente, dijo, "¿Crees realmente que se habría enojado tanto por el hecho de que Kitty se llevara sus pretendientes—incluso a Desmond, incluso ahora—que podría..."

Él observó su rostro. "Tú conoces a Winifred mejor que yo—¿crees que pudo hacerlo?"

Durante un largo minuto, contempló las oscuras aguas del lago; luego se volvió hacia él e hizo una mueca. "Tendremos que dejar a Winifred en la lista."

"Y Desmond ciertamente está en ella, lo cual, de hecho, le da a Winifred un motivo aún más fuerte."

Portia hizo un gesto, pero no discutió. "Si Ambrosio está también en la lista, esto significa que Lady Calvin y Drusilla deberán permanecer en ella."

Después de un momento, preguntó Simón, "¿Por qué Drusilla? Puedo comprender que incluyamos a Lady Calvin—ha invertido mucho en el futuro de Ambrosio y, aun cuando es una persona tan reservada, él es evidentemente su hijo predilecto. Pero, de la forma como interpreto las cosas, Drusilla y Ambrosio no comparten ni el más débil de los lazos fraternales."

"Es verdad. Sin embargo, los motivos de Drusilla son dos. Primero, de todos nosotros, era ella quien estaba más *furiosa* con Kitty—Kitty tenía todos los atributos de los que carece Drusilla, y no se contentaba con tenerlos. Estoy segura que lo resentía—Drusilla no conocía a Kitty antes de venir aquí, así que es la única explicación que puedo hallar para su reacción."

"¿Y la segunda razón?"

"Lady Calvin, desde luego. No es Ambrosio, sino el dolor que Lady Calvin se vería obligada a soportar si Ambrosio se viera envuelto en algún escándalo." Portia encontró su mirada. "Drusilla está completamente dedicada a su madre."

Él arqueó las cejas, pero ahora que ella lo señalaba... "Esto nos deja a los gitanos, o a uno de los sirvientes."

Portia frunció el ceño. "No puedo aprobar el hecho de que Arturo se deslice por los setos a todas las horas del día o de la noche, pero no veo ninguna razón para que se *molestara* en matar a Kitty. Si era su hijo el que ella llevaba..." Se detuvo. "Oh."

Ella lo miró, "¿Crees que eso sería un motivo? Que Kitty le haya dicho que pensaba deshacerse del bebé...¿no tienen los gitanos un código o algo acerca de eso?"

Él sostuvo su mirada. "La mayoría de los hombres tienen un código o algo acerca de eso."

Ella se ruborizó. "Sí, desde luego—pero sabes lo que quiero decir."

"Ciertamente, pero creo que estás olvidando algo."

Ella levantó las cejas.

"El momento de hacerlo. Kitty debió concebir en Londres, no aquí. Y Arturo no estaba en Londres."

"Ah." Su rostro se aclaró. "Desde luego. Así que Arturo no habría tenido ninguna razón para matarla."

"No que yo pueda ver. Y, en cuanto a Dennis, es imposible incluso imaginar un amor no correspondido, dado que sabía que Arturo estaba confraternizando con Kitty. Y, de nuevo, ¿por qué matarla?"

"Hablé con la mucama acerca de cómo veía a Kitty el personal de la mansión. La chica es de esta región y ha vivido aquí en la hacienda toda la vida. Conoce a todo el mundo, y tiene edad suficiente como para oler cualquier escándalo en la parte de abajo de la casa. No había ni siquiera una insinuación de que considerara algo así como vagamente posible—de hecho, me dijo que las mucamas temían que el asesino fuese uno de los caballeros, y que el ama de llaves las había tranquilizado diciéndoles que había sido seguramente uno de los gitanos."

Él gruñó. "Los gitanos. Siempre son los chivos expiatorios más convenientes."

"Especialmente si levantan sus tiendas y se marchan." Ella hizo una pausa y reflexionó, "¿Me pregunto si el asesino, quienquiera que sea, ha pensado en ello?"

"Yo diría que seguramente contaba con ello—si los gitanos levantaran su campamento y se marcharan a altas horas de la noche, esto sería su salvación."

Ambos permanecieron allí contemplando el lago, mirando cómo la brisa formaba olas sobre su brillante superficie. Pasaron los minutos; luego Portia suspiró.

"Los Glossups. Los hemos dejado a todos en la lista con excepción de Oswald, incluso a Lady Glossup. ¿Por qué crees que alguno de ellos habría matado a Kitty? La han soportado durante tres años o más, y habían invitado a los Archers. ¿Por qué matarla y, especialmente, por qué ahora? Debían tener una muy buena razón."

"Dos razones," respondió con una voz monótona y serena. "Primero, el divorcio—un tema que Henry sólo recientemente se ha visto obligado a considerar. Segundo, el bebé que ella estaba esperando no era nada suyo, pero si lo hubiese tenido, habría sido el siguiente heredero de los Glossups. Quizás no tengan la misma posición de los Cynsters o los Ashfords, pero los Glossups han descollado durante casi el mismo tiempo—son una casa antigua y, a su manera, distinguida."

"Pero ella no estaba dispuesta a tener el bebé—fue muy clara en eso."

"Tú la escuchaste cuando se lo decía a su madre. Pero ¿cuántas otras personas lo sabían?"

Portia extendió las manos. "¿Cuántas otras personas sabían que estaba encinta?"

"Sólo tú, aquellas personas a quienes se lo dijo, y aquellas a quienes, a su vez, se lo dijeron."

Portia arrugó la nariz. "Se lo dije a Lady O. Y a ti."

"Precisamente. Y además, siempre están los sirvientes— escuchan más de lo que creemos."

"Y el personal de la casa debe haber sabido que Kitty y Henry estaban alejados."

"Lo cual significa que habrá sido obvio para todos que el bebé que llevaba Kitty no era..."

Cuando se detuvo, Portia lo miró, y luego hizo una mueca horrible. "Si el bebé no era un Glossup—y lo más probable es que no lo fuera—esto habría sido terrible. Pero ¿y si fuese, en efecto, un Glossup?"

"Peor aún, si no lo fuese, pero dijo Kitty que lo era?"

"No—olvidas que ella no quería tener el bebé."

"No lo había olvidado." Su tono era helado. "Si deseara persuadir al padre del bebé—o a alguien que hubiera podido ser su padre, o incluso a alguien que no pudiera, en manera alguna, ser el padre—de que le convendría ayudarla a abortar..." Encontró la mirada de Portia. "¿Qué mejor manera de persuadir a James, a Harold, o incluso a Lord Netherfield de que le ayudaran, que decir que el bebé era un Glossup, pero que no era hijo de Henry?"

Portia lo contempló sorprendida. "¿Quieres decir... que le diría a James que el padre era Harold, o a Harold que era James, o a Lord Netherfield que era alguno de ellos dos?"

Se llevó la mano al pecho y suspiró. "¡Santo Dios!"

"Exactamente. Y ¿qué sucedería si Henry se enteraba?"

Ella sostuvo su mirada, luego la apartó.

Después de un momento, él prosiguió. "Y esto sin considerar siquiera la probabilidad inminente de un divorcio. Para Harold y Catherina, y para Lord Netherfield también, la idea misma es escandalosa, más de lo que lo es para nosotros. Para las personas de su generación, es un escándalo inconcebible, que afecta a toda la familia."

"Sabemos cómo era Kitty, cómo se complacía en irritar a la gente. Sabemos que fue a la biblioteca a encontrarse con alguien, pero no sabemos con quién ni por qué. No sabemos de qué hablaron—qué tema fue el que llevó al asesino a silenciarla."

Portia no dijo nada; su comprensión y su acuerdo con lo que decía eran tácitos. Después de unos momentos, deslizó su mano entre las suyas y se reclinó sobre su hombro. Soltando sus dedos, él levantó su mano y ella se acercó más a él, mientras la abrazaba.

Ella suspiró. "Kitty estaba jugando con fuego en tantos frentes, no es de sorprender que se haya quemado."

El almuerzo fue un poco apagado. Lord Willoughby les había informado que debían permanecer en la residencia hasta cuando llegara el investigador de Bow Street. Puesto que lo esperaban para el final de la tarde, muchos de los invitados pasaron las horas después del almuerzo haciendo discretos arreglos para marcharse en la noche.

Aparte de todo lo demás, muchos sentían que los Glossups debían pasar su duelo en paz, sin ser distraídos por sus invitados; cualquier otra cosa era escandalosamente impensable.

El investigador llegó, en efecto, cuando lo esperaban—y se apresuró a informarles que debían reconsiderar esta idea.

Era un hombre grande, de amplia contextura, pero con un aire de enérgica determinación. El inspector Stokes habló primero con Lord Glossup y con Lord Netherfield en el estudio, antes de que lo condujeran al salón para presentarle a todos los invitados reunidos allí.

Al entrar, inclinó cortésmente la cabeza. Portia notó sus ojos, de un gris pizarra sereno, que se movían de un rostro a otro a medida que se pronunciaban los nombres. Cuando llegó su turno, inclinó majestuosamente la cabeza, observó cómo Stokes advertía debidamente que Simón estaba sentado en el brazo de su silla, apoyado en su espaldar; luego su mirada se dirigió al rostro de Simón, quien reconoció su nombre con una leve inclinación, y prosiguió.

A pesar de todo, despertó su interés—no en Stokes, el hombre, sino en Stokes, el investigador. ¿Cómo se las arreglaría para desenmascarar al asesino?

"¿Supongo, señor Stokes, que ahora que nos ha conocido, no tendrá ninguna objeción a que nos marchemos?" Lady Calvin formuló la pregunta, con el eco del peso de su status de hija de un conde en la voz.

Stokes no parpadeó. "Lo siento, señora, pero hasta que el asesino no haya sido identificado, o hasta que yo no haya investigado en la medida de mis capacidades, debo pedir que todos ustedes"—su mirada se paseo por toda la concurrencia—"permanezcan en la mansión Glossup."

Lady Calvin se ruborizó. "¡Pero eso es absurdo!"

"Ciertamente, señor." Lady Hammond sacudió su chal. "Estoy segura de que tiene las mejores intenciones, pero eso no es posible..."

"Desafortunadamente, señora, es la ley."

No había nada que nadie pudiera objetar al tono de Stokes; como tampoco ningún consuelo que pudieran derivar de él.

Stokes inclinó la cabeza, en una especie de reverencia. "Lo lamento señora, pero es algo esencial."

Lord Glossup resopló. "Son los procedimientos habituales y todo eso, lo comprendo. No servirá de nada protestar— y, realmente, no hay razón para que la reunión no pueda continuar, excepto por...sí, bien, excepto por eso."

Portia estaba sentada al frente de los Archers. La señora Archer parecía estar en shock todavía; era dudoso que hubiera comprendido algo desde que le habían dicho que su hija menor había sido estrangulada. El señor Archer, sin embargo, estaba pálido pero lucía decidido; se encontraba al lado de su esposa, con una mano sobre su brazo. Ante las palabras de Stokes, un destello de dolor había cruzado por sus rasgos; ahora se aclaró la garganta y dijo, "Les agradecería a todos que colaboráramos con el señor Stokes en cuanto nos sea posible. Mientras más rápido encuentre al asesino de Kitty, mejor será para todos nosotros."

No se podía escuchar en su voz nada más que el dolor de un padre, controlado pero sostenidamente auténtico. Naturalmente, su llamado fue respondido por quedos murmullos y la garantía de que, sí, desde luego, si se lo ponía en estos términos...

Stokes lo ocultó bien, pero estaba aliviado. Aguardó a que cesaran los murmullos y luego dijo, "Entiendo que la señorita Ashford, el señor Cynster y el señor Hastings fueron los primeros en ver el cadáver." Su mirada se movió hacia Portia y Simón; ella asintió levemente. "¿Si pudiera hablar con ustedes tres primero...?"

En realidad no era una pregunta; los tres se pusieron de pie y siguieron a Stokes y a Lord Glossup hacia la puerta.

"Puede usar la oficina—he ordenado que la limpien."

"En realidad," Stokes se detuvo ante la puerta, "preferiría utilizar la biblioteca. ¿Entiendo que fue allí donde descubrieron el cadáver?"

Lord Glossup frunció el ceño, pero asintió. "Sí."

"Entonces, es poco probable que sus huéspedes deseen pasar algún tiempo allí. Mi investigación procedería más rápidamente si puedo establecer puntos específicos en el escenario, por decirlo así."

Lord Glossup tuvo que admitirlo. Portia pasó por la puerta que Stokes sostenía abierta para ella y se encaminó hacia la biblioteca; intercambió una mirada con Simón cuando éste abrió la puerta de la biblioteca. Estaba segura de que él, también, sentía que había otras razones detrás del pedido de Stokes.

Cualesquiera que fuesen, se sintió ciertamente un poco extraña al entrar de nuevo a la habitación donde había descubierto el cuerpo de Kitty. ¿Habían transcurrido solamente veinticuatro horas? Le parecía que habían pasado días.

Todos se detuvieron en la entrada; Stokes cerró la puerta y luego les indicó con un gesto las sillas dispuestas delante de la chimenea, al lado opuesto del escritorio.

Portia se acomodó en el diván y Simón se sentó a su lado. Charlie tomó uno de los sillones. Stokes los miró y luego ocupó el otro sillón, al frente de ellos. Portia se preguntó si sería lo suficientemente sensible como para interpretar esta configuración; ciertamente era él contra ellos tres, al menos hasta que decidieran si podrían confiar en él.

Sacó una libreta del bolsillo y la abrió. "Señorita Ashford, si tuviera la amabilidad de describir exactamente lo que sucedió desde el momento en que usted entró al recibo principal ayer en la tarde." La miró. "Entiendo que usted estaba con el señor Cynster."

Portia inclinó la cabeza. "Habíamos estado caminando en el pinar."

Stokes miró una hoja de papel que había abierto y puesto sobre su rodilla. "Entonces, ¿salieron juntos por la puerta principal?"

"No. Salimos por la terraza después del almuerzo, y dimos la vuelta por el sendero del lago hacia el pinar."

Él siguió la ruta sobre lo que era, evidentemente, un esbozo de la casa y de los terrenos que la rodeaban. "Ya veo. Entonces entró al recibo principal desde el patio de adelante. ¿Qué sucedió después?"

Paso a paso, él la condujo a lo largo de los momentos que siguieron, llevándola a describir sus movimientos de manera sorprendentemente precisa.

"¿Por qué se paseó así por la habitación? ¿Estaba buscando algún libro?"

"No." Portia vaciló. "Después de la discusión que tuve con el señor Cynster, estaba un poco alterada. Entré aquí para pensar y le di la vuelta a la habitación para serenarme."

Stokes parpadeó. Su mirada se dirigió a Simón; una ligera perplejidad asomaba a sus ojos. Ninguno de ellos había mostrado el menor indicio de tensión entre ellos—exactamente lo contrario.

Portia se apiadó de él. "El señor Cynster y yo nos conocemos desde la infancia—a menudo nos irritamos el uno al otro."

Stokes volvió de nuevo la mirada a ella. "Ah." Encontró su mirada; ella sintió un destello de respeto—él advirtió que ella había seguido sus pensamientos lo suficientemente bien como para responder a una pregunta que él aún no había formulado. Miró su cuaderno de notas. "Muy bien. Entonces, usted continuó dando la vuelta a la habitación..."

Ella prosiguió con su relato. Cuando llegó al punto en que Simón irrumpió en la biblioteca, Stokes la interrumpió y comenzó a interrogar a Simón.

Era más fácil apreciar el arte de Stokes cuando no se dirigía a ella. Observó y escuchó mientras él sacaba un recuento altamente detallado y fáctico de Simón, y luego volvía su atención a Charlie; Stokes era realmente muy bueno. Los tres habían entrado allí preparados para decírselo todo; sin embargo, había cierta reticencia, una barrera sobre la cual estaban dispuestos a hablar, pero no a cruzar. Stokes no pertenecía a su clase social, no hacía parte de su mundo.

Todos habían entrado a la habitación reservándose su juicio. Ella intercambió una mirada con Simón, advirtió la actitud más relajada de Charlie; ambos estaban revisando sus opiniones acerca del "caballero de Bow Street."

Él tendría que luchar una ardua batalla si ellos no superaban aquella barrera y le ayudaban a comprender qué era lo que realmente había estado sucediendo, qué preocupaciones impulsaban a los diferentes miembros de la concurrencia, qué enredadas telarañas había estado tejiendo Kitty antes de encontrar su triste fin.

Stokes mismo era lo suficientemente inteligente como para saberlo. Lo suficientemente astuto; ahora él los había evaluado, y podían reconocerlo abiertamente. Los había llevado hasta el momento en que los otros habían irrumpido en la habitación, y se había difundido la noticia de la muerte de Kitty. Poniendo su mapa a un lado, levantó a vista, dejó que su mirada se paseara, y luego preguntó con gran seriedad, "¿Hay algo que puedan decirme—cualquier hecho que conozcan, cualquier razón que puedan incluso imaginar—que pueda haber llevado a alguno de los invitados que se encuentran aquí, o a alguno de los sirvientes, o incluso a alguno de los gitanos, a matar a la señora Glossup?"

Dado que no respondieron de inmediato, se irguió en la silla. "¿Sospechan de alguna persona?"

Portia miró a Simón; Charlie hizo lo mismo. Simón encontró su mirada, leyó su decisión y la verificó con Charlie, quien asintió casi imperceptiblemente; luego miró a Stokes. "¿Tiene usted una lista de los invitados?"

Al final de aquella hora, Stokes se pasó la mano por los cabellos, y contempló la red de notas que había tomado alrededor del nombre de Kitty, "¿La maldita mujer estaba *buscando* que la estrangularan?

"Si la hubiera conocido, comprendería." Mirando a Portia, Simón continuó, "Ella parecía incapaz de ver cómo sus acciones estaban afectando a otras personas—ella no pensaba en absoluto en las reacciones de los demás."

"Esto no será fácil." Stokes suspiró, agitó su cuaderno de notas. "Por lo general, me esfuerzo por encontrar un motivo, pero aquí hay abundantes motivos, oportunidad de todos los ocupantes de la casa, y casi nada que nos indique quién de ellos lo hizo realmente."

Buscó sus rostros de nuevo. "Y están seguros de que nadie ha dado el menor signo desde entonces..."

La puerta de la biblioteca se abrió; Stokes se volvió, frunciendo el ceño; luego palideció mientras se ponía de pie.

Como lo hicieron los demás mientras Lady Osbaldestone y Lord Netherfield, luciendo como un par de ancianos conspiradores, cerraron cuidadosamente la puerta y luego—tan silenciosamente como pueden hacerlo personas que usan bastones—atravesaron la habitación para unirse a ellos.

Stokes intentó afirmar su autoridad. "Señoría, señora—si no les importa, realmente necesito...."

"¡Oh, tonterías!" declaró Lady O. "No van a callar sólo porque estemos aquí."

"Sí, pero..."

"Vinimos para asegurarnos que se lo dijeran todo." Apoyándose en su bastón, Lady O contempló a Stokes con su mirada de basilisco. "¿Le han contado lo de la serpiente?"

"¿Serpiente?" El rostro de Stokes era un estudio de impasibilidad; lanzó una mirada a Simón y a Portia, esperando claramente que lo rescataran...

Cuando no respondieron de inmediato, apretó los ojos; miró a Lady O, "¿Cuál serpiente?"

Simón suspiró, "No habíamos llegado a ese punto todavía."

Naturalmente, fue imposible deshacerse de Lady O después de esto. Todos tomaron asiento de nuevo; Simón le dejó su puesto en el diván a Lady O y a Lord Netherfield, y se quedó de pie al lado de la chimenea.

Le relataron al detective Stokes cómo habían hallado una víbora en la cama de Portia que, por pura suerte, había eludido al quedarse dormida en una silla. Stokes aceptó la explicación sin parpadear; Portia intercambio una mirada con Simón, aliviada.

"¡Santo Dios! ¡El canalla!" Era la primera vez que Charlie oía hablar de la víbora. Miró a Portia. "No puedo creer que no te hayas marchado de aquí a toda velocidad."

"Bien, sí," dijo Lord Netherfield. "Eso es lo que desea el villano, ¿no lo ves?"

"Ciertamente." Los ojos de Stokes brillaban. "Eso significa que hay algo—algo que delatará al asesino." Miró a Portia y frunció el ceño. "Algo que cree que usted sabe."

Portia sacudió la cabeza. "Lo he pensado una y otra vez, y no he olvidado nada, lo juro."

En lo profundo de la mansión, sonó el gong para la cena. Era la segunda llamada para que acudieran al comedor; ya habían ignorado la advertencia anterior que les indicaba el momento de vestirse para la cena. Esta noche, sin embargo, no estaban para ceremonias; informar a Stokes les había parecido mucho más importante que ponerse sus sedas y anudar sus corbatas.

Store cerró su cuaderno de notas. "Es evidente que el villano, quien quiera que sea, no está al tanto de eso."

"Quizás no lo estaba antes, pero ahora que he hablado con usted y que aún no se conoce su identidad, podemos suponer que me dejará en paz." Portia extendió sus manos. "Le he dicho todo lo que sé."

Todos se pusieron de pie.

"Puede ser." Stokes intercambió una mirada significativa con Simón mientras se dirigían hacia la puerta. "Pero el villano puede pensar que usted recordará algún punto vital más tarde. Si es tan importante para él como para tratar de matarla una vez, no hay razón para que no lo intente de nuevo."

"¡Así es!" Charlie contempló fijamente a Stokes, y luego miró a Portia. "Debemos protegerte."

Portia se detuvo. "Eso no es nece…"

"Día y noche." Stokes asintió gravemente; era evidentemente sincero.

Lady O golpeó el suelo con su bastón. "Puede dormir en un catre en mi habitación." Sonrió a Portia. "Me atrevo a decir que incluso tú lo pensarías dos veces antes de acostarte en una cama en la que encontraste una serpiente."

Portia consiguió contener un estremecimiento. En lugar de eso, miró—deliberadamente—a Simón; si tuviese que dormir en la habitación de Lady O...

Él encontró su mirada directamente, con una expresión decidida. "Día y noche." Miró a Charlie. "Tú y yo podemos encargarnos de los días."

Atónita—y no poco irritada por la manera como disponían de ella, como un objeto que se pasara de una mano a otra—Portia abrió los labios para protestar...cuando advirtió que todos los rostros se habían vuelto hacia ella, todos decididos. Supo que no podría ganar.

"Ay, ¡está bien!" Levantando las manos al aire, avanzó hacia la puerta. Lord Netherfield la abrió para ella y le ofreció su brazo.

Ella lo tomó, lo escuchó reír entre dientes mientras la conducía hacia el recibo.

Le dio unas palmaditas en la mano. "Muy sabio, querida. Era una batalla que no podrías ganar."

Ella consiguió ahogar una protesta. Con la cabeza en alto, atravesó el pasillo hacia el comedor.

Simón los siguió más lentamente, dando el brazo a Lady O. Stokes y Charlie venían detrás. Al llegar a la puerta del comedor, Stokes se despidió de ellos, antes de retirarse al comedor de los sirvientes, encargando a Simón de decir a los invitados que reanudaría los interrogatorios a la mañana siguiente.

Charlie se adelantó para buscar el lugar que se le había asignado. Simón condujo a Lady O hacia la puerta.

Deteniéndose en el umbral, al parecer para arreglar su chal, rió malvadamente. "No debes lucir tan melancólico.

No puedo ver hasta el otro lado de la habitación. ¿Cómo sabría si está ahí o no?"

Bajo el pretexto de tomar su brazo de nuevo, lo codeó en las costillas. "Y tengo un sueño muy profundo...no serviría como guardián, ahora que lo pienso."

Simón consiguió mantener su compostura—sabía desde hacía largo tiempo que era una casamentera incorregible, incorregible sencillamente la mayor parte del tiempo; sin embargo, la idea de que pudiera realmente *ayudarlo,* apoyarlo activamente a cortejar a Portia...

Ella le permitió que le ayudara a instalarse en su asiento, y luego lo despidió con un gesto. Se dirigió hacia el lugar vacío al lado de Portia, retiró el asiento y se detuvo a mirar su negra cabeza, puesta ahora en un ángulo que podía interpretar ahora bastante bien gracias a su experiencia. Al sentarse, reflexionó que tener a Lady O como aliada no era algo malo.

Especialmente ahora. Aparte de todo lo demás, Lady O era pragmática hasta la exageración; podía contarse con ella para que insistiera en que Portia se comportara razonablemente. De manera segura.

Sacudiendo su servilleta, miró brevemente el rostro altivo de Portia; luego dejó que el lacayo le sirviera. Es posible que él—ellos—no hubieran superado aún las dificultades, pero se sintió más optimista que en ningún otro momento desde que Portia se enteró de su verdadero objetivo.

Por consenso, el tono de la concurrencia se había alterado consciente y deliberadamente. Mientras Portia bebía una taza de té en el salón, no pudo evitar advertir que Kitty no habría aprobado el ambiente; éste se asemejaba al de una reunión de familia, pero sin la alegría que usualmente las acompaña; los presentes se sentían cómodos unos con otros y parecían haber dejado caer sus máscaras, como si se consideraran eximidos por las circunstancias de mantener sus habituales fachadas sociales.

Las damas se habían retirado al salón; ninguna esperaba que los caballeros se unieran a ellas. Los invitados se dispersaron en grupos dentro del amplio salón, hablando en voz baja, sin risas, sin dramas, sólo conversaciones tranquilas.

Conversaciones destinadas a tranquilizar, a equilibrar, a permitir que el horror del asesinato de Kitty y la idea misma de la investigación que se avecinaba, pasaran a un segundo plano.

Las hermanas Hammond aún estaban pálidas, pero habían comenzado a reponerse; Lucy Buckstead lucía un poco mejor. Winifred, en un traje azul oscuro, color que no la favorecía, parecía pálida y mustia. La señora Archer no había bajado a cenar.

En cuanto terminaron su té, todos se levantaron y se retiraron a sus habitaciones. Parecía haber la sensación tácita de que necesitarían reposar para enfrentar lo que el día siguiente y los interrogatorios de Stokes pudieran traer. Sólo Drusilla pensó en preguntar a Portia cómo era Stokes, si lo consideraba una persona competente. Portia respondió que creía que lo era, pero que parecía haber tan pocas evidencias que lo más probable sería que el asunto quedara sin resolver.

Drusilla hizo una mueca, asintió, y se alejó.

Al acompañar a Lady O a su habitación, Portia advirtió que el catre con el que la había amenazado había sido colocado, en efecto, cerca de la chimenea, al lado opuesto de la cama principal. La mucama de Lady O se encontraba allí para ayudar a su señora a desvestirse; Portia se retiró al asiento empotrado en la ventana, y sólo entonces advirtió que su ropa había sido trasladada de su antigua habitación. Sus trajes colgaban de una cuerda extendida en un rincón de la alcoba; sus cosas de lino y sus medias estaban colocadas cuidadosamente en el armario. Al levantar la cabeza, vio sus cepillos y horquillas, su frasco de perfume y sus peines todos ordenados con cuidado sobre la repisa de la chimenea.

Hundiéndose en los cojines del asiento, miró hacia los jardines oscurecidos, y comenzó a pensar en un pretexto para salir que fuese aceptable para Lady O.

No se le había ocurrido nada útil cuando llegó la mucama a preguntarle si deseaba su ayuda para desvestirse. Negó con la cabeza, le deseó las buenas noches; luego se levantó y se acercó a la cama.

Ya había apagado la vela de la mesa de noche. Lady O estaba reclinada sobre sus almohadas, con los ojos cerrados.

Portia se inclinó y besó su apergaminada mejilla. "Que duermas bien."

Lady O rió entre dientes. "Oh, lo haré. No sé cómo te irá, pero será mejor que salgas y lo averigües." Sin abrir los ojos, levantó la mano e hizo un gesto hacia la puerta. "Vamos— vete."

Portia se quedó mirándola, asombrada. Luego decidió que debía preguntar. "¿Irme—a dónde?"

Abrió uno de sus viejos ojos; su negra pupila la traspasó. "¿A dónde crees?"

Cuando permaneció atónita, con la mente girando salvajemente, Lady O cerró de nuevo los ojos. "Tengo más de setenta—¡santo cielo, tengo más de setenta y siete años! Ya sé lo suficiente como para reconocer lo que sucede bajo mis propias narices."

"¿Verdad?"

"Ciertamente. Recuerda, no estoy segura de que tú lo sepas, y él ciertamente no lo sabe, pero eso no importa." Se sumió aún más profundamente en las almohadas. "Ahora, vete—no tiene sentido malgastar el tiempo. Tú tienes veinticuatro años—y él ¿cuántos? ¿Treinta? Ambos han perdido ya suficiente tiempo."

Portia no sabía qué responder; finalmente decidió que lo

más sabio sería no decir nada. "Buenas noches, entonces."
Volviéndose, se dirigió hacia la puerta.

"¡Espera un momento!"

Ante la irritada orden, Portia se volvió.

"¿Adónde vas?"

Ella señaló la puerta, "Me acaba de decir..."

"¡Santo cielo, niña!—¿Tengo que enseñártelo todo? Debes cambiar de traje primero."

Portia miró su traje color magenta. Seriamente creía que a Simón no le importaba qué llevara; conociéndolo, no lo tendría puesto durante largo tiempo. Levantando la cabeza, se dispuso a preguntar por qué importaba...

Lady O suspiró. "Cámbialo por el traje de día que vas a usar mañana. Así, si alguien te ve regresar en la mañana, creerá que madrugaste a dar un paseo. Si te ven esta noche en los pasillos, creerán que estabas preparada para irte a la cama y que recordaste algo que debías hacer, o que te he enviado a traerme algo." Dejó salir un gruñido exasperado y se sumió de nuevos en las almohadas. "Ustedes los jóvenes— las cosas que podría enseñarles... pero,"—cerró los ojos; una malévola sonrisa curvó sus labios—"por lo que recuerdo, aprenderlas era parte de la diversión."

Portia sonrió. ¿Qué más podía hacer? Obedientemente, se quitó su traje de sarga magenta y se puso un traje de día de popelina azul. Mientras luchaba con los diminutos botones que cerraban el corpiño, pensó en Simón—que pronto lucharía por desabotonarlos. Sin embargo, la práctica sugerida por Lady O tenía mucho sentido...

Se detuvo, levantó la cabeza; un pensamiento descarriado, una súbita sospecha, la asaltaron...

Cuando terminó de abrocharse, no se dirigió a la puerta, sino de regreso a la cama. Deteniéndose en uno de los postes, miró a Lady O y se preguntó si estaría dormida...

"¿Aún estás aquí?"

"Ya me marchaba, pero me preguntaba...¿sabía que Simón estaría aquí, que era uno de los invitados?"

Silencio. Luego dijo, "Sabía que él y James eran íntimos amigos desde sus estudios en Eton. Era probable que viniera."

Portia pensó en la discusión que habían tenido en Calverton Chase con Luc, Amelia, su madre y ella misma, insistiendo en que alguien debía acompañar a Lady O, y pensó cómo se resistía Lady O...hasta cuando finalmente cedió, aceptando a regañadientes que Portia la acompañara...

Entornando los ojos miró a la anciana que fingía estar dormida y se preguntó cuánto de la situación que actualmente se desarrollaba entre ella y Simón se debía a las manipulaciones—tan sutiles—de la bruja más peligrosa de la alta sociedad.

Decidió que no le importaba. Lady O estaba en lo cierto—ya habían perdido suficiente tiempo. Enderezándose, se dirigió a la puerta. "Buenas noches. Nos vemos en la mañana."

Y sería en la mañana. Un aspecto excelente de la idea de Lady O, ahora que tenía su traje de la mañana, era que no tendría que dejar a Simón antes del amanecer.

Simón estaba en su habitación, aguardando, preguntándose si Portia hallaría una manera de acudir a su lado—o si aprovecharía la oportunidad de mantenerse alejada para pensar, para considerar, para revisar todas las razones por las que no deseaba casarse con él, y para construir sus barreras contra él.

Deteniéndose ante la ventana, agudamente consciente de la tensión que lo invadía, bebió de la copa de brandy que había estado sosteniendo durante la última media hora, y contempló el paisaje que se oscurecía.

No quería que ella pensara demasiado cómo sería él como

marido. Al mismo tiempo, sabía que si él intentaba, así fuese de la manera más sutil, alejarla de este camino, sólo se hundiría aún más, sólo confirmaría que no podía confiar en que él le permitiría llegar a sus propias decisiones.

Estaba atado de pies y manos. Eso era lo que estaba. Y no había nada que pudiera hacer al respecto.

Ella seguiría su propio camino; tenía una mente demasiado clara, era demasiado directa, para no enfrentar de frente los hechos—su carácter, el de ella, y las dificultades inherentes. El único solaz que podía sacar de ello era que si—*cuando*—ella finalmente se decidiera a su favor, sabría que ella estaría comprometida, con los ojos abiertos, el corazón sincero.

Él vaciló, luego apuró la copa. Eso casi hacía que el tormento valiera la pena.

Oyó girar el picaporte; se volvió cuando ella entró, delgada, elegante, con un traje diferente. Advirtió, cuando ella se acercó, una sonrisa dulce, confiada, en sus labios. Puso la copa en el alféizar de la ventana, liberando sus manos para deslizarlas a su cintura cuando ella vino a él—directamente a sus brazos.

Inclinó la cabeza y sus labios se encontraron, se aferraron. Las brasas que, aquellos días, brillaban debajo de sus frías superficies, se encendieron, brillaron, lanzaron llamas que los lamían, los incitaban.

Al notar que el traje se cerraba por el frente, puso sus manos entre ellos. Pero los botones eran diminutos, asegurados en sus ojales; se vio obligado a dejar sus labios y a concentrarse en ellos.

"¿Por qué te cambiaste de traje?" La habría liberado del otro traje en un minuto.

"Lady O."

Él levantó la vista; Portia sonrió. "Me señaló que, en un traje de día, no parecería sospechoso regresar en la mañana."

Sus dedos se detuvieron. "¿Ella sabe que estás aquí?"

Apoyarlo era una cosa; no había esperado que lo alentara tan flagrantemente.

"Prácticamente me obligó a salir y sugirió que dejáramos de perder el tiempo."

Con la mirada en los botones, captó la nota de risa en la voz de Portia y levantó la mirada—maldijo las sombras; no podía ver sus ojos lo suficientemente bien como para leerlos. "¿Qué?"

Sabía que había algo... algo que ella sabía, o en lo que había pensado y él no. Lo confirmó cuado ella estudió su rostro, sonrió de nuevo, y sacudió la cabeza. "Es sólo Lady O. Es una anciana sorprendente. Creo que cuando sea mayor seré como ella."

Él rió, burlón. Había terminado finalmente con el último botón.

Irguiéndose, ella atrajo de nuevo sus labios. "Ahora, si has terminado, creo que realmente debemos prestar atención a sus instrucciones."

No perdieron el tiempo, pero él tampoco le permitió que se apresurara. Esta vez—por primera vez—se encontraban como iguales. Ambos sabían hacia dónde se dirigían, y por qué; ambos avanzaban hacia delante a sabiendas, entraban en el horno encendido tomados de la mano, lado a lado.

Era un momento que debía ser saboreado. Recordado. Cada caricia era una reverencia, un momento de pasión destilada.

Él no sabía qué quería ella de la noche, qué más buscaba de él, qué más podía darle. Podía darle todo lo que él era, y esperar que fuese suficiente.

No se apartaron de la ventana, sino que se deshicieron de su ropa allí donde se encontraban, pieza por pieza. Replicaron de nuevo cada uno de sus descubrimientos anteriores, cada curva, cada oquedad, cada hendidura fue reverenciada de nuevo.

Hasta que quedaron desnudos, hasta que sus cuerpos se encontraron piel a piel.

El fuego los lamía, hambriento, ansioso, creciente.

Sus bocas se fundieron, alimentando la conflagración, atizando las llamas. Sus lenguas incitaron, sedujeron, atormentaron,

Sus manos saborearon, con los dedos extendidos, acariciando, explorando.

Su urgencia creció.

Él la levantó en sus brazos. Ella anudó sus brazos en su cuello y lo besó vorazmente. Entrelazó sus largas piernas alrededor de su cintura, suspiró cuando él la penetró, lo cubrió amorosamente mientras él deslizaba sus caderas hacia abajo.

Empalada, ella lo sostuvo, extendió sus dedos entre su cabello, se aferró a él, atrajo de nuevo sus labios a los suyos. Lo saboreó mientras él la saboreaba a ella, la llenaba, se retiraba, la llenaba de nuevo.

Se entregó a él generosamente, sin retener nada, sin pedir ninguna seguridad.

Y él tomó su cuerpo, lo reclamó para sí y, sin embargo, quería, anhelaba más.

Portia lo sabía, podía sentirlo en los músculos cerrados que la sostenían, que se flexionaban, atrapaban y la movían sobre él; sabía que todavía tenía mucho por aprender, que él podía darle mucho más.

Si ella quisiera.

Si ella se atreviera.

Si ella confiara lo suficiente...

Su piel ardía, su cuerpo era una llama líquida; sin embargo, él la llenaba sólo hasta cierto punto...no lo suficiente. Quería sentirlo más profundamente, más duro, quería deleitarse en su peso sólido cuando la sostenía debajo de él y la llenaba.

Apartó sus labios de los suyos, advirtió que estaba jadeando. "Llévame a la cama."

Lo besó de nuevo mientras él lo hacía; cuando él se inclinó para depositarla sobre las almohadas, ella se aferró a él, lo atrajo hacia sí, y lo hizo caer con ella. Él maldijo, intentó separarse de ella, pensando que podía herirla; ella envolvió sus manos en sus caderas y lo acercó aún más.

"Más."

Hundió sus uñas en su piel y él reaccionó como ella quería, penetrándola más profundamente. Él se movió, luego se alzó sobre ella, apoyando los brazos, mirándola mientras penetraba más profundamente, luego más profundamente aún. Hasta que estuvo allí, lleno, duro y pesado dentro de ella.

Simón la contempló y luchó por respirar. Luchó por aferrarse a alguna apariencia de sofisticación, por retener la poderosa oleada de necesidad que amenazaba con consumirlo. Y a ella también.

Ella pareció sentirlo; se alzó, recorrió sus mejillas con los dedos, recorrió sus hombros, bajó a su pecho, luego apoyó las palmas de sus manos en sus costados y lo atrajo hacia ella.

Él inclinó la cabeza y la besó; le dio eso, pero ella quería más—exigía más. Él se entregó y se dejó caer sobre ella, paso a paso. Hasta que su peso la sostuvo atrapada debajo de él. Él esperaba que ella entrara en pánico, que se agitara; en lugar de hacerlo, con la lengua contra la suya, levantó las piernas un poco más y las entrelazó en su cintura.

Se deslizó bajo él, ladeó sus caderas. Se abrió plenamente a su penetración.

Tomó su labio inferior entre sus dientes. Haló, lo soltó, "Ahora," suspiró, con su aliento como fuego en los labios de Simón. "Enséñame."

Él sostuvo su mirada, con los ojos brillantes bajo sus pesados párpados.

Y lo hizo.

Mantuvo sus ojos fijos en los de ella mientras la penetraba como ella quería—con más fuerza, más profundamente.

Quería, más que nada, ver el color de sus ojos, ver cómo cambiaba, seguro de que estarían negros cuando llegara al orgasmo.

Incluso mientras las llamas lo arrastraban, incluso cuando perdió contacto con la realidad, cuando su mundo se convirtió sólo en ella, cuando sus sentidos se vieron atrapados en la maravilla, la gloria, el esplendor de su cuerpo que lo cubría, lo sostenía, lo aceptaba, tan urgido como el suyo en llegar al clímax, aún quería.

Juró que lo haría.

Que le haría el amor a la luz del día, para poder verla cuando la poseyera.

Ver sus ojos y más.

Ver su piel. Tan blanca y perfecta que brillaba como la perla más pura; en las sombras, el rubor del deseo era apenas perceptible. Quería verlo, necesitaba ver qué le daba a ella.

Quería ver el color de sus fruncidos pezones, de sus labios suavemente maltratados, de los pliegues hinchados y húmedos entre sus muslos.

Estaba consciente de cada poro de su cuerpo que se movía con el suyo, de la complementariedad, del profundo y perdurable lazo que parecía fundirlos.

Que, al final, los unió cuando llegaron al brillante clímax, haciendo estallar sus sentidos en una explosión de estrellas de placer antes de precipitarse en la dicha.

La saciedad, la satisfacción sensual—lo que experimentaba con ella era tanto más que eso. Se retiró de ella, se desplomó a su lado, con la gloria cantando en sus venas; la atrajo hacía sí, la apretó contra su cuerpo, cerca de su corazón.

Donde necesitaba que ella estuviera.

Una inexpresable tranquilidad lo invadió; se sumió en un sueño saciado.

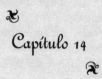

Capítulo 14

A la mañana siguiente, Kitty, o más exactamente, Catherina Glossup, nacida Archer, fue sepultada en el mausoleo de la familia Glossup al lado de la diminuta iglesia de la aldea de Ashmore.

Todos los de la casa asistieron al sepelio, con excepción de unos pocos sirvientes que permanecieron en la mansión para preparar el velorio.

En cuanto al condado, las familias de los alrededores estuvieron representadas por los patriarcas; ninguna de las damas asistió.

En ello había un mensaje que Portia, Simón y Charlie podían leer con facilidad. De pie en la parte de atrás, preparados para ofrecer su brazo en caso de que Lady O o Lord Netherfield lo requirieran, observaron cómo los jocosos vecinos, muchos de los cuales habían conocido en el almuerzo ofrecido por Kitty, avanzaban sombríamente para hablar con la familia, para murmurar sus condolencias, y luego, evidentemente incómodos, se alejaban.

"Eso no luce bien," murmuró Charlie.

"Se están reservando su juicio," replicó Portia.

"Lo cual significa que ellos creen que hay una posibilidad

razonable de que uno de los Glossups…" Simón dejó que las palabras se apagaran; ninguno de ellos deseaba afirmar la verdad.

El servicio había sido inusualmente sobrio, algo abreviado dadas las circunstancias, y de un tono más sombrío. Como si una nube estuviese suspendida ahora sobre todos ellos, o al menos sobre la mansión Glossup. Una nube que sólo se disiparía cuando desenmascararan al asesino de Kitty.

Cuando se dijeron las palabras correctas, se ofrecieron y se recibieron todas las condolencias, la reunión se dispersó. Después de ayudar a Lady O y a Lord Netherfield a subir al carruaje que compartían, Simón ayudó a Portia a subir al suyo, la siguió y tomó las riendas; Charlie se acomodó detrás. Con un gesto de la muñeca, hizo que sus bayos comenzaran a andar, trotando elegantemente por el sendero.

Pasaron algunos minutos; Charlie maldijo.

Portia se volvió a mirarlo.

"Lo siento," sonrió. "Sólo estaba recordando la expresión de James. Y la de Henry."

"Y ni hablar de las de Lord y Lady Glossup." El tono de Simón era apretado. "Todos están intentando portarse valientemente, pero pueden ver lo que se avecina y no es mucho lo que pueden hacer para evitarlo."

Portia frunció el ceño, "No es justo. No son los únicos que hubieran podido asesinar a Kitty."

"Dado el comportamiento de Kitty durante el almuerzo, que sin duda fue repetido, embellecido y difundido por todas partes, para la sociedad *culta* no es preciso buscar más allá."

Charlie maldijo de nuevo, esta vez con más sentimiento. "Eso es exactamente lo que quise decir. No importa que ellos hayan sido en realidad las víctimas de las tretas de Kitty, ahora serán también las víctimas de su asesino."

Portia se sintió obligada a señalar, "Pero *podría* ser uno de ellos."

Charlie dijo con desdén, "Y los cerdos podrían volar."

Ella lanzó una mirada a Simón; él mantuvo los ojos en el camino, pero por la triste mueca de su boca, ella supuso que estaba de acuerdo con Charlie. Era comprensible; ambos eran amigos de James, y también cercanos a la familia.

Mirando hacia el frente, pensó acerca de lo que sentía, no con su cabeza, sino con su corazón. Cuando aparecieron las puertas de la mansión, dijo, "En realidad, todos aquí, con excepción de ustedes dos y de mí, y de las chicas más jóvenes, Lady O, Lady Hammond y la señora Archer, todos se encuentran en el mismo aprieto, aún si todavía no lo han comprendido."

Charlie suspiró. "Si el silencio que había en la mesa del desayuno es un indicio de algo, la mayor parte de ellos lo saben—sólo que evitan pensar en ello." Luego agregó, "No es frecuente asistir a una reunión de este tipo y encontrarse implicado en un asesinato."

Simón se detuvo en el patio delantero; un mozo de cuadra acudió corriendo. Simón le entregó las riendas, y luego ayudó a Portia a apearse. Los otros carruajes comenzaban a llegar lentamente; Simón intercambió una mirada con Portia, y luego miró a Charlie—los tres se apartaron, tomando el sendero que conducía al pinar.

Haciendo la ruta inversa a la que había tomado con Simón antes de tropezar con el cuerpo de la pobre Kitty...Portia se detuvo a reflexionar. *¿Pobre* Kitty?

Después de un momento, tomó el brazo de Simón; él la miró, pero no dijo nada. Caminaron lentamente bajo los árboles; Charlie deambulaba, igualmente pensativo, detrás de ellos.

En su indignación por ver que sus amigos eran enlodados con sospechas injustificadas, ellos y probablemente muchos de los otros invitados, habían olvidado que Kitty era en realidad pobre Kitty, Kitty estaba muerta. Ya no podía pasear bajo los árboles con un hombre a su lado, despertar en sus brazos, invadida por una suave urgencia que florecería en dicha.

Ella lo tenía todo, y Kitty no tenía nada.

Ciertamente, pobre Kitty.

"Debemos descubrir quién es el asesino." Levantó la vista, mirando hacia el frente. "Seguramente debemos poder hacer *algo* para ayudar a Stokes."

"¿Podemos?" preguntó Charlie. "Quiero decir...¿crees que él nos lo permitirá?"

"Estaba en el funeral." Simón caminaba al lado de Portia. "Estaba observando a todo el mundo, pero está adivinando, mientras que nosotros sabemos lo suficiente como para estar seguros." Encontró la mirada de Portia. "Quizás debemos ofrecerle nuestros servicios."

Ella asintió, decidida. "Deberíamos hacerlo."

"Sin embargo, antes de hacerlo"—habían llegado al sendero del lago; Charlie se les había unido—"será mejor que regresemos a la casa y hagamos presencia en el velorio."

Así lo hicieron. La reunión se realizaba en el salón, con las cortinas a medio bajar. Con una significativa inclinación a ambos, Charlie se dirigió a hablar con James, que se encontraba un poco alejado de los demás, con un vaso en la mano.

Simón y Portia circularon; unos pocos caballeros locales habían acudido a la casa—la concurrencia estaba compuesta principalmente por los invitados. Portia se detuvo a conversar con las hermanas Hammond, apagadas y algo abrumadas. Simón la dejó y prosiguió, llegando eventualmente al lado de Stokes.

El "caballero de Bow Street" se encontraba al lado de la pared, comiendo un bizcocho. Encontró la mirada de Simón. "Lord Netherfield me sugirió que asistiera." Dio otro mordisco, apartó la mirada. "Parece un anciano muy agradable."

"Mucho. Y no, no creo que él lo hiciera."

Stokes sonrió, y sostuvo la mirada de Simón. "¿Alguna razón en particular para pensarlo?"

Metiendo las manos en los bolsillos, Simón miró al otro lado del salón. "Es de una clase y de una generación en la que rebajarse a asesinar a alguien tan esencialmente indefenso como Kitty—la señora Glossup—sería muy mal visto."

Stokes saboreó el bizcocho, y luego preguntó quedamente, "Y 'algo mal visto' aún importa?"

"Ciertamente no a todos, pero a aquellos de su condición, sí." Simón encontró la mirada interrogadora de Stokes. "Para él, sería una cuestión de honor personal, y eso, se lo aseguro, le importa muchísimo."

Después de un momento, Stokes asintió; luego sacó un pañuelo y se limpió los dedos. No levantó la vista cuando dijo, "¿Debo suponer que usted está dispuesto... a asistirme en mis indagaciones?"

Simón vaciló, luego respondió, "Quizás en interpretar cualquier hecho que usted pueda descubrir, en asignar el peso correcto a cualquier cosa que pueda escuchar."

"Ya veo." Los labios de Stokes se curvaron. "He oído decir que usted es un viejo amigo de James Glossup."

Simón inclinó la cabeza. "Que es la razón por la cual yo, la señorita Archer y el señor Hastings, todos estamos ansiosos por ver que el asesino—el verdadero asesino— sea desenmascarado." Encontró la mirada de Stokes. "Nos necesitará para llegar a alguna parte. Nosotros lo necesitamos para obtener un resultado. Un trato bastante justo, en mi opinión."

Stokes reflexionó, luego puso su pañuelo de nuevo en el bolsillo. "Estaré adelantando entrevistas toda la tarde—aún no he hablado con todos los que se encontraban aquí. Luego iré al campamento de los gitanos. Dudo que regrese antes de la cena, ¿pero quizás podemos hablar a mi regreso?"

Simón asintió. "La casa de verano—está al lado del lago. Es muy fácil de encontrar. Es privada, y no es probable que alguien se aventure hasta allá en la oscuridad. Lo aguardaremos allá."

"De acuerdo."

Con una inclinación de cabeza, Simón se alejó.

Él, Portia y Charlie se dirigieron a la casa de verano en el instante en que terminaron el té, servido en cuanto los caballeros se retiraron al salón. Habiendo observado la costumbre habitual, la mayoría de los invitados se retiraron a sus habitaciones, cuando una luz brillaba aún en el salón de billar; dado que la biblioteca estaba ocupada por el caballero de Bow Street, se había convertido en el refugio de los caballeros.

Stokes había pasado toda la tarde interrogando al resto de los invitados, y luego había desaparecido. Ya había una curiosa tensión en el ambiente, como si la ficción desesperada de que el asesino era, desde luego, uno de los gitanos, ya estuviera gastándose; la ausencia inexplicada de Stokes sólo contribuyó a aumentar un poco más esa tensión.

Al lado de Simón, Portia atravesó los prados hacia el sendero que rodeaba el lago, preguntándose, cómo lo había hecho desde que había abandonado su cama aquella mañana, habiendo recobrado en buena parte su ánimo habitual, qué había llevado al asesinato de Kitty.

"Debemos admitir que Stokes fue sumamente valiente al entrevistar específicamente a Lady O." Charlie los seguía, con el ceño fruncido.

"Parece muy meticuloso," replicó Simón.

"Y decidido."

"Eso también."

"¿Crees que tendrá éxito?"

Simón miró a Charlie. "Por el interés de los Glossups— por el de todos—espero que así sea." Pareció captar algo de la preocupación de Charlie. "¿Por qué lo preguntas? ¿Qué sucede?"

Se detuvieron simultáneamente, volviéndose para confrontar a Charlie.

Vacilando, hizo una mueca. "Hablé con James durante el velorio, y de nuevo en la tarde. No está... como siempre."

Portia levantó las cejas. "Yo tampoco lo estaría si supiera que soy una de las principales sospechosas de un asesinato."

"Bien, sí, pero es algo más que eso." Charlie miró a Simón. "Sabes cuán cercanos son realmente James y Henry. Este asunto, si es posible, los ha unido aún más..." Charlie se pasó una mano por los cabellos. "La cosa es que James se siente culpable por la muerte de Kitty—no porque él le haya hecho daño, sino porque lo prefería a él en vez de Henry. Aun cuando él nunca la alentó... bueno, era bastante claro. Condenadamente incómodo cuando ella aún estaba con vida—pero un infierno ahora que ha muerto." Simón estaba inmóvil; Portia sintió el cambio en él.

"¿Qué es exactamente lo que estás diciendo?"

Charlie suspiró. "Estoy preocupado que James haga algo absurdo—especialmente si las cosas parecen perjudicar a Henry y, ya lo sabemos, lucen bastante mal. Creo que podría confesar para evitarle a Henry esa pena."

Simón suspiró profundamente. "¡Maldición!"

Portia miró al uno, luego al otro. "¿Realmente lo haría?"

Simón asintió. "Oh, sí. Si ustedes conocieran su pasado, lo comprenderían. James haría cualquier cosa por proteger a Henry, porque Henry ha pasado la mitad de su vida protegiendo a James."

"Entonces, ¿qué podemos hacer?" preguntó Charlie. "Eso es lo que quiero saber."

"Lo único que podemos hacer," replicó Simón, "es ayudar a desenmascarar al verdadero asesino lo más rápidamente posible."

Era tarde cuando Stokes, evidentemente fatigado, se unió a ellos.

"Tratar con gitanos nunca es fácil." Se dejó caer en uno de los sillones. "Siempre suponen que vamos a arrestarlos." Sonrió. "No puedo culparlos, dado como solían ser las cosas."

"Puesto que usted no ha arrestado a nadie," dijo Simón, "¿presumo que no cree que Arturo sea culpable?"

"No puedo verlo." Stokes lo miró. "¿Lo cree usted?"

"No," reconoció Simón. "Pero estoy seguro de que todos lo sugerirán."

"Sí, lo han sugerido, pero creo que es muy poco probable. No tengo razón alguna para sospechar que él—o el otro, el más joven...Dennis, eso es—sea el asesino."

Portia se inclinó hacia delante. "¿Tiene usted alguna teoría sobre quién lo hizo?"

"No exactamente." Stokes se reclinó en la silla. "Pero tengo algunas ideas."

Las compartió con ellos; ellos, por su parte, le dijeron todo lo que sabían—todas las pequeñas argucias de Kitty, todas sus recientes pullas. Mientras aguardaban a Stokes, habían acordado no ocultar nada, confiando en que la verdad en manos de Stokes no perjudicaría a los inocentes. Había demasiadas cosas en juego para tomar una actitud de educada reticencia.

Le relataron entonces todo lo que Portia había escuchado sin querer, todo lo que, individual o colectivamente, habían conjeturado sobre la propensión de Kitty a entrometerse en la vida de los demás.

Stokes estaba impresionado—y los impresionó; los interrogó, los escuchó realmente, e intentó seguir sus explicaciones.

Finalmente, llegaron a un punto en que él ya no tenía más preguntas, pero aún no veían ni un destello de una conclusión. Todos se levantaron y caminaron de regreso a la casa, reflexionando en silencio sobre todos los aspectos que habían tocado, como con un rompecabezas, intentando ver y dibujo antes de poner las piezas.

Portia aún reflexionaba, aún estaba sumida en profundas cavilaciones, cuando se deslizó a la habitación de Simón una hora más tarde.

De pie al lado de la cama, Simón levantó la mirada; luego continuó encendiendo las seis velas de un candelabro que había tomado de uno de los salones que no se utilizaban.

Escuchó el picaporte, escuchó los pasos de Portia que atravesaban la habitación.

Lo supo en el instante en que ella lo advirtió.

Ella se detuvo, contemplando el candelabro, ahora con todas las velas encendidas. Luego miró a su alrededor—a la ventana, a las pesadas cortinas de invierno habitualmente atadas durante los meses más cálidos, que ahora estaban cerradas, luego a la cama, iluminada por el brillo dorado que arrojaban dos candelabros de seis brazos colocados en las mesas de noche, uno de siete brazos puestos sobre la cómoda contra la pared del pasillo, y uno de cinco brazos sobre el armario al otro lado de la habitación.

"¿Qué. . . ?" Ella lo miró a través del espacio cálidamente iluminado.

Él sacudió la astilla, ajustó el segundo candelabro de seis brazos de manera que su luz cayera sobre las almohadas apiladas. Luego levantó la cabeza. "Quiero verte, esta vez."

Ella se ruborizó. No fuertemente, pero una ola de color era claramente perceptible bajo su piel de alabastro.

Él ocultó una sonrisa de depredador. Con la mirada fija en ella, evaluando su reacción, rodeó la cama, se aproximó a ella.

Ella contemplaba la cubrecama, de un suave y sedoso carmesí, que destellaba a la luz de las velas.

Él la abrazó, deslizó las manos alrededor de su delgada figura. Ella se hundió en sus brazos con facilidad, pero cuando levantó los ojos, tenía el ceño fruncido.

"No estoy segura de que esta sea una de tus mejores ideas."

Él inclinó la cabeza y la besó dulcemente, persuasivamente.

"Tú también podrás verme." Susurró la tentación sobre sus labios, los tomó de nuevo, e hizo que ellos—y ella—se aferraran a él.

Su cuerpo se hundió en sus brazos, suya sin reservas; sin embargo, ella se apartó del beso, con una clara vacilación en los ojos. Él la acercó aún más, moldeó sus caderas a las suyas. "Confía en mí. Lo disfrutarás."

Se movió sugestivamente contra ella.

Portia suspiró internamente, decidió no decirle que eso era lo que ella temía, temía disfrutar la aventura lujuriosa, disfrutar el ser arrastrada cada vez más profundamente a su red—la que sabía que él estaba tejiendo deliberadamente.

Pero ella ya había aceptado el reto, decidido el rumbo que tomaría.

Sosteniendo su mirada, deslizó las manos, que descansaban entre ellos hasta entonces, sobre sus hombros, entrelazó sus brazos en su cuello. Se irguió contra su cuerpo. "Está bien." Justo antes de que sus labios se encontraran, vaciló. El tiempo suficiente para sentir la tensión que él contenía. Sintió cómo crecía...

Con la mirada en sus labios, murmuró, con deliberada sensualidad. "Muéstrame, entonces."

Y le ofreció su boca.

Él la tomó—vorazmente. Capturó sus sentidos, la saboreó, le hizo perder el equilibrio.

Los sumió a ambos en el horno de la pasión, en las llamas devoradoras del deseo.

Un deseo que ambos dejaron que los consumiera—las manos de Simón recorrieron su cuerpo, poderosamente posesivas; cada caricia era flagrantemente evocadora; ella hundió sus dedos en su cabello y se aferró a él, animándolo a proseguir—luego él contuvo el fuego. Lo retuvo, ardiente, en ebullición, aguardando a que estallara. Se movió y la atrapó contra la cama, con las piernas alrededor de las suyas.

Se apartó del beso, aguardó con la cabeza inclinada hacia la de ella, hasta que ella levantó sus párpados entornados.

Él atrapó su mirada. "Esta noche no vamos a apresurarnos."

Las palabras eran profundas, gravemente—dictatoriales. Sin temor, ella sostuvo su mirada, arqueó las cejas. "No estaba consciente de haberlo hecho antes."

Lo consideró brevemente, luego murmuró. "Tengo una propuesta. Veamos qué tan despacio podemos hacerlo."

Ella no tenía idea de qué era lo que le proponía. Sin embargo, se encogió levemente de hombros. "Si lo deseas."

Él inclinó la cabeza. "Lo deseo."

Tomó de nuevo su boca en un largo beso, lento, dolorosamente placentero, perturbadoramente excitante. Hacía largo tiempo que ella no se resistía, ni siquiera por pura formalidad; hacía largo tiempo que ya no intentaba aferrarse a su mente, o a su voluntad. Dejó que ambas desaparecieran mientras él la llevaba cada vez más profundamente a un placer hipnótico.

Ni siquiera pensó en la luz reveladora cuando él desabotonó su traje, lo deslizó por sus hombros y luego, cuando ella complaciente liberó sus brazos, lo dejó caer hasta su cintura. Con sus labios en los de ella, su lengua en un duelo con la suya, ingeniosamente prometedora, ella apenas registró cómo deshacía los lazos de cinta de su corpiño.

Pero entonces él se retiró del beso, miró hacia abajo y retiró la fina seda, exponiendo sus senos.

A él, a su vista, al azul ardiente de sus ojos.

Su mirada hizo que los pulmones de Portia se cerraran; él levantó una mano, recorrió con los dedos desde su clavícula hasta la parte de arriba de uno de sus senos; luego volteó la mano y tomó su firme peso, como un conquistador evaluando el premio que se le ofrecía. Luego cerró la mano. Y perdió la cordura.

Ella no podía respirar; sólo podía observar, atrapada, inmisericordemente atada por un hechizo sensual, mientras que él se deleitaba visualmente, examinaba, acariciaba—sin prisa, casi lánguidamente.

Luego le lanzó una mirada por debajo de sus pestañas, atrapó su mirada, se movió delante de ella e inclinó la cabeza. Puso sus labios en un pezón fruncido, succionó suavemente. Ante su inhalación, la soltó, recorrió y besó, lamió, saboreó... después pasó a su otro seno mientras sus dedos se cerraban sobre el cálido pico y continuaba con su tortura,

Hasta que regresó, abrió la boca y lo tomó. Succionó salvajemente. Con los dedos en espasmos sobre su cabeza, aferrándose con fuerza, ella gritó, dejó que su cabeza se arqueara hacia atrás mientras lo apretaba contra ella, con la espalda levemente inclinada.

Intentó concentrarse en el dibujo del tapiz que enmarcaba el dosel de la cama. No lo consiguió.

Cerró los ojos mientras él succionaba de nuevo, preguntándose durante cuánto tiempo más la sostendrían sus piernas.

Como si hubiese escuchado su pensamiento, sus manos se deslizaron y asieron su trasero fuertemente, posesivamente.

Ahogando un suspiro, se forzó a abrir los ojos, miró hacia abajo y miró cómo se deleitaba. Él encontró su mirada, la observó observándolo mientras deslizaba un pezón adolorido por su lengua, y luego lo lamía ásperamente.

Se estremeció, y cerró los ojos de nuevo.

Sintió que él se enderezaba—dejó que sus manos se deslizaran a su pecho mientras sus dedos lentamente cedían y la soltaban; ella abrió los ojos a pesar del esfuerzo.

Tenía que verlo—su rostro, mientras él bajaba su traje y

su corpiño, mientras deslizaba la tela sobre la curva de sus caderas, hasta que, con un suave crujido, ambas prendas cayeron al suelo.

Retrocedió un poco, pero sus ojos no siguieron las telas; se detuvieron, fijos, en los oscuros rizos en el extremo de sus muslos.

Ella trató de imaginar qué estaba pensando Simón; no pudo. Ni siquiera estaba segura, al ver los planos angulosos de su rostro, de que estuviera pensando.

Luego sus manos, que se habían subido a su cintura, se deslizaron como plumas hacia abajo, recorriendo con los dedos la leve curva de su estómago, hasta el pliegue entre el muslo y el torso. Levantando la cabeza, se acercó más—algo que atisbó en su rostro hizo que se quedara sin aliento. Apoyó sus manos en su pecho, lo detuvo.

"No—tu ropa." Sus miradas se encontraron. Ella lamió sus labios. "Yo también podré verte."

"Oh, lo harás." Sus manos se cerraron en su cintura y él inclinó la cabeza para besarla. "Pero aún no. Esta noche no nos apresuraremos. Tenemos tiempo para saborearlo todo— cada paso, cada experiencia."

Confirió a esta última palabra tanta promesa como para distraerla, para dejar que capturara sus labios, su boca, incluso su mente, y la hiciera girar.

La apretó contra sí y su respiración se alteró. Él estaba todavía completamente vestido; la piel de Portia cobró vida, ardiendo conscientemente mientras la tela de su saco y su pantalón la rozaba, luego se oprimía contra ella, cada vez con más fuerza a medida que él la apretaba más, moldeando sus suaves curvas a su duro marco, a la rígida columna de su erección, haciendo énfasis en el hecho de que ella estaba desnuda y él aún estaba vestido.

En que ella estaba en su poder. Que era suya para hacer lo que quisiera.

Al menos tanto como ella lo permitiera.

Esta última parte aún estaba clara en su mente, algo de lo que estaba tan persuadida que no vaciló, no pensó en protestar, cuando él la levantó y la puso de rodillas sobre la cama delante de él, de cara a él. Con las manos en sus hombros para conservar el equilibrio, los dedos hundidos en su piel, aferrados a él mientras saqueaba su boca, él la mantuvo presa en el beso mientras sus manos la recorrían. Acariciaban su pecho, sus costados, su espalda, bajando para cerrarse y luego, evocadoramente, acariciaban su trasero y finalmente, la parte de atrás de sus muslos; la rodeaban con los dedos avanzando hacia arriba, siguiendo los tensos músculos, luego deslizándose hacia adentro para recorrer su temblorosa parte interior.

Hasta el lugar donde estaba caliente, húmeda y henchida.

Sus pulmones se cerraron lentamente mientras él recorrió, incitó, rodeó el tenso botón de su deseo; luego separó los pliegues, deslizando con facilidad los dedos a medida que los acogía su humedad. Halló su entrada, exploró hasta que ella dejó de respirar, hasta que sus dedos se hundieron en sus hombros; luego metió, primero un dedo que la acarició lánguidamente, luego dos, haciéndola estremecer.

Simón dejó que se apartara del beso, dejó que levantara la cabeza. Con una mano en su cadera, la sostuvo con fuerza delante de él, lenta, rítmicamente; rígidamente controlada, con la mano entre sus muslos, sintiendo que su ardor apretaba con fuerza sus dedos.

La miró mientras él lenta, deliberadamente, la animaba a seguir.

Observó el rubor del deseo colorear su fina piel, cambiándola del alabastro al rosa más pálido. Su rostro era suave, con el vacío de la pasión; la decisión que por lo general hacía parte de su expresión estaba suspendida mientras se entregaba, a sus caricias, a él, a lo que él deseara hacerle a ella, con ella. Sus labios se separaron, su aliento estaba cada vez más entrecortado mientras trataba de seguirlo, trataba de estar a su ritmo, trataba de no precipitarse.

Debajo de sus pestañas, sus ojos oscuros destellaban, su zafiro profundo era tan intenso que parecía casi negro.

Mientras lo observaba observándola. Saboreándola visualmente mientras la llevaba lentamente, deliberadamente, inexorablemente, al orgasmo.

Sus pezones, rosados y apretados, lo invitaban como la fruta más suculenta.

Mientras la pasión se apoderaba de ella paso a paso, mientras su cuerpo ondulaba al ritmo que él había establecido, mientras el rubor del deseo se intensificaba y cerraba los ojos, inclinó la cabeza y tomó uno de sus pezones en su boca.

La saboreó, la incitó, aguardó, sintiendo su urgencia, sintiendo la oleada que se precipitaba por sus venas.

Luego lo succionó ferozmente, la oyó gritar, sintió que sus manos se clavaban en su cabeza mientras se apoderaba de ella la liberación.

Él la sostuvo y se deleitó mientras desaparecían las contracciones, mientras la abandonaba la tensión. Retirando su mano de sus muslos, la levantó; arrodillado en la cama, la acostó.

Sus ojos se abrieron y lo miraron. Exhibida, desnuda y deleitable sobre el cubrecama de seda roja, ella siguió cada uno de sus movimientos mientras él, lánguidamente y sin prisa, se desvestía.

No había razón para apurarse, como él lo había dicho; deseaba que la representación de aquella noche fuese una pieza de varios actos—ella necesitaría al menos unos minutos para recuperarse, entre más tiempo, mejor. Mejor para la próxima vez, mejor para él.

Era un maestro consumado en pensar en otras cosas, en ignorar el latido intenso de su sangre; sin embargo, era sólo aquella experiencia, el saber que era posible si se mantenía fiel al libreto, y su voluntad de hierro, lo que le impedían caer sobre ella y poseerla.

Su piel era increíblemente fina; aun cuando el rubor del deseo desaparecía, era tan pálida y traslúcida que tomaba el brillo dorado de la luz de la vela, que lucía con un destello sensual. Su cabello negro azabache, grueso, cayendo en grandes ondas rizadas, se extendía bajo sus hombros, enmarcando su rostro.

El rostro de una madona muy inglesa, suavizado aún más por la huella de la pasión y encendido por un brillo sensual.

Y una expectativa que lentamente lo invadía.

Una anticipación fascinada.

Se movió alrededor de la cama, despojándose del saco, el chaleco, la camisa—todo de la manera habitual como se prepara un caballero para acostarse con la intención de dormir, y no de complacerse hasta el extremo con una deliciosa hurí a la que ya ha dejado inerte.

Ella seguía cada uno de sus movimientos.

No dijeron una palabra, pero la tensión que surgía entre ellos, a su alrededor, que se intensificaba en la cama, era algo tangible.

Mantenía acelerado el corazón de Simón, su pulso latiendo; cuando finalmente se quitó los pantalones, lo hizo con un intenso alivio.

Poniéndolos cuidadosamente a un lado, se acercó a la cama.

Bajo la negra pantalla de sus pestañas, ella se reclinó y observó, dejando que su mirada cayera osadamente de su rostro, sobre su pecho, por su musculoso estómago, hasta deleitarse amorosamente en su erección.

Suyo.

Casi podía escuchar la palabra en su mente, ver cómo se enroscaban sus dedos.

Trepando a la cama, se sentó en sus tobillos, fuera de su alcance.

Levantó una mano, llamándola. "Ven acá."

Ante su tono, áspero, ronco, como una orden, ella lanzó una mirada a su rostro. Luego se movió, se enderezó apoyada en un codo. Él se inclinó para tomarla del brazo y ayudarla a ponerse de rodillas, cuando ella, en lugar de hacerlo, se dobló hacia él.

Su cabello barrió su vientre; antes de que pudiera reaccionar, sintió que su aliento le acariciaba su carne dolorida; luego lo lamió. Largamente, prolongadamente.

Y él se perdió.

Olvidó su libreto por completo cuando ella se movió y se dedicó a su tarea, apoyada en sus muslos, acariciándolo con una mano de arriba hacia abajo, acariciándolo mientras su lengua lo lamía, lo hacía endurecer; luego se retiró, consideró todo lo que podía ver, e inclinó la cabeza tomándolo entre su boca.

Los dedos de Simón se extendieron entre sus gruesos cabellos, cerrados en un espasmo cuando ella succionó. Tuvo que aferrarse con todas sus fuerzas a su control mientras ella lo atormentaba; tuvo que luchar para convocar la suficiente fuerza de voluntad para, en el momento en que ella se detuvo para respirar, tomarla por los hombros y levantarla. Alejarla.

Ella encontró su mirada. "No he terminado todavía."

"Ya es suficiente," consiguió decir. "Más tarde."

"Eso dijiste la última vez."

"Por buenas razones."

"Lo prometiste."

"Que podías mirar. No saborear."

Ella entornó los ojos mientras cedía a sus deseos y, ahora, apoyada en sus rodillas, se sentó a horcajadas sobre él. Sus rostros estaban juntos de nuevo; ella frunció el ceño al mirarlo. "Creo que protestas demasiado. Te agrada. Mucho."

Él cerró sus manos sobre sus caderas. "Me gusta demasiado."

Ella abrió los labios; él detuvo sus palabras de la manera más efectiva que conocía.

Se deslizó en su interior lentamente, abriéndose camino hasta su suave concha, deslizándola hacia abajo, más profundamente, hasta que ella perdió el último aliento en un suspiro ahogado, cerró sus manos alrededor de su rostro, enmarcándolo, sosteniéndolo para poder besarlo.

Tan evocadoramente como lo habría hecho cualquier hurí.

Él no necesitaba que lo alentara; se movió debajo de ella, dentro de ella, moviéndola al mismo ritmo. Ella se unió a él, bailó con él. Sobre él. Apretándose a su alrededor, luego dejándolo ir cuando él la levantaba. No la alzaba mucho; al parecer, a ella le agradaba sentirlo profundamente, y él parecía bastante contento de complacerla, al menos en ese aspecto.

Para él, no había nada más satisfactorio sensualmente que hundirse hasta el tope en una mujer caliente, húmeda y voluptuosa.

Especialmente en ella.

Con ella, la satisfacción era mucho más profunda que la del mero sexo. Mucho más profunda que la de la gratificación sensual. Le llegaba al corazón; como un elixir celestial, lo calmaba, lo alimentaba, lo relajaba; luego se convertía en una adicción y lo incitaba.

Cambió de ritmo, dejó que creciera la urgencia; ella anudó sus brazos en sus hombros y se aferró a él con fuerza. A él, a su beso.

A la necesidad que creía, se ampliaba, los invadía, más primitiva que la lujuria, más poderosa que la pasión.

Como una ola que se rompía, llenándolos; ellos cabalgaban en ella, cada vez más rápido, más alto, más profundamente, con más fuerza.

Hasta que ella se deshizo. Su cuerpo se apretó sin miseri-

cordia a su alrededor, luego estalló su tensión. Gritó, y el sonido desapareció entre ellos. Él la mantuvo acostada, con
una fuerza brutal, manteniéndola inmóvil mientras las contracciones ondulaban a través de ella, alrededor de él, y desaparecían.

Toda la fuerza la abandonó y se desplomó contra él.

Sólo entonces se atrevió Simón a retirarse del beso, a tomar aliento, a pensar. En su próxima jugada.

Portia consiguió finalmente inspirar un poco de aire. Advirtió que él se había detenido, que aún estaba duro como el
acero, rígido dentro de ella. Sus manos le acariciaban la espada, pero su cuerpo estaba tenso, cerrado—aguardando.

Levantando la cabeza, lo miró a los ojos. Vio la bestia que
acechaba detrás del azul brillante.

"¿Y ahora qué?"

Él tomó un momento para responder; cuando lo hizo, su
voz era ronca. "El siguiente acto."

La levantó, la empujó suavemente hacia las almohadas
apiladas en la cabecera de la cama.

Apoyada sobre sus rodillas, se dirigió hacia ellas.

Aterrizó en el estómago. Aguardó a que él la volviera.
Cuando no lo hizo, se apoyó en un codo y se volvió a mirarlo.

Él continuaba sentado sobre sus tobillos, flagrantemente
erecto; mientras lo observaba, su mirada se apartó de su
trasero.

"¿Qué?" Ella se volvió para mirarlo, para mirar a su alrededor.

Él vaciló, luego sacudió la cabeza. "Nada." Le tomó las
piernas. "Acuéstate."

Él la hizo girar, separó sus piernas, se acostó sobre ella in-
sertando su cadera, y la penetró. Con un potente impulso
que la hizo arquear salvajemente, que casi la hace olvidar.

Pero no completamente.

Él se retiró y se impulsó de nuevo, acomodándose plenamente y luego, obedeciendo a sus movimientos, dejó que su cuerpo reposara sobre el de ella.

Ella lo miró. "¿Qué me estás ocultando?"

"Nada que necesites saber." Oprimió su cadera con la mano, la inclinó para que recibiera su siguiente impulso.

"No prestaré atención hasta que me lo digas."

Él rió. "No me tientes."

Ella intentó mirarlo enojada, pero cuando él entró de nuevo más profundamente, con más fuerza, borró este impulso de su mente.

Él se movió, alzándose un poco sobre ella, moviéndose más profundamente que nunca, dentro de ella. "Si lo aprendes todo de una vez, ya no tendré nada más que enseñarte. No quisiera que te aburrieras."

"No creo…" *No hay ninguna probabilidad de que esto suceda, nunca. No en esta vida.* Dejó las palabras implícitas, cerró los ojos. Intentó contener la ola de necesidad urgente que surgió poderosa, atizada por cada penetración profunda, por cada impulso de su cuerpo dentro del suyo.

No lo consiguió. Dejó que la invadiera, la atrapara, la meciera, la arrastrara.

Hacia delante.

Hacia el mar en el que se habían sumergido con suficiente frecuencia para que ella se deleitara en esos momentos, los valorara, los saboreara, los apreciara por lo que eran.

Íntimos. Aquellos preciosos momentos eran ciertamente eso, pero también muchísimo más, mucho más que lo meramente físico.

Lo sentía en sus huesos; se preguntaba, en aquella parte distante de su mente que aun funcionaba, si él lo sentiría también.

Sintió el poder de lo que crecía entre ellos. Sintió cómo los enlazaba mientras sus cuerpos se fusionaban infatigablemente. Con más fuerza, más rápido, tendiendo a la cúspide de la felicidad final. Seguros de que la alcanzarían.

Como inevitablemente lo hicieron, en la cresta de una ola de éxtasis, antes de desplomarse, unidos, en un océano de placentera saciedad.

Había sido fácil. Tan fácil que ella no estaba segura de poder confiar en su intuición. De seguro, nada tan importante podía ser tan sencillo.

¿Era realmente amor? ¿Cómo podía saberlo?

Ciertamente, era algo más que lujuria lo que los unía; a pesar de su falta de experiencia, estaba segura de ello.

Al dejar la mesa del desayuno a la mañana siguiente, rezando por que nadie hubiera notado su asombroso apetito, Portia se dirigió al salón que daba a la terraza. Necesitaba pensar, reevaluar, determinar dónde se encontraban ahora, y a dónde era posible que ahora avanzaran, juntos. Siempre pensaba mejor cuando caminaba, sin rumbo fijo, preferiblemente al aire libre.

Pero no podía pensar en absoluto cuando él acechaba a su lado.

Deteniéndose en la terraza, lo enfrentó. "Quiero pensar— voy a dar un paseo."

Con las manos en los bolsillos, la miró. Inclinó la cabeza. "Está bien."

"Sola."

El cambio en su expresión no fue un efecto de su imaginación; sus rasgos realmente se endurecieron, apretó los labios; sus ojos se entrecerraron.

"No puedes andar por cualquier parte sola. Alguien trató de matarte, ¿recuerdas?"

"Eso fue muchos días atrás—ya debe haber advertido que no sé nada al respecto." Extendió las manos. "Soy inofensiva."

"Eres insensata," riñó. "Si cree que puedes recordar lo que imagina que sabes pero lo has olvidado, no se detendrá—ya escuchaste a Stokes. Hasta que atrapen al asesino, no irás a ninguna parte sin protección."

Ella entrecerró los ojos. "Si crees que voy a…"

"No creo—lo sé."

Al mirarlo a los ojos, sitió que crecía su enojo, como un volcán que la invadía, ardiente, creciendo, preparándose para explotar…

El pensamiento que había tenido antes resonó en su mente. ¿Fácil? ¿Realmente había creído que sería fácil, con él?

Lo miró furiosa; otros se encogerían y se alejarían temerosos—él, su decisión, no varió un ápice. Suprimiendo un gruñido—realmente ella no deseaba que regresaran a sus riñas de antes—controló su furia y luego, al ver que no podría salirse con la suya, asintió cortantemente.

"Está bien. Puedes seguirme." Ella sintió su sorpresa, advirtió que se preparaba para una batalla campal. Sostuvo desafiante su mirada. "A cierta distancia."

Él parpadeó; parte de su tensión desapareció. "¿Por qué a cierta distancia?"

Ella no deseaba admitirlo, pero él no la complacería si ella no lo hacía. "No puedo pensar—no con claridad, no de manera que pueda confiar en lo que pienso—si estás a mi lado. O cerca de mí." No aguardó a ver su reacción—su imaginación era suficiente; volviéndose, se dirigió a la escalera. "Al menos veinte yardas."

Creyó escuchar una risa, abruptamente sofocada, pero no se volvió. Con la cabeza en alto, se marchó, atravesando el prado en dirección al lago.

Cuando iba a medio camino, volvió a mirarlo. Vio que bajaba lentamente los escalones. No miró si sus labios se curvaban o estaban rectos. Mirando hacia delante, continuó.

Y fijó su mente decididamente en el tema que la preocupaba.

Él. Y ella. Juntos.

Un desarrollo casi increíble. Recordó su objetivo original, el que había hecho que aterrizara en sus brazos. Quería aprender acerca de la atracción que estallaba entre un hombre y una mujer, la atracción que llevaba a una mujer a considerar casarse.

Había aprendido la respuesta. Quizás demasiado bien.

Frunciendo el ceño, miró hacia abajo. Con las manos cerradas detrás de la espalda, siguió caminando.

¿Estaba considerando realmente casarse con Simón, un tirano latente, a menudo no tan latente?

Sí.

¿Por qué?

No porque disfrutara compartir su cama. Aun cuando este aspecto era muy agradable, por sí mismo no era lo suficientemente convincente. Por ignorancia, había supuesto que los aspectos físicos pesaban fuertemente en la balanza; ahora, aunque admitía que, en efecto, tenían cierto peso, más aún, que eran placenteramente adictivos, al menos con un caballero como él, no podía imaginar—incluso ahora, incluso con él—que eso, por sí mismo, inclinaría la balanza.

Era aquel algo elusivo que había crecido entre ellos lo que había agregado un peso decisivo y había influido tan fuertemente en ella.

Podía llamarlo sencillamente por su verdadero nombre; amor era lo que tenía que ser—ya no era posible dudarlo. Estaba allí, entre ellos, casi tangible, nunca realmente ausente.

¿Era algo realmente nuevo para ellos? ¿Le ofrecía él ahora algo diferente que no le hubiese ofrecido antes? ¿O sería más bien que la edad y las circunstancias habían modificado sus perspectivas, abierto sus ojos, hecho que apreciaran cosas el uno del otro que no habían apreciado hasta entonces?

Esto último parecía más probable. En retrospectiva, podía

admitir que la fuerza potencial, ciertamente, siempre había estado allí, pero enmascarada y oculta por el enfrentamiento natural de sus personalidades.

Sus personalidades no habían cambiado; sin embargo, ella y, aparentemente, él...quizás ambos habían llegado a una edad en la que podían aceptarse el uno al otro tal como eran, en la que estaban dispuestos a adaptarse y a manejarse en búsqueda de un premio mayor.

El prado se hacía más estrecho al entrar al sendero que conducía al lago. Ella miró hacia arriba cuando volvió la esquina...

Casi tropieza, cae—tomó sus faldas y saltó sobre un obstáculo. Recuperando el equilibrio, miró hacia atrás.

Vio...

Súbitamente, fue consciente de la suave brisa que levantaba rizos de su cabello, consciente del latido de su corazón, de la oleada de sangre en sus venas.

Del escalofrío helado que bañaba su piel.

"¿Simón?"

Demasiado débil. Estaba cerca, pero momentáneamente fuera de la vista.

"¡Simón!"

Escuchó de inmediato el golpe de sus pasos cuando se precipitó hacia ella. Estiró los brazos para detenerlo cuando él, al igual que ella, tropezó y perdió el equilibrio.

Lo recuperó, miró hacia abajo, maldijo y la abrazó con fuerza.

Maldijo de nuevo, la envolvió en sus brazos, oprimiéndola contra sí, apartándola, protegiéndola de lo que veía.

Del joven jardinero gitano, Dennis, que yacía extendido de espaldas, estrangulado...como Kitty.

Como Kitty, muerto.

Capítulo 15

"*No.*" Stokes respondió a la pregunta que le formulaba Lord Netherfield; ellos—Stokes, Simón, Portia, Charlie, Lady O y su Señoría—estaban reunidos en la biblioteca, evaluando la situación. "Tan temprano en la mañana, nadie realmente tenía una coartada. Todos estaban en sus habitaciones, solos."

"¿Tan temprano, eh?"

"Al parecer, Dennis a menudo comenzaba su trabajo poco después del amanecer. Hoy, el jardinero principal se cruzó con él y le habló—la hora exacta es incierta, pero fue mucho antes de que el personal de la casa se levantara e iniciara sus quehaceres. Una cosa, sin embargo, es segura." Stokes avanzó hacia la mitad de la habitación y los miró a todos, reunidos en el diván y las sillas delante de la chimenea. "Quien quiera que haya matado a Dennis, era un hombre en la flor de la edad. El joven luchó con todas sus fuerzas—al menos eso es claro."

Apoyado en el brazo de la silla en la que se encontraba Portia, Simón miró su rostro. Todavía estaba pálida por la impresión, y excesivamente silenciosa, aun cuando había transcurrido ya medio día desde su horrible descubrimiento.

Su segundo horrible descubrimiento. Con los labios apreta-dos, miró a Stokes; recordó el césped arrancado, el cuerpo contorsionado y asintió. "A Kitty la habría podido matar cualquiera; Dennis es otra cosa."

"Sí. Podemos olvidarnos de que el asesino haya sido una mujer."

Lady O parpadeó. "No sabía que estuviésemos conside-rando a las damas."

"Estábamos considerando a todo el mundo. No podemos darnos el lujo de adivinar."

"¡Oh! Supongo que no." Alisó su chal. Su aire acostum-brado de invencible certeza tambaleaba; el segundo asesi-nato los había sorprendido a todos, no sólo otra vez, sino a un nivel más profundo. El asesino indudablemente estaba aún allí, entre ellos; algunos, quizás, habían comenzado a apartar el asunto de su mente, pero la muerte de Dennis los había obligado a todos a advertir que el horror no podía se-pultarse con tanta facilidad.

Apoyado contra la repisa de la chimenea, Charlie pre-guntó, "¿Qué usó el canalla para estrangular al pobre tipo?"

"Otra cuerda de cortina. Esta vez, la de una de las cortinas del salón que da a la terraza."

Charlie hizo una mueca. "Entonces, podría ser cualquiera."

Stokes asintió. "Sin embargo, si suponemos que la misma persona es responsable de ambos asesinatos, podemos redu-cir considerablemente la lista de sospechosos."

"Sólo hombres," dijo Lady O.

Stokes inclinó la cabeza. "Y sólo aquellos lo suficiente-mente fuertes como para estar seguros de dominar a Dennis—creo que esta seguridad es importante. Nuestro asesino no podía correr el riesgo de intentarlo sin éxito, y debía hacerlo con rapidez—sabía que otras personas estarían cerca."

Vaciló, y luego prosiguió, "Me inclino a decir que el asesino debe ser Henry Glossup, James Glossup, Desmond Winfield o Ambrosio Calvin." Hizo una pausa; cuando nadie discutió, continuó. "Todos tienen fuertes motivos para matar a la señora Glossup, todos podrían físicamente realizar los actos, todos tenían la oportunidad, y ninguno tiene una coartada."

Simón escuchó el suspiro de Portia; la miró a tiempo para ver que se estremecía y luego miró hacia arriba. "Sus zapatos. El césped debía estar húmedo a esa hora de la madrugada. Quizás si verificamos..."

Con una expresión melancólica, Stokes negó con la cabeza. "Ya lo hice. Quien quiera que sea nuestro hombre, es astuto y cuidadoso. Todos los zapatos estaban limpios y secos." Miró a Lord Netherfield. "Debo agradecerle, señor—Blenkinsop y todo el personal de la casa han sido de gran ayuda."

Lord Netherfield hizo a un lado el comentario con un gesto. "Quiero que atrapen a este asesino. No permitiré que mis nietos—o la familia—se vean tachados de este tipo de cosas, y lo serán a menos que atrapemos al villano." Encontró la mirada de Stokes. "He vivido demasiado como para eludir la realidad. No exponer al villano sólo garantizará que los inocentes sean evitados junto con él. Necesitamos atrapar a este canalla ahora, antes de que las cosas se pongan peores."

Stokes vaciló, luego dijo. "Si me perdona la observación, Señoría, usted parece estar seguro de que ninguno de sus nietos es nuestro asesino."

Con las manos dobladas sobre la empuñadura de su bastón, Lord Netherfield asintió. "Lo estoy. Los conozco desde que nacieron, y ninguno de ellos podría hacerlo. Pero no puedo esperar que usted lo sepa, y no gastaré mi aliento en tratar de persuadirlo. Usted debe investigarlos a los cuatro, pero, recuerde mis palabras, será uno de los otros dos."

El respeto con el que Stokes inclinó la cabeza era transparentemente genuino. "Gracias. Y ahora"—su mirada los barrió a todos—"debo pedirles que me excusen. Hay detalles que debo verificar, aun cuando les confieso que no espero encontrar ninguna pista útil."

Con una pequeña reverencia, salió de la habitación.

Mientras se cerraba la puerta, Simón advirtió que Lady O trataba de encontrar su mirada, dirigiendo su atención hacia Portia.

No que fuese preciso hacerlo. La miró, luego la tomó de la mano. "Vamos—vamos a cabalgar un poco."

Charlie también los acompañó. Encontraron a James y le preguntaron si deseaba unírseles pero, de manera poco característica, se negó. La incomodidad que sentía al saber que era uno de los sospechosos, era patente; se sentía incómodo, lo cual significaba que ellos también. Con reticencia, lo dejaron en el salón de billar; tacando ociosamente las bolas.

Hallaron a las otras damas sentadas en silencio en el salón de atrás. Lucy Buckstead y las chicas Hammon saltaron ante la invitación; sus madres las animaron, con una expresión de alivio.

Para cuando se cambiaron de traje, se dirigieron a los establos y encontraron monturas, era ya bien entrada la tarde. De nuevo sobre la juguetona yegua castaña, Portia encabezaba la cabalgata; Simón la seguía de cerca.

Él la observó; parecía distante. Sin embargo, manejaba la yegua con su segura facilidad habitual; no pasó mucho tiempo antes de que dejara atrás a los demás. Al llegar a los frondosos senderos de Cranborne Chase, en un acuerdo tácito, dejaron que sus cabalgaduras estiraran sus piernas... hasta que se encontraron galopando, como relámpagos por los prados, con fuerza, rápidamente, lado a lado.

Súbitamente, con asombrosa rapidez, él pasó con velocidad a su lado; Portia hizo la yegua a un lado. Asombrado, apretó las riendas, se volvió y se aproximó a ella—vio que ella saltaba de su silla, dejando la yegua temblando, con las riendas colgando. Corrió hacia una pequeña elevación; sus botas susurraban a través de las hojas caídas; en la parte de arriba, se detuvo, con la espalda rígida, la cabeza erguida, mirando por entre los árboles.

Asombrado, detuvo su caballo al lado de la yegua, ató ambas riendas a una rama cercana, y se precipitó en busca de Portia.

Gravemente preocupado. El haber frenado así su caballo, y luego soltar las riendas...era tan poco característico de ella.

Aminoró el paso cuando él se acercó. Se detuvo unos pasos atrás. "¿Qué te ocurre?"

Ella no lo miró, sólo sacudió la cabeza. "Nada. Es sólo que..." Se interrumpió, con la voz ahogada por las lágrimas, un gesto de impotencia.

Él se acercó, la abrazó, la atrajo hacia sí; ignorando su fingida resistencia, la envolvió en sus brazos.

La sostuvo mientras lloraba.

"¡Es tan *horrible!*" Sollozó. "Están ambos muertos. ¡Desaparecidos! Y él—era tan *joven*. Más joven que nosotros."

Él no dijo nada, sólo rozó su cabello con los labios y luego apoyó su mejilla contra su negra seda. Dejó que todo lo que sentía por ella se agolpara en su interior, surgiera y los rodeara.

Dejó que esto la serenara.

Con su mano aferrada a su saco, muy lentamente, se relajó. Más tarde, cesaron sus sollozos; la tensión la abandonó.

"Te he mojado el saco."

"No te preocupes por eso."

Ella suspiró. "¿Tienes un pañuelo?"

Él la soltó, buscó su pañuelo y se lo tendió.

Ella secó su saco con el lino; luego se secó los ojos y se sonó. Metió el arrugado pañuelo en el bolsillo y lo miró.

Sus pestañas aún estaban húmedas, sus ojos azules oscuros aún brillaban. La expresión que había en ellos...

Él inclinó la cabeza y la besó, dulcemente primero, pero luego atrayéndola poco a poco hacia sí, intensificando gradualmente la caricia hasta que ella se vio atrapada.

Hasta que dejó de pensar.

Pensando que llorar en sus brazos era mucho más revelador—entre ellos, quizás una intimidad mayor que yacer juntos desnudos. Emocionalmente, para ella, lo era, pero él no quería que ella se detuviera en eso.

Ni que se detuviera a pensar cómo se sentía él al respecto, la felicidad que sentía de que ella le hubiera permitido acercarse tanto, verla sin ninguna de sus defensas. Verla como de veras era, detrás de sus escudos, una mujer con un corazón bueno y esencialmente suave.

Un corazón que habitualmente escondía muy bien.

Un corazón que él quería.

Más que nada en la vida.

Llegó la noche con una tensión incómoda, vigilante. Como lo había previsto, Stokes no había descubierto nada de valor; una sensación de aprensión estaba suspendida sobre la casa.

No había risas ni sonrisas que aligeraran el ambiente. Nadie sugirió música. Las damas conversaban quedamente en tonos sombríos, sobre cosas intrascendentes—cosas distantes, cosas que no tenían importancia.

Cuando, con Lord Netherfield y Lord Glossup, se unió a las damas, Simón buscó a Portia y la condujo a la terraza. La sacó de aquella atmósfera pesada, inquietante, a donde pudiera respirar con mayor facilidad y hablar libremente.

No que afuera el ambiente fuese mucho mejor; el aire estaba pesado y oscuro; comenzaba a moverse a causa de una tormenta inminente.

Soltando su brazo, Portia caminó hasta la balaustrada; apoyando ambas manos en ella, miró hacia el prado.

"¿Por qué matar a Dennis?"

Él se detuvo en medio de las banderas; permaneció allí para darle más espacio. "Presumiblemente, por la misma razón por la que intentó matarte. Dennis no tuvo tanta suerte."

"Pero si Dennis hubiera sabido algo, ¿por qué no lo dijo? Stokes lo interrogó, ¿verdad?"

"Sí. Y es posible que haya dicho algo, pero a la persona equivocada."

Ella se volvió, frunciendo el ceño. "¿Qué quieres decir?"

Él hizo una mueca. "Cuando Stokes fue a hablar con los gitanos, una de las mujeres dijo que Dennis había estado preocupado por algo. No quiso decir qué era—la mujer pensó que era algo que había visto al regresar de la casa después de enterarse de la muerte de Kitty."

Ella se volvió hacia el otro lado, mirando las sombras cada vez más profundas. "Lo he pensado una y otra vez, pero aún no puedo recordar..."

Él aguardó. Cuando ella no dijo nada más, retrocedió; con las manos en los bolsillos, apoyó los hombros contra la pared. Y observó cómo la noche bañaba lentamente los árboles y los prados, los bañaba a ellos mientras desaparecían los últimos rayos de luz.

La observó, y ahogó la urgencia que se agolpaba en él de acorralarla, de reclamarla como suya, de encerrarla en una torre lejos del mundo y de todo posible daño. La sensación le resultaba conocida, pero mucho más fuerte de lo que había sido antes. Antes de que se diera cuenta de todo lo que ella era en realidad.

El viento se levantó, trayendo consigo el aroma de lluvia. Ella parecía contentarse, al igual que él, sencillamente con estar ahí y dejar que la paz de la noche restaurara también la de ellos.

Él la había seguido aquella mañana, bajando la escalera de la terraza obedientemente, a una distancia de veinte yardas, preguntándose sobre qué quería pensar. Él mismo había pensado—había deseado tener la capacidad, en cualquier momento, de impedir que ella pensara acerca de ellos.

Cuando lo hacía... esto lo inquietaba, lo irritaba. La perspectiva de que ella pensara demasiado en su relación y se persuadiera de que era excesivamente peligrosa, excesiva-

mente amenazadora como para continuar con ella, lo atemo-
rizaba.

Un temor diciente, una vulnerabilidad reveladora.

Él sabía eso también.

Finalmente, quizás, estaba cerca de comprenderlo.

Ella siempre había sido "la única"—la única mujer que
incidía sin esfuerzo en su conciencia, en sus sentidos, sólo
por el hecho de existir. Siempre había sabido que ella era,
de alguna forma, especial para él; pero al haber conocido, desde un primer momento, su actitud frente a los hombres, particularmente frente a hombres como él, había
ocultado la verdad, se había negado a reconocer lo que era.
Lo que podía haberse desarrollado—lo que había llegado
a ser.

Ya no tenía la opción de negarlo. Los últimos días habían
arrancado todos los velos, todas sus cuidadosas pantallas. Re-
velando al desnudo lo que sentía por ella, al menos para él.

Ella no lo había visto todavía, pero lo vería.

Y lo que haría entonces, lo que decidiría...

Él se centró en ella, de pie, delgada y erguida al lado de la
balaustrada. Sintió la urgencia de tomarla y condenarse, de
abandonar toda pretensión de dejarla llegar a su propia decisión, de acudir a él por su propia voluntad, de acudir y fluir
a través de él, alimentada y fortalecida por los últimos peligros... sin embargo, sabía que el primer paso que diera en
esa dirección sería como una bofetada para ella.

Dejaría de confiar en él, retrocedería.

Y él la perdería.

El viento que se levantaba hacía bailar las puntas de su
cabello. Se sentía fresco, más frío; la lluvia no tardaría
en caer.

Se apartó de la pared, caminó hacia ella...

Escuchó un ruido crispante arriba. Miró hacia lo alto.

Vio una sombra que se desprendía del alto techo.

Se precipitó sobre Portia, la tomó, se abalanzó contra la

terraza con ella en brazos, amortiguando su caída, protegiéndola.

Una de las urnas del tejado se rompió contra las banderas precisamente en el lugar en que ella estaba antes. Con un ruido como el de un disparo de cañón, se rompió en pedazos.

Unos de los fragmentos lo golpeó en el brazo que había levantado para protegerla; el dolor lo atenazó, luego desapareció.

Un silencio—absoluto—descendió sobre él, impresionante por el contraste.

Levantó la vista, advirtió el peligro, y urgió rápidamente a Portia a ponerse de pie.

Adentro, alguien gritó. Un pandemonio se siguió; Lord Glossup y Lord Netherfield aparecieron en las puertas de la terraza.

Una mirada bastó para decirles lo que debió ocurrir.

"¡Santo Dios!" Lord Glossup salió apresuradamente. "¿Te encuentras bien, querida?"

Con los dedos aferrados al saco de Simón, Portia consiguió asentir con dificultad. Lord Glossup torpemente le dio una palmadita en el hombro, luego se apresuró a bajar las escaleras. Avanzando por el prado, se volvió y miró hacia el tejado.

"No veo a nadie allí, pero mis ojos ya no son lo que eran."

Desde la puerta del salón, Lord Netherfield los llamaba. "Entren."

Simón miró a Portia, sintió que se enderezaba, que su espalda se ponía rígida; luego salió de sus brazos y dejó que la condujera hacia la puerta.

Adentró, alarmada, ruborizada por el temor, Lady O gruñía y golpeaba el tapete con su bastón. "¿A *qué* está llegando el mundo? Quisiera saberlo."

Blenkinsop abrió la puerta y preguntó, "¿Sí, Señoría?"

Lord Netherfield agitó la mano. "Llama a Stokes. Han atacado a la señorita Ashford."

"Santo cielo." Lady Calvin palideció mortalmente.

La señora Buckstead se aproximó a ella y le tomó las manos. "Tranquilízate—la señorita Ashford está aquí y está ilesa."

Sentada al lado de su madre en el diván, las hermanas Hammond rompieron a llorar. Lady Hammond y Lucy Buckstead, quienes no se sentían mucho mejor, intentaban calmarlas. La señora Archer y Lady Glossup lucían asombradas, devastadas.

Lord Netherfield miró a Blenkinsop mientras regresaba Lord Glossup. "Pensándolo bien, dígale a Stokes que venga a la biblioteca. Lo aguardaremos allí."

Lo hicieron pero, por más que se esforzaron, no había nada—ninguna información útil—que pudieran obtener del incidente.

Con la ayuda de Blenkinsop, el personal hizo acopio de sus conocimientos y fijó el lugar en el que se encontraban los cuatro sospechosos principales. James y Desmond habían salido del salón, al parecer hacia sus habitaciones; Henry estaba en la oficina de la hacienda, y Ambrosio en el estudio, escribiendo cartas. Todos habían estado solos; todos podían haberlo hecho.

Stokes y Lord Glossup subieron al tejado; cuando regresaron, Stokes confirmó que era muy sencillo acceder a él, y que cualquier hombre de mediana fuerza podía haber empujado la urna de piedra de su zócalo.

"Son pesadas, pero no están fijadas al zócalo." Miró a Simón; su ceño se frunció aún más. "Está usted sangrando."

Simón miró su antebrazo. El fragmento de piedra había roto su saco; sus bordes rasgados estaban manchados de sangre. "Es una herida superficial. Ya se detuvo la sangre."

Portia, quien se encontraba a su lado en el diván, tomó su brazo y lo volvió para poder ver. Ahogando un suspiro, él la complació, sabiendo que si no lo hacía, ella se levantaría para verlo; estaba tan pálida, que no deseaba que se pusiera de pie.

Al ver la herida, insignificante a los ojos de Simón, palideció aún más. Miró a Stokes. "Si no necesita nada más de nosotros, me gustaría retirarme."

"Desde luego." Stokes se inclinó. "Si surge algo, puedo hablar con ustedes en la mañana."

Miró a Simón, mientras él y Portia se levantaban.

Adivinando que Stokes estaba pensando en reiterar lo evidente—que Portia no debía permanecer sola en ningún momento—Simón sacudió la cabeza. Ella no estaría sola; no necesitaba que le recordaran por qué.

Tomándola por el brazo, la condujo hacia el recibo y luego escaleras arriba. Inhalando con fuerza, tomó sus faldas y subió sin ayuda.

Al llegar al final de la escalera, dejó caer sus faldas. "Debemos atender a esa herida." Volviéndose, se dirigió a la habitación de Simón.

Él frunció el ceño y la siguió. "No es nada. No puedo sentirla siquiera."

"Cortadas que la gente no siente se han convertido en gangrena." Al llegar a su habitación, ella se volvió para mirarlo. "No puedes estar preocupado por lavarla y curarla. Si no la sientes, no te dolerá."

Él se detuvo delante de ella y miró su rostro—decidido, obstinado—y todavía pálido como el de un fantasma. Le dolería, mas no de la manera como ella pensaba. Apretando los labios, se adelantó y abrió la puerta. "Si insistes."

Ella lo hizo, desde luego, y él tuvo que ceder. Se sentó con el pecho desnudo en el extremo de la cama, y dejó que ella hiciera un alboroto.

Desde su más tierna infancia, odiaba que las mujeres se agitaran por él—odiaba con pasión que le curaran las heridas. Tenía más cicatrices de las necesarias debido a ello, pero las cicatrices no le molestaban—el alboroto femenino, especialmente que lo cuidaran y lo curaran, siempre lo había irritado.

Aún lo irritaba; apretó los dientes, se tragó su orgullo, y dejó que ella lo curara.

Todavía se sentía como un conquistador reducido a un impotente niño de seis años—impotente frente a la necesidad femenina de prodigar cuidados. De una manera indefinible, atrapado por ella, atado por ella.

Se centró en su rostro, lo observó, estoicamente en apariencia, mientras ella suavemente lavaba la herida, le ponía ungüento, la vendaba—la cortada era más profunda de lo que había creído. Ella alisó la gasa sobre su brazo; él miró sus dedos, largos, flexibles, delgados, al igual que ella.

Sintió que las emociones que había reprimido hasta entonces lo invadían. Lo llenaban.

Levantó la cabeza mientras revivía aquellos minutos en la terraza; sus músculos se endurecieron como una inevitable reacción a ello.

Ella había estado a su vista y, sin embargo, había estado tan cerca de perderla.

En el instante en que ella se enderezó, él se levantó y caminó hacia la ventana. Apartándose de ella. Apartándose de la tentación de terminar el juego y tomar, reclamar, decretar y llevarla lejos de allí, ponerla fuera de todo peligro.

Luchó por recordar que había más de una manera de perderla.

Portia lo miró alejarse, advirtió su rigidez, la manera como cerraba los puños. Dejándolo ir, limpió la palangana y las vendas. Hecho esto, se detuvo al lado de la cama y lo estudió.

Él permanecía al lado de la ventana, mirando hacia fuera, tan tenso y preparado para la acción y, sin embargo, tan contenido; su voluntad era como un ser vivo, que lo ataba, lo constreñía. Aquella tensión interior reprimida—¿era miedo o la reacción al miedo, al peligro, al hecho de que ella estaba en peligro?—era palpable; lo recorría, emanaba de él, lo afectaba, y la afectaba a ella.

Todo era culpa del asesino. La urna había sido la última

gota. Ella había estado atemorizada, perturbada, más de lo que lo había notado, pero ahora se estaba enojando.

Ya era suficientemente espantoso que este desalmado hubiese asesinado, no una sino dos veces, pero lo que le estaba haciendo ahora—peor aún, lo que la situación le estaba haciendo a Simón, a lo que intentaban enfrentar entre ellos... ella nunca había permitido que nadie se entrometiera en su vida.

La irritación dio paso al enojo, y este se convirtió en una furia que la invadió; su rabia siempre había sido mayor que su miedo. Se reclinó contra el otro lado del marco de la ventana y lo miró. "¿Qué sucede?"

Él le devolvió la mirada, lo pensó y, por una vez, no intentó evadir la pregunta. "Quiero que estés a salvo."

Ella reflexionó sobre lo que podía ver en su rostro, en sus ojos. Sobre lo que podía escuchar en el áspero tono de su voz. "¿Por qué es tan importante mi seguridad? ¿Por qué siempre has sentido la necesidad de protegerme?"

"Porque la siento." Desvió la mirada hacia el jardín. "Siempre la he sentido."

"Lo sé. Pero ¿por qué?"

Apretó la mandíbula; durante un largo momento, Portia pensó que él no respondería. Luego dijo, con voz ronca, "Porque eres importante para mí. Porque...al protegerte, me estoy protegiendo a mí mismo. A una parte de mí." Las palabras, que formulaban un descubrimiento, no habían salido con facilidad. Volvió la cabeza, encontró su mirada, reflexionó, pero no cambió ni modificó este reconocimiento.

Ella se cruzó de brazos, lo miró a los ojos. "Entonces, ¿qué es lo que realmente te preocupa? Sabes que te permitiré estar a mi alrededor, que te permitiré protegerme, que no es probable que haga algo precipitado, así que no es eso."

La resistencia de Simón era algo palpable, un muro brillante que lenta, gradual y deliberadamente dejaba caer. "Quiero que seas *mía*." Apretó los dientes. "Y no quiero que nada se interponga." Suspiró profundamente, miró de nuevo hacia fuera. "Quiero que prometas que no me reprocharás nada de lo que pase aquí—nada de lo que pase entre nosotros por eso." De nuevo, encontró su mirada. "Que no lo pondrás en tu balanza. No dejarás que eso afecte tu decisión."

Ella leyó sus ojos, vio, a la vez, su perturbación y el depredador que se asomaba en ellos. El poder, la fuerza bruta, la necesidad primitiva que él refrenaba. La necesidad masculina de dominar, controlada únicamente por su voluntad de hierro; requería valor verlo, reconocerlo, saber que ella era el objeto de esta necesidad, y no huir.

Igualmente, su misma fuerza atestiguaba su compromiso de adaptarse todo lo que pudiera, de ser su adalid contra sus propios instintos.

Ella sostuvo su mirada, "No puedo prometer eso. Nunca cierro los ojos para no verte como eres, o para no verme a mí misma como soy."

Hubo un tenso momento; luego Simón dijo, con una voz aún más ronca, "Confía en mí. Es todo lo que pido. Sólo confía en mí."

Ella no respondió; era demasiado pronto. Y este "todo" incluía toda una vida.

Cuando ella permaneció en silencio, la abrazó, la atrajo hacia sí. "Cuando tomes tu decisión, recuerda esto."

Ella levantó los brazos, los anudó en su cuello, le ofreció sus labios y su boca—suya, como él lo deseaba. En este campo, ella ya lo era, tanto como podía desearlo su alma de conquistador.

Él tomó, aceptó, la envolvió en sus brazos y se hundió en su boca; luego moldeó su cuerpo al suyo, anticipando explícitamente lo que habría de venir.

Ella no retrocedió, no retuvo nada—en este campo, entre ellos, habían caído todas las barreras.

Al menos las de Portia.

Incluso mientras dejaba que él la levantara en sus brazos y la llevara a la cama, dejaba que retirara su traje y su corpiño, sus medias y liguero, y reposaba desnuda en sus sábanas, incluso mientras observaba cómo se desnudaba él y se unía a ella, ponía sus manos y sus labios, su boca y su lengua en su piel, en su cuerpo, llenándola de placer y de deleite, incluso cuando separó sus piernas y ella lo acunó cuando la penetró, mientras cabalgaban por el ahora conocido paisaje de la pasión, a través del valle del deseo sensual y más allá, hacia una intimidad más profunda hasta que sus pieles estuvieron húmedas y ardientes, su aliento entrecortado y sus cuerpos se precipitaban hacia la felicidad final, incluso entonces supo, con una intuición de la que no dudaba, que él aún reprimía algo, mantenía una pequeña parte de sí mismo, una necesidad más profunda, oculta de ella.

Él le había pedido que confiara en él; en este campo lo hacía. Pero él todavía no confiaba plenamente en ella—no lo suficiente como para revelar aquel último aspecto de sí mismo.

Algún día lo haría.

En el momento en que, unidos, llegaron a la brillante cúspide y cayeron al vacío, ella advirtió que había llegado a una decisión, que ya se había comprometido a descubrir aquel último hecho, a obtener aquella última pieza del rompecabezas que él representaba para ella.

Para conseguirlo, tendría que ser suya de todas las maneras que él lo deseaba y, quizás, necesitaba.

Aquel era el precio de saber, de entrar a los más ocultos rincones de su alma.

Cuando ella se relajó bajo él y ambos se desplomaron juntos en la cama, ella extendió sus manos en su espalda y lo mantuvo apretado contra ella, maravillándose ante su peso, ante los sólidos músculos y huesos que la oprimían contra el colchón y que, al mismo tiempo, la protegían, dándole una sensación de seguridad, haciéndola sentir amada, cuidada como un tesoro.

Levantando las manos, las deslizó por sus cabellos, despeinando sus sedosos rizos, luego alisándolos. Miró su rostro, ensombrecido. Deseó que hubiera encendido las velas de nuevo, pues le encantaba verlo así, saciado, profundamente satisfecho, habiendo hallado en ella su liberación.

Había un poder, un delicioso poder, en saber que ella lo había llevado a este estado.

Moviendo la cabeza, rozó su frente con sus labios, "No te he agradecido que me hayas salvado."

Él gruñó. Luego añadió, "Más tarde."

Ella sonrió, se reclinó, supo que mientras estuviesen juntos allí, ni el temor ni el asesino podían invadir su mundo. Que la única divisa que había allí era lo que existía entre ellos.

La conexión emocional, el goce físico compartido—la felicidad efímera.

El amor.

Había estado allí todo el tiempo, aguardando a que ellos lo vieran, lo comprendieran, lo reclamaran.

Ella lo miró. Advirtió que él la miraba.

Advirtió que no necesitaba decírselo—él lo sabía.

Deslizándose hacia él, dejó que sus labios se encontraran en un beso que lo decía todo. Su mano acunaba su cabeza cuando terminó.

De nuevo, sus ojos se encontraron; luego él recorrió con su mano su hombro, su espalda, la atrajo hacia sí, dejó que su mano descansara en su cadera. Cerró los ojos y se dispuso a dormir.

Un gesto sencillo de aceptación.

Ella cerró los ojos y aceptó también.

"Tenemos un problema." Stokes se encontraba en la casa de verano, frente a Portia, Simón y Charlie. Acababan de dejar la mesa del desayuno, casi desierta aquella mañana, cuando él los había buscado en el recibo y les había pedido que se reunieran. "El señor Archer y el señor Buckstead me han dicho que desean marcharse con sus familias. Puedo retrasarlos uno o dos días, pero no más. Ese, sin embargo, no es el problema."

Se detuvo, como si debatiera consigo mismo, y luego dijo. "La verdad, es que no tenemos ninguna prueba, y muy pocas probabilidades de atrapar a este asesino." Levantó una mano cuando Charlie se disponía a hablar. "Sí, sé que será terrible para los Glossups, pero en realidad es peor que eso."

Stokes miró a Simón. Portia también lo hizo, y advirtió que Simón comprendía lo que quería decir Stokes.

Él la miró mientras Stokes continuaba, "La señorita Ashford parece ser el único error cometido por el asesino. Después de lo ocurrido anoche, sabemos que, aun cuando ella no sepa nada que pueda identificarlo, él aún está persuadido de que lo sabe. La víbora—eso pudo ser un intento de atemorizarla, pero el intento de anoche estaba dirigido a matarla. A silenciarla, como silenció a Dennis."

Simón miró a Stokes. "Está usted diciendo que no se detendrá, que se sentirá obligado a insistir, a perseguir a Portia más allá de las fronteras de la mansión Glossup, durante toda su vida, a donde quiera que vaya, hasta estar seguro de que ya no representa una amenaza para él?"

Stokes asitió brevemente. "Quien quiera que sea, es evidente que siente que tiene demasiado que perder si la deja ir. Debe temer que ella recuerde en algún momento, y que lo que ella recuerde lo señalará decididamente."

Portia hizo una mueca. "Me he devanado los sesos, pero realmente *no sé* qué será. Sencillamente, no lo sé."

"Acepto eso," dijo Stokes. "No importa. Él cree que usted lo sabe, y eso es lo único que cuenta."

Charlie extrañamente melancólico, dijo, "En realidad, es muy difícil proteger a alguien que se mueve en la sociedad. Muchos accidentes pueden ocurrir."

Los tres hombres la miraron. Portia esperaba sentir temor; para alivio suyo, lo único que sintió fue irritación. "No estoy dispuesta a estar encerrada y confinada durante el resto de mis días."

Stokes hizo una mueca. "Sí, bien—*ese* es el problema."

Simón miró a Stokes. "No nos ha hecho venir para decirnos eso. Usted ha pensado en algún plan para atrapar a este villano. ¿Cuál es?"

Stokes asintió. "Sí, he pensado en un plan, pero no será algo que"—su mirada los recorrió a los tres—"les agrade a ninguno de ustedes."

Siguió una pausa.

"¿Funcionará?" preguntó Simón.

Stokes no vaciló. "No me molestaría en sugerir algo semejante si no creyera que tiene una buena oportunidad de funcionar."

Charlie se inclinó hacia delante, con los brazos sobre las piernas. "¿Qué es exactamente lo que pretendemos—desenmascarar al asesino?"

"Sí."

"No sólo para que Portia esté a salvo, sino para que los Glossups, y cualquiera de los dos que no sea el asesino, Winfield o Calvin, se vean libres de sospecha?"

Stokes asintió. "Todo se revelará, el asesino será atrapado y se hará justicia. Mejor aún, se verá y se reconocerá que se ha hecho justicia."

"Y, ¿cuál es este plan que ha pensado?"

Stokes vaciló, y luego dijo, "Gira en torno al hecho de que usted, señorita Ashford, es el único medio que tenemos de hacer salir al asesino."

Deliberadamente, Stokes miró a Simón,

Durante un largo momento, Simón sostuvo su mirada; no se podía leer su expresión. Luego se reclinó en la silla, agitó una de sus manos de largos dedos. "Cuéntenos su plan."

Capítulo 16

A ninguno de ellos les agradó.

Los tres lo aceptaron.

No podían pensar en nada mejor, y era evidente que tenían que hacer *algo*. Se sintieron obligados al menos a intentarlo, a hacer su mejor esfuerzo, a pesar de lo horrible que sería toda esta representación.

Portia no sabía a quién le agradaba menos—a ella, a Simón o a Charlie. La charada exigía que todos pisotearan las virtudes que todos respetaban, que eran fundamentales para ser quienes eran.

Miró a Charlie, que se paseaba por el prado a su lado. "Te lo advierto—no sé nada de coqueteos."

"Sólo finge que soy Simón—compórtate como lo harías con él."

"Solíamos discutir todo el tiempo. Ahora sencillamente no lo hacemos."

"Lo recuerdo...¿por qué dejaron de hacerlo?" Parecía auténticamente perplejo.

"No lo sé." Reflexionó, y luego agregó, "Creo que él tampoco lo sabe."

Charlie la miró; cuando ella sólo le devolvió la mirada,

frunció el ceño. "Tendremos que pensar en algo...no tenemos tiempo para entrenarte. ¿No crees que podrías, por ejemplo, imitar a Kitty? Justicia poética y todo eso—usar sus tretas para atrapar a su asesino."

La idea era ciertamente atrayente. "Podría intentarlo—como en las charadas. Podría fingir que soy ella."

"Sí, así."

Miró a Charlie y sonrió. Encantada. Como si él fuese la buscada edición de un texto esotérico que ella hubiera estado persiguiendo durante años y la hubiese encontrado finalmente—algo que esperaba disfrutar plenamente.

El súbito cansancio que asomó a los ojos de Charlie la hizo reír.

"Oh, déjalo. Sabes que es todo una farsa." Su sonrisa era aún más real; entrelazó su brazo con el suyo y se apoyo en él; luego lanzó una mirada hacia atrás, por encima de su hombro—a Simón, que se paseaba por la terraza, frunciendo el ceño al verlos.

Su sonrisa comenzó a desaparecer; rápidamente la reforzó y, decididamente osada, volvió su atención a Charlie. Sin quererlo, había hecho exactamente lo correcto—lo que hubiera hecho Kitty. Podía imaginar ahora cómo lucía ante los otros, que estaban sentados o paseando, tomando el sol de la tarde en la terraza.

Charlie suspiró, le palmeó la mano. "Bien—¿te conté acerca de Lord Carnegie y sus rucios?"

Él representó su parte, le narró cuentos ridículos uno después de otro, haciendo que le resultara más fácil reír, sonreír, y apoyarse pesadamente en su brazo, para dar la impresión de ser, si no exactamente del tipo de Kitty, ciertamente una coqueta decidida a darle celos a Simón.

A crear una ruptura entre ellos.

Stokes también había hecho su parte, ejercido su autoridad en cuanto le era posible, y había conseguido dos días más—ese día y el día siguiente—para atraer al asesino. Al saber que podían partir un día después, los invitados se habían relajado; el incidente de la urna, con la ayuda de Lord Netherfield y Lord Glossup, había sido presentado como un accidente.

Sus Señorías, sin embargo, no estaban al tanto de su plan desesperado; aparte de ellos tres y de Stokes, nadie más lo conocía. Como lo había dicho acertadamente Stokes, entre menos lo supieran, más real parecería. Lo que intentaban hacer era llevar al asesino a creer que, para la tarde del día siguiente, Simón dejaría de vigilar a Portia.

"El asesino preferiría encargarse de usted ahora, aquí, de ser posible," había dicho Stokes. "Lo que debemos hacer es crear una oportunidad que él considere creíble, y demasiado buena como para desperdiciarla."

Todos estuvieron de acuerdo; por esta razón se encontraba allí coqueteando—o tratando de hacerlo—con Charlie.

"Vamos." Sin dejar de sonreír, lo haló hacia el sendero que conducía al templo. "Estoy segura de que Kitty te habría inducido a marcharte con ella si hubiera podido."

"Probablemente." Charlie dejó que lo persuadiera.

Cuando se acercaban a la entrada del sendero, Portia lanzó una mirada hacia la alta figura en la terraza. Volviéndose hacia Charlie, encontró una mirada sorprendentemente aguda.

"Qué bueno que se encuentran lejos—dejas caer tu máscara en el instante en que lo miras. Tendrás que actuar mejor si hemos de tener alguna esperanza de convencer a este desgraciado que tú y Simón se han peleado."

Se disponía a congelarlo con una mirada iracunda; pero al verlo se disolvió en falsas risitas, colgándose pesadamente de su brazo. "¡Eres tan *divertido!*"

Charlie suspiró desdeñosamente. "Bien, tampoco es necesario que exageres. Se supone que debemos ser creíbles."

Portia sonrió, genuinamente por un momento; levantando la cabeza, avanzó rápidamente por el sendero, caminando cerca de Charlie, tan cerca de él como lo hacía con Simón, aferrándose a su brazo.

Una vez que estuvieron fuera de la vista de quienes estaban en la terraza, él aprovechó esos momentos para instruirla sobre cómo alentar abiertamente a caballeros como él.

"Un buen truco es dedicar toda tu atención a lo que decimos—mantén tus ojos bien abiertos. Como si cada palabra que dice fuese como una de…" Hizo un gesto.

"¿Ovidio?"

Él parpadeó. "Estaba pensando más bien en algo como Byron o Shelley, pero si tú tienes una preferencia por Ovidio…" Frunció el ceño. "¿Conoce Simón los extraños gustos que tienes?"

Ella rió, y le golpeó juguetonamente el brazo, como si estuviesen bromeando. Pero sus ojos lanzaban llamas. Habían llegado al templo; tomándolo de la mano, lo llevó escaleras arriba. "Ven a mirar el paisaje."

Cruzaron el piso de mármol hasta el extremo opuesto, y permanecieron allí, mirando al valle distante.

Charlie estaba muy cerca, justo detrás de su hombro. Después de un momento, inclinó la cabeza y murmuró, "Sabes, nunca he podido comprenderlo—Dios sabe que eres muy atractiva, pero…por favor, no me tientes—la idea de tomarme libertades contigo me aterra."

Ella rió entonces, auténticamente divertida. Mirando hacia atrás, encontró la mirada de Charlie, llena de un pesar fingido. "No te preocupes. Seguro es culpa de Ovidio."

Escucharon pasos en el sendero. Se volvieron—luciendo tan sutilmente culpables como lo deseaban.

Simón conducía a Lucy Buckstead escaleras arriba.

Portia se sintió reaccionar—como si todos sus sentidos se extendieran hacia él, se centraran en él, se cerraran en torno a él ahora que estaba cerca. Charlie había estado mucho más cerca de ella, pero esto no la había afectado en absoluto; con sólo al aparecer en sus alrededores, Simón había hecho que su pulso se desbocara.

Recordando el comentario anterior de Charlie, invocó su máscara más impasible y la fijó firmemente en su lugar.

Lucy la vio; su sonrisa vaciló. "¡Oh! No queríamos interrumpir."

"Ciertamente," dijo Simón con dificultad. "Aun cuando la discusión parecía fascinante. ¿Cuál era el tema?"

Su tono era frío y de censura.

Portia lo miró con helado desdén. "Ovidio."

Sus labios se curvaron. "Debí imaginarlo."

Ella le había ofrecido la oportunidad, sabiendo lo que él haría; sabía que todo era una representación, pero el desdén le dolía. Fue más fácil de lo que había creído darle la espalda, tomar el brazo de Charlie. "Ya hemos mirado el paisaje largo rato. Los dejaremos para que lo disfruten."

La pobre Lucy estaba evidentemente incómoda; Charlie había mantenido un aspecto fácil, socialmente confiado, pero cuando se dirigieron de regreso al prado, caminando juntos todavía, lanzó un largo suspiro. Miró hacia el frente. "No sé si puedo hacer esto."

Ella le apretó el brazo. "Tenemos que hacerlo—la alternativa es peor."

Regresaron al prado, a la terraza, se unieron al resto de la concurrencia. Trabajaron en su charada, la mantuvieron, la desarrollaron durante el resto del día.

Después de dar aquel primer paso, Portia hizo de tripas corazón y se obligó a tratar a Simón, no sólo como solía hacerlo antes, sino aún con mayor desdén, con más profunda animosidad. No era fácil; no podía encontrar sus ojos; mantenía la vista fija en sus labios, apretados, delgados, con una mueca desdeñosa.

Su actitud, su frialdad, su abierta desaprobación, por una parte le ayudaban pero, por la otra, la herían, la lastimaban profundamente.

Incluso sabiendo que todo era una farsa, aquel mundo ilusorio era el que habitaban ahora. Y en él, su comportamiento no sólo los ponía en peligro a ella, a él, sino todo lo que había entre ellos.

Ella reaccionó ante la amenaza, percibida, aunque no fuese real; su corazón se contraía hasta doler. Para cuando cayó la noche, y los invitados se habían retirado, su compostura, su escudo interno entre ella y el resto del mundo, se sentía magullado y abollado.

Pero todos los miembros de la concurrencia lo habían visto y, si sus expresiones e indicios de desagrado eran alguna guía, lo desaprobaban.

Eso, se aseguraba a sí misma mientras se volvía en el catre puesto delante de la chimenea en la habitación de Lady O, era lo que importaba.

Incluso Lady O la había mirado fríamente, pero, dado que sabía demasiado como para dejarse engañar con facilidad, no hizo ningún comentario directo. Sólo la observaba, con ojos de águila.

Ahora, al otro lado de la habitación roncaba tranquilamente.

Los relojes de la casa comenzaron a sonar—las doce de la noche. Medianoche. Todos los demás sin duda estaban en sus camas, durmiendo profundamente. Acomodándose sobre su espalda, cerró los ojos y quiso hacer lo mismo.

No podía conciliar el sueño. No con toda esa agitación en su interior.

Era irracional, emocional, pero lo sentía tan real.

Suspiró entrecortadamente, sintió la opresión en su pecho que no había desaparecido desde aquel momento en el templo.

Ahogando una maldición, lanzó el cobertor al suelo y se levantó. Había preparado su traje para la mañana; se lo puso, lo anudó lo suficiente como para pasar cualquier inspección, se puso sus zapatos, metió las medias en los bolsillos, lanzó una última mirada a Lady O que reposaba en la cama, y luego se deslizó hasta la puerta, la abrió con cuidado, y salió.

Al lado de la ventana, sin saco y sin chaleco, con un vaso de brandy en la mano, Simón miraba hacia el jardín, e intentaba no pensar. Intentaba aquietar su mente. Intentaba ignorar al depredador que rugía en su interior, y todos sus miedos. Eran miedos sin fundamento, lo sabía, sin embargo...

La puerta se abrió; miró en esa dirección—se volvió mientras Portia entraba sigilosamente y la cerraba con cuidado.

Luego se irguió, lo vió; a través de las sombras, lo estudió y luego atravesó la habitación. Se detuvo a unos pasos de él, tratando de leer su rostro.

"No esperaba que estuvieras despierto."

Él miró su rostro, sintió más que ver su súbita incertidumbre. "No te esperaba—no creí que vinieras."

Vaciló sólo un instante más; luego puso el vaso en el alféizar y extendió los brazos—mientras ella corría hacia ellos.

Los cerró a su alrededor; los brazos de Portia se anudaron en su cuello y se cerraron cuando se encontraron sus labios; luego sus bocas se fundieron, sus cuerpos adoloridos se oprimieron. Durante un largo minuto, ambos se aferraron al beso—la salvación en un mundo que súbitamente se había tornado peligroso.

Ella suspiró cuando terminó y él levantó la cabeza; ella reclinó la suya en su hombro. "Es *horrible*—terrible. ¿Cómo podía hacerlo Kitty? Incluso actuando..." Se estremeció, levantó la cabeza y lo miró a los ojos. "Me hace sentir literalmente enferma."

Su risa, dura, abrupta, la estremeció. "El libreto tampoco le está haciendo bien a mi estómago."

Sentir su cuerpo largo, delgado, vibrante, cálido y vivo

entre sus manos, sus senos firmes contra su pecho, sus caderas oprimidas contra sus piernas, su estómago acunando su erección—su sola cercanía física lo calmaba como nada podía hacerlo. La promesa de que ella era suya era tan evidente en su actitud, que el depredador que había en él se acostó y ronroneó.

Le acarició la espalda, sintió su respuesta inmediata. Sonrió. "Será mejor que vayamos a la cama."

"Hmmm…" Ella sonrió, se estiró y tocó sus labios con los suyos. "Será mejor—es la única forma en que alguno de los dos duerma esta noche."

Él rió, y se sintió tan bien; las cadenas del día se disolvieron, lo dejaron libre para respirar, para vivir, para amar de nuevo.

Libre para amarla.

Él dejó que tomara su mano y lo condujera a la cama, dejó que hiciera el libreto de su pieza de teatro como ella quisiera. Le dio todo lo que deseaba y más, aun cuando no tenía idea si ella se había dado cuenta todavía.

Si había adivinado, visto o deducido que él la amaba.

Ya no parecía importar que lo hiciera; lo que sentía sencillamente estaba allí; era demasiado real, demasiado fuerte, hacía parte de él de tal forma que no podía negarlo.

En cuanto a ella…no estaría allí, aquella noche, compartiendo su ser y el momento con él tal como era, si no sintiera, en su corazón, lo mismo. De nuevo, no tenía idea si ella advertía su estado, menos aún si lo reconocería con facilidad.

Estaba preparado a ser paciente.

Acostado sobre la espalda, extendido desnudo sobre la cama, observó cómo lo cabalgaba, cómo usaba su cuerpo para acariciarlo, y flagrantemente, evidentemente, disfrutaba cada segundo. Él llenó sus manos, la atrajo hacia sí y saboreó, luego se reclinó para observar mientras ella llegaba al orgasmo, perfectamente seguro de que nunca había visto nada más maravilloso en su vida.

Lo único que se sentía mejor fue lo que siguió, cuando ella se desplomó, saciada, y él rodó sobre ella y la penetró completamente. Entró en el húmedo, ardiente puerto de su cuerpo, y sintió que ella lo sostenía, luego se movía y se unía a él mientras él la llenaba, más profundamente, con más fuerza, con cada caricia.

Y entonces llegaron allí, a dónde querían estar, a la cúspide que se habían propuesto alcanzar.

La dicha los invadió, el éxtasis los abrumó, tomando sus mentes, no dejando nada atrás más que el latido fusionado de sus corazones amantes.

La calidez los rodeó, ahogándolos.

Se desplomaron uno en brazos del otro, con las piernas entrelazadas, y durmieron.

Separarse fue duro. Ambos lo sintieron. Ambos lucharon por liberarse de los lazos que ahora los ataban, más profundamente de lo que había esperado ninguno de ellos, más preciosos de lo que cualquiera de ellos lo hubiera imaginado.

Cuando, justo después del amanecer, Portia salió de su habitación—sola, después de una discusión susurrada que ella ganó—Simón permaneció sentado en la cama, recordando conscientemente las horas anteriores, reflexionando sobre todo lo que significaban, para él y para ella.

El reloj de la chimenea siguió su curso; cuando dio las siete, suspiró. Deliberadamente, con reticencia, puso a un lado todo lo que era—lo ocultó en su mente, a salvo, real, algo que no debía ser afectado, manchado, por nada de lo que se viera obligado a decir o hacer aquel día. Por ningún acto que se viera obligado a representar.

Lanzando el cobertor hacia atrás, se levantó y se vistió.

* * *

Charlie ya se encontraba en el comedor cuando entró Simón a desayunar. También estaban allí James, Henry y su padre. Simón intercambió los acostumbrados saludos matutinos, dejó que su mirada se posara en Charlie mientras se sentaba al frente de James.

Lucy Buckstead llegó, luego entró Portia. Ligera, alegre, sus sonrisas estaban dirigidas principalmente a Charlie.

A Simón lo ignoró.

Se sentó al lado de Charlie, y de inmediato inició una risueña conversación centrada en personas que ambos conocían en Londres.

Simón se reclinó en su asiento y los observó; su expresión era dura, implacable.

James lo miró, luego siguió su mirada hacia Charlie y Portia. Después de un momento, se aclaró la garganta y preguntó a Simón sobre sus caballos.

El día era suyo, pero definitivamente sería el último— tenían que aprovecharlo lo mejor posible. A lo largo de la mañana, sus pullas se hicieron cada vez más agudas, la aspereza entre ellos escalaba paso a paso, deliberadamente.

James trató de intervenir, de alejar a Charlie; todos comprendieron y apreciaron el gesto—pero no se podían dar el lujo de complacerlo.

Al advertir la dificultad que tenían Simón y Charlie en rechazar la ayuda de James, Portia levantó la nariz y altivamente lo desdeñó—pidiendo perdón interiormente, rezando para que su treta funcionara y pudiera, más tarde, explicarse con él.

Fue como si lo hubiese abofeteado. Con una expresión de piedra, James inclinó la cabeza y los dejó.

Sus ojos se encontraron, brevemente; luego todos respiraron aliviados, y continuaron con su farsa.

Cada vez era más hiriente. Para cuando entró al comedor a almorzar, Portia sentía un malestar físico. Le dolía la cabeza, pero se rehusó a decepcionar a los otros.

Stokes estaba jugando a no dejarse ver; en todas las formas, el día estaba perfecto para sus propósitos. Con una muerte en la casa, nadie esperaba que lo atendieran, no querían siquiera cabalgar o jugar a las cartas. Los invitados eran un público cautivo para su pequeño drama; si lo representaban bien, no había razón para que su plan no funcionara.

De nuevo, se sentó al lado de Charlie; despreocupadamente alegre, cortejó abiertamente su atención, pagándole con su mejor sonrisa.

Desde el otro lado de la mesa, Simón, quien habitualmente permanecía en silencio, los observaba con una expresión malhumorada, cada vez más malévola.

Más que nada, el aire de reacción reprimida, de pasión infeliz controlada, se difundió por el ambiente y los afectó a todos. En una ocasión, cuando Portia rió ante una broma de Charlie, Lady O abrió la boca—pero luego la cerró. Miró su plato y enterró el tenedor en sus arvejas. Lanzó una oscura mirada al otro lado de la mesa pero, finalmente, no dijo nada.

Dejando salir el aire que había contenido, Portia miró a Charlie a los ojos, inclinó muy ligeramente la cabeza, y continuaron.

Cuando se levantaron de la mesa, las sienes de Portia latían. Lord Netherfield se acercó, le lanzó una mirada directa a Charlie, y le dijo que deseaba hablar con él a solas.

Charlie miró a Portia, con pánico en los ojos. No habían esperado una interferencia directa, no tenían un plan de contingencia.

Ella forzó su sonrisa, para hacerla aún más brillante. "Oh, querido—el señor Hastings se disponía a acompañarme a dar un paseo por el jardín." Se aferró al brazo de Charlie, odiando internamente su papel.

Lord Netherfield la miró; su mirada era condenatoria. "Me atrevo a decir que podría encontrar a otra persona para que la acompañe—una de las jóvenes, ¿tal vez?"

Charlie oprimió su brazo con más fuerza.

Con una sonrisa enferma, replicó, "Pues, son un poco *jóvenes,* si entiende lo que quiero decir."

Lord Netherfield parpadeó. Antes de que pudiera responder, Lady O se acercó y lo codeó. "Déjalos." Su tono era cortante, y más bajo de lo habitual. "Usa el cerebro con el que naciste, Granny. Están tramando algo." Sus ojos negros se entrecerraron, pero había un indicio de aprobación en su oscuridad. "Se están arriesgando mucho, pero si eso es lo que se necesita, lo menos que podemos hacer es apartarnos y dejar que lo intenten."

"Oh." La expresión de Lord Netherfield sufrió una serie de cambios—como si, a medida que su mente digería las noticias de Lady O, tuviese que barajar para hallar la expresión más apropiada. Parpadeó. "Ya veo."

"En efecto." Lady O lo tomó del brazo. "Puedes darme el brazo y llevarme a la terraza. El cojo llevando al cojo, quizás, pero dejemos el campo libre a estos jóvenes"—algo del brillo malvado de sus ojos se asomó a ellos—"y veamos qué resulta de ello."

Tanto Portia como Charlie retrocedieron; el alivio los invadió mientras dejaban que sus mayores los precedieran a la terraza, conscientes de que Simón había presenciado el intercambio desde el otro lado del salón. Incluso a esta distancia, algo de su tensión llegó a ellos; intercambiando miradas, bajaron los escalones de la terraza y salieron al prado.

Deambularon por los jardines, pero pronto resultó aparente que Charlie desfallecía. Cuando respondió a una de sus salidas de una manera completamente absurda, Portia lo tomó del brazo y se apretó osadamente contra él, consciente de que, a pesar de su cercanía física, no había nada en absoluto entre ellos, excepto, tal vez, por una floreciente amistad y la confianza que generaba un esfuerzo compartido. Por suerte, era suficiente para permitirles comportarse con la suficiente intimidad para llevar a cabo su representación. Siempre y cuando ninguno de los dos vacilara.

Inclinándose más cerca de él, murmuró, "Bajemos al lago—si no hay nadie, podemos ocultarnos en el pinar y descansar un poco. Después de nuestro arduo trabajo, si caemos en el último obstáculo y nos delatamos, nunca nos lo perdonaremos."

Charlie se irguió. "Buena idea." La condujo en otra dirección, hacia el sendero que llevaba al lado. Subrepticiamente, movió los hombros. "Simón nos observa—puedo sentirlo."

Ella lo miró; no hubiera creído que era una persona especialmente sensible. "Supongo que nos seguirá."

"Creo que podemos contar con eso."

La melancólica afirmación de Charlie hizo que estudiara su rostro. Advirtiendo... "No está disfrutando esto mucho más que nosotros."

La mirada que le lanzó, bastante segura dado que los otros se encontraban bastante lejos, fue amarga. "Puedo afirmar con confianza que lo estoy disfrutando considerablemente *menos* que ustedes dos, y eso a pesar de saber que ambos lo odian."

Ella frunció el ceño mientras caminaban por el sendero cada vez más estrecho que conducía al lado. "¿No puedes pensar en mí de la misma forma como lo haces en una de las matronas casadas con las que supongo que ocasionalmente frecuentas?"

"Ese es justamente el problema. *En efecto,* es así como pienso en ti, sólo que eres *su* esposa. Hace una gran diferencia, sabes. No me agrada la perspectiva de que me destrocen miembro a miembro—evito los esposos celosos, por principio."

"Pero no es mi esposo."

"Oh, ¿no lo es en verdad?" Las cejas de Charlie se arquearon. "No podrías demostrarlo si te guías por su comportamiento—o por el tuyo tampoco. Y creo que tengo alguna experiencia en este campo."

Él miró hacia abajo mientras continuaban caminando, no vio su sonrisa.

"De hecho, creo," dijo haciendo una mueca mientras levantaba la cabeza, "que esa es precisamente la razón por la cual es posible que nuestro plan funcione."

Dada la distancia a la que se encontraban de la casa, y el campo despejado que los rodeaba, parecía seguro hablar libremente. "¿Crees que en realidad está funcionando?"

Él le sonrió, levantó una mano y apartó un rizo de cabello negro que el viento había lanzado sobre su mejilla; tenían que mantener las apariencias. "Henry parecía más enfermo que un caballo—todo por culpa nuestra. Después de lo de esta mañana, James se ha retirado, pero también nos observa. Desmond...es una persona silenciosa, pero ahora que Winifred se ha retirado, tiene mucho tiempo en las manos, y decididamente muestra su desaprobación para con nosotros."

"¿Nos desaprueba? ¿No nos observa solamente?"

"Desaprueba," confesó Charlie. "Pero en qué sentido, no sabría decirlo—no lo conozco bien."

"Y ¿qué hay de Ambrosio?"

Charlie hizo una mueca. "Oh, lo ha notado, pero no puedo decir que le haya prestado mucha atención. Es el único de nosotros que ha obtenido algo de estos últimos días; ha estado aprovechando el tiempo para inclinar al señor Buckstead a su causa. Al señor Archer también, aun cuando el pobre hombre no está asimilando mucho lo que se le dice."

Habían llegado al sendero del lago; comenzaron a deambular a su alrededor. Cuando se acercaban al sendero que llevaba directamente al pinar, Portia haló a Charlie por el brazo. "Mira hacia atrás—¿puedes ver a alguien?"

Charlie se volvió y escudriñó los senderos que subían hacia la casa. "No, a nadie—ni siquiera a Simón."

"Bien—vamos." Portia asió sus faldas y se deslizó hacia un sendero más estrecho. "Nos encontrará."

Lo hizo, pero no antes de capear un momento de puro pánico. Supuso que se dirigirían a la casa de verano; cuando llegó allí y la encontró vacía...

Caminando a grandes zancadas por el pinar, atisbó el traje azul de Portia por entre los árboles. La tenaza que le oprimía el pecho finalmente se soltó; respirando con mayor libertad, continuó, haciendo sonar la gruesa alfombra de agujas de pino secas a cada paso.

Lo que había sentido en aquel momento en el que contemplaba las sillas y el sofá vacíos en la casa de verano... Apretando la mandíbula, desechó el recuerdo. Nunca antes había sido consciente de los celos, pero la emoción corrosiva que ardía en él—no podía llamarse de otra manera.

No, no sería un esposo con quien fuese fácil convivir; tenía que admitir que Portia tenía razón al pensarlo muy bien antes de aceptarlo. Tenía la fuerte sospecha de que, en lo que se refería a los aspectos más emocionales de su potencial e inminente unión, ella lo veía con más claridad de la que él se veía a sí mismo.

Se habían detenido en un pequeño claro; Charlie estaba reclinado contra el tronco de un alto árbol, Portia estaba reclinada contra otro, al frente de él, con la espalda apoyada en el tronco, la cabeza hacia atrás, los ojos cerrados.

Llegó al claro, se detuvo, y los miró a ambos con una mirada severa. "¿Qué demonios están haciendo?"

Mantuvo su voz baja, igual.

Portia abrió los ojos y lo miró. "Descansar."

Cerró los ojos de nuevo, enderezó la cabeza contra el árbol. "Charlie estaba agotado y se estaba descuidando. Yo también. Ambos necesitábamos un descanso de la refriega."

Él frunció el ceño. "¿Por qué aquí?"

Ella suspiró, volvió la cabeza, abrió los ojos. Miró a sus

pies. "Las agujas de pino. Te escuchamos venir desde muy atrás. Nadie puede acercarse sin que lo advirtamos."

Charlie se separó del árbol. "Ahora que estás despierta, ¿puedes sentarte, por favor?" Con una reverencia exagerada, señaló un talud bajo al final del claro. Cuando ella lo miró sin comprender, él agregó, "¿Para que podamos?"

Simón miró a Portia, vio su expresión, y sonrió por primera vez desde cuando ella lo había dejado aquella mañana. Él tomó su mano, la haló y la condujo al talud. "No está acostumbrada a que traten su sensibilidad con tanto cuidado. De hecho," encontró sus ojos mientras la hacía girar, "no estoy seguro de que lo apruebe."

Sus ojos brillaron, dejando ver a la antigua Portia por un momento. Levantando la nariz en el aire, gruñó, pero accedió a sentarse.

Ellos también lo hicieron, uno a cada lado de ella, descansando en el talud cubierto de césped.

Pasaron los minutos mientras descansaban en un silencio relajado, mirando los árboles, dejando que la paz del lugar los envolviera. Bebiéndola, como una poción que les diera fuerza para soportar lo que sabían que aún estaba por venir.

El sol del poniente se deslizaba por los árboles cuando Simón se movió finalmente. Los otros dos lo miraron.

Él leyó la falta de entusiasmo en sus rostros, pero también su determinación. Hizo una mueca. "Será mejor que ensayemos para nuestro último acto."

El telón subió en el salón antes de la cena. Portia llegó tarde, después de todos. Entró, magnífica en su traje de seda verde profundo; se detuvo en el umbral, con la cabeza en alto, y miró a los invitados.

Su mirada se detuvo en Simón; la mirada que le lanzó era fría, glacial, con una furia contenida. Algo cercano al mayor desdén. Luego volvió la mirada hacia Charlie. El hielo se derritió, y sonrió.

Ignorando a Simón y a todos los demás, atravesó el salón para llegar al lado de Charlie.

Él devolvió la sonrisa, pero miró por un instante a Simón. Si era la manera en que se movió cuando ella se le acercó, ofreciéndole su brazo—que ella claramente se disponía a tomar—pero haciéndose un poco a un lado, como para alejarse de la concurrencia, para retirarse a una mayor privacidad; si era la leve incomodidad que había logrado comunicar a sus acciones, su recepción transmitió la impresión de que estaba dudando súbitamente sobre el papel que él desempeñaba en el esquema transparente de Portia.

Su esquema para herir a Simón—para darle celos, o para castigarlo por alguna trasgresión u omisión, nadie podía adivinarlo.

Cualquiera que fuese la causa, todos ahora reconocían su intención.

Ella reía, seducía, mantenía a Charlie cautivado, lo hipnotizaba con sus ojos. Coqueteaba a más no poder. Simón y Charlie habían pasado una hora sermoneándola, enseñándole cómo hacerlo; inclinándose ante su experiencia, siguió sus instrucciones al pie de la letra.

Se sentía tan mal; sin embargo...ambos le habían pedido seriamente que llevara la charada hasta el final.

Mientras conversaba alegremente, dispensando libremente sus sonrisas a Desmond, quien se acercó, y a Ambrosio, quien se les unió después, mantenía sus ojos fijos en Charlie, con la mano en su manga.

Simón estaba al otro lado del salón con Lucy, Drusilla y James; no obstante, sus ojos rara vez se apartaban de ellos. La única manera de describir su mirada era "negra."

Tenía un carácter fuerte, algo que todos reconocían instintivamente en cuanto lo conocían; no era preciso que lo mostrara para que todos lo supieran. Ahora que deliberadamente le daba rienda suelta, era como una fuerza viva, que crecía, se hinchaba, mientras los observaba.

Winifred se aproximó. "Dígame, señorita Ashford, ¿regresará usted a casa de su hermano mañana?"

Era, sin duda, el comentario más diciente sobre su impropio comportamiento que Winifred consiguió hacer. Portia se disculpó interiormente mientras le dedicaba una sonrisa aún más brillante. "En realidad…"—lanzó una mirada a Charlie, levantó levemente una ceja, y luego miró de nuevo a Winifred—"creo que iré a Londres durante algunos días. Me ocuparé de la casa de mi hermano, atenderé algunos asuntos. Desde luego," prosiguió, haciendo que sus transparentes expectativas desmintieran sus palabras, "hay tan poca diversión en agosto, que me temo que estaré bastante deprimida."

Miró de nuevo a Charlie. "¿Tú regresas a Londres, verdad?"

La implicación era evidente. Winifred se sintió tan escandalizada que ahogó un suspiro; lucía completamente infeliz. Desmond arqueó una ceja, mostrando su sutil desaprobación. Ambrosio parecía fríamente aburrido.

"Señora—la cena está servida."

Portia nunca había estado tan agradecida de oír aquellas palabras. Qué habrían dicho exactamente los otros si el momento se hubiera prolongado, qué habría replicado Charlie, qué respuesta se hubiera visto obligada a darle… gracias a Dios existen los mayordomos.

Desmond le ofreció a Winifred su brazo; ella lo miró, encontró sus ojos y luego, como si hubiese tomado una decisión, puso su mano en su manga y permitió que la condujera al comedor. Portia la siguió del brazo de Charlie. Él le pellizcó los dedos cuando, con la mirada fija en Winifred y Desmond—rezando interiormente para que el asesino no fuese él—dejó de representar su parte.

Convirtió su olvido en una ventaja; cuando pasaron al comedor, le lanzó una mirada juguetona. "Eres demasiado exigente."

La sonrisa que acompañaba aquellas palabras claramente

lo invitaba a exigir lo que quisiera; al ocupar sus puestos alrededor de la mesa, muchos de los invitados lo notaron.

Las hermanas Hammond habían recuperado algo de su juvenil exhuberancia; al ver que se acercaba la perspectiva de escapar, y dado que el incidente de la urna había sido reducido a un mero accidente, estaban lo suficientemente recuperadas como para reír y conversar alegremente con Oswald y Swanston—un juego completamente inocente que ponía el esfuerzo de Portia, por contraste, bajo una luz más fuerte.

Agradeció a Lady Glossup, quien evidentemente intentaba separar a las partes en conflicto, reduciendo así la oportunidad de mayor agresividad. Le asignó un lugar a Portia hacia el final de la mesa, a Simón en el medio del lado opuesto, y a Charlie en el otro extremo, del mismo lado de Portia, para que no pudiesen siquiera intercambiar miradas.

Con perfecta ecuanimidad, ignorando las oscuras y constantes miradas de Simón, se dispuso a conversar con sus vecinos, el señor Archer y el señor Buckstead, los dos invitados menos conscientes del drama que se desarrollaba bajo sus narices.

Cuando las damas se levantaron, ella se les unió, con una expresión fácil y contenta. Pero cuando llegó a la altura de Simón que se encontraba al otro lado de la mesa, de pie como lo estaban todos los caballeros mientras salían las damas, encontró sus ojos deliberadamente, glacialmente, retándolo. Sostuvo su mirada. De una manera igualmente deliberada, cuando se acercó a Charlie, levantó una mano y recorrió con sus dedos la parte de atrás de su hombro, revolviendo ligeramente sus cabellos en la nuca, antes de sonreír ante la mirada furiosa de Simón. Dejando caer su mano, se volvió y, con la cabeza en alto, salió del comedor.

Muchos habían advertido lo ocurrido.

Los ojos negros de Lady O se estrecharon hasta convertirse en fragmentos, pero no dijo nada. Sólo observaba.

Las otras matronas mostraban más abiertamente su censura pero, dadas las circunstancias, no podían hacer mucho para interferir. El coqueteo, incluso el del tipo que ella estaba poniendo en práctica, nunca había sido un delito en la alta sociedad; era sólo el recuerdo de Kitty el que ahora lo hacía parecer tan peligroso a sus ojos.

Sin embargo, no les dio otra oportunidad para reprocharla abiertamente; se comportó como normalmente lo haría, con perfecta gracia, mientras aguardaban a que se les unieran los caballeros. Aquella noche, la última noche de la reunión campestre, sería considerado extraño que cualquier caballero se excusara, por cualquier razón. Pronto, todos estarían allí, para presenciar la penúltima escena.

Mientras transcurrían los minutos, Portia sintió que sus nervios se tensaban. Intentó no pensar en lo que aún faltaba por venir; no obstante, paso a paso, sentía que una tenaza le oprimía los pulmones.

Finalmente, se abrió la puerta y entraron los caballeros. Lord Glossup venía adelante, con Henry a su lado. Simón los seguía, caminando al lado de James; sus ojos recorrieron la concurrencia y la encontraron.

Como lo habían acordado, Charlie caminaba unos pocos pasos detrás de Simón.

Portia fijó su mirada en Charlie, dejó que su rostro se iluminara de anticipación y más. Sonriendo complacida, dejó su lugar en el diván y cruzó la habitación para unirse a él.

Simón se hizo a un lado, obstaculizando su camino. Sus dedos se cerraron sobre su codo; la volvió hacia sí. "Si pudieras dedicarme algunos minutos de tu tiempo."

No era una pregunta, ni una solicitud.

Portia reaccionó, endureció sus facciones. Intentó liberar su brazo—gimió cuando él la oprimió con más fuerza y sus dedos se hundieron. Levantando la cabeza, encontró directamente su mirada—de una manera tan beligerante y retadora como debía hacerlo. "No lo creo."

La sintió entonces—sitió que su furia se levantaba como una ola y se abatía sobre ella.

"¿No crees?" Su tono era controlado; su furia giraba en torno a ellos. "Creo que verás que estás equivocada."

Aún conociendo el libreto que habían acordado, sabiendo lo que él haría luego, se sorprendió cuando él la llevó a la fuerza hacia las ventanas, con su brazo apretado implacablemente, y se dirigió a las puertas de la terraza.

Llevándola consigo.

Tenía que ir—era eso, o ser arrastrada abiertamente. O perder el equilibrio y caer. Nunca había sido obligada físicamente en su vida—la sensación—su impotencia—bastaba para inflamar su carácter. Podía sentir sus mejillas ardiendo.

Él abrió las puertas y la lanzó hacia fuera, la hizo caminar sin piedad hasta que se encontraron más allá de las ventanas del salón.

No tanto, sin embargo, que no pudieran escucharlos.

Habían acordado que, una vez establecido el escenario, no podían darse el lujo de no representar la escena, de no seguir adelante con el libreto.

Ella finalmente consiguió respirar. "¿Cómo te *atreves?*" Fuera de la vista de los otros, ella se detuvo, luchó.

Él la soltó, pero ella sintió su vacilación momentánea—la pausa mínima mientras obligaba a sus dedos a liberarla.

Ella lo enfrentó, lo miró iracunda, buscó sus ojos—vio que estaba tan cerca de perder verdaderamente los estribos, como ella de perder los suyos.

"No te atrevas a reprenderme." Ella retrocedió—recordó el libreto. Levantó la barbilla. "No soy tuya para que me ordenes lo que debo hacer—no te pertenezco."

No pensaba que su expresión podía endurecerse más, pero lo hizo.

Él avanzó hacia ella, cerrando la distancia. Sus ojos eran fragmentos de pedernal azul, su mirada tan aguda que podía cortar. "¿Y qué hay de *mí?*" La furia reprimida en su voz vibraba a través de Portia. "¿Soy algún juguete del que disfrutas y luego lo lanzas despreocupadamente? ¿Un perro faldero al que incitas con tus favores y luego pateas cuando te aburres?"

Mirándolo fijamente a los ojos, abruptamente vaciló en su decisión. Su corazón se oprimió cuando advirtió que estaba expresando temores reales—que la farsa, para él, hacía eco a una realidad a la que era supremamente vulnerable...

La urgencia—la necesidad—de tranquilizarlo casi la aplasta. Tuvo que recurrir a toda su voluntad para sostener su mirada, levantar la cabeza hasta que le dolió la espalda, y responderle furiosa. "No es *mi* culpa que hayas interpretado mal las cosas—que tu ego masculino perfecto no haya podido creer que no estaba fascinada hasta la ceguera contigo." Su voz se elevó, desdeñosa y desafiante. "Nunca te prometí *nada.*"

"¡Ja!" Su risa era áspera y hueca. "Tú y tus promesas."

Simón la miró, deliberadamente dejó que su vista la recorriera de arriba a abajo y regresara de nuevo a su rostro. Sus labios se curvaron. "No eres más que una calientacamas de alta alcurnia."

Los ojos de Portia ardieron. Lo abofeteó.

Aun cuando él se proponía llevarla a hacerlo, lo sorprendió. Le ardió.

"*Tú* no eres más que un zoquete insensible." Su voz temblaba con auténtica pasión; sus senos se hincharon mientras inspiraba. "¡Por qué me molesté contigo...no puedo creer que haya perdido así mi tiempo! No quiero verte nunca más ni hablar..."

"Si alguna vez intercambiamos otra palabra en esta vida, siempre será demasiado pronto para mí."

Ella sostuvo su mirada. Entre ellos, a su alrededor, el mal carácter—tanto el de Simón como el de ella—giraba, los tocaba pero sin penetrarlos, los coloreaba pero no los afectaba realmente. Todavía estaban actuando, pero...

Suspirando profundamente, se irguió y lo miró con desdén. "No tengo nada más que decirte. No quiero poner mis ojos en ti otra vez—*jamás!*"

Él sintió que se apretaba su mandíbula. "Eso es algo que prometeré con gusto." Pronunció las palabras con ira, y terminó, "si prometes hacer lo mismo."

"*Eso* será un placer. ¡Adiós!"

Giró sobre sus talones y salió enojada a la terraza. El ritmo de sus pasos resonaba, una clara indicación de su estado.

Él respiró profundamente, contuvo el aliento—luchó desesperadamente contra la urgencia de seguirla. Sabía que la luna arrojaba su sombra en la terraza, que cualquiera que los observara desde el salón sabría que ella se había marchado sola—que él no la estaba siguiendo.

Ella llegó al prado y se dirigió al sendero del lago.

Girando sobre sí mismo, regresó a la terraza, pasó por las puertas del salón, abiertas como las había dejado; sin mirar a ningún lado, se dirigió a los establos.

Rezó para tener tiempo de dar la vuelta y alcanzarla antes de que lo hiciera el asesino.

Capítulo 17

$\mathscr{P}$ortia cruzó con rapidez el prado y siguió hacia el lago. Había imaginado hacerlo decidida aunque ansiosamente; el tumulto de emociones que la invadía hizo que le resultara fácil parecer conmocionada.

¿*Calientacamas*? Eso no estaba en el libreto que habían ensayado. Tampoco que ella lo abofeteara. Él lo había hecho deliberadamente; ella podía, tal vez, comprender por qué, pero no lo perdonaría fácilmente. En el calor del momento, la acusación le había dolido.

Todavía sentía arder sus mejillas; mientras caminaba, se puso las manos en la cara, tratando de aliviar el ardor.

Intentó, desesperadamente, concentrarse—centrarse en por qué estaba allí, por qué habían tenido que escenificar aquella horrible pelea.

Stokes había señalado que el asesino sólo se acercaría a ella si pensaba que estaría sola—sola en un ambiente apropiado en el que pudiera asesinarla y escapar sin ser visto. Nadie pensaría que era tan loca como para pasear sola por los jardines al oscurecer—no a menos de tener una muy buena razón para ello.

Más aún, nadie creería que Simón se lo permitiría—a

menos de tener una muy buena razón para ello. A menos que, como lo había observado Charlie, algo catastrófico hubiera sucedido para que él dejara de vigilarla.

Al parecer este hábito, que nunca había ocultado, había sido advertido por todos.

Hasta cuando Charlie lo mencionó, ella nunca había pensado realmente cómo debía lucir ante los demás, durante los años anteriores, el comportamiento de Simón.

Se preguntó cómo, sabiendo lo que sabía ahora, había podido ser tan ciega.

Recordó sobresaltada que debía permanecer alerta para ver al asesino. Si habían tenido éxito, se encaminaba ahora a buscarla.

Su gusto por el sendero del lago, confesaron Stokes y Charlie, era también conocido por todos; pero lo habían elegido por otras razones; el sendero era completamente visible por todas partes—sería fácil para Stokes y para Charlie ocultarse allí y vigilarla. Simón se les uniría, desde luego, pero para evitar revelar su plan, debía ir primero a los establos antes de regresar.

Blenkinsop vigilaba también, la única otra persona en quien habían confiado. Simón habría deseado sembrar los jardines de lacayos, de pie como estatuas en las sombras; sólo el argumento de que el asesino se tropezaría con ellos cuando seguía a Portia y sospecharía, y después de todos sus esfuerzos no se presentaría, hizo que cambiara de parecer.

Pero Blenkinsop era de confianza y, como todos los buenos sirvientes, casi invisible. Él vigilaría desde la casa y seguiría a cualquier caballero que se dirigiera al lago.

Portia llegó al final del prado y se dirigió cuesta abajo hacia el lago. Levantando la cabeza, registró los cielos, suspiró profundamente.

El clima era lo único que, hasta entonces, no los había favorecido. Soplaban algunos jirones de nubes negras que, aunque no oscurecían totalmente la puesta de sol, sí hacían más profundo el crepúsculo.

Caminó como si estuviese furiosamente enojada, no interiormente tranquila como esperaba estarlo, sino con los nervios de punta, sobresaltándose con cada ruido. Las emociones que habían despertado su disputa aún no se había aplacado; excitada, incierta, la habían dejado incómoda.

Habían pensado que, caminando con rapidez, llegaría al lago antes del asesino... ella esperaba que no hubieran pasado por alto algún detalle insignificante—como que el asesino ya hubiera salido a pasear por los jardines y estuviera, por lo tanto, mucho más cerca...

Escuchó un ruido en los arbustos que tenía en frente. Se detuvo, temblando...

Un hombre apareció.

Se sorprendió tanto que no gritó.

Llevando una mano a los labios, gimió. Luego suspiró profundamente.

Reconoció al hombre. Vio la sorprendida expresión de su rostro.

Arturo levantó ambas manos en son de paz, y retrocedió dos pasos. "Mis disculpas, señorita. No era mi intención asustarla."

Portia exhaló por entre los dientes. Frunció el ceño. "¿Qué hace usted aquí?" Habló en voz baja. "La señora Glossup ha muerto—lo sabe."

No se intimidó; frunció el ceño también. "Vine a ver a Rosie."

"¿A Rosie?"

"La mucama. Somos... buenos amigos."

Ella parpadeó. "Usted... antes... ¿no venía a ver a la señora Glossup?"

Sus labios se curvaron. "¿A esa *putain*? ¿Qué querría yo con ella?"

"Oh." Barajó sus pensamientos, reorganizó sus conclusiones.

Advirtió que Arturo aún fruncía el ceño.

Se enderezó, levantó la cabeza. "Será mejor que se marche." Le hizo un gesto con la mano.

Él frunció aún más el ceño. "No debería estar aquí afuera sola. Hay un asesino aquí—*usted* debería saberlo."

Lo único que le faltaba, otro hombre sobreprotector.

Dio un paso hacia ella.

Ella levantó aún más la cabeza, entornó los ojos. "¡Váyase!" Señaló imperiosamente hacia el estrecho sendero que él había estado siguiendo. "Si no lo hace, gritaré y les diré a todos que *usted* es el asesino."

Él reflexionó sobre si debía retarla, y luego, de mala gana, se alejó. "Usted es una mujer muy agresiva."

"¡Es por tratar con hombres muy agresivos!"

La ácida respuesta terminó el asunto; con una última mirada, Arturo se marchó, fundiéndose en los matorrales; el césped silenciaba sus pasos.

El silencio la rodeó, como un manto que cayera sobre ella. Se apresuró a seguir, lo más rápido que pudo. Las sombras parecían más oscuras, más densas. Saltó, con el corazón en la boca, frente a una de ellas—sólo para advertir que era solo una sombra.

Con el pulso latiendo fuertemente, llegó finalmente a la cresta después de la cual el sendero se extendía hasta el lago. Deteniéndose para recuperar el aliento, miró el agua, negra como tinta, silenciosa e inmóvil.

Escuchó, aguzó sus oídos, pero lo único que pudo escuchar fue el leve susurro de las hojas. La brisa no era lo suficientemente fuerte como para perturbar el lago; su superficie era como un espejo de obsidiana, llana pero sin reflejos.

Ya no quedaba ninguna luz; mientras bajaba por el talud, deseó haber llevado un traje de un color más llamativo—

amarillo o azul brillante. Su traje verde profundo se fusionaría con las sombras; sólo su rostro, sus brazos y hombros desnudos, la parte de arriba de su pecho, se verían.

Mirando hacia abajo, dejó que el fino chal de seda de Norwich envuelto en sus hombros se deslizara hasta sus codos. No era necesario ocultar ninguna parte de ella misma más de lo necesario. Al llegar al lago, se alejó de la casa de verano y siguió el sendero que lo rodeaba.

Sus nervios estaban tensos, apretados, preparados para reaccionar al ataque. Tanto Stokes como Charlie se ocultaban cerca de allí; teniendo en cuenta los minutos que había pasado con Arturo, Simón ya estaría cerca también.

Sólo pensar en ello la tranquilizaba. Siguió caminando, aún a buena velocidad, pero gradualmente a un ritmo más lento, como lo haría naturalmente cuando la presunta furia que la había llevado hasta allá se disipara lentamente.

Había pasado el sendero que llevaba al pinar, pero aún estaba un poco lejos de la casa de verano, cuando oyó un ruido en los arbustos que bordeaban el sendero.

Su corazón saltó. Se detuvo, registró la oscuridad, aguardó...

"Soy yo. Lo siento."

Charlie. Dejó salir su respiración con un susurro exasperado, miró hacia abajo, halando de su chal, como si sus flecos se hubiesen enredado y se hubiera detenido para soltarlo. "¡Casi me asustas hasta ponerme histérica!"

Susurró; él también lo hizo.

"Estoy vigilando este lado, pero es un infierno mantenerme aquí. Regresaré hacia el pinar."

Ella frunció el ceño. "No olvides las agujas de pino."

"No lo haré. Simón debe estar en algún lugar justo después de la casa de verano, y Stokes está cerca del sendero que lleva a la casa, camino del pinar."

"Gracias." Sacudiendo los flecos del chal, levantó la cabeza y prosiguió su camino.

Respiró profundamente para calmar sus nervios alterados.

La brisa había desaparecido; la noche misma parecía haberse inmovilizado, silenciosa pero a la espera, como si ella también aguardara.

Al llegar al espacio delante de la casa de verano, se detuvo, fingió pensar en entrar, pero no tenía intención de hacerlo. Adentro, sus fieles guardianes no podrían verla. Volviéndose, siguió por el sendero.

Caminando, como si estuviese pensando. Mantenía la cabeza baja, pero observaba su entorno debajo de sus pestañas. Dejaba que sus sentidos se extendieran, buscaran. Habían supuesto que el villano trataría de estrangularla—una pistola era excesivamente ruidosa, demasiado fácil de rastrear; un cuchillo dejaría demasiada sangre.

En realidad no había pensado acerca de quién sería—a cuál de los cuatro sospechosos esperaba encontrar; mientras caminaba y aguardaba, tuvo tiempo y motivo suficientes para considerarlo. No quería que fuese Henry ni James; sin embargo...sí, por todo lo que sabía, tuviese que elegir a uno de los cuatro, habría elegido a James.

En su mente, era a James a quien esperaba encontrar.

Él tenía la fuerza interior. La decisión. Era algo que ella reconocía tanto en él como en Simón,

James era, para ella, la posibilidad más probable.

Desmond...había soportado la interferencia de Kitty durante tanto tiempo, la había evitado como táctica literalmente durante años. Le resultaba difícil verlo súbitamente asaltado por una ira asesina, lo suficientemente asesina como para matar.

En cuanto a Ambrosio, honestamente no podía creer que hiciera algo tan impulsivo. Con los labios apretados—había escuchado a Charlie decirlo de una forma más grosera y no podía contradecirlo—cuidaba tanto su comportamiento, era tan calculador, tenía tanta sangre fría y estaba tan concentrado en su carrera, que la idea de que cayera en una ira ase-

sina sólo porque Kitty se le había insinuado en público...
era difícil de creer.

James, entonces. A pesar de sus sentimientos por él, sabía
que, si en efecto se demostrara que era el asesino, Simón y
Charlie no intentarían escudarlo. Pensarían que era increíblemente doloroso, pero ellos mismos se lo entregarían a
Stokes. Su código de honor se los exigiría.

Ella lo comprendía—incluso mejor que la mayoría de los
caballeros. De su hermano Edward, unos años menor que
Luc, nadie hablaba. Muchas familias tenían una manzana
podrida y ellos habían arrancado la suya; a pesar de todo, en
el fondo de su corazón, esperaba que los Glossups no tuvie-
sen que soportar un escándalo semejante.

El sendero que conducía a la casa estaba al frente de ella.
Casi había terminado de rodear el lago... y nadie había venido. ¿Había caminado demasiado rápido? ¿O la aguardaba
el asesino en el sendero, oculto en las sombras que rodeaban
el camino hacia la casa?

Poniéndose a la altura del sendero, miró hacia arriba, registrando las sombras que bordeaban el talud—y vio a un
hombre. Se encontraba justo debajo del borde del talud, a un
lado, a la sombra de un alto rododendro. Era el follaje que
tenía detrás lo que le permitió verlo con suficiente claridad
como para estar segura.

Era Henry.

Se sintió impresionada, sorprendida... miró hacia abajo
y siguió caminando como si no lo hubiera visto, mientras su
mente corría velozmente.

¿Había sido él? ¿Había escuchado a Kitty presionar a
James a causa del bebé, como suponían que lo haría? ¿Había
sido esta la última gota?

Se sintió helada, pero continuó su camino. Si era Henry,
tendría que atraerlo allí abajo—donde estaba a salvo. Prosiguió, con las faldas girando a su alrededor mientras caminaba firmemente, dirigiéndose otra vez hacia el pinar, con

los nervios de punta, sus sentidos aguzados, aguardando oír el suave sonido de pasos detrás de ella...

Diez pasos delante de ella, una figura salió suavemente de uno de los múltiples senderos secundarios que había entre los arbustos y aguardó, elegantemente confiado, a que ella se le uniera.

Portia miró a Ambrosio. *¡Maldición!* ¡Lo arruinaría todo! Él sonrió cuando ella se acercó; con la mente acelerada, luchó por encontrar algún medio, alguna excusa, para que se marchara.

"Escuché tu altercado con Cynster. Aun cuando puedo entender tu necesidad de soledad, en realidad no deberías estar caminando aquí afuera sola."

¿Qué era lo que tenía que hacía que todos los caballeros pensaran que debían protegerla?

Haciendo su irritación a un lado, caminó a su lado, inclinó la cabeza. "Te agradezco tu preocupación, pero realmente quisiera estar a solas."

Su sonrisa se hizo evidentemente condescendiente. "Me temo, querida, que no podemos permitirlo." No se movió para tomarla del brazo, pero se volvió para caminar a su lado.

Frunciendo el ceño, se encontró caminando mientras pensaba en su próxima jugada. Tenía que deshacerse de él— ¿se atrevería a decirle que esta era una trampa planeada, que ella era la carnada y que él estaba interfiriendo... que el asesino podría, en ese mismo momento, estar observándolos de cerca?

La oscuridad del pinar se erguía a su derecha. El lago, negro e inmóvil, estaba a su izquierda. Ambrosio se encontraba a su derecha, entre ella y la oscuridad bajo los altos árboles. Según lo que le había dicho Charlie, debían haber pasado justo al lado de Stokes. La tentación de mirar hacia atrás, para ver si Henry estaba picando el anzuelo y venía cuesta abajo, la atenazó, pero se resistió.

El sendero hacia el pinar estaba al frente de ellos; se devanó los sesos pensando en una razón para enviar a Ambrosio de regreso a casa por aquel camino...

"Debo admitir, querida, que nunca pensé que fueses tan estúpida como Kitty."

Las palabras, serenas, perfectamente ecuánimes, la regresaron de inmediato al momento. Miró a Ambrosio. "¿Qué quieres decir—tan estúpida como Kitty?"

"Pues, no pensé que fueses una de aquellas tontas mujeres que se complace en enfrentar a unos hombres contra otros. En tratar a los hombres como si fueran marionetas y tú tuvieras el control de sus hilos."

Continuó hablando, mirando hacia abajo, no hacia ella; su expresión, o al menos lo que podía ver de ella, parecía pensativa.

"Así fue," prosiguió con el mismo tono ecuánime, mesurado, "el estilo de la pobre Kitty hasta el final. Creyó que tenía poder."

Sus labios se fruncieron irónicamente. "Quién sabe—quizás tenía algún poder, pero nunca aprendió a utilizarlo adecuadamente."

Finalmente, miró a Portia. "Pensé que tú eras diferente—ciertamente más inteligente." Encontró su mirada, sonrió. "No me estoy quejando, desde luego."

Fue la sonrisa la que lo hizo—la que envió una oleada de hielo sobre ella. Convencida de que estaba caminando al lado del asesino de Kitty, que no era Henry, ni James.

"¿No lo estás?" Se detuvo. Consiguió fruncir el ceño. No iba a dar un paso más hacia el sendero que atravesaba el pinar—hacia la oscuridad donde nadie podría verla. "Si no has venido aquí para comentar—impertinentemente sobre mi conducta, ¿qué es, entonces, lo que quieres?"

Giró sobre sí misma cuando lo dijo, plantándose frente a él—mirando hacia el sendero, para poder ver a Stokes, pero Ambrosio, delante de ella, no se lo permitía.

Seguía sonriendo. "Eso es sencillo, querida. Mi propósito es silenciarte y culpar a Cynster por ello. Él salió a caminar, y tú también. Después de la escena en la terraza…" Su glacial sonrisa se hizo más profunda. "No habría podido escribir un mejor libreto yo mismo!"

Levantó las manos, que mantenía cerradas hasta entonces en su espalda. Ella vio una cuerda de cortina que colgaba de una de ellas; luego él tomó la borla colgante, anudó la cuerda entre sus manos…

Ella la tomó. Cerró ambos puños alrededor de la cuerda, entre las manos de Ambrosio, y se aferró a ella.

Él maldijo. Intentó hacer que ella la soltara, pero no pudo hacerlo—no podía soltarla sin soltar él mismo la cuerda.

Detrás de él, ella vio la corpulenta sombra que era Stokes saltar de los arbustos y precipitarse hacia ellos.

Gruñendo. Ambrosio soltó la cuerda de la cortina—haciendo que ella perdiera el equilibrio. Ella se tambaleó; él tomó el extremo de su chal de seda que colgaba.

La rodeó, anudándolo alrededor de su cuello.

Ella no pensó—no tuvo tiempo de hacerlo. Puso una mano entre los pliegues; en el instante antes de que él lo apretara, ella se reclinó de espaldas hacia él, deshaciéndose simultáneamente del chal, y se deslizó hacia abajo.

Saliendo del dogal.

Terminó encogida a los pies de Ambrosio, al lado del lago. Stokes avanzaba velozmente. Ambrosio estaba demasiado cerca, de pie, gruñendo encima de ella, haciendo un dogal con el chal que tenía entre las manos.

Ella se lanzó a un lado, al lago.

Las negras aguas se cerraron sobre ella—las orillas eran como precipicios, no encontró nada debajo de sus pies. Pero el agua estaba fresca, no helada; el largo verano la había calentado. No había corriente ni olas contra las cuales luchar; le resultó fácil salir a la superficie y nadar.

Mientras lo hacía, vio fugazmente el rostro atónito de Ambrosio—luego escuchó a Stokes. Lo vio. Se dio cuenta...

El rostro de Ambrosio se contorsionó de furia...

Ella nadó. A sus espaldas, escuchó un golpe y un "¡umph!" cuando Stokes se estrelló contra Ambrosio. Pateando tan bien como se lo permitía su traje, se alejó de la orilla y, cuando estaba a una distancia prudente, se volvió.

Charlie se precipitaba a ayudar. Henry bajaba por el sendero. Simón estaba en camino para ayudar a los otros, pero se había detenido en el sendero del lago en el punto más cercano a ella. Ahora se encontraba al borde del lago. Observando. Preparado para reaccionar...

Al llegar a la refriega, Charlie se unió a ella, forcejando para ayudar a Stokes a sostener a su presa. Ambrosio luchaba como un loco—se liberó...

Y saltó al lago.

Con el corazón latiendo de nuevo, Portia se volvió para alejarse nadando—vio a Simón tenso en la orilla...

Pero Simón no se sumergió.

Al oír chapalear—¿seguramente demasiado?—ella se volvió a mirar.

Y advirtió, como lo habían hecho los otros, que Ambrosio presumía que el lago era ornamental—no que tenía brazas de profundidad.

No sabía nadar. Al menos no lo suficientemente bien.

Después de algunas brazadas, se ahogaba.

Portia flotaba, observando...

Stokes y Charlie estaban en la orilla, con las manos en la cintura, jadeando y observaban cómo Ambrosio, ahora en pánico y agitándose salvajemente, se hundía.

Emergió, farfullando de rabia. "¡Ayúdenme! ¡Me estoy ahogando, bastardos! *¡Ayúdenme!*"

Fue Stokes quien respondió. "¿Por qué habríamos de hacerlo?"

"Porque me estoy ahogando—voy a *morir!*"

"Como yo lo veo, eso puede ser lo mejor para todos. Nos ahorrará muchas molestias."

Asombrada, Portia miró a Stokes. Eso no serviría— debían saber que Ambrosio era el asesino...

Pero Stokes conocía a su hombre.

Ambrosio se hundió de nuevo, y salió gritando, "Está bien. *¡Está bien!* Yo lo hice. ¡Yo estrangulé a esa perra!"

"¿Supongo que se refiere a la señora Glossup?"

"¡Sí, maldita sea!" Ambrosio gritaba con todas sus fuerzas. "Ahora, ¡sáqueme de aquí!"

Stokes miró a Charlie, luego a Henry quien, asombrado, se había unido lentamente a ellos. "¿Lo escuchaste?"

Charlie asintió; cuando Henry advirtió que Stokes lo incluía a él, asintió también.

"Está bien." Stokes miró a Ambrosio. "Yo tampoco sé nadar. ¿Cómo lo sacamos?"

Desde el agua, Portia levantó la voz. "Usen mi chal." Estaba tendido en el suelo donde lo había dejado caer Ambrosio. "Enróllenlo y aten bien los flecos—debe llegar hasta él. Es de seda—si no está rasgado, resistirá."

Aguardó, observando cómo seguían sus instrucciones. Escucho, desde la orilla un poco más atrás de donde se encontraba, unas palabras en un rugido, "No te atrevas incluso a *pensar* en ir en su ayuda."

Por primera vez en las últimas horas, sonrió.

Por fortuna, habiendo asegurado su rescate, Ambrosio se calmó lo suficiente como para, torpemente, mantener la cabeza por fuera del agua hasta cuando le lanzaron el chal.

Respiró, asió el fleco anudado, y se aferró a él. El hecho de haber estado a punto de ahogarse y el pánico resultante lo habían despojado de todo deseo de luchar. Cuando lo sacaron temblando del agua, ella se volvió y nadó hacia la orilla más cercana.

Donde la aguardaba Simón.

Ella no pudo leer su expresión mientras él permanecía

mirándola. Alivio y algo más la invadieron. Sonriendo—sencillamente feliz de estar con vida—levantó ambas manos. Él las tomó, aguardó a que ella pusiera los pies contra la pared rocosa del lago, y luego la haló suavemente hacia fuera, a la orilla.

Soltó las manos y la tomó en sus brazos.

La atrajo hacía sí y la cerró contra su cuerpo.

Ignorando que ella estaba toda mojada, la besó—con fuerza, implacable, voraz y desesperadamente—la besó hasta que ella dejó de pensar.

Mucho mejor que ser sacudida hasta morir.

Cuando finalmente él consintió en levantar la cabeza, ella miró su rostro y no necesitó de su intelecto para interpretar correctamente la tensión que lo invadía, para saber que había llegado muy cerca del límite de su control.

"Estoy perfectamente bien." Habló directamente a lo que ella sabía que era su temor, a la vulnerabilidad que tenía, todo debido a ella.

Él suspiró. La tensión evidente sólo se había relajado un poco. "Por lo que recuerdo, el plan no contemplaba que saltaras dentro del lago."

Sus brazos se aflojaron; ella retrocedió. Salió de sus brazos mientras él la dejaba ir con reticencia. Ella levantó las manos hasta sus hombros y escurrió su traje, siguiendo la línea de su cuerpo hasta sus caderas y sus muslos, sacando el agua hacia abajo; luego tomó sus faldas y las retorció.

"Parecía el camino más razonable." Mantuvo su tono deliberadamente manso, como si discutieran un encuentro de caza y no su huída de un asesino.

"¿Y si él hubiera sabido nadar?" El gruñido ofensivo aún era tenso y acusador. "No sabías que él no podía hacerlo."

Ella se enderezó, lo miró a los ojos. "No sabía si él podía hacerlo, pero yo nado bastante bien." Levantó las cejas un poco, dejó que una sonrisa recorriera sus labios. "Y tú nadas aún mejor que yo."

Él sostuvo su mirada. Ella podía sentir que sopesaba lo que le acababa de decir...

Súbitamente, cayó en cuenta. "Tú sabías que yo sé nadar, ¿verdad?"

Sus labios, hasta entonces una línea apretada, se fruncieron, luego respiró. "No." Su mirada se fijó en la de ella; él vaciló y luego agregó, de mala gana, "Pero supuse que podías nadar; de lo contrario, no te habrías lanzado al agua."

Ella leyó su rostro, sus ojos, y luego sonrió con deleite mientras una súbita alegría la invadía, la recorría. Le daba un leve vértigo. Miró hacia abajo, sin dejar de sonreír. "Precisamente." Tomándolo del brazo, se volvió para mirar qué hacían los otros.

Él seguía estudiando su rostro. "¿Qué?"

Ella le devolvió la mirada, encontró sus ojos. Sonrió suavemente. "Más tarde." Una vez que hubiera saboreado plenamente el momento, y hallado las palabras para decirle cuánto apreciaba su control. Él había permanecido al lado del lago, preparado para lanzarse y protegerla, pero, al ver que ella podía hacerlo, se había contenido y había dejado que ella misma se salvara. No la había tratado como una mujer indefensa: no la había abrumado con su necesidad de protegerla. Se había comportado como un compañero, cuyas habilidades y talentos eran algo diferentes de los suyos, pero perfectamente capaz de manejar la situación.

Él se habría lanzado en el instante en que ella lo necesitara—pero él había resistido la tentación de lanzarse antes.

Un futuro juntos realmente funcionaría—con el tiempo, la familiaridad, su sobreprotección se convertiría en una respuesta más racional, más mesurada. Que tuviese en cuenta los deseos de ella, no sólo los suyos.

La esperanza la invadió, la alegró con un gozo totalmente separado de sus recientes actividades.

Pero esas actividades aún se desplegaban. Blenkinsop se había unido al grupo que se encontraba a la sombra del pinar. Ahora él y Stokes se volvían, sosteniendo entre ambos a Ambrosio. Lo conducían por el sendero, pasando al lado de Simón y Portia al final de la cuesta. Con las manos atadas con el mojado chal de Portia, Ambrosio aún temblaba; ni siquiera les lanzó una mirada.

Charlie y Henry los seguían de cerca; Charlie le explicaba todo lo que habían estado haciendo.

Henry se detuvo al lado de Portia y tomó sus manos entre las suyas. "Charlie aún no me lo ha dicho todo, pero entiendo, querida, que le debemos mucho."

Ella se ruborizó. "Tonterías—todos participamos."

"No son tonterías en absoluto—sin su valor, no lo hubieran logrado." Los ojos de Henry se deslizaron hacia el rostro de Simón. Intercambiaron una mirada profunda, significativamente masculina. "Y sin ti, Simón." Henry extendió el brazo y le palmeó el hombro.

Luego miró el traje de Portia y advirtió súbitamente que sólo estaba vestida por dos capas de seda, ambas empapadas.

Tosió y apartó la mirada—hacia la casa. "Charlie y yo iremos adelante, pero debes apresurarte a cambiarte. No es conveniente andar con los vestidos mojados, incluso en el verano."

Charlie sonrió a Portia, hizo una leve inclinación a Simón. "¡Lo atrapamos!" Su transparente felicidad de que ahora todo estuviera bien, de que hubieran conseguido rescatar a James, a Henry y a Desmond, también, era contagiosa.

Ambos sonrieron. Henry y Charlie prosiguieron su camino; ellos los siguieron, subiendo lentamente por el talud.

Cuando llegaron arriba, se levantó la brisa y sus fríos dedos recorrieron la piel de Portia. Tiritó.

Simón se detuvo. Se quitó el saco y la envolvió en él, acomodándolo sobre sus hombros. Ella sonrió agradecida, aún en la templada noche, por la caricia del calor—de su calor—

que aún conservaba el forro de seda. Cerrando el saco, encontró sus ojos. "Gracias."

Él suspiró. "Servirá por el momento."

Simón tomó su mano de nuevo. Ella comenzó a andar, pero él no se movió, la retuvo. Los otros ya se habían adelantado.

Ella lo miró, arqueando las cejas.

Mirando a los otros, inspiró profundamente. "Lo que ocurrió en la terraza—lo que te dije. Discúlpame. No quise…" Hizo un gesto con la mano, como si quisiera borrar esta escena de sus mentes, la miró fugazmente, y luego apartó la vista.

Ella se acercó, levantó su mano libre a su rostro, y lo volvió hacia el suyo.

Con reticencia, él dejó que lo hiciera.

Hasta que, en la luz que desaparecía, ella pudo leer sus ojos, hasta que pudo sentir, como si se afirmara, la vulnerabilidad que él intentaba, como siempre, ocultar. Excusar.

Ella comprendió al menos eso. Finalmente. Y se conmovió inmensamente.

"Nunca sucederá. Créeme." Nunca se aprovecharía de él para luego apartarse de él, no amarlo, y luego dejarlo.

Su rostro, endurecido, no se suavizó. "¿Es posible prometer algo así?"

Ella sostuvo su mirada. "Entre tú y yo—sí."

Él, a su vez, leyó sus ojos, vio su sinceridad; su pecho se hinchó. Ella sintió el cambio en la tensión que lo apresaba, el rápido regreso de su posesividad, de su sentido de protección.

Su brazo se cerró alrededor de ella; la atrajo hacia sí.

"Aguarda." Ella puso una mano en el pecho de Simón. "No te precipites."

Sus cejas se arquearon—ella pudo escuchar el incrédulo *"¿Precipitarme?"* en su mente.

Se acomodó de nuevo entre sus brazos. "Debemos terminar lo que hemos comenzado—tenemos que escuchar qué pasó realmente y dejar atrás a Ambrosio y los asesinatos. Luego podemos hablar acerca de"—suspiró profundamente y, finalmente, dijo la palabra crucial—*"nosotros."*

Él sostuvo su mirada, luego sonrió y la soltó. "Muy bien. Acabemos con esto."

Tomó su mano; juntos, subieron por el prado hacia la casa.

Era una escena tan tétrica como lo habían previsto; había alivio, pero no triunfo. Al rescatar a los Glossup y, en cierta medida, a los Archers, puesto que Desmond había sido invitado a instancias suyas, había trasladado el peso del oprobio a los Calvins. Para la continuada aflicción de todos.

Simón hizo pasar a Portia a la biblioteca a través de las puertas de la terraza. La escena que se desarrollaba ante sus ojos era, probablemente, la peor pesadilla de Stokes; intercambiaron miradas, pero sabían que remediarla estaba más allá de su poder.

Las damas se habían rebelado. Advirtieron que algo sucedía y se habían agolpado en la biblioteca; ahora que las habían enterado de los hechos—que había sido Ambrosio quien había asesinado a Kitty—todas se desplomaron en las sillas y sofás, y se negaron a retirarse.

Literalmente, todos estaban allí, incluso dos lacayos. La única persona relacionada con el drama que no estaba presente era Arturo; al estudiar los rostros impresionados y, en algunos casos, incrédulos, imaginando la angustia que se avecinaba, Simón sospechó que el gitano estaría eternamente agradecido de que le hubieran evitado aquella ordalía.

También él. Miró a Portia y, por su expresión, supo que no consentiría en subir a cambiarse de traje antes de conocer las respuestas que aún no tenía. Trayendo la silla de detrás del enorme escritorio, la hizo rodar por el salón, y la colocó al final del diván donde se encontraba Lady O, para que Portia pudiera sentarse.

Lady O lanzó una mirada a su empapada vestimenta. "¿Sin duda eso también será explicado?"

Había una nota en su vieja voz, un brillo en sus ojos negros, que les decía a ambos que había estado seriamente alarmada.

Portia extendió una mano y asió una de sus ancianas garras. "Nunca estuve en peligro."

"¡Ja!" Lady O le lanzó una mirada de advertencia a Simón, como para decirle que desaprobaría fuertemente que él no llenara sus expectativas en todo sentido.

A propósito de lo cual...mirando a Stokes, quien estaba ocupado tranquilizando a Lady Calvin, asegurándole que lo explicaría todo si se lo permitiera, Simón retrocedió y llamó a uno de los lacayos; cuando se acercó, le dio una sarta de órdenes. El lacayo se inclinó y partió, probablemente feliz de tener la oportunidad de llevar las últimas noticias al lugar donde estaban reunidos los sirvientes.

"¡Damas y caballeros!" Stokes avanzó hacia el centro del salón, con un tono nervioso. "Como han insistido en permanecer aquí, debo pedirles a todos que permanezcan en silencio mientras interrogo al señor Calvin. Si deseo saber algo de ustedes, se lo preguntaré."

Aguardó; cuando las damas se limitaron a arrellanarse en sus sillas, dispuestas a escuchar, exhaló y se volvió hacia Ambrosio, desplomado en un asiento bajo el candelabro central, de cara a los demás, congregados ante la chimenea.

Benkinsop y un robusto lacayo, ambos de pie y atentos, se encontraban a cada lado de él.

"Ahora bien, señor Calvin—usted ya ha admitido ante un número de testigos el haber estrangulado a Kitty, la señora Glossup. ¿Puede usted confirmar, por favor, que la asesinó?"

Ambrosio no levantó la vista; con los brazos sobre las piernas, habló a sus manos atadas. "La estrangulé con la cuerda de la cortina de la ventana que está allí." Con la cabeza, indicó la larga ventana al lado del escritorio.

"¿Por qué lo hizo?"

"Porque esa estúpida mujer no me dejaba en paz."

"¿En qué sentido?"

Como si advirtiera que no tenía salida, que el hablar rápida y sinceramente sólo haría que la ordalía terminara más pronto—no podía dejar de ser consciente de su madre, sentada en el diván, mortalmente pálida, como una mujer a quien han asestado un golpe fatal, asiendo la mano de Lady Glossup por un lado y la de Drusilla por el otro, sus ojos fijos en él con una especie de horror suplicante—Ambrosio respiró profundamente, y se apresuró a continuar. "Ella y yo—en una época anterior a este año, en Londres—tuvimos una aventura. Ella no era mi tipo, pero siempre se me insinuaba, y yo necesitaba el apoyo del señor Archer. Me pareció que sería una jugada sabia en aquel momento—ella prometió hablarle de mí al señor Archer. Cuando llegó el verano, y salimos de Londres, nos separamos." Se encogió de hombros. "En términos bastante amistosos. Habíamos acordado que yo vendría a esta reunión pero, aparte de eso, ella se alejó. O al menos así lo pensé."

Se detuvo únicamente para respirar. "Cuando llegué aquí, estaba dedicada a sus peores tretas, pero parecía perseguir a James. No me preocupé, hasta cuando se me acercó una noche y me dijo que estaba embarazada."

"En un primer momento, no ví ningún problema, pero ella pronto se ocupó de que lo hiciera. ¡Yo estaba horrorizado!" Incluso ahora, podía escucharse la emoción en su voz. "Nunca se me pasó por la mente que ella y Henry no estuviesen...bien, nunca soñé que una mujer casada se comportaría así sabiendo que no tenía la protección de su matrimonio."

Se detuvo, como si se asombrara de nuevo. Stokes, frunciendo el ceño, le preguntó, "¿Cómo contribuyó esto a sus motivos para matarla?"

Ambrosio levantó la vista, y luego sacudió la cabeza. "Hay una serie de damas de la sociedad que tienen hijos que no son de sus maridos. No preví ningún problema hasta que Kitty abiertamente me informó que, bajo ninguna circunstancia, tendría el niño, y que si yo no deseaba que se supiera que era mío—si no deseaba que ella hiciera un escándalo y se lo dijera a su padre—tendría que hacer los arreglos necesarios para que ella se deshiciera de él. Ese fue el ultimátum que me dio aquella noche."

Él estudió sus manos. "Yo no tenía idea de qué hacer. Para mi carrera—ser seleccionado para un puesto en firme y ser elegido—lo único que necesitaba era el apoyo del señor Archer y, mientras estuve aquí, encontré también a Lord Glossup y al señor Buckstead bien dispuestos también— todo marchaba a la perfección...excepto por Kitty." Su voz se endureció; mantuvo la vista en sus manos. "No sabía cómo ayudarla—honestamente, no sé si lo hubiera hecho de haberlo sabido. No es algo que las damas deban pedir a sus amantes—la mayoría de las mujeres sabrían cómo manejar esto ellas mismas. Pensé que lo único que necesitaba hacer ella era preguntar. Ella estaba aquí en el campo, ciertamente hay muchas mucamas que son cercanas a la familia ...estaba seguro de que ella podría manejarlo. Eso, o bien ingeniarse una reconciliación con Henry."

Apretando fuertemente las manos, prosiguió, "Cometí el error de decírselo." Un estremecimiento lo recorrió. "Dios— ¡cómo lo tomó! Peor que si le hubiera recomendado beber cicuta—despotricó, me recriminó—levantaba la voz cada vez más. Intenté callarla y me abofeteó. Comenzó a chillar..."

"Tomé la cuerda de la cortina, la anudé en su cuello...y apreté." No dijo más; la habitación estaba en silencio—se hubiera oído caer un alfiler. Luego inclinó la cabeza, con la mirada perdida, recordando... "Fue sorprendentemente sencillo—ella no era tan fuerte. Luchó un poco, intentó rasguñarme, asirme, pero la sostuve hasta que dejó de luchar... cuando la solté, se desplomó en el suelo."

Su voz había cambiado. "Me di cuenta de que la había matado. Salí precipitadamente y subí las escaleras. Para alejarme. Llegué a mi habitación y me serví una copa de brandy—lo estaba bebiendo cuando advertí que la manga de mi saco estaba rasgada. La solapa había desaparecido. Luego recordé que era el lugar donde Kitty se había aferrado. Me di cuenta... y luego recordé haber visto la solapa en la mano de Kitty cuando la vi en el suelo. Era escocesa—sólo yo había llevado un saco escocés aquella noche.

"Salí corriendo de mi habitación. Me encontraba en lo alto de la escalera cuando Portia gritó. Simón acudió corriendo, luego Charlie—no podía hacer nada. Permanecí allí, aguardando a ser acusado, pero... no ocurrió nada."

Ambrosio respiró. "Charlie salió y cerró la puerta de la biblioteca. Levantó la vista y me vio. Pude ver en su rostro que no pensaba que yo fuese el asesino. Me preguntó dónde estaban Henry y Blenkinsop.

"Cuando se marchó, advertí que había esperanza—nadie había advertido la solapa todavía. Si pudiera llegar allá y recuperarla, estaría a salvo." Hizo una pausa. "No tenía nada que perder. Bajé la escalera. Henry y Blenkinsop se precipitaron hacia la biblioteca. Yo los seguí.

"Portia y Simón se encontraban al otro lado de la habitación; Portia estaba profundamente sacudida, Simón concentrado en ella. Ambos me vieron, pero ninguno de ellos reaccionó. Yo llevaba todavía el saco escocés—no habían podido ver la solapa.

"Seguí a Henry y a Blenkinsop hasta el escritorio. Estaban impresionados, asombrados—sólo se quedaron mirando el cuerpo. Yo miré a Kitty—su mano derecha." Ambrosio levantó la cabeza. "Estaba vacía."

"No podía creerlo. Los dedos estaban abiertos, la mano relajada. Luego advertí que sus manos y brazos habían sido movidos, su cabeza también. De inmediato pensé que Portia había entrado, había hallado a Kitty, se había precipitado hacia ella, la había tocado, había tomado sus manos—todas esas pequeñas cosas inútiles que hacen las mujeres. La solapa era estrecha, sólo medía unos pocos centímetros. Si se había caído de la mano de Kitty..."

Miró el tapete turco extendido sobre el piso de la biblioteca. "Marrón, verde y rojo. La tela escocesa era de los mismos colores que el tapete. Era posible que la solapa se hubiese enredado en la falda de Portia, o incluso en el dobladillo del pantalón de uno de los caballeros. Una vez salida de la mano de Kitty, podría terminar en cualquier parte y, en esta habitación, habría sido difícil de ver. Miré alrededor del cuerpo, pero no estaba allí. No podía arriesgarme a buscarla abiertamente. Henry y Blenkinsop aún estaban atónitos, así que aproveché el momento. Rodeé el escritorio y me incliné como si quisiera mirar más de cerca, y enredé mi manga en uno de los cajones del escritorio. Me enderecé, y se rasgó. Maldije, y luego me disculpé. Tanto Blenkinsop como Henry estaban como en un trance, pero lo notaron. Si luego se encontraba la solapa, podía decir que la había perdido en aquel momento."

La mirada de Ambrosio permanecía distante. "Me sentí a salvo. Dejé la biblioteca y luego pensé—¿y si alguien más había encontrado a Kitty antes de Portia, había reconocido la solapa y la había tomado? Pero ciertamente no podía imaginar que ninguna de las personas que estaban aquí hubiera hecho eso. Los habría alertado a todos, me habría denunciado...todos con excepción de Mamá. Ella me había dicho que pasaría la tarde escribiendo cartas, manteniéndose en contacto con aquellas personas cuyo apoyo yo necesitaba. Subí a su habitación. Estaba allí, escribiendo. No sabía nada del asesinato. Se lo dije, y salí."

Hizo una pausa, con la cabeza ligeramente inclinada, como si recordara un momento extraño. "Regresé a mi habitación y terminé el brandy. Pensé en los sirvientes. No había razón alguna para que alguno de ellos hubiera entrado a la biblioteca a aquella hora, pero no podemos estar seguros de lo que puede ocurrírsele a una mucama o a un lacayo servicial.

"Decidí quemar el saco. Nadie se sorprendería de que quisiera deshacerme de él después de rasgarlo. Si alguien intentara chantajearme después, habiendo destruido el saco, podía decir que la tela de la solapa se asemejaba a la mía, pero que no era la misma. Nadie puede estar seguro con las telas escocesas."

Se movió en el asiento. "Llevé el saco al bosque y lo quemé. El gitano que ayuda al jardinero me vio, pero no me preocupé entonces por él. Me sentía seguro de haber cubierto satisfactoriamente todas las eventualidades... excepto la posibilidad, como lo había supuesto inicialmente, de que la solapa estuviera en la mano de Kitty cuando Portia la había encontrado, pero que la impresión la hubiera borrado de su mente."

Miró hacia abajo, levantando sus manos atadas para frotarse la frente. "Podía ver la solapa en la mano de Kitty— ¡la imagen era tan vívida en mi mente! En cuanto más pensaba en ello, más me persuadía de que Portia *tenía* que haberla visto. Incluso una vez que habían desaparecido tanto la solapa como el saco... ella, por lo general, es serena y compuesta, y está muy bien conectada. Cualquier sugerencia de parte de ella de que yo era el asesino haría que la gente retrocediera. Una acusación suya podría arruinar con facilidad mi carrera. Advertí que no tenía garantía alguna de que, al recuperarse de la impresión, no lo recordara."

Stokes se movido. "Entonces intentó usted aterrarla poniendo una víbora en su cama."

Suspiros ahogados y una ola de consternación rompieron el hechizo en el que encontraba la concurrencia; para la mayor parte de ellos, era la primera vez que oían hablar de la víbora.

Mirando fijamente sus manos, Ambrosio asintió. "Me tropecé con la víbora al regresar a la casa—todavía tenía la bolsa que había utilizado para llevar el saco. Pensé que otra impresión le impediría recordar, incluso haría que se marchara...pero no lo hizo. Y cuando usted llegó, tuve que ser cuidadoso. Los días transcurrían, y nadie venía a decirme que había hallado la solapa; me di cuenta entonces que era como yo pensaba—nadie más la había tomado. Estaba allí cuando Portia encontró a Kitty."

Levantando la cabeza, miró directamente a Portia. "¿Lo recuerda ahora? Tuvo que haberla visto. La tenía aferrada en su mano derecha."

Portia sostuvo su mirada, y luego sacudió la cabeza. "No estaba allí cuando yo la encontré."

Ambrosio hizo un gesto condescendiente. *"Tenía* que estar..."

"¡Estúpido!"

La exclamación los sobresaltó a todos. Hizo que todos fijaran los ojos en Drusilla, sentada rígidamente al lado de Lady Calvin. Su rostro estaba pálido, sus ojos enormes, todo su cuerpo presa de una intensa emoción.

Su mirada permanecía fija en su hermano. "Eres...¡un *idiota!* Portia no dijo nada—lo habría hecho si la hubiera visto. Pudo haber estado impresionada, pero no había perdido la cabeza."

Tan asombrado como todos, Ambrosio se limitó a contemplarla.

Stokes se recuperó antes que los demás. "¿Qué sabe usted de esta solapa desaparecida, señorita Calvin?"

Drusilla levantó la vista para mirarlo, y palideció aún más. "Yo..." Las emociones que pasaban fugazmente por su rostro eran visibles para todos. Acababa de darse cuenta, apenas en aquel momento...

Lady Calvin llevó una mano a sus labios, como para ahogar un grito. Lady Glossup la rodeó con su brazo.

La señora Buckstead, quien se encontraba al lado de Drusilla, se inclinó hacia delante. "Debes decirlo todo, querida. En realidad, no hay otra opción."

Drusilla la miró, luego respiró profundamente y se dirigió a Stokes. "Estaba caminando por los jardines aquella tarde. Entré a la casa por las puertas de la biblioteca. Vi el cuerpo de Kitty que yacía allí, y vi la solapa en su mano. La reconocí, desde luego. Advertí que Ambrosio finalmente no había soportado más y..." Hizo una pausa, se humedeció los labios, y prosiguió, "Cualquiera que haya sido su razón, la había matado. Si lo atrapaban...el escándalo, la vergüenza ...matarían a Mamá. Entonces arranqué la solapa de los dedos de Kitty, y la llevé conmigo. Escuché voces en el recibo principal—las de Simón y Portia—así que salí por las puertas de la terraza."

Stokes la miró seriamente. "Incluso cuando comenzaron los intentos por silenciar a la señorita Ashford, ¿no pensó en decírselo a nadie?"

Drusilla le lanzó una mirada. Sintió vértigo; su piel se tornó gris. "¿Cuáles intentos?" Su tono era débil, horrorizado. "Yo no sabía nada acerca de la víbora." Miró a Ambrosio, luego a Stokes. "Lo de la urna...fue un accidente—¿verdad?"

Stokes miró a Ambrosio. "Ya no pierde nada con decírnoslo."

Ambrosio fijó su mirada en sus manos. "Había adquirido el hábito de pasearme de arriba abajo por el tejado—no podía permitir que nadie notara cuán preocupado estaba. Vi a Portia en la terraza. Parecía estar sola—no podía ver a Cynster al lado de la pared. Ya estaba allí—era fácil de hacer..." Súbitamente, respiró profundamente. Levantó la cabeza, pero no miró a nadie. "Tiene que recordar que *no tenía opción*—si deseaba ganar un puesto y ser un miembro del Parlamento. Era lo que más deseaba, y..."

Se detuvo, miró hacia abajo. Apretó con fuerza las manos. Stokes miró entonces a Drusilla.

Ella miraba fijamente a Ambrosio. Su rostro era cenizo.

Cuando levantó la vista para mirar a Stokes, él preguntó, "¿Por qué no le dijo a su hermano que usted había tomado la solapa?"

Durante un largo momento, Drusilla se quedó mirándolo; Stokes se disponía a repetir la pregunta, cuando Drusilla bajó la vista hacia Ambrosio.

Respiró profundamente, y dijo, "Lo odio, ¿saben? No— ¿cómo podrían saberlo? Pero en nuestra casa, siempre era Ambrosio. Lo tenía todo, a mí no me daban nada. Sólo importaba Ambrosio. Incluso ahora. Amo a Mamá, me he ocupado de ella con dedicación, permanezco a su lado—incluso tomé la solapa para protegerla a ella—*a ella,* no a Ambrosio, nunca a Ambrosio." Su voz se elevaba cada vez más, más estridente y más fuerte. "Sin embargo, incluso ahora, en lo único en que piensa Mamá es en Ambrosio."

Mantuvo la mirada fija en la cabeza inclinada de su hermano. "Él heredó todo lo de mi padre—a mí no me legó nada. Incluso todas las posesiones de Mamá serán para él. Yo vivo de su caridad, y no crean que él no lo sabe. Siempre se asegura de que yo comprenda plenamente mi situación."

Su rostro se contorsionó. El rencor se había apoderado de ella; los celos, controlados y ahora liberados, salían de ella a raudales. "La solapa—tomarla, guardarla, era mi oportunidad de retribuirle. No se lo dije—quería que sintiera miedo, que se retorciera—más aún, que supiera que alguien tenía el poder de arruinar su vida."

Súbitamente, miró a Stokes. "Desde luego, se lo habría

dicho eventualmente. La próxima vez que me dijera qué inú-
til soy, qué adorno tan poco atractivo soy para un hombre de
su futura condición."

Se detuvo, y luego agregó. "Honestamente, no pensé que
él no se diera cuenta...sólo tenía que pensar que únicamente Mamá o yo lo protegeríamos ocultando la solapa.
Y Mamá se lo habría dicho de inmediato. Cuando no dijo
nada, pensé que él había adivinado que yo la tenía, pero que
era demasiado cuidadoso como para hablar del tema mientras estuviésemos aquí." Encontró la mirada de Stokes.
"Nunca se me ocurrió que pensara que Portia la había visto
y que fuese tan idiota como para no recordarlo."

El silencio cayó sobre la habitación. El sonido del reloj
sobre la chimenea se oía perfectamente.

Drusilla bajó la mirada. Ambrosio mantenía la cabeza
inclinada. Lady Calvin los miraba alternativamente al uno
y al otro, como si ya no los reconociera—a sus propios
hijos. Luego sepultó su rostro entre las manos y sollozó
quedamente.

Este sonido liberó a los demás del hechizo de las revelaciones; se movieron, se acomodaron. Charlie se puso de pie,
como si ya no pudiera permanecer sentado, como si anhelara
marcharse, escapar.

Lord Netherfield se aclaró la garganta. Miró a Stokes.
"¿Si me permite...?"

Stokes asintió.

Su Señoría miró a Ambrosio. "No ha mencionado a
Dennis, el gitano. ¿Por qué mató a ese muchacho?"

Ambrosio no levantó la mirada. "Me vio cuando quemaba
el saco. Luego llegó Stokes y comenzó a interrogar a todo el
mundo." Retorció sus manos, y prosiguió, "No era mi intención matar a Kitty—no me lo propuse. Ella me llevó a hacerlo...no era justo que haberla matado arruinara mi vida.
Sólo Portia y el gitano podrían..." Se detuvo, y luego prosi-

guió apresuradamente, como un niño malcriado disculpándose. "Era ellos o yo—¡era mi *vida!*"

Lord Glossup se puso de pie; su cortés expresión reflejaba un desagrado evidente. "Señor Stokes, ¿si ha terminado de oír todo lo que necesita?"

Stokes se enderezó. "Ciertamente, señor. Estoy seguro de que podemos..."

Él y Lord Glossup discutieron los arreglos para mantener custodiado a Ambrosio. El resto de los invitados se dispersó.

Todas las damas vacilaron; luego Lady O se puso de pie con dificultad. "Catherina, querida, creo que debemos retirarnos al salón—un té nos sentaría muy bien. Me atrevo a pensar que Drusilla desea retirarse inmediatamente, pero el resto de nosotros necesitamos algo para recuperarnos."

Portia se levantó; Simón le puso una mano en el brazo para retenerla. Lady O los miró, y asintió. "Ciertamente—*tú* debes subir a tomar un baño, y a cambiarte ese traje mojado. Sería malsano no hacerlo—tu hermano no me lo perdonaría si te envío a casa con un resfriado."

Había sólo cierto énfasis en su voz, sólo suficiente brillo en sus viejos ojos negros, para decirles que estaba decidida a enviar a Portia a casa con algo diferente.

Simón se limitó a inclinar la cabeza, reconociendo el mensaje. Lady O suspiró y salió, con las otras damas detrás; Lady Calvin se apoyaba en Lady Glossup y la señora Buckstead.

"Vamos." Tomando a Portia del brazo, la llevó hacia las puertas que estaban al otro lado de la habitación, más cerca de la escalera principal.

Stokes los interceptó. "Una última cosa—debo considerar si levanto cargos contra la señorita Calvin o no."

Tanto Simón como Portia miraron a Drusilla, quien se encontraba sola en el diván ahora que se habían marchado los demás. Estaba mirando fijamente a su hermano; él se inclinaba hacia delante, con los brazos sobre las piernas, la mirada en sus manos atadas.

Portia se estremeció y miró a Stokes. "Qué cosa más terrible pueden ser los celos."

Stokes asintió, encontró su mirada. "No tuvo la intención de hacer daño a nadie. Creo que no tenía idea de que Ambrosio tuviese esos instintos asesinos."

"No creo que sea necesario levantar cargos contra ella." Portia levantó la cabeza. "Ya ha atraído suficiente censura sobre sí misma—su vida no será más sencilla por lo que ha hecho."

Stokes asintió, miró a Simón.

Él estaba mucho menos inclinado a la indulgencia, pero era consciente de que buena parte de su reacción se debía a que era Portia quien había estado en peligro. Cuando no respondió de inmediato, ella lo miró...y él supo que no tenía opción. Ella lo leería como un libro si daba rienda suelta a sus impulsos. Se inclinó levemente. "No hay cargos. No es necesario."

Portia sonrió y luego miró a Stokes.

Los tres intercambiaron miradas de alivio, de satisfacción. No era necesario formularlo en palabras. Stokes no pertenecía a su clase social; sin embargo, habían formado una amistad; todos lo reconocían.

Stokes se aclaró la voz, apartó la mirada. "Me marcho a la madrugada con el señor Calvin. Es lo mejor—dejar que la gente regrese a sus actividades lo más pronto posible." Los miró otra vez. Extendió la mano. "Gracias. Nunca lo hubiera atrapado si usted y el señor Hastings no me hubiesen ayudado." Se estrecharon la mano. "Espero..." Stokes se coloreó ligeramente, pero se obligó a continuar, "que la farsa necesaria no haya violentado realmente sus sentimientos."

Simón miró a Portia. Ella sonrió a Stokes. "Las revelaciones fueron bastante interesantes—creo que sobreviviremos."

Le lanzó una mirada de reojo; al sentirse expuesto, luchó

por contener un gruñido. Tomó su brazo de nuevo. "Te espera un baño en el segundo piso."

Con una última sonrisa, se despidieron de Stokes.

James los aguardaba con Charlie en el recibo.

"Gracias—a ambos." James estaba radiante; tomó las manos de Portia entre las suyas. "No he terminado de escucharlo todo pero, aún así—¡qué valiente has sido!"

Esta vez, Simón no contuvo el gruñido. "¡Por Dios!—lo único que me faltaba es que *eso* se le suba a la cabeza."

James rió; Simón lo apartó y él retrocedió, dejando que Simón y Portia siguieran escaleras arriba.

"Nos veremos más tarde,"dijo James mientras subían.

Simón le lanzó una mirada. "Mañana."

Con la mandíbula apretada, animó a Portia a seguir.

꽃

Capítulo 18

꽃

El lacayo aguardaba en lo alto de la escalera para con-
ducirlos a la habitación que, de acuerdo con sus órdenes,
había preparado. No era la habitación que había ocupado
originalmente Portia, debido a la víbora, ni tampoco la habitación de Lady O, donde estaba el catre y que era demasiado
estrecho para poner una tina también. Una de las suites que
se usaba con poca frecuencia—una amplia habitación con
una gran cama, y una sala privada al lado.

Simón condujo a Portia a la alcoba; dos mucamas vertían
baldes de agua hirviendo en la tina. Había otros baldes
aguardando en la chimenea.

Simón miró a Portia. "Deshazte de las mucamas."

Ella levantó las cejas altivamente en broma; sus labios
tenían una suave sonrisa. Se quitó el saco de Simón de los
hombros, y se lo entregó. Una de las mucamas acudió presu-
rosa a ayudarle a quitarse su traje. Tomando su saco, atravesó la habitación y entró a la salita a aguardar.

El saco estaba húmedo; lo dejó caer en una silla, y se
acercó a la ventana. Contempló las siluetas de los árboles e
intentó no pensar, no detenerse en las emociones que se habían despertado aquel día.

Intentó, en vano, refrenar las más poderosas—la emoción que ella, y sólo ella, había despertado siempre en él, la emoción que siempre había ocultado cuidadosamente, incluso de ella. Incluso ahora.

Durante los días pasados había visto como crecía con más fuerza, con más insistencia.

Escuchó cómo se abría la puerta principal de la habitación, y luego se cerraba. Escuchó el susurro de pasos ligeros, dos pares de ellos, que desaparecía por el pasillo.

Respiró profundamente, encadenó sus demonios, y luego cruzó la puerta que lo separaba de la otra habitación.

La abrió y confirmó que Portia estaba sola.

En la tina. Lavándose el cabello.

Conteniéndose, entró y cerró la puerta. Avanzó hasta la puerta principal y aseguró el cerrojo. Había un asiento de patas delgadas delante de un escritorio; lo tomó al pasar, lo llevó hasta el espacio delante de la chimenea y lo puso, de espaldas a Portia; luego se sentó a horcajadas en él.

Ella lo miró. "Como insististe tanto en que me deshiciera de mis mucamas, presumo que estás dispuesto a cumplir sus funciones."

Él se obligó a encogerse de hombros, a no reaccionar a la especulación que veía en sus oscuros ojos; la tina era demasiado pequeña. "Lo que necesites..."

Cruzando los brazos en el respaldo del asiento, dejó que las palabras se desvanecieran, encontró su mirada, y se acomodó para observarla.

Se expuso a una tortura calculada.

Ella la aprovechó cabalmente—enjabonando amorosamente sus gráciles brazos, acariciando seductivamente sus largas, largas piernas. Cuando se puso de rodillas, el agua lamía la parte superior de sus muslos. Su redondo trasero brillaba invitándolo; Simón tuvo que cerrar los ojos—pensar en otra cosa.

Luego le pidió que vertiera agua para enjuagarse el cabello. Se puso de pie rígidamente, tomó uno de los baldes...

Ella lo miró a los ojos. "Lentamente. Debo sacarme toda esta espuma."

Obediente, permaneció al lado de la tina y vertió el agua sobre ella, mientras ella escurría y enjuagaba su cabello. Él no se había dado cuenta de cuán largo era; mojado, le llegaba hasta las caderas, atrayendo sus ojos hacia abajo...

Se vio obligado a cerrarlos brevemente de nuevo; con los labios apretados, concentrándose en su cabello, continuó vertiendo el agua, asiendo desesperadamente el balde.

Se terminó el agua.

Ella alisó su negro cabello hacia atrás, asió los bordes de la tina, y se puso de pie. El agua bajaba en cascadas sobre sus hombros, sus senos, sus caderas, sus muslos.

Con la mente en blanco y la boca seca, hizo a un lado el balde, estiró ciegamente una mano para alcanzar las toallas apiladas en una butaca. Tomó una y la sostuvo para ella, retrocediendo mientras Portia, sonriendo, salía de la tina y se acercaba a él.

Ella tomó la toalla, la sostuvo sobre sus senos—lo miró.

Él encontró su mirada y, tan estoicamente como pudo, tomó otra toalla, la abrió, y la dejó caer sobre su cabeza.

Escuchó una risita ahogada.

Procedió a secarle el cabello; tenía agua suficiente como para empapar una cama. Ella dejó que lo hiciera, se inclinaba y se volvía mientras utilizaba la primera toalla para secar sus curvas, sus largas piernas.

Luego dejó caer la toalla, le arrancó la otra de las manos, y también la dejó caer. El corazón de Simón casi se detiene cuando se lanzó a sus brazos, brazos que no pudo dejar de cerrar en torno a ella.

Ella anudó los suyos en su cuello, y levantó su rostro para besarlo.

Él la complació sin pensarlo, tomó sus labios y su boca

como se los ofrecía, sintió que perdía el control cuando ella ostensiblemente se oprimió contra él, moldeando su cuerpo al suyo.

Lo miró a los ojos cuando él levantó la cabeza, con un brillo de decisión en los ojos. "Quiero celebrar." Su mirada bajó a los labios de Simón; estirándose, los rozó con anhelo. "Ahora."

"En la cama." Ella sería su perdición—cada vez estaba más seguro de ello.

Como si hubiese escuchado sus pensamientos y su tono, inclinó la cabeza, lo observó. Luego sonrió. Una sonrisa que contenía demasiado conocimiento, un exceso de decisión para su agrado.

"Con una condición." Su tono había bajado a aquel seductor ronroneo, que hacía que lo invadiera una ola de calor. "Esta vez lo quiero todo."

Sintió que algo temblaba dentro de él. "¿Todo?"

"Ajá." Sus ojos permanecieron fijos en los suyos. "Todo—incluso lo que estás ocultando."

Por primera vez en su vida, sintió vértigo del solo deseo. Apretó los dientes, habló a través de ellos. "No sabes lo que estás pidiendo."

Con una ceja arqueada altivamente—retándolo deliberadamente. "¿No lo sé?"

Su tono ya no era de broma.

Antes de que pudiera responder, suave como una hurí, se volvió entre sus brazos, se oprimió contra él, miró sobre su hombro, viendo la mirada asombrada de Simón cuando movió provocadoramente su trasero desnudo sobre su erección. Aguardó un segundo antes de preguntar, "Estás segura?"

Ella lo sabía—estaba allí en sus ojos, de un azul tan intenso que parecían negros. Quería preguntarle cómo demonios lo sabía, pero no pudo pensar para formar la frase.

No podía pensar más allá del hecho de que ella conocía,

de alguna manera, su deseo más profundo, más primitivo. Y estaba dispuesto a concedérselo. A acceder a él.

Esto último fue evidente cuando ella, levantando una mano y, reclinando su cabeza, atrajo sus labios a los de ella. Los tomó, lo acercó, tomó su lengua, la acarició con la suya. Lo alentó a saborearla. Cuando lo hizo, su mano se apartó; encontró sus manos y las llevó a sus senos.

Ahogó un suave suspiro cuando él los sostuvo en sus manos.

El sonido, apagado por su beso, hizo que una ola de fuego lo recorriera. Soltó sus labios, con sus manos llenas de su abundancia, y suspiró, "¿Estás segura?"

Sus pestañas se agitaron mientras él la acariciaba, osadamente posesivo, y luego las levantó. Los ojos de Portia brillaban cuando encontró los suyos.

"Soy tuya." Las palabras eran seguras, decididas. "Tómame como quieras, de la forma que quieras." Ella sostuvo su mirada. "Quiero saberlo *todo* de ti—todos tus deseos, todas tus necesidades. Todo lo que quieres."

La última cadena cayó, destrozada. La pasión lo invadió, inmensamente más fuerte que todo lo que había sentido antes. La dejó ir, la volvió, la tomó en sus brazos, la cerró contra él mientras inclinaba la cabeza, capturaba su boca— y la devoraba.

Lo que lo animaba no era lujuria, ni deseo, ni siquiera pasión, sino algo que crecía de todos tres y que, sin embargo, se alimentaba de algo más. De una necesidad desesperada, primitiva—algo sepultado tan profundamente detrás de su apariencia civilizada que pocas mujeres podían adivinar que se encontraba allí.

Menos aún tentarlo.

Invitarlo.

Sin soltar su boca, la levantó; ella se aferró a él, tan ávidamente desesperada como él, tan sensualmente ansiosa.

Sus piernas tropezaron con el extremo de la cama de cuatro postes. Reuniendo su fuerza, la separó de él, rompió el beso, la depositó sobre el cobertor de brillante carmesí.

"Aguarda."

Portia, quien yacía como había caído, sobre la cadera, a medias sobre el estómago, supo que no tendría que esperar demasiado. Lo miró mientras se desnudaba; dejó que su mirada descansara en su rostro, bebiera en sus austeras líneas mientras él lanzaba a un lado su chaleco. Sus rasgos parecían más duros, más fijos y angulares, de lo que jamás los había visto. La fuerza de su cuerpo, que invadía cada uno de sus movimientos, era de alguna forma más clara, más intensa. Menos velada.

Su camisa tomó el mismo camino del chaleco; ella se volvió un poco para ver mejor la amplitud de su pecho, las duras líneas que atravesaban su abdomen cuando se movía, y luego se apretaban cuando se inclinó para deshacerse de sus botas.

Los pantalones y los calcetines desaparecieron en segundos. Y luego se puso de pie, desnudo, flagrantemente excitado. Su mirada se fijó a su cuerpo, lo recorrió lentamente mientras se acercaba a la cama.

Extendió una mano, recorrió la parte de atrás de su pierna, acarició su trasero mientras se arrodillaba sobre la seda carmesí.

Levantó los ojos a los de Portia. "Puedes pedirme que me detenga en cualquier momento."

Ella encontró su mirada, oscura y ardiente—no pudo sonreír. "Sabes que no lo haré."

Él buscó en sus ojos una última vez; luego cerró su mano y la movió.

Sobre su estómago.

Ella sintió que la cama se arqueaba cuando él se arrodilló a cada lado de sus piernas. Sintió el calor de su cuerpo correr como fuego sobre la parte de atrás de sus muslos, sobre la piel de sus nalgas, mientras él se inclinaba, cada vez más cerca—y oprimía sus labios contra la base de su columna, justo encima de su trasero.

Cerró sus manos sobre sus caderas, la mantuvo inmóvil mientras se abría camino hacia arriba, siguiendo su columna, plantando besos cálidos, con la boca abierta, como si en verdad se propusiera devorarla.

El áspero cabello de su pecho rozaba su piel; el calor de Simón se derramaba sobre ella; sin embargo, no se apoyaba en ella, sino que se mantenía justo encima, soportando su peso en sus manos mientras avanzaba firmemente hacia arriba, sobre ella, rodeándola—un poderoso animal masculino que la había capturado y ahora estaba decidido a poseerla.

No pudo evitar reaccionar con un estremecimiento; cerró los ojos por un momento, saboreando la ola de calor que se erguía sobre ella, que la absorbía continuamente; miró sobre su hombro cuando, apartando sus cabellos, se acercó a su nuca.

Levantó la cabeza; por un instante, sus ojos azules se fijaron en los suyos; luego retrocedió, apartando sus muslos, puso sus manos en sus caderas, acarició su cuerpo hacia arriba, recorriendo la entrada de su cintura, por sus costados, mientras sus dedos acariciaban los lados sensibles de sus senos antes de deslizarse por la parte de atrás de sus brazos para tomar sus codos.

"Levanta los brazos por encima de tu cabeza."

Él los levantó y ella dejó que lo hiciera; al perder su apoyo, se desplomó sobre la cama, con los senos y los pezones duros, oprimidos contra la seda.

Poniendo sus muñecas sobre las almohadas, las soltó otra vez. "Déjalos ahí—no bajes los brazos."

Una orden, seria y absoluta. Su corazón latía con fuerza, sus sentidos saltaron cuando él invirtió la dirección de sus caricias lentas y posesivas. Podía sentirlo cerca, pero, aparte del roce ocasional de su áspero cabello sobre la piel, él sólo la tocaba con sus manos y sus labios.

Y con su mirada. Ella podía sentirla, otro tipo de llama, que seguía a sus manos mientras él recorría las largas líneas de su espalda hacia abajo, más allá de su cintura, hasta que sus dedos acariciaron los hoyuelos debajo de sus caderas.

Su piel ardía; la anticipación se agolpaba y la invadía.

Para su sorpresa, él se movió hacia atrás, retrocediendo, con sus rodillas a cada lado de sus piernas... luego sus manos se cerraron sobre sus caderas; suavemente, las levantó y las haló hacia atrás.

Ella estaba arrodillada delante de él.

Comenzó a levantar los hombros de la cama...

"Deja tus brazos como te lo dije."

El tenor de sus palabras hizo que una ola de expectativa la recorriera, le aguzó aún más los nervios. Obedeció antes de pensar—sin poder usar sus brazos, se desplomó sobre sus rodillas. Impotente.

Incluso antes de que hubiese asimilado la sumisión total inherente a esa posición, una de sus manos se posó con fuerza en su espalda, justo encima de su cintura.

Sosteniéndola hacia abajo.

En cuanto lo advirtió, su otra mano se extendió sobre su trasero, lo acarició hasta que la piel se humedeció, y luego avanzó hasta la húmeda e hinchada piel entre sus muslos, fácilmente accesible a sus dedos exploradores en esta posición.

La mantuvo oprimida; la tocó, la acarició, la incitó inmisericordemente—la acarició, pero nunca la penetró, nunca dio el más mínimo alivio a sus ávidos sentidos expectantes; en lugar de hacerlo, alimentó su fuego hasta que su piel ardió, hasta que su respiración entrecortada jadeaba.

Hasta que gimió.

El sonido sensual, abandonado la sorprendió, pero pronto

lo siguieron muchos más. Inmóvil, no podía obtener un respiro de la estimulación incesante, de la necesidad que ardía dentro de ella—que florecía, crecía, se elevaba.

Con los ojos cerrados, el cabello abanicándola con el inquieto movimiento de su cabeza—la única parte de ella que podía mover con libertad—mordió sus labios, intentó retener el sonido que se agolpaba en su garganta.

No pudo hacerlo.

Sollozó. Sollozó de nuevo cuando él levantó sus caderas, apretó aún más el sensual potro de tortura...

En el instante antes de que cediera y le dijera exactamente qué quería que hiciera, él se movió. La abrió con sus dedos, guió la amplia cabeza de su erección a su entrada, y la penetró deliberada y pesadamente.

La llenó con un largo y seguro impulso que vació sus pulmones de aire.

Que la dejó sintiéndose más llena de él que nunca antes.

Con sus piernas por fuera de las de ella, su vientre contra su trasero, asió su cadera, se retiró un poco, y luego la penetró como una oleada.

Sin dejar de sostenerla, como una suplicante ante él, su cuerpo ofrecido para su deleite.

Una ofrenda que tomó, aceptó, saboreó—con cada impulso fuerte, profundo, demasiado experimentado.

Ella le había dicho que era suya; la había tomado al pie de la letra. Mientras la sostenía ante él y la poseía, más profundamente, con más fuerza, con más velocidad, ella finalmente comprendió lo que esto quería decir.

No pudo quejarse.

El fuego, las llamas y el amor estaban allí, rodeándolos, en torno a ellos, dentro de ellos. Se abandonó a ello, se perdió a sí misma en este infierno.

Se abandonó gustosamente.

Simón suspiró cuando sintió que el cuerpo de Portia se tensaba. Cerró los ojos, saboreó la exquisita sensación de las firmes curvas de su trasero cabalgando contra él, mientras él se hundía en su ardiente calor. Una y otra vez.

Retirando la mano de su espalda, cerró ambas manos en sus caderas y la mantuvo inmóvil y, habiendo desaparecido todo freno, tomó todo lo que quiso—todo lo que ella le había ofrecido.

La invitación más poderosa que puede hacer una mujer— que la tomara como quisiera. Que la poseyera, todo lo que ella era, todos los placeres que su cuerpo podía ofrecer, sin reservas.

Su corazón latía fuertemente, pleno a reventar mientras llenaba sus sentidos de ella. Mientras, paso a paso, su cuerpo respondía, como el suyo, queriendo más, yendo más allá.

Soltando sus caderas, se inclinó sobre ella, la recorrió con sus manos, acarició sus senos calientes, hinchados, encontró y oprimió sus pezones hasta cuando ella gritó, hasta cuando sollozó otra vez.

Ella había cobrado vida bajo él, cabalgando sobre sus impulsos, saliendo a su encuentro. Él inclinó la cabeza, apartó su cabello con la boca, mordió suavemente el tendón que salía por la curva de su cuello.

Se deleitó cuando ella reaccionó con un salvaje gemido; su cuerpo se levantó debajo del suyo y lo apretó con fuerza; luego estalló, se rompió, palpitando mientras él la penetraba implacablemente, profundamente, en el corazón de su ardor.

Cerró sus brazos en torno a ella, inmovilizándola mientras su cuerpo reaccionaba a las ondulantes contracciones del de ella, mientras él se sumía aún más profundamente en ella, llenándola, siguiéndola, sobre la cumbre de la gloria sensual, sobre el borde del placer mundano hacia la felicidad terrenal.

Hacia un profundo vacío de inefable satisfacción. La satisfacción más profunda que había conocido jamás. La celebración de Portia había creado una nueva dimensión, los había llevado a un plano diferente.

No tenía idea de cuántos minutos pasaron antes de que él pudiera convocar la fuerza y la mente suficiente para erguirse sobre ella, tomar los cobertores y, enroscando su cuerpo contra el suyo, desplomarse, casi exhausto, en la cama.

Permaneció allí tendido, y dejó que el momento lo invadiera. Dejo que la paz, el conocimiento, la certeza absoluta, se asentaran en él.

Ambos se quedaron dormidos.

Cuando despertó, vio que se había vuelto sobre su costado, con un brazo colgando sobre la cadera de Portia, su cuerpo curvado como una cuchara en torno al de ella.

Ella, también, estaba despierta. Lo supo por la tensión de su cuerpo; ella estaba vuelta sobre su costado, mirando en dirección contraria—no podía ver su rostro.

Apoyándose en el codo, se inclinó sobre ella.

Ella volvió la cabeza, lo miró, y sonrió.

Incluso a la luz de la luna, su gesto era glorioso.

Levantando una mano, Portia tocó su mejilla, luego, sin dejar de sonreír, se acomodó de nuevo sobre el costado, sintiéndolo duro, fuerte y caliente detrás de ella.

Él reposaba pasivamente; sin embargo...

Su sonrisa se hizo más profunda. Extendiendo la mano, lo cubrió con sus dedos. Lo acarició mientras recordaba. "Tú me llamaste calientacamas—¿querías decirlo realmente?"

Él gruñó. "Ni siquiera estaba seguro de que supieras qué significaba."

Ella sonrió mientras recorría lentamente con sus dedos la cabeza roma de su erección. "Debo reconocer que no es una palabra que se encuentre con frecuencia en Ovidio, pero sí conozco mis derivaciones modernas."

"¿Derivaciones?"

La respuesta no tenía sentido; él no estaba pensando en las palabras.

Ella cerró su mano con más fuerza. "No has respondido a mi pregunta."

Él suspiró; un momento después dijo, "No en general, sino específicamente."

Ella lo pensó un instante, lo acarició sin estar realmente distraída. "¿Quieres decir que te incito?"

Fue su turno de respirar profundamente, mientras él deslizaba las manos por sus muslos y sus ingeniosos dedos penetraban la suavidad entre sus piernas.

Sus dedos jugaban. "Me incitas sólo con existir."

Su sonrisa casi le cubre toda la cara. "¿Cómo?"

La palabra era sin aliento; ella apartó sus caderas, sintió que él se movía.

"Te veo, y lo único que puedo pensar es en hundirlo en ti." Adaptó el objeto de la discusión a ella. "Así."

Sus ojos se cerraron mientras él lenta, muy lentamente, la penetraba. Se retiró, le dio tiempo de saborear cada centímetro de su regreso.

Sus pulmones se cerraron; todo su cuerpo cobró vida. Decidida, consiguió respirar apenas para decir, "Creo que me agrada ser una calientacamas—al menos específicamente."

Él se inclinó sobre ella, la rodeó, besó la curva de su oreja, empujó la mano bajo su brazo y la cerró sobre su seno—y le dio a entender que, lejos de desaprobarlo, a él también le agradaba.

Más tarde, mucho más tarde, permanecían desplomados sobre la cama; él la había acomodado, extendida cómodamente sobre él, con su cabeza apoyada en su pecho. Ociosamente, Simón jugaba con su cabello, acariciando sus largas guedejas.

Eventualmente, respiró profundamente.

"Te amo. Lo sabes, ¿verdad?"

Su respuesta sólo tardó un segundo. "Sí." Levantando la

cabeza, le sonrió; luego cruzó los brazos, apoyó su barbilla en las muñecas y estudió su rostro.

Los ojos de Portia eran oscuros y brillantes; él los miró, aguardó.

Su sonrisa, la de una mujer muy a gusto, satisfecha, desapareció. "Yo también te amo." Frunció el ceño. "Aún no lo comprendo."

Él vaciló, luego aventuró a decir, "No creo que el amor sea algo que necesariamente comprendamos." Dios sabía que él no lo comprendía.

Ella frunció el ceño abiertamente. "Quizás. Pero no puedo dejar de pensar..."

Él acarició amorosamente los largos planos de su espalda. "¿Nadie te ha dicho alguna vez que piensas demasiado?"

"Sí. Tú."

"Entonces deja de pensar." Extendió su mano, la acarició sugestivamente.

Ella encontró sus ojos, arqueó una ceja. "Oblígame."

Él sostuvo su mirada, confirmó que las palabras, como lo pensaba, eran una invitación y luego sonrió—como un lobo, "Será un placer."

Rodó, llevándola consigo, la atrapó debajo de él, e hizo lo que se le pedía.

El siguiente pensamiento coherente sólo salió a la superficie bien pasada la madrugada.

Es posible que ella no estuviera pensando, pero él ciertamente lo había hecho. Había estado tramando, planeando, pero ella no sabía exactamente qué.

Para cuando ella llegó a la mesa del desayuno, él había persuadido a Lady O de que era indispensable que él la condujera, a Portia, a algún lugar. Portia llegó demasiado tarde para escuchar a dónde.

"Lo sabrás cuando lleguemos allí," fue todo lo que dijo.

Apretando la mandíbula de la manera que ella conocía, concentró su atención en·un plato lleno de jamón.

Ella se volvió hacia Lady O.

Quien agitó la mano para impedir la pregunta antes de que pudiera formularla.

"Créeme—será mejor que dejes que te lleve a la ciudad. No te agradará mecerte lentamente conmigo en el coche— no si tienes una mejor opción." Sonrió; la vieja luz malévola había regresado a sus ojos. "Si fuera tú, no vacilaría."

Lo cual no le dejó a Portia más alternativa que ir.

Sirviéndose té y tostadas, miró a su alrededor. La transformación era evidente; un ambiente más ligero se había apoderado de nuevo de la reunión. Aún había sombras en la mayoría de los ojos, pero el alivio era inmenso, y se notaba en sus sonrisas.

Lady Calvin, desde luego, no había bajado a desayunar, pero tampoco lo habían hecho las otras damas mayores, excepto Lady O y Lady Hammond.

"Ha sido un duro golpe para ella, pobrecita," confió Lady Hammond. "Siempre soñó con ver a Ambrosio en el Parlamento, y ahora...tener que enfrentar esto y, con todo lo que se reveló de Drusilla también, está muy afectada. Catherina le ha pedido que se quede uno o dos días mas, al menos hasta que se encuentre lo suficientemente recuperada para el viaje."

Drusilla, como era de esperarse, no se había unido a ellos.

Más tarde, todos se reunieron en el recibo principal para despedirse. Los coches estaban en la puerta. Los Hammonds partieron primero, luego los Bucksteads.

Portia advirtió que, a pesar de su actitud anterior, James permaneció alejado unos momentos con Lucy, y luego la acompañó al coche y la ayudó a subir. Un plan para invitar a Lucy a otra reunión campestre en algún momento, y a James también, surgió en su mente.

A qué casa era la única pregunta por responder.

Luego Lady O terminó sus despedidas y, del brazo de Lord Netherfield, se dirigió hacia la salida. Ella y Simón los siguieron a tiempo para escuchar a Lady O decir a su Señoría, "Unas vacaciones muy animadas pero, la próxima vez, Granny, puedes prescindir de los asesinatos. Son un poco fuertes para mi vieja constitución."

Lord Netherfield sonrió desdeñosamente, "Para la tuya y la mía también, querida. Pero al menos estos jóvenes se han desempeñado bien." Lanzó una sonrisa radiante a Simón y Portia, y a Charlie y James, quienes los habían acompañado a la salida. "Parece que aún hay esperanza para la generación más joven."

El gruñido de Lady O fue decididamente desdeñoso. "Muérdete la lengua—no querrás que se les suba a la cabeza."

Luchando por ocultar una sonrisa, Charlie se adelantó valientemente y se ofreció a ayudar a Lady O a subir al coche. Ella aceptó con aplomo; una vez instalada, miró a Simón y a Portia. "Los veré a los dos en Londres." Los miró a los ojos. "No me decepcionen."

Parecía una advertencia para que se comportaran bien; ambos la leyeron por lo que era en realidad—una exhortación de un carácter bastante diferente.

Lord Netherfield sonrió y agitó la mano; ellos también, aguardando hasta cuando el coche partió para dirigirse al carruaje de Simón que esperaba, con los caballos impacientes, en el patio de adelante.

James y Charlie los siguieron. Mientras que Simón revisaba con una mirada cuidadosa sus bayos, James tomó las manos de Portia entre las suyas. "No te incomodaré agradeciéndote de nuevo, pero espero que nos encontremos en Londres más tarde." Vaciló, luego miró a Simón. "Sabes, Kitty había apartado de mi mente todo pensamiento de matrimonio. Ahora..." Arqueó una ceja, bromeando, socarrón, "Tal vez haya esperanza, y deba reconsiderar esta idea."

Portia sonrió. "Ciertamente, creo que debieras hacerlo." Se estiró y besó su delgada mejilla. Luego se volvió hacia Charlie y levantó las cejas.

Sonriendo él también, encontró su mirada—luego parpadeó. Miró a James. "Oh, no—eso no es para mí. Devotamente libre de ilusiones, ese soy yo—demasiado superficial para cualquier dama con discernimiento."

"Tonterías." También lo besó en la mejilla. "Uno de estos días, alguna dama de *alto* discernimiento verá a través de tu máscara. Y ¿qué harás entonces?"

"Emigraré."

Todos rieron.

James la ayudó a subir al carruaje. "¿Y tú?" preguntó a Simón cuando él se subió.

Simón la miró, con una mirada larga y penetrante; luego estrechó la mano de James. "Pregúntamelo dentro de tres meses."

James rió. "Sospecho que sabré tu opinión un poco antes de eso."

Simón estrechó la mano de Charlie y luego se acomodó al lado de Portia. Haló las riendas; entre sonrisas y adioses, partieron.

Ella se reclinó y se preguntó. Su baúl y su caja de sombreros estaban atadas atrás y Wilks había partido con Lady O. No había, desde luego, nada especial en que Simón la condujera a la ciudad, nada escandaloso en absoluto en viajar en un coche abierto sola. Estaban siguiendo a Lady O, a cuyo cuidado se encontraba. Todo perfectamente correcto.

Excepto que ella y él no se dirigían directamente a Londres, sino que pasarían por otro lugar primero. Dónde, no podía imaginarlo, y menos por qué.

Aun cuando esperaba no dirigirse a la ciudad, se sorprendió, sin embargo, cuando al llegar a la puerta principal y al camino, Simón condujo a sus caballos hacia el oeste, en dirección contraria a Ashmore.

"¿Al oeste?" Se devanaba los sesos. "¿Gabriel y Alathea? ¿Lucifer y Phyllida?"

Simón sonrió, negó con la cabeza. "No conoces el lugar—nunca has estado allí. Yo mismo no he estado allí en años."

"¿Llegaremos esta noche?"

"En unas pocas horas."

Ella se reclinó en el asiento y contempló los setos que se deslizaban. Advirtió que el sentimiento que la envolvía era de satisfacción, aun cuando no tenía idea a dónde la llevaba.

Quiso esbozar una sonrisa, pero la reprimió. Sabía que si él la veía, le pediría una explicación; aun cuando podía intentarlo, no era el momento ni el lugar indicados.

La sencilla verdad era que no podía imaginar estar con ningún otro hombre en esa situación y aceptarlo sin más con tal serenidad interior.

Dejó que su mirada se fijara en su rostro, lo observó por unos momentos, y luego miró hacia el frente, antes de sentir la mirada de Simón. Ella confiaba en él. Absolutamente. No sólo físicamente, aun cuando entre ellos, en ese campo, la verdad era ahora evidente—ella era suya, pero él también era suyo y, al parecer, siempre lo había sido—también confiaba en él en todos los demás aspectos.

Confiaba en su fuerza—en que nunca la usaría contra ella, pero que estaría allí, siempre, cuando ella necesitara su protección. Confiaba en su lealtad, en su voluntad—y, más importante aún, confiaba en su corazón.

Sabía, en el suyo, que en la vulnerabilidad que él había aceptado, enfrentado, y permitido que ella viera, aceptado que ella tenía que verla, había una garantía que duraría toda una vida.

Amor. La fuente de la confianza, la piedra angular del matrimonio.

Confianza, fuerza, seguridad—y amor.

Ella, y él, lo tenían todo.

Todo lo que necesitaban para continuar.

A donde quiera que la llevara.

Reclinándose, miró hacia delante, dispuesta a seguir el camino a donde la condujera.

Los condujo al pueblo de Queen Charlton en Somerset y, finalmente, a una mansión llamada Risby Grange. Simón se detuvo en el pueblo y tomó una amplia alcoba en el mesón. Portia se aseguró de mantener sus guantes puestos todos el tiempo, pero no detectó signo alguno de que la mesonera sospechara que no eran marido y mujer.

Quizás Charlie estaba en lo cierto, y la verdad subyacente se notaba, con independencia de las formalidades.

Dejando su equipaje en el mesón, siguieron un sendero serpenteante y, a media tarde, entraron por la puerta en arco de Risby Grange.

Simón detuvo los caballos justo a la entrada. Ante ellos, esparcida sobre la cumbre de prados suavemente ondulados, estaba la casa bañada por la luz del sol, su pálida piedra gris cubierta a medias con enredaderas, ventanas en montante haciendo guiños bajo las almenas.

La casa era antigua, sólida, bien tenida, pero parecía desierta.

"¿Quién vive aquí?" preguntó Portia.

"De momento, nadie aparte del cuidador." Simón hizo que los bayos trotaran por el sendero de la entrada. "Dudo que esté aquí. Tengo una llave."

Ella lo miró, aguardando, pero él no dijo nada más. Al llegar al patio que se extendía delante de los escalones que llevaban a la puerta principal, hizo girar a los caballos hacia un prado adyacente. Ambos se apearon; después de atar las riendas a un árbol y verificar el freno del carruaje, tomó su mano y atravesaron el patio cubierto de adoquines; subieron las escaleras.

Él hizo sonar la campana; podían escuchar como el sonido resonaba en lo profundo de la casa. Esperaron, pero nadie acudió a abrir.

"El cuidador es también el guardabosque—probablemente salió." Sacando una llave grande de su bolsillo, Simón la introdujo en la cerradura y abrió la puerta de par en par.

Él entró primero, mirando a su alrededor; ella lo seguía.

Inmediatamente olvidó todas sus preguntas acerca de por qué estaban allí cuando la invadió la curiosidad. Del recibo enchapado en madera, con sus vitrales, pasó de una habitación a otra, sin esperar a Simón.

Desde afuera, la casa parecía extendida; adentro lo era aún más. Las habitaciones se abrían a pasillos, otros pasillos salían de recibos, extendiéndose en todas direcciones. Sin embargo, cada habitación era elegante, cálida, llena de muebles excelentes cuidados con amor, con ricas telas y bellos objetos, antigüedades y algunas piezas que eran más que eso. Eran reliquias de familia.

Una fina pátina de polvo lo cubría todo, pero de la casa no emanaba el frío mohoso de un lugar abandonado desde hace tiempo. Se sentía más bien como si estuviera esperando—como si uno de sus dueños hubiera partido recientemente, pero aguardara la llegada de otro en cualquier momento. Era una casa construida para risas, calidez y felicidad, para que una familia numerosa llenara su amplia vastedad. Aquella atmósfera la invadía, tan definitiva que era tangible; era una casa que había visto crecer generaciones, que vivía y respiraba y seguía confiada en su futuro; más aún, lo esperaba ávidamente.

Portia conocía bien el lema de los Cynster, *Tener y preservar;* lo reconoció, al igual que su escudo de armas, en diferentes formas—en cojines, en una madera tallada, en el vidrio de un vitral.

Eventualmente, en el gran salón del primer piso al lado de la escalera principal, delante de una magnífica ventana en saliente que daba al patio delantero, se volvió hacia Simón; él estaba reclinado contra el dintel de la puerta, observándola. "¿A quién pertenece esta casa?"

Él la estudió, y replicó, "A mí."

Ella arqueó las cejas, aguardó.

Él sonrió. "Le pertenecía a mi tía abuela Clara. Todos los demás ya estaban casados y tenían sus propias casas, así que me legó esta a mí."

Ella inclinó la cabeza, lo estudió a su vez. "¿Por qué vinimos acá?"

Simón se apartó del marco de la puerta, se aproximó a ella. "Desde un principio me dirigía hacia acá—me detuve en la reunión campestre camino a esta casa."

Deteniéndose a su lado, tomó su mano, la hizo volver para que viera el paisaje que se extendía desde los prados hasta la casa del guarda. "Te lo dije—no había estado aquí desde hace años. Los recuerdos que tenía de este lugar...no sabía si eran muy precisos. Quería confirmar que era como lo recordaba—una casa que espera una esposa y una familia."

Ambos se miraron. "Estaba en lo cierto. Las necesita. Es una casa que está destinada a ser un hogar."

Ella sostuvo su mirada. "Ciertamente. Y ¿qué te proponías hacer cuando confirmaras tus recuerdos?"

Abrió los labios, "Pues, encontrar una esposa"—levantó su mano a sus labios, mantuvo sus ojos fijos en los de ella—"y comenzar una familia."

Ella parpadeó. "Oh." Parpadeó de nuevo, contempló los prados.

Él le apretó la mano. "¿Qué sucede?"

Un momento después, respondió. "Recuerdas cuando me encontraste en el mirador, y juré que consideraría a todos los caballeros elegibles... la razón por la que había decidido hacerlo fue que me di cuenta de que deseaba tener mis propios hijos—mi propia familia. Para hacerlo, necesitaba un marido."

Frunció los labios y lo miró. "Desde luego, quería decir con eso un caballero apropiado que accediera a mis deseos y me permitiera gobernar nuestra vida en común."

"Sin duda." Su tono era mordaz. Cuando ella no prosiguió, sino que continuó observándolo, como si lo estudiara, como si lo evaluara de nuevo, él preguntó suavemente, "¿Es por eso que te casarás conmigo?"

Ella no había dicho que lo haría, pero ambos lo sabían; era algo dado—una comprensión ya reconocida, aunque no en palabras. Sus oscuros ojos brillaron, registrando su táctica, luego se suavizaron. Sus labios se curvaron en una sonrisa.

"Lady O es realmente asombrosa."

Él había perdido el hilo. "¿Por qué?"

"Me informó que querer hijos, aun cuando era una razón perfectamente válida para considerar el matrimonio, no era, por sí misma, una razón suficiente para hacerlo. No obstante, me aseguró que si seguía buscando—considerando a los caballeros con quienes podría casarme—la razón correcta eventualmente aparecería."

Él entrelazó sus dedos con los de Portia. "¿Y apareció?"

Ella lo miró, con una sonrisa serena. "Sí. Te amo y tú me amas. Lady O, como siempre, estaba en lo cierto—ninguna otra razón serviría."

Él la tomó en sus brazos, sintió que sus cuerpos reaccionaban en cuanto se tocaron, no sólo sexualmente, sino con una familiaridad más profunda, más reconfortante. Él se deleitó en la sensación, se deleitó en ella cuando ella lo rodeó con sus brazos, cuando sintió entre sus manos su flexible fuerza, y vio en sus ojos oscuros una mente igual a la suya en todo aspecto. "No será fácil."

"Ciertamente que no—me rehúso a prometer que seré una esposa complaciente."

Él frunció los labios. "Eres bastante complaciente— querrás decir 'obediente' o 'conforme'—nunca has sido ninguna de estas dos cosas."

"Tonterías—lo soy cuando quiero."

"Ahí está el problema."

"No cambiaré."

Él la miró a los ojos. "Yo no deseo que lo hagas. Si puedes aceptar que es probable que yo tampoco cambie, podemos empezar ahí."

Portia sonrió. El suyo no sería el matrimonio que ella había querido; sería el matrimonio que necesitaba. "A pesar de todas nuestras experiencias anteriores, nos las hemos arreglado extraordinariamente bien hasta ahora. Si lo intentamos, ¿crees que podemos hacer que dure toda una vida?"

"Si ambos lo intentamos, durará." Simón hizo una pausa, y luego agregó. "Después de todo, tenemos las razones correctas."

"Indudablemente." Atrajo sus labios a los suyos. "Estoy comenzando a creer que el amor en verdad puede conquistarlo todo."

Él se detuvo, a un suspiro de su boca. "¿Incluso a nosotros?"

Ella se quejó, frustrada. "Tú, yo—*nosotros*. Ahora bésame."

Simón sonrió y lo hizo.

Había llegado al final de su viaje y había encontrado todo lo que había estado buscando; en sus brazos, halló su verdadero objetivo.

LAS NOVELAS CYNSTER
DE STEPHANIE LAURENS
continúan con

La Novia Ideal

Disponible en febrero 2006 por Rayo,
Una rama de HarperCollins*Publishers*

A continuación, presentamos un extracto de
La Novia Ideal, *que narra la*
historia del hermano de Honoria,
Michael Anstruther-Wetherby, y su búsqueda
de la esposa que tan urgentemente necesita.

Esposa, esposa, esposa, esposa.

Michael Anstruther-Wetherby maldijo por lo bajo. Aquel refrán lo había atormentado durante las últimas veinticuatro horas. Cuando se había marchado del desayuno nupcial de Amelia Cynster, había sonado al ritmo de las ruedas de su carruaje; ahora resonaba en el paso firme de los cascos de sus percherones bayos.

Apretando los labios, hizo girar a Atlas para salir del patio del establo y lo condujo por el largo sendero que rodeaba su casa.

Si no hubiese ido a Cambridgeshire para asistir a la boda de Amelia, podría estar un paso más cerca de ser un hombre rico. Pero la boda había sido un acontecimiento que ni siquiera pensó en perderse; aparte del hecho de que su hermana Honoria, Duquesa de St. Ives, era la anfitriona, la boda había sido una reunión familiar y él valoraba los lazos de familia.

Al rodear la casa, una mansión sólida, de tres plantas,

construida en piedra gris, su mirada se posó—como solía hacerlo siempre que pasaba por aquel lugar—en el monumento que se encontraba en el arcén, a medio camino entre la casa y la portada. Instalado contra los arbustos que llenaban los vacíos entre los altos árboles, como un fondo de contraste, la sencilla piedra había estado allí durante catorce años; señalaba el lugar donde su familia—sus padres, un hermano menor y una hermana—que llegaban apresuradamente a casa en un carruaje en medio de la tormenta, habían muerto a causa de un árbol que cayó sobre ellos. Él y Honoria habían presenciado el accidente desde las ventanas del salón de clase.

Quizás era sólo parte de la naturaleza humana valorar altamente algo que se ha perdido.

Impresionados y tristes, él y Honoria al menos se tenían el uno al otro, pero dado que él contaba apenas con diecinueve años y ella dieciséis, se vieron obligados a separarse. Nunca habían perdido el contacto—incluso ahora, eran muy cercanos—pero Honoria, desde entonces, había conocido a Devil Cynster y ahora tenía su propia familia.

Refrenando a Atlas cuando se acercaba a la piedra, Michael se sintió agudamente consciente de que él no tenía una familia. Su vida estaba llena a reventar, su horario perpetuamente atiborrado; sin embargo, en momentos como éste, esta falta brillaba con claridad, y lo aguijoneaba la soledad.

Se detuvo, observando la piedra; luego apretó los labios, miró hacia el frente y haló de las riendas. Atlas retomó el paso; al cruzar la portada, Michael lo puso a galopar por el estrecho sendero.

El sonido dantesco de caballos que relinchaban desapareció lentamente.

Hoy estaba decidido a dar el primer paso hacia la consecución de su propia familia.

Había aceptado que debía casarse; siempre había pensado

que algún día lo haría. ¿De qué otra manera podría formar la familia que ansiaba tener? Sin embargo, los años habían transcurrido; él se había encontrado inmerso en su carrera y, a través de ella y de su íntima relación con los Cynster y la alta sociedad, cada vez más consciente de la amplitud de experiencia que incluía el estado matrimonial—se había visto cada vez menos inclinado a casarse.

No obstante, ahora había llegado el momento. Cuando el Parlamento levantó sus sesiones durante el verano, no tenía duda de que el Primer Ministro esperaba que él regresara en el otoño con una esposa del brazo, permitiendo así que se considerara su nombre dentro de los inminentes cambios del gabinete. Desde abril, había estado buscando activamente su novia ideal.

Había sido sencillo definir las cualidades que requería—belleza pasable, lealtad, capacidades de apoyo, tales como talento como anfitriona, y algún grado de inteligencia iluminada con un toque de humor. Encontrar un modelo semejante no fue tan sencillo; luego conoció a Elizabeth Mollison o, más exactamente, la conoció de nuevo pues, estrictamente hablando, la había conocido toda su vida. Su padre, Geoffrey Mollison, era dueño de una mansión de los alrededores, Casa Bramshaw y anteriormente se había desempeñado como Miembro del Parlamento por ese distrito. Deprimido por la muerte inesperada de su esposa, Geoffrey había renunciado a su cargo en el preciso momento en que Michael se acercaba al partido con el apoyo de su abuelo y de los Cynster. Había sido como un acto del destino. Geoffrey se había sentido aliviado de entregar las riendas a alguien a quien conocía; aun cuando tenían caracteres bastante disímiles—especialmente en lo que respecta a la ambición—Geoffrey siempre lo había alentado y se había mostrado dispuesto a ayudarlo.

Esperaba que lo ayudara ahora y apoyara su idea de casarse con Elizabeth.

Ella parecía estar extraordinariamente cerca de su ideal. Ciertamente era muy joven—diecinueve años—pero era también bien educada y sin duda había sido bien criada; por lo tanto, a su juicio, era capaz de aprender cualquier cosa que necesitara saber. Lo más importante, sin embargo, era que había crecido en una casa de políticos. Incluso después de que su madre muriera y su padre se retirara, Elizabeth había sido confiada al cuidado de su tía Augusta, Lady Cunningham, quien estaba casada con un diplomático de alto rango.

Más aún, su tía menor, Carolina, había desposado a Camden Sutcliffe, el legendario embajador británico ante Portugal. Aun cuando Sutcliffe había muerto dos años atrás, Elizabeth había pasado también algún tiempo en Lisboa con su tía Caro.

Elizabeth había vivido prácticamente toda su vida en hogares dedicados a la política y a la diplomacia. Estaba seguro de que ella sabría cómo manejar el suyo. Y casarse con ella fortalecería su posición, ya reconocidamente fuerte, en la localidad; probablemente, pasaría en el futuro mucho tiempo dedicado a los asuntos internacionales, y una esposa que mantuviera el fuego del hogar alimentado sería un regalo del cielo.

Calculador quizás; sin embargo, en su concepto, un matrimonio basado en aspiraciones mutuas y en el afecto y no en la pasión era lo que más le convendría.

A pesar de su estrecha relación con los Cynster, no se consideraba igual a ellos en lo que se refería al matrimonio; él era un tipo de hombre diferente. Ellos eran apasionados, decididos, altivamente arrogantes; aun cuando admitía ser decidido, había aprendido largo tiempo atrás a ocultar su arrogancia; era un político y, por consiguiente, no un hombre dado a las pasiones salvajes.

No era un hombre que permitiera que el corazón gobernara su cabeza.

Un matrimonio sencillo con una dama que se aproximara a su ideal—eso era lo que necesitaba.

El sendero serpenteaba, camino a Casa Bramshaw; una extraña impaciencia lo invadió, pero mantuvo a Atlas en un paso constante. Más adelante, los árboles eran más escasos; más allá de ellos, atisbando a través de sus troncos de la espesa maleza, podía ver los campos ondulantes que bordeaban el sendero de Lyndhurst.

Un sentimiento de certidumbre se apoderó de él; era el momento adecuado para avanzar y casarse, para formar otra familia allí, la siguiente generación, para arraigarse más profundamente y pasar a la siguiente fase de su vida.

El sendero era una serie de curvas; los árboles y la maleza eran lo suficientemente espesos como para ahogar los sonidos a cualquier distancia; para cuando el ruido de un carruaje que se aproximaba velozmente, el golpe de cascos que volaban, lo alcanzó, el coche estaba casi sobre él.

Sólo tuvo tiempo de apartar a Atlas hacia un costado del sendero antes de que una calesa, fuera de control y a toda velocidad, doblara rápidamente la curva.

Pasó velozmente a su lado, dirigiéndose hacia la mansión. Con una expresión melancólica, pálida como la muerte, una mujer delgada luchaba con las riendas, intentando desesperadamente refrenar el caballo.

Michael maldijo y espoleó a Atlas. Llegaba como una tromba detrás del caballo antes de que lo hubiera pensado siquiera. Luego lo pensó y maldijo de nuevo. Los accidentes de coche eran su peor pesadilla; la amenaza de presenciar otro se clavó como una espuela en su costado. Incitó a Atlas a avanzar.

La calesa estaba disparada, casi volando; el caballo pronto se fatigaría, pero el sendero sólo conducía a la casa— y llegaría a ella demasiado rápido.

Él había nacido en aquella casa, había vivido allí sus primeros diecinueve años; conocía cada palmo del sendero.

Atlas estaba descansado; soltó las riendas y cabalgó con las manos y las rodillas.

Estaban avanzando, mas no lo suficiente.

Pronto el sendero se convertiría en el camino de entrada, que terminaba con una vuelta aguda en el patio al que daba la puerta principal de la casa. El caballo tomaría la curva; la calesa no. Se volcaría, la dama sería lanzada... hacia las rocas que bordeaban los arriates.

Maldiciendo interiormente, espoleó a Atlas. El gran percherón respondió, extendiéndose, con las patas como centellas, mientras se acercaban, palmo a palmo, a la calesa que se agitaba salvajemente. Casi estaban a su lado.

Apareció súbitamente la portada, luego ya la habían dejado atrás.

No había tiempo.

Recogiéndose, Michael saltó de la silla a la calesa. Se aferró al asiento, se arrastró sobre él. Abalanzándose sobre la dama, tomó las riendas y las haló con fuerza.

La dama gritó.

El caballo relinchó.

Michael las sostuvo, con todas sus fuerzas. No había tiempo—no quedaba más camino—para preocuparse por nada diferente de detener el caballo.

Los cascos resbalaron; el caballo relinchó de nuevo, se meció hacia un lado—y se detuvo. Michael tomó el freno—demasiado tarde. El impulso hizo que la calesa girara sobre sí misma; sólo la suerte impidió que se volcara.

La dama fue lanzada a la vera del camino, cubierta de césped.

Él fue lanzado a continuación.

Ella aterrizó boca abajo; él a medias encima de ella.

Durante un instante, no pudo moverse—no pudo respirar, no pudo pensar. Reacciones—miles de ellas—lo recorrieron internamente. El cuerpo delgado, frágil, atrapado bajo el suyo, delicado y sin embargo elementalmente femenino, hizo que se disparara su instinto de protección—sólo para desencadenar el horror y una furia incipiente por lo que casi se había revelado. Por lo que se había puesto en peligro.

Luego se agolpó en él el miedo, arremolinado, irracional y antiguo, profundo y oscuro. Lo invadió, se apoderó de él, estranguló todo lo demás.

Escuchó el ruido de cascos que se movían en la grama— miró a su alrededor. El caballo, resoplando, intentaba caminar, pero la calesa no avanzaba; el caballo se detuvo. Atlas se había detenido al otro lado del prado y permanecía allí mirando, con las orejas levantadas.

"*¡Uuuff!*"

Debajo de él, la dama luchaba. El hombro de Michael estaba atravesado en su espalda, sus caderas anclaban sus muslos; ella no podía moverse hasta que él lo hiciera. Rodó hacia atrás, se sentó. Su mirada cayó sobre el monumento de piedra, a pocos pasos de allí.

El terror de los caballos que relinchaban invadió su mente.

Apretando los labios, respiró profundamente y se puso de pié. Observó, con una expresión melancólica, cuando la dama se volvía para sentarse.

Se inclinó, la tomó de las manos, y la puso sin ceremonia de pié. "De todas las estúpidas, *idiotas...*" Se interrumpió, luchó por controlar su ira, que volaba sobre las alas de aquel remolino de miedo irracional. Perdió la batalla. Poniendo las manos en su cintura, miró enojado a la causa de su furia. "Si no puede manejar las riendas, no debería conducir." Soltó las palabras, no le importó si la herían. "¡Estuvo a un paso de un grave accidente, si no de la *muerte!*"

Por un instante, se preguntó si ella era sorda; no dio indicación alguna de haberlo escuchado.

Carolina Sutcliffe quitó el polvo de sus manos enguantadas, y le agradeció a las estrellas haber llevado guantes. Ignorando al sólido bulto de hombre que reverberaba de ira ante ella—no tenía idea quién era; aún no había visto su rostro—sacudió sus faldas, sonrió interiormente ante las manchas de césped, luego ajustó su corpiño, las mangas, su chal de gasa. Y finalmente se dignó mirarlo.

Tuvo que levantar la mirada—era más alto de lo que pensó. Más ancho de hombros también...la impresión física que sintió cuando él aterrizó a su lado en el asiento de la calesa, mezclada con la que sintió cuando aterrizó sobre ella en el césped, le volvió fugazmente a la mente; la expulsó de ella. "Gracias, señor, quien quiera que sea, por su rescate, así haya sido poco elegante." Su tono habría agraciado a una duquesa—fresco, confiado, seguro y altivo. Precisamente el tono que debía usarse con un macho presuntuoso. "Sin embargo..."

Su mirada llegó a su rostro. Ella parpadeó. El sol estaba a espaldas de Michael; ella se encontraba a plena luz, pero el rostro de él estaba en la sombra.

Levantando la mano, se protegió los ojos y lo observó sin disimulo. Un rostro de rasgos fuertes con una mandíbula cuadrada y los planos duros, angulosos, de su propia clase. Un rostro de patricio de amplia frente, delimitada por cejas oscuras y rectas sobre ojos que el recuerdo coloreaba de un azul suave. Su cabello era grueso, marrón oscuro; el toque de plata en sus sienes sólo lo hacía más distinguido.

Era un rostro de mucho carácter.

Era el rostro que había venido a buscar.

Inclinó la cabeza. "¿Michael? Usted es Michael Anstruther-Wetherby, ¿verdad?"

Michael la contempló asombrado—un rostro en forma de corazón, rodeado por un nimbo de finos cabellos castaños, tan ligeros que flotaban, soplados suavemente como una corona de diente de león alrededor de su cabeza, sus ojos, de un azul plateado, levemente rasgados . . . "¿Caro?"

Ella le sonrió, evidentemente complacida; por un instante, él—todo su ser—se inmovilizó.

Los caballos que relinchaban callaron abruptamente.

OTROS LIBROS INTERESANTES...

SE BUSCA
Una Novela de Suspenso
Michele Martinez
ISBN: 0-06-083752-7 (libro de bolsillo)

Melanie Vargas es madre soltera con una vida de hogar caótica
y una carrera prometedora en la procuraduría federal. Una
noche de verano, mientras pasea por las calles de Nueva York,
ve como la casa de un rico y poderoso ex procurador arde en
llamas mientras que su dueño torturado y asesinado yace en
su interior. Melanie sabe que un caso tan prominente —como
seguramente lo será éste— sería bueno para la trayectoria
de su carrera y decide tomar el caso. Pero esta oportunidad
podría llegar a costarle más aun ya que tendrá que descubrir al
culpable antes de que el asesino la encuentre a ella.

LA AMANTE PERFECTA
Stephanie Laurens
ISBN: 0-06-083751-9 (libro de bolsillo)

Por fin en español, una novela de romance por
Stephanie Laurens, autora best seller en el
New York Times y a nivel internacional.

¿Qué harías tú para seducir a *La Amante Perfecta*?
Simón Cynster ha decidido encontrar la pareja ideal —alguien
que sea una perfecta dama de día y una amante ardiente
de noche. Jamás se imaginó que Portia Ashford, a quien
conoce desde la infancia, sería la mujer que le provocaría
una irresistible atracción, hasta que un beso apasionado le
hace cambiar de parecer para siempre. Pero a medida que
él y Portia comienzan a explorar las profundidades de la
arrebatadora pasión que comparten, sucede algo terrible…algo
que pone a Portia en peligro mortal, forzando a Simón a
proteger a su adorada amante perfecta.

LA NOCHE DE LA BRUJA MUERTA
Kim Harrison
ISBN 0-06-083750-0 (libro de bolsillo)

Los vampiros son los reyes de la noche en un mundo de
despiadados predadores, poblado de peligros inimaginables…
Y Rachel Morgan es quien tiene la difícil tarea de asegurarse
que ese mundo se mantenga civilizado. Ella es una bruja, una
cazarrecompensas irresistible y atractiva que se asegurará de
encontrarlos a todos… ya sea vivos o muertos.

La Noche de la Bruja Muerta es una novela de fantasía llena
de magia, acción, romance y misterio, una lectura divertida e
ideal para los amantes de lo supernatural.